LOST IN FUSETA

Gil Ribeiro
LOST IN FUSETA

Ein Portugal-Krimi

Kiepenheuer
& Witsch

MIX
Papier aus verantwortungsvollen Quellen
FSC® C083411
www.fsc.org

Verlag Kiepenheuer & Witsch, FSC®-N001512

3. Auflage 2017

Umschlaggestaltung: Rudolf Linn, Köln
Umschlagmotiv: © Nomad_Soul / Fotolia.com (Straße);
© Marco Bagnoli Elflaco / Fotolia.com (Bucht)
Autorenfoto: © Ira Zehender
Karte: Oliver Wetterauer
Gesetzt aus der Berkeley
Satz: Felder KölnBerlin
Druck und Bindung: CPI books GmbH, Leck
ISBN 978-3-462-04887-2

Für Ira

Lesen heißt durch fremde Hand träumen.

– FERNANDO PESSOA –

TAG EINS

1.

Es war einer dieser Tage, der so verheißungsvoll begonnen hatte, dass man fürchtete, es müsse zwangsläufig etwas dazwischenkommen. Das Thermometer zeigte 28 Grad, klarer Himmel über Faro. Und es war der 14. September. Seit dem Wochenende waren die Schulferien in England, Deutschland und den Niederlanden zu Ende, was den Flugverkehr auf die Hälfte drosselte und die Strände an der Algarve, Portugals Südküste, leer fegte.

Das Licht im September wurde anders. *Weicher.*

An diesem Tag, den einige Bewohner von Fuseta, einem kleinen Fischerdorf an der Ostalgarve, noch am gleichen Abend den *Schwarzen Mittwoch* nennen sollten, kam großes Wehklagen über den Ort. Obwohl Portugiesen ohnehin zum Pessimismus neigen, was sich bereits mit der Erschaffung eines eigenen Wortes für diese nationale Trübsal manifestiert – die *Saudade* –, traf es Fuseta heute besonders hart. Denn heute verließ Rui Aviola die Bewohner des kleinen Fischerdorfes für ein Jahr.

Rui Aviola war Polizist der GNR, der *Guarda Nacional Republicana*, was etwas größer und aufregender klang als der Dienstalltag einzulösen in der Lage war. Denn die GNR war für alle Kleinigkeiten zuständig, die sich außerhalb der Ortschaften abspielten. Also für entlaufene Katzen und entlaufene Ehemänner, wie man auf den Fluren der Kripo im Regierungspräsidium in Faro frotzelte, wo man sich um erschlagene Katzen und erschlagene Ehemänner kümmerte.

Rui Aviola jedenfalls wurde den Deutschen in Hamburg im Zuge eines Austauschprogrammes für zwölf Monate ausgeliehen. Und in diesen zwölf Monaten konnte eine Menge passieren, darüber war man sich in den Bars von Fuseta einig: Vielleicht würde er im Dienst sterben oder – viel schlimmer – würde dort eine hübsche deutsche Frau treffen, die man sich in dem Fischerdorf vorstellte wie einen blonden, betuchten Roboter, würde Vater werden und in Deutschland bleiben.

»Das hat sich doch irgendein Schreibtischlöwe bei Europol ausgedacht, als er Langeweile hatte«, sagte Carlos Esteves, der auf dem Beifahrersitz des zivilen Polizeiwagens saß und dem der Schweiß den Nacken und von dort die Wirbelsäule herunterlief. Carlos war Sub-Inspektor der *Polícia Judiciária*, der portugiesischen Kriminalpolizei. Was man ihm nicht sofort ansah: Er trug Shorts, Espadrilles und ein weites hellblaues Hemd. Eine Ray-Ban mit schmalen Gläsern hatte er sich ins halblange Haar geschoben. Er war 38 Jahre alt und ein großer, massiger Kerl, der es erfolgreich vermied, sich schnell bewegen zu müssen.

Carlos sog am Strohhalm einer Diet Coke, während die Straße zum Flughafen an ihnen vorbeijagte. Graciana Rosado, die zierliche Kriminalkommissarin, schaltete kurz die Sirene ein, weil vor ihnen eine Touristenfamilie aus Frankreich in einem altersschwachen Citroën vor sich hin bummelte. Auf dessen Rückbank drängelten sich drei Kinder und ein Golden Retriever. Graciana trat das Gaspedal bis zum Bodenblech durch.

Carlos kannte niemanden, der so sehr in seiner Mitte ruhte wie seine Kollegin. Aber in ihrem Auto, einem dunklen Volvo Kombi, wurde Graciana zu einer Rallye-Fahrerin. Ihr Freund João, der Journalist, hielt sich immer an der Tür fest, wie Carlos beobachtet hatte.

Graciana Rosado, die ihr dunkles Haar zu einem Pferdeschwanz gebändigt hatte und zu Jeans und Bluse ein dünnes Jackett trug, um die Dienstwaffe zu verbergen, hatte man wegen ihrer 162 Zentimeter Körpergröße den Beinamen *Piaf* verpasst. Genauer gesagt ihr beruflicher Ziehvater Raul da Silva vom Kommissariat I in Faro, weil sie nicht nur so klein war, sondern auch eine ähnlich schnarrende Stimme besaß wie Edith Piaf – aber leider nicht ihr Gesangstalent. Mit Ausnahme von Raul da Silva benutzten die Kollegen den Spitznamen allerdings nur, wenn Graciana Rosado sich nicht in Hörweite befand.

»Hattest du eigentlich mal was mit Rui?«, fragte Carlos.

Graciana warf ihm einen prüfenden Blick zu. Nur kurz, weil sie gerade dicht auf ein holländisches Wohnwagengespann auffuhr.

»Soll das ein Witz sein?«

Im Gegensatz zu ihr war Carlos nicht gebunden, er hatte keine Frau, jedenfalls *nicht immer dieselbe*, wie er es ausdrückte. Er breitete in einer Unschuldsgeste die Unterarme auseinander: »Wäre ja kein Verbrechen.«

Graciana seufzte. Das wäre es in der Tat nicht gewesen. In der Zeit, als sie João gerade erst kennenlernte, wäre es eines Abends fast passiert. Draußen, in den Dünen der Ria Formosa, in der Dämmerung. Alleine die Erinnerung daran war immer noch für einen Schauer gut.

Denn Rui Aviola sah aus, als hätte ihn Michelangelo höchstpersönlich modelliert. Ein Körper zum Niederknien, tiefblaue Augen, das Gesicht von dunklen Locken umrahmt. Rui war der Inbegriff eines Kerls. Er trug jene markige Selbstverständlichkeit durch die Gegend, die ihn von einer Laufstegschönheit unterschied. Und er bildete sich nichts darauf ein. In Fuseta galt er als dreifaches Ideal: als Liebhaber, Schwiegersohn und Vater. Lediglich der matte Glanz der Augen war der gesamten Erscheinung etwas abträglich.

Graciana hätte sich möglicherweise verführen lassen an jenem Abend unten in der Hafenbar *Farol*, die in einem achteckigen, mit dunklem Holz verschalten Gebäude mit zwei Eingängen untergebracht war und vor der die Gäste nachts, selbst noch im Dezember, draußen saßen und auf die bunten Fischerboote schauten, die nur zehn Meter entfernt an der kleinen Hafenmauer vor Anker lagen und sanft im Wasser schaukelten.

Sie hatte etwas getrunken, Rui hatte ihr schon zwei oder drei *Medronhos* bestellt. Die Früchte des Erdbeerbaums, der ausschließlich hier an der Algarve weiter nördlich im Hinterland wuchs, wurden von den Bauern per Hand gepflückt und später zu Schnaps destilliert. Das Schwarzbrennen war eigentlich verboten, aber es hatte in Portugal eine lange Tradition. Und so sah die GNR davon ab, das Treiben der Bauern zu unterbinden.

Die Medronhos, die Rui Aviola an jenem Abend ausgegeben hatte, hatten ihn noch attraktiver und unwiderstehlicher wirken lassen, aber Carlos, dem Aviolas Absicht und Gracianas Zustand nicht verborgen geblieben war, hatte sie wortlos untergehakt und nach Hause geleitet, nur fünfhundert Meter weiter in die Virgílo Inglês No. 5, eine Fußgängerzone, deren Pflastersteine durch achtzig Jahre Benutzung so abgewetzt waren, dass die Kinder barfuß darauf spielten.

Manchmal – in jenem Zustand, bevor einen der Schlaf ganz zu sich holt – bedauerte Graciana, dass Carlos an jenem Abend Ruis Absichten durchkreuzt hatte.

»Rui, Rui!«

Junge Frauen zwischen vierzehn und sechzig hatten sich am Gate versammelt, um Rui Aviola zu verabschieden, den zum Flughafen in Faro zu fahren sich die Kolleginnen von der GNR nicht hatten nehmen lassen. Mit einer engen Jeans und einem lässig aufgeknöpften Hemd über der braun gebrannten

Brust nahm er das Handgepäck vom Kontrollband und schickte ihnen einen Handkuss zu. Graciana und Carlos, der sich schnell ein Sandwich besorgt hatte, standen etwas abseits – aber auch sie wurden von Rui mit einem Winken bedacht, bevor er um die Ecke bog und verschwunden war.

Für ein Jahr. Im Europol-Austauschprogramm, das ihnen in Fuseta einen Deutschen aus Hamburg zuschanzte.

Der beste Mann. Das war der Untertitel des Flyers.

Wir wollen voneinander lernen. Lasst uns die Besten austauschen.

Böse Zungen behaupteten, die Initiatorin dieses Programms, eine Frau Kiefer bei Europol, habe sich diese Initiative ausgedacht, um ihre eigene Planstelle zu retten, die angeblich kurz vor der Streichung gestanden hatte. Eine Arbeitsbeschaffungsmaßnahme in eigener Sache.

Wie auch immer: Das Programm lief seit sechs Monaten. Lissabon hatte eine lebenslustige Kommissarin aus Ungarn bekommen, Porto einen Kollegen aus Edinburgh. Nun war Faro an der Reihe. Man erhoffte sich davon, gerade bei jenen Polizeieinheiten die Skepsis vor einer europäischen Polizeibehörde abzubauen, die den Folgen eines solchen Schrittes zwangsläufig als erste ausgesetzt sein würden.

Und ausgerechnet Rui hatte sich freiwillig für dieses Programm gemeldet.

»Warum denn das?«, hatte Carlos ihn kopfschüttelnd gefragt. »Da ist es kalt. Da sind lauter Deutsche – vermutlich musst du in einer Bar ein Handtuch über den Hocker werfen, um ihn dir zu sichern.«

»Mag sein«, hatte Rui geantwortet, an dem Carlos' Ironie spurlos vorübergegangen war, »aber hier in Fuseta ... Ich will mal raus. Mal was anderes sehen. Weißt du, was die Reeperbahn ist?«

»Mal gehört. Aber das hast du doch nicht nötig.«

»Mir ist es hier zu eintönig. In Faro wird keine Planstelle frei. Und in Lissabon auch nicht.«

Nach dieser Erklärung von Rui hatte Carlos Esteves leise geseufzt und vermieden, ihm dabei in die Augen zu schauen.

Sein Vorgesetzter Raul da Silva, der nur über drei Kommissare verfügte, war heilfroh, dass der Adonis aus Fuseta sich freiwillig gemeldet hatte – auf diese Art konnte er den Deutschen einen Provinzpolizisten als Kommissar unterjubeln und eine Unterbesetzung im eigenen Haus verhindern.

Auch Graciana Rosado kannte die Wahrheit hinter Ruis vergeblichen Versuchen, zur Polícia Judiciária zu wechseln: Rui Aviola würde niemals auf eine Planstelle für Kommissare rücken. Dazu war er zu beschränkt. Sie hatte mit ihrer schwedischen Freundin Agnes, die als Backpackerin in Fuseta hängen geblieben war und jetzt schon seit sechs Jahren im Farol am Hafen arbeitete, darüber gesprochen. Agnes war auf ein Date mit Rui aus gewesen.

»Agnes, Rui würde beim Schachspiel gegen den Ecktisch verlieren.«

»Ich weiß«, hatte Agnes geantwortet, »aber ich will ja auch nicht mit seinem Gehirn schlafen.«

Fuseta war jetzt für zwölf Monate ohne Rui. Die Traube aus untröstlichen Frauen am Abflugschalter löste sich nur langsam auf. Carlos Esteves stopfte sich den Rest das Sandwiches in den Mund.

Graciana Rosado musste bei dem Anblick ihres Kollegen schmunzeln. Sie kannte Carlos von klein auf. Wenn sie lange genug in ihrem Gedächtnis kramte, konnte sie sich bestimmt an über hundert Situationen mit ihm erinnern. Vielleicht noch mehr. Aber sie würde sich wirklich anstrengen müssen, eine zu finden, bei der er nichts Essbares in der Hand hielt.

»Was gibt's zu grinsen?«

»Nichts. Schon gut.«

»Du denkst, ich esse zu viel.«

»Nein.«

»Hmmm«, brummte Carlos und warf einen Blick auf die Anzeigetafel.

Carlos Esteves war ein Genussmensch, der einem exquisiten Stück Rabenfisch – am besten zu gerösteten Ananasscheiben – ebenso Aufmerksamkeit entgegenbrachte wie einer selbst gedrehten Zigarette, der sich im Fußballstadion mit derselben Hingabe ereiferte, mit der er einen Sonnenuntergang auf einer Düne in sein Herz aufnahm und dort für immer bewahrte. Graciana beneidete ihn hin und wieder darum.

Carlos deutete mit einer Kopfbewegung zu der Anzeigetafel. Graciana folgte seinem Blick: Flug LH 2409 aus Hamburg. *Arrived*.

»Lost?«

Carlos, der sie um eine ganze Kopflänge überragte, zückte ein etwas zerknittertes Stück Papier, auf dem der komplette Name des neuen Kollegen aus Deutschland stand: Leander Lost.

Sie hatten sich im Vorfeld nicht allzu viele Gedanken um ihren Gast gemacht, sie hatten von ihm nur als dem *Alemão* gesprochen, dem Deutschen. Was keinerlei Rückschluss auf ihre Gastfreundschaft zuließ. Wie alle Portugiesen waren sie zu einer Gastfreundlichkeit erzogen worden, die – von findigen Touristen schamlos ausgenutzt – bisweilen an Selbstaufgabe grenzte.

Deutschen waren sie hier an der Algarve schon oft begegnet. Alemães waren pünktlich und aßen bevorzugt dort, wo sie große Portionen erhielten, und nicht dort, wo es gutes Essen gab. Sie sparten beim Trinkgeld und beim Lob. Portugiesen an Nachbartischen sahen beschämt woandershin, wenn sie in einem Restaurant die Rechnung überprüften. Die Deutschen waren stolz auf ihre Autoindustrie. Und sie waren Europameister im Nörgeln.

Nach den ersten kinderlosen Touristen, die mit ihren Koffern aus der Gepäckabfertigungshalle kamen und außerhalb der Schulferien verreisen konnten, erschien ein schlaksiger Kerl in einem dunklen Anzug mit weißem Hemd und schmaler Lederkrawatte. Das volle, dunkle Haar war auf zweckmäßige Millimeter zurechtgestutzt.

Leander Lost sah das Papier, das Carlos sich vor den Bauch hielt, und kam auf sie zu. Mit drei riesigen Koffern und zwei ausladenden Kleiderhüllen, die er sauber gestapelt auf einem Gepäckwagen vor sich herschob.

Das Erste, was Kommissarin Graciana Rosado an Leander Lost auffiel, war, dass er kaum blinzelte.

»Gott, er ist ein Kind«, raunte Carlos Esteves.

»Quatsch, Carlos. Er ist bestimmt Mitte dreißig.«

»Blass ist er. Er sieht aus, als hätte er Leukämie.«

»Du könntest etwas netter sein.«

»Ich *bin* etwas netter.«

»Senhor Lost?«

»Yes.«

Sie reichte ihm die Hand.

»Graciana Rosado, *Sub-Inspektor* von der Polícia Judiciária, mein Kollege Senhor Carlos Esteves«, fügte sie auf Englisch hinzu.

»Olá.«

Carlos schüttelte die Hand des Deutschen.

»Olá«, erwiderte Leander Lost leidenschaftslos, aber nicht lässig. Er wirkte korrekt. Deutsch.

Graciana Rosado nahm von Faro aus die Nationalstraße N 125 nach Osten. Sie und Carlos wohnten in Fuseta. Sie hatten sich nach einigem Hin und Her entschieden, Leander Lost in der Villa Elias unterzubringen. Einem kleinen, landestypischen Haus, das den Eltern von Graciana gehörte und seit sieben Jahren leer stand.

Carlos saß wieder neben ihr, er knabberte an einem Fleischspieß. Leander Lost hatte sich auf der Rückbank angeschnallt, er sog die vorbeiziehende Landschaft in sich auf.

Die meisten Fahrzeuge, denen sie begegneten, hätte der deutsche TÜV umgehend stillgelegt. Zu beiden Seiten der Fahrbahn war es staubig. Die Mittagssonne betonte die Farben der Häuser, der Straßenschilder, der Plastikstühle vor den kleinen Bars, auf denen ältere Männer saßen und rauchten und Bier tranken. Alle paar Hundert Meter standen große, bereifte Müllbehälter am Straßenrand, und von den Häusern, meist in Weiß gehalten und mit blauer, roter oder gelber Farbe an den Rändern und um die Fenster herum verziert, blätterte der Putz ab und wurde von dunklem Staub ersetzt, der sich dort festfraß. Über allem ein Himmel in tiefstem Azur.

Leander Lost fühlte sich nicht wohl. Er war hier fremd. Er kannte diese Leute nicht. Er kannte diese Gegend nicht. Er kannte das Land nicht.

Deshalb zählte er ein paar Ecken. Das beruhigte. Seit er im Alter von elf Jahren auf dieses Wundermittel gestoßen war – er hatte die Ecken der Holzknüppel gezählt, mit denen die anderen Kinder ihn vermöbelten –, hatte er das Eckenzählen professionalisiert. Ein viereckiger Raum hatte immer acht Ecken. Eine Tür, die sich in die Zarge fügte, hatte zwölf Ecken. Die Zarge selbst, sofern nicht in die Wand eingelassen, sondern auf dem Putz aufliegend, ebenfalls zwölf. Fenster wiesen für gewöhnlich acht Ecken auf (die des Rahmens mitgerechnet). Und schon verfügte ein normaler Raum mit einer Tür und einem Fenster und nichts sonst darin über 40 Ecken. Spannend wurde es, wenn er komplett gefliest war.

Graciana Rosado musterte ihren Fahrgast über den Innenspiegel. Ihr großes berufliches wie privates Pfund war ihre Intuition. Sie spürte, wenn sie jemand belog. Sie spürte, wenn etwas nicht stimmte.

Ihr Freund João stimmte. Carlos auch, wenn auch auf einer anderen Ebene.

Ihre Intuition wurde für Graciana im Lauf der Jahre zu einer Stimme, die nur sie selbst hören konnte. Sie flüsterte ihr zu, wenn jemand log. Und wenn jemand die Wahrheit sprach. Obwohl ihre Eltern religiös waren, vermutete Graciana hinter dieser Befähigung keine christliche Wundergabe, sondern das, was man heutzutage emotionale Intelligenz nannte. Die hatte sich in Bezug auf João gemeldet und auch auf Carlos. Bei Leander Lost hingegen blieb sie stumm.

»Wir hatten eigentlich eine Wohnung direkt in Fuseta für Sie gemietet, aber leider mussten wir umdisponieren«, erklärte Carlos Esteves in seinem Schulenglisch und wandte sich zu dem deutschen Gast um. »Der Wohnblock hat gerade Engpässe bei der Wasserversorgung. Sie bekommen stattdessen eine Unterkunft in Alfandanga, das liegt bei Fuseta um die Ecke, nur zwei Kilometer entfernt. Es ist ein Haus, aber es ist nicht riesig. Normalerweise reicht es für zwei Personen. Sehr idyllisch.«

»Gut«, erwiderte Leander auf Englisch.

»Da gibt es ein Lokal gegenüber, da bekommt man große Portionen.«

Graciana verpasste Carlos einen kleinen Hieb mit dem Ellbogen.

»Wir haben für Sie den Kühlschrank gefüllt«, fügte sie hinzu, »aber wenn Sie etwas Spezielles haben möchten, können wir am Supermarkt halten.«

»Ist Käse dabei?«

»Ja.«

»Dann brauche ich nichts.«

»Und wir haben Bier gekauft«, sagte Carlos, »*Sagres.*«

»Sehr freundlich von Ihnen.«

Kurz herrschte Schweigen in dem Volvo. Leander Lost war bei Ecke 57 angekommen, als Carlos sich erneut an ihn wandte: »Mögen Sie Fußball?«

»Ja.«

Carlos lächelte – das war doch immerhin etwas.

»Was halten Sie von Cristiano Ronaldo?«

»Er ist ein großartiger Fußballer«, sagte Leander Lost, »der beste Spieler der Welt.«

Carlos wandte sich abermals um: »Ist das Ihr Ernst? Oder wollen Sie höflich sein?«

Leander Lost überlegte kurz: »Das eine schließt das andere nicht aus. Ich meinte das ernst und höflich.«

Carlos grinste breit und zufrieden.

»Nur bedauerlich«, fügte Leander hinzu, »dass er in Spanien spielt. Und bemerkenswert, dass die portugiesische Nationalmannschaft bis jetzt immer verloren hat – außer ohne Ronaldo bei der Europameisterschaft.«

Carlos' Mundwinkel bewegten sich wieder aufeinander zu. Er drehte sich zur Fahrbahn.

»Denkst du, er meint, was er sagt?«, fragte er Graciana auf Portugiesisch.

»Ich weiß nicht. Schwer zu sagen. Er sieht aus, als würde er nicht viel lachen.«

»Ja«, bestätigte Carlos, »er hat ein Gesicht wie aus Botox.«

Graciana nickte: »Kaum Falten.«

»Er starrt auch so, wenn er einen ansieht«, ergänzte Carlos zwischen zwei Bissen.

»Hübsche Augen hat er«, sagte Graciana, während sie in aller Gemütsruhe einen Lkw bei Gegenverkehr überholte und sie dabei alle auf wundersame Weise dem Unfalltod entgingen. Und auf Englisch zu Lost gewandt: »War was Internes.«

Lost nickte. Er war bei 121 Ecken.

Der Funk knisterte.

»Graciana?«

Es war die Stimme von Luís Dias. Er musste sich irgendwo befinden, wo sich zu dem Funkrauschen noch ein weiteres gesellte.

Luís Dias und Ana Gomes hatten heute die Tagesschicht der GNR. Zusammen mit vier anderen Kollegen waren sie in einem rosafarbenen zweigeschossigen Gebäude mit weißen Sprossenfenstern in Moncarapacho untergebracht, was etwa vier Kilometer nördlich von Fuseta lag. Fuseta selbst verfügte über keinen eigenen Polizeiposten. Und die Polícia Judiciária, der Graciana und Carlos angehörten, hatte nur einen Sitz an der Algarve: in Faro.

Carlos Esteves nahm das Funkgerät.

»Graciana fährt. Was gibt's, Luís?«

Luís Dias und Ana Gomes stammten aus Moncarapacho. Sie hatten in ihrem Leben noch nie ein anderes Land betreten.

Wie alle Orte in der »zweiten Reihe« der Algarve, die nicht direkt an der Atlantikküste lagen, war der 8.000-Seelen-Ort im Sommer gnadenlos der Hitze ausgesetzt. Wer es sich leisten konnte, baute sein Haus in der weitläufigen Hügellandschaft am nordwestlichen Rand der Kleinstadt. Dort oben ging immer eine leichte Brise und es gab alles, was man zum Leben brauchte. Auch der Tourismus hatte Moncarapacho nur in seiner feinsten Erscheinung heimgesucht: in Form von Menschen, die an Land und Leuten interessiert waren.

»Wir haben einen Toten.«

»Wo?«

»Auf der Ostinsel. Ich bin mit Ana hier. Es ist *O Olho.* Sieht aus, als wäre er zusammengebrochen.«

»Sperrt die Gegend ab«, wies Carlos ihn an.

Während der westliche Teil der Algarve von Faro bis Lagos von Touristen und Immobilienhaien heimgesucht worden war, die – einer biblischen Heuschreckenplage gleich – Ende des 20. Jahrhunderts Betonbettenburgen und Speisekarten auf Englisch, Spanisch, Holländisch und Deutsch hinterlassen hatten, war die Ostalgarve von Faro bis Tavira weitgehend verschont geblieben. Wie ein schützender Gürtel lag die Lagune *Ria Formosa*, ein sechzig Kilometer langes Naturschutzgebiet, vor der Küste. Wer ein Bad im Meer suchte, musste sich zunächst von einer der kleinen Fähren in einer zehnminütigen Fahrt auf eine der Inseln übersetzen lassen. Kein Hotel fand sich deshalb an Fusetas Küstenlinie, keine Armee aus Sonnenschirmen, keine Eisverkäufer, keine Promenade, keine Restaurants mit Blick auf den Atlantik, kein mit rarem Wasser gesprengter Golfplatz, nein, keines dieser Gräuel – von einem Campingplatz einmal abgesehen – hatte dank der Ria Formosa Einzug halten können. Stattdessen war sie Heimat von über zwanzigtausend Vögeln.

»Schon passiert«, gab Luís Dias zurück, »Capitão de Avis hat gegenüber drei Touristen schon einen Platzverweis ausgesprochen. Hier ist niemand mehr.«

Graciana und Carlos kam synchron ein Seufzer über die Lippen.

De Avis war Kapitän der *Autoridade Marítima Nacional*, der portugiesischen Küstenwache. Er versah seinen Dienst in dem dunkelblauen Anzug, weißen Hemd und marineblauer Krawatte, die die Beamten der Behörde sonst nur bei offiziellen Anlässen trugen. Sein lichter werdendes Haar verbarg er unter einer weißen Schirmmütze.

De Avis war felsenfest davon überzeugt, ein direkter Nachkomme von Dom Henrique de Avis, Heinrich dem Seefahrer, zu sein, jenem Mann, unter dem Portugal in die Liga der Kolonial- und Weltmächte aufgestiegen war, eine Größe freilich, die sich in den letzten 400 Jahren aus dem Staub gemacht hatte, und ein Verlust, den die Portugiesen ebenso bedauerten wie Capitão de Avis den seines Haupthaares. De Avis ließ jeden spüren, dass er zu Größerem bestimmt war und die Stelle als Leiter der Küstenwache im benachbarten Olhão nur bis zu jenem unzweifelhaft eintretenden Zeitpunkt innehaben würde, an dem das Parlament in Lissabon seinen Fehler einsehen und ihm die Leitung der portugiesischen Marine übertragen würde.

»Wir sind unterwegs. Rührt nichts an. Ist Doutora Oliveira schon informiert?«, fragte Carlos nach.

»Wir waren uns nicht sicher«, antwortete Luís Dias, »es war wohl ein Unfall.«

Carlos seufzte.

Graciana nahm ihm das Funkgerät aus der Hand.

»Luís?«

»Ja?«

Was im Hintergrund rauschte, war der Atlantik.

»Ruf Doutora Oliveira an, sie soll bitte rauskommen. Besorg einen Sonnenschirm und schütz O Olho vor der Sonne. Bis gleich.«

Klack. Sie hängte die Sprechmuschel ein, bevor sie wieder ins Englische verfiel: »Wir müssen runter an die Küste. Da ist ein Toter gefunden worden. Wir setzen Sie vorher ab. Ich schaue dann später noch mal bei Ihnen vorbei, wenn es Ihnen recht ist.«

»Nicht nötig«, antwortete Leander Lost auf Portugiesisch, »ich begleite Sie. Ab jetzt arbeiten wir ja ohnehin miteinander. Ich denke, es ist fair, wenn Sie wissen, dass ich Sie verstehe, wenn Sie sich in Ihrer Muttersprache austauschen.«

Graciana und Carlos erstarrten. Sicher, er sprach mit einem harten, deutschen Akzent, aber bis auf die eine oder andere Betonung war sein Portugiesisch einwandfrei. Die beiden Kommissare spürten, wie ihre Wangen von einem Brennen heimgesucht wurden, das die Scham hervorrief.

»*O Olho* – das Auge. Das ist wohl kaum sein richtiger Name«, fuhr Lost ungerührt fort.

Carlos räusperte sich vernehmlich.

»Sie sprechen unsere Sprache. Das ... ähm ... erleichtert natürlich einiges.«

»Ich dachte, es optimiert unsere Kommunikation. Deshalb habe ich mir das Nötigste beigebracht, als feststand, dass ich die Kriterien für den Austausch erfülle.«

»Das ist bewundernswert«, sagte Graciana und deutete nach links, wo zwischen einem Haus mit zugenagelten Fenstern und einem riesigen Kaktus ein Sandweg an der Straße mündete. »Den Weg dort hinein, vielleicht dreihundert Meter. Da ist Ihr neues Zuhause.«

Lost nickte.

Für *das Nötigste*, dachte Carlos Esteves, kannte der Alemão schon eine Menge Wörter.

Graciana Rosado ließ kurz die Sirene aufjaulen, und schon teilte sich der Verkehr vor ihr auf der N 125 nach links und rechts und stoppte. Als hätte Moses das Rote Meer geteilt. Sie schoss mit dem Wagen durch und bog an einer Kreuzung rechts ab nach Fuseta.

»Wir haben da was gesagt, über Ihr Gesicht.«

»Ein Gesicht wie Botox«, präzisierte Leander, »das hat Senhor Esteves gesagt. Hab ich Esteves richtig ausgesprochen?«

»Perfekt«, antwortete Carlos gepresst.

»Es war Ausdruck unserer Verwunderung über Ihr jugendliches Gesicht«, fuhr Graciana fort.

»Verstehe. Es war also eine Art ... Witz?«

Carlos seufzte vor Erleichterung: »Ja, genau. Ein Witz. Eine ... scherzhafte Bemerkung.«

»Etwas flapsig«, fügte Graciana hinzu und schenkte dem Deutschen ein verbindliches Lächeln.

Der nickte und verzog seinen Mund ebenfalls zu einem Lächeln, das seine Merkwürdigkeit aus dem Umstand bezog, dass sich das Lächeln nicht in seinen Augen spiegelte.

»O Olho ist ein Spitzname«, griff Carlos bereitwillig die Frage auf, die ihnen wieder etwas festeren Boden unter den Füßen verschaffte, »ein Spitzname für einen Mann, der an der Algarve als Privatdetektiv gearbeitet hat.«

Leander Lost lehnte sich zurück, die innerliche Unruhe hatte sich verflüchtigt.

217 Ecken.

2.

Auf dem Weg nach Fuseta passierten sie eine Schule und ausgedörrte Äcker, denen die Mittagshitze weiter zusetzte, und überquerten schließlich eine Bahnlinie, um die Rua General Humberto Delgado hinabzufahren. Zwischen weißen, maximal zweigeschossigen Häusern und gepflasterten Bürgersteigen erhob sich nach einer weiten grünen Fläche, der Ria Formosa, ein kräftiges Blau. Der Atlantik.

Für einen kurzen, angenehmen Moment ließ Leander Lost dieses Bild in sich fluten.

Denn dann versperrten zwei Autos den Weg, deren Fahrerinnen in aller Seelenruhe miteinander sprachen, und zwangen Graciana Rosado in die Altstadt Fusetas. Die enge Straße führte steil und gerade hinab, die weißen oder blau und braun gefliesten Häuserfassaden rückten von beiden Seiten so nah heran, dass die Gehwege auf die Breite eines Passanten zusammenschmolzen.

Die Gebäude reihten sich meist ohne Zwischenräume nebeneinander und ergaben so eine lange, abwechslungsreiche Wand mit schmalen Hauseingängen und kleinen Fenstern, aus der sich nur hier und da die Kästen der Klimaanlagen oder ein Balkon wölbte. Die Häuser mit ihren meist rechteckigen und mit Ornamenten verzierten Schornsteinen und ihren flachen Dächern, die nahezu alle ausgedehnte gemütliche Terrassen mit einem großartigen Ausblick beherbergten, konnten ihren maurischen Einfluss nicht verleugnen.

Kreuz und quer und auch über die Straßenschlucht hinweg spannten sich tief verlaufende Stromleitungen und bunte Leinen, an denen Wäschestücke in der salzigen Meeresbrise flatterten. Vor den Türen saßen alte Männer in groben Anzügen mit Schiebermützen und qualmten filterlose Zigaretten. Kinder spielten auf dem Gehsteig oder machten die Straße mit dem Rad oder Skateboard unsicher. Die Katzen schliefen im

Schatten unter den Autos, um später, wenn die Schatten länger wurden, wieder auf die Pirsch zu gehen.

Sie passierten einen Platz, auf dem die Bürger Fusetas umherflanierten, in den Cafés Eis aßen und Medronho oder herben Weißwein tranken und auf dem in einer Ecke ein paar Kinder mit einem Ball bolzten. Wie Leander Lost sah, legten die Portugiesen großen Wert auf ihre tadellose Erscheinung. Die Männer in Jeans oder Anzughose, obenrum fein gebügelte Hemden, die Frauen in Kleidern oder Röcken und Blusen.

Sie alle schienen Zeit zu haben und sich zu amüsieren, mittendrin die alte Generation. Männer mit schlohweißem Haar, die sich alte Geschichten erzählten und lachten, ältere Frauen, die von Fenster zu Fenster Neuigkeiten austauschten. Junge Männer in schwarzen Anzughosen und weißen Hemden, einige mit gegelten Haaren, die rauchend am Straßenrand standen und wohl Wichtiges zu bereden hatten, jedenfalls verkündeten das ihre Mienen. Nicht weit entfernt ein paar junge Frauen, die sich um eine Holzbank herum versammelt hatten und den jungen Männern herausfordernde oder heimliche Blicke zuwarfen und dann zu Boden schauten und lächelten, wenn der Blick erwidert wurde.

Mit einem Schlag war Leander Lost klar, dass hier die Zeit stehen geblieben war. Kein großes Kaufhaus, kein riesiger Supermarkt, keine Werbetafeln, keine riesigen Straßen, nichts dergleichen. Wenn er den Puls Fusetas hätte hören können, er wäre ruhig und regelmäßig gewesen.

Graciana Rosado dirigierte den Polizeiwagen, dem niemand größere Beachtung schenkte, mit traumwandlerischer Sicherheit und mit atemberaubender Geschwindigkeit durch all das hindurch. Mit dem Orientierungssinn der Einheimischen, die Winkel und Verlauf jeder Kurve und Straßenecke von Kindesbeinen an kannten, fand sie durch das Wirrwarr an Möglichkeiten den zügigsten Weg, bis die Häuser zurückwichen und ihnen nicht länger den Blick auf den kleinen Fähranleger und den Kanal nahmen.

Kaum am Fähranleger gegenüber der Bar Farol angekommen, an dem soeben eine Barkasse mit dreißig Touristen ablegte, nahmen sie ein Wassertaxi, das von einer jungen Frau über einen kräftigen Außenbordmotor gesteuert wurde, der nach Benzin stank, wenn sie die Fahrtgeschwindigkeit verringerte.

»Das ist Teresa«, rief Graciana, um sie miteinander bekannt zu machen, »und das ist Senhor Lost.«

»Olá«, sagte Teresa mit einem Lächeln, »Sie sind der Alemão, der für Rui gekommen ist.«

»Ja«, sagte Leander.

Dort, wo der Kanal endete und sie ins seichte Meerwasser entließ, überholten sie die Barkasse, die sich nach rechts zur Westinsel wandte.

»Das hier ist die Ria Formosa«, rief Carlos Esteves gegen den Wind, »ein großes Naturschutzgebiet, das uns viele Touristen vom Leib hält.« Er grinste breit. Und als Leander Lost das Grinsen nicht erwiderte, deutete er ein Achselzucken an und deutete nach vorne, wo sich noch einmal das Land aus dem Wasser erhob. »Das sind die vorgelagerten Strände. Sie fangen die Wellen ab und sorgen dafür, dass wir zwischen ihnen und Fuseta ein ruhiges Wasserbecken haben.«

Das stimmte. Das Wasser war fast so unbewegt wie auf einem See. Alle paar Meter standen Angler am Ufer oder waren Muschelsammler in Neoprenhosen unterwegs. Teresa drehte den Außenborder auf, das Boot hob den Bug an, die Gischt spritzte, und sie beugten sich alle leicht nach innen, um nicht nass zu werden.

Das Wassertaxi nahm eine Furt von gut dreißig Metern Breite, die die beiden vorgelagerten Inseln voneinander trennten, und kreuzte nun gegen die Atlantikwellen, die sich hier brachen. Teresa lenkte ihr Boot mit jener Kenntnis der Dinge durch die Brandung, mit der Graciana Rosado das Auto durch Fuseta dirigiert hatte.

Leander Lost fuhr sich mit der Zunge über die Lippen. Sie schmeckten salzig.

Auf halber Strecke schoss ihnen ein Wassertaxi entgegen, das von einem Mann gesteuert wurde. Der Fahrgast war ein Kerl um die vierzig, der langes, lockiges Haar hatte, das im Wind tanzte.

»*Porra! Que coincidência!*«, rief Graciana gegen den Fahrtwind in Richtung Carlos an, und ihre Tonlage verriet, dass sie das überhaupt nicht für einen Zufall hielt: »Tobias Faria.«

Der Mann hatte zwei Kameras umhängen und trug eine Weste, in denen er Objektive verstaut hatte – Tobias Faria telefonierte. In dem Augenblick, in dem die beiden Taxis sich begegneten, grinste er unverschämt und warf Graciana Rosado und Carlos Esteves einen Luftkuss zu.

Während Graciana den Mann ignorierte und Leander Lost sich keinen Reim auf diese Geste machen konnte, verfinsterte sich die Miene von Carlos. »*Filho da puta!*«, brüllte er Faria hinterher. Aufgebracht wandte er sich an seine Kollegin: »Hast du das gesehen?«

Graciana nickte ruhig: »Klar. In spätestens dreißig Minuten ist der Artikel über den Leichenfund auf *Correio da Manhã* online.«

»Wenn ich den das nächste Mal an einem Tatort erwische …«

»Das Problem ist, er ist immer vorher da«, wandte Graciana ein. »Und noch ist es kein Tatort, hm?«

Carlos nickte widerwillig. Und bemerkte einen Blick in seinem Nacken. Er wandte sich um – tatsächlich betrachtete der Alemão ihn aufmerksam.

»Das war Senhor Faria von einer Tageszeitung?«

»Ganz recht.«

»Und wie alt ist er? Er sieht aus wie ungefähr vierzig.«

»Gut geschätzt«, rief Graciana anerkennend.

»Ja. Warum fragen Sie?«, fügte Carlos hinzu.

Der Deutsche überlegte, ein Runzeln bildete sich auf seiner faltenlosen Stirn.

»Und seine Mutter arbeitet immer noch in dem Gewerbe?«

Die beiden Portugiesen kniffen die Augen zusammen und musterten ihn, um herauszufinden, ob dies eine Art Scherz war. Ein Paradebeispiel für den seltsamen deutschen Humor etwa.

War es nicht.

»Wir nutzen das als ... ähm ... Schimpfwort.«

Das Stirnrunzeln verflüchtigte sich.

»Ah, ich verstehe.«

»Ja, ich ... hatte kurz vergessen, dass Sie Portugiesisch schon sehr gut beherrschen. Senhor Faria arbeitet für eine Boulevardzeitung. Wenn er könnte, würde er einen Mord eher fotografieren als verhindern. Wenn man ihn einen Aasgeier nennen würde, würde man damit diese Vogelart beleidigen.«

Jetzt schmunzelte der Deutsche.

Teresa drosselte die Geschwindigkeit, der Bug senkte sich etwas ab und der Außenbordmotor ging in ein Tuckern über. Die vorgelagerte Insel war nahezu menschenleer und nur in ihrer Mitte von kräftigen Dünengräsern bewachsen.

Gleichzeitig mit seinen neuen Kollegen entdeckte Leander Lost ein weißes Boot, das fast parallel zur Uferlinie am Strand lag und dem Meer seine Unterseite präsentierte. Das weiße Schnellboot der Autoridade Marítima Nacional entfernte sich dagegen bereits Richtung Osten. An der Reling stand die hoch aufgeschossene Gestalt von Capitão de Avis, der in einer Mischung aus Lässigkeit und Dienstvorschrift den Arm zum Gruß hob.

Der Kabinenaufbau des gestrandeten Bootes ragte in einem

schrägen Winkel zum Himmel, die rechte Reling berührte fast den Strand. Ein grün-weißer Stoff spannte sich hinter dem Kabinenaufbau und vibrierte an seinen Rändern im Wind.

Neben dem Boot standen zwei Gestalten in den Blautönen der Uniform der Guarda Nacional Republicana im weißen Sand. Eine dünne blonde und eine dickliche mit einem Haarkranz, wie Lost registrierte. Nachdem Teresa sie fast trockenen Fußes abgesetzt hatte und dann wieder davongebraust war, stellte sich die dünne blonde Gestalt als Ana Gomes und die mit dem Haarkranz als Luís Dias heraus.

Die Insel war ein bis auf die hier versammelten Polizisten menschenleeres Paradies. Über gut hundert Meter zog sich der Strand flach ins Wasser, das grünlich-türkis schimmerte und mit flachen Wellenkämmen gegen die Uferlinie anlief. Heller, warmer Sand zog sich kilometerweit nach Osten. Eine Schar von Lachmöwen stand um einen Priel herum und pickte mit gelben Schnäbeln in den nassen, weichen Boden.

Ana Gomes und Luís Dias von der GNR musterten Leander Lost neugierig, aber mit der gebotenen Höflichkeit. Gomes zog bei seinem Anblick allerdings unwillkürlich ein Gesicht, als habe Fuseta mit dem Tausch Aviola – Lost ein schlechtes Geschäft gemacht.

Durch die Schieflage des Bootes war der Körper des Toten in jenen Winkel gerutscht, den das Bootsdeck und die Schiffswand bildeten. Er lag größtenteils im Schatten eines grün-weißen Sonnenschirmes. Luís und Ana hatten ihn, wie sie erklärten, von den drei Touristen konfisziert, die Capitão de Avis an Land verwiesen hatte, nachdem Gomes seinem Befehl Folge geleistet hatte, ihre Personalien zu notieren. Bei den Touristen handelte es sich offenbar um eine britische Familie namens Henderson.

De Avis selbst hatte umgehend Abstand von dem Fall genommen, da der Kiel des havarierten Bootes auf Grund gelaufen war. Auf Grund – das hieß Festland. Das hieß GNR. Das hieß: Capitão de Avis musste sich nicht weiter damit befassen.

Carlos Esteves sah leicht genervt zwischen Gomes und Dias hin und her.

»Haben wir da nicht jemanden vergessen?«, fragte er gedehnt, als weise er Kinder zurecht.

»Vergessen?«, echote Dias und sah dabei zu seiner Kollegin, die seine dilettantische Vorführung vom unschuldigen Polizisten mit staunender Miene unterstützte.

»War nicht gerade Faria hier? Ja?«, fragte Carlos ungeduldig.

Gracianas Ungeduld übertraf seine: »Hat er die Leiche fotografiert, ja oder nein?«

»Ja«, gab Dias zu.

»Und woher wusste er wohl«, fuhr Carlos fort, »dass hier gerade eine Leiche angespült worden ist? Jucken im großen Zeh? Telepathie?«

»Polizeifunk?«, fiel Ana Gomes ein, und sie war so dankbar über ihren rettenden Einfall, dass sie lächelte.

Carlos sah für ein paar Augenblicke zwischen den beiden hin und her.

»Ganz bestimmt war das so, Ana«, sagte er dann, »Polizeifunk, natürlich. Nicht, dass am Ende jemand von uns in den Verdacht gerät, Tobias Faria gegen ein kleines Entgelt immer auf dem Laufenden zu halten.«

»Das wäre ein schlimmer Gedanke«, sagte Gomes.

»Ja, schlimm«, pflichtete Dias ihr bei.

Carlos Esteves nickte und ließ es mit einem Seufzen dabei bewenden.

Graciana Rosado kletterte an Bord und untersuchte den Leichnam. Als sich ein Schatten über sie legte, blickte sie auf. Leander Lost hatte sich gegen die Reling gelehnt und sah ihr aufmerksam zu.

»Die Hendersons – das war ein Paar mit einem kleinen Kind aus Brighton«, lieferte Ana Gomes anhand ihrer Notizen schnell nach, während Graciana sich routiniert Einweghandschuhe überstreifte und noch einmal nach dem Puls fühlte, den Kopf wendete, sich die Wunde anschaute und das Hämatom drum herum, das sich dunkelviolett vom Haaransatz bis zur linken Augenhöhle ausbreitete.

»O Olho«, stellte Leander Lost fest.

»Ja.«

Graciana leerte die Tascheninhalte des Toten in einen transparenten Beutel, den Leander für sie aufhielt. »Obrigada«, dankte sie.

»Wem gehört das Boot?«, fragte Carlos Esteves unterdessen die beiden Kollegen.

Ana Gomes hatte offenbar noch keinen Gedanken daran verschwendet, sich über den Bootseigentümer schlauzumachen. Deswegen sah sie zu Luís Dias, als wolle sie sagen: Er muss es wissen, er ist der Dienstältere. Dias deutete ein Achselzucken an.

Carlos nickte. Wie kommt es, dachte er, dass ich nichts anderes erwartet habe.

Seit er Luís Dias zum ersten Mal begegnet war – auf der Polizeischule –, beschwerte der sich darüber, dass andere Polizisten an ihm vorbei befördert wurden. Dias war mittlerweile 62 Jahre alt, aber er war immer noch nicht in der Lage, beim Fund eines Toten selbstständig die Gerichtsmedizinerin anzurufen. Stattdessen hockte er den ganzen Tag im Büro unter dem Ventilator, wettete mit seiner Kollegin Gomes, wie viele Fliegen heute in dem elektrischen Insektenvernichter gegrillt werden würden, oder spielte sich draußen vor ahnungslosen Touristen auf. Er würde nur noch einmal befördert werden. Direkt vor seiner Pensionierung. Als ein Akt der Gnade, um seine Altersbezüge im letzten Augenblick auf ein Niveau anzuheben, das ihm einen auskömmlichen Lebensabend sicherte.

Carlos würde das nicht tun, obwohl er das Gesetz sonst immer hinter seine eigene Moral stellte. Aber Graciana hatte ein großes Herz und ein empfindsames dazu. Die Menschlichkeit würde ihr gebieten, Luís Dias jene finanzielle Zuwendung zukommen zu lassen, die ihm bei objektiver Betrachtung nicht zustand. Den Vorschlag zur Beförderung unterbreitete normalerweise der Chef des jeweiligen GNR-Postens, aber da es in Moncarapacho keinen Vorgesetzten gab, würde Graciana ein Wort für ihn einlegen.

Was das Hierarchieverhältnis unter ihnen – Graciana und Carlos – betraf, so behandelte sie ihn wie einen Ebenbürtigen (und meinte es auch so). Offiziell lagen die Weisungsbefugnis und die Befehlsgewalt im Zweifelsfall bei ihr. Und vielleicht, räumte Carlos manchmal im Stillen ein, war ihr Einsatz für Dias in Ordnung – immerhin übertrug er seine laxe Dienstauffassung nicht mehr auf die Polizeischüler, seitdem man ihn zurück nach Moncarapacho gelobt hatte.

»Also«, sagte Carlos, »Eigentümer feststellen! Wenn ich mich nicht irre, hatte O Olho nämlich kein eigenes Boot.«

Luís Dias nickte, während Ana Gomes sich die Anweisung in einem kleinen Notizblock notierte.

»Und dann?«

Carlos seufzte: »Dann fragen, wann er das Boot gemietet hat. Wohin er wollte. Wann er losgefahren ist. Liegt das alles nicht irgendwie auf der Hand?«

»Doch«, log Dias und zog mit der Kollegin los, um sich ein Wassertaxi zu rufen.

Die beiden hatten ein Gespür für die Grenze von Carlos' Geduld entwickelt. So als besäßen sie kleine Fühler, die ein herannahendes Gewitter bemerkten. Gomes und Dias scheuchten die zwei Dutzend Lachmöwen am Priel auf.

Als Carlos sich wieder der Leiche zuwandte, sah er, wie der Alemão das Boot inspizierte.

»Gibt es in Portugal kein Zentralregister für Schiffseigner?«, fragte der Deutsche.

»Nein ... nicht bei dieser Bootsgröße«, bekannte Graciana.

»Das würde nämlich helfen.«

Graciana und Carlos schluckten die Einlassung herunter, die zwar frei von jedem Vorwurf war, was in ihren Ohren aber dennoch mitschwang.

»In Deutschland haben wir damit gute Erfahrungen gemacht. Zum Beispiel auch, um Schmuggelnetzwerke auszutrocknen.«

»Das könnten wir hier beizeiten auch mal anregen«, sagte Graciana.

»Bisher sind wir auch so zurechtgekommen«, merkte Carlos an, seine Stimme klang dabei etwas gepresst.

»Ja. Aber über ein Zentralregister können Sie dem Boot sofort einen Eigner zuordnen«, führte Leander Lost seine Anmerkung aus, »da wüssten wir jetzt, wem das Boot gehört, Sub-Inspektor Esteves.«

Carlos ließ die Arme sinken und wandte sich dem Deutschen zu.

»Hier ist eine Plakette«, sagte Lost, der ein kleines Metallschildchen neben dem Steuerrad entdeckt hatte, »Filipe Carvalho aus Arroteia ... und eine Mobilnummer, glaube ich.«

Graciana trat neben ihn, nickte, sah zu Carlos, der ebenfalls ein Nicken andeutete – Filipe Carvalho war kein Unbekannter. Er hauste in einem Schuppen neben einem sehr spartanisch eingerichteten Restaurant am Ufer der Lagune, dem *Restaurante Ilhote*.

In diesem Augenblick rauschte erneut das Wassertaxi heran, mit dem Teresa drei weitere Passagiere absetzte, zwei Männer und eine Frau, bevor sie Dias und Gomes zurück nach Fuseta chauffierte.

Der eine Mann trug zu ausgeblichener Jeans und Hemd eine

Uniformjacke und eine Sonnenbrille, der andere, kleinere, steckte in einem Anzug und wirkte durchtrainiert.

Die Frau, die die beiden begleitete, hatte ihre grauen Haare zu einem Pferdeschwanz gebändigt: Doutora Oliveira, die Leander Lost, als Graciana Rosado sie kurz einander vorstellte, interessiert und mit einer Spur zugewandter Neugier musterte, bevor sie sich an die Arbeit machte und die Leichenschau durchführte.

Ihr Begleiter mit der Sonnenbrille entpuppte sich als Inspektor Raul da Silva, direkter Vorgesetzter von Graciana Rosado und Carlos Esteves. Ein umgänglich wirkender Mittvierziger. Er nahm höflicherweise die Sonnenbrille ab und schüttelte dem Deutschen die Hand.

»Ich freue mich«, sagte er auf Englisch, »dass Sie meine Truppe für ein Jahr verstärken. Ich hoffe, wir können viel voneinander lernen.« Er schenkte dem Deutschen ein gewinnendes Lächeln.

»*Sim*«, bejahte Leander Lost auf Portugiesisch, »*estou com muito curiosidade de saber as diferenças entre Alemanha e Portugal.*«

Wie seine Untergebenen zuvor war Inspektor da Silva verblüfft von Losts Sprachkenntnissen, der ihn soeben hatte wissen lassen, dass er schon sehr gespannt sei auf die Unterschiede zwischen Deutschland und Portugal.

Sein Begleiter war kleiner und drückte Leander Lost sehr fest die Hand. Das dunkle Haar sauber und exakt gescheitelt, er roch frisch rasiert.

»Ich bin Miguel Duarte«, stellte er sich vor, »Sub-Inspektor wie Senhora Graciana und Senhor Esteves.«

»Erfreut«, antwortete Leander.

Carlos warf dem Kollegen einen vorwurfsvollen Blick zu: »Was machst du hier? Willst du den Fall übernehmen?«

»Ist es denn einer?«, merkte Duarte mit einem süffisanten Lächeln an.

»Wärst du sonst da?«

»Langsam, langsam«, sagte da Silva und hob beschwichtigend die flache Hand, »Duarte ist hier, weil er zufällig mit mir im Auto war.« Und mit echter Jovialität wandte er sich an Leander Lost: »Was die Unterschiede unserer Länder betrifft, wird es bei genauer Betrachtung vermutlich gar nicht so viele geben.«

»Auf jeden Fall dürfte es bei Ihnen mehr regnen, nehme ich an«, sagte Miguel Duarte.

»Ja. In Hamburg haben wir eine durchschnittliche Niederschlagsmenge von 772,7 Millimetern im Jahr.«

»Ah ja.«

»Bei 129,4 Regentagen. Wissen Sie, wie viele Regentage Sie hier haben?«

»Nein«, gab da Silva zu, »vielleicht 30?«

»56«, berichtigte Lost ihn.

»Das ist sehr interessant«, log da Silva, »aber jetzt muss ich mich kurz um den Toten kümmern, wenn Sie gestatten.«

»Natürlich.«

Wie sich schnell herausstellte, hatte O Olho einen Genickbruch erlitten. Die Wunde zwischen Auge und Haaransatz dagegen stammte von einem stumpfen Gegenstand.

»Holz, vielleicht Metall, dann aber nicht sehr scharfkantig, wie es scheint«, diktierte Gerichtsmedizinerin Doutora Oliveira mit erstaunlich tiefer Stimme ihrem Smartphone, um an Raul da Silva gewandt hinzuzufügen: »Kann ich Ihnen genauer sagen, wenn ich mir das unter dem Mikroskop angesehen habe.«

Da Silva nickte: »Unfall oder Fremdeinwirkung?«

Eine Frage, die Graciana und Carlos sich im Stillen auch bereits gestellt hatten.

»So ein Genick«, fügte Raul da Silva zu, »bricht ja nicht mal eben.«

»Senhor Conrad kann sich am Kopf gestoßen haben, zum Beispiel mit der Stirn am Kabinenaufbau, und dann so unglücklich gestürzt sein, dass der zweite Halswirbel gebrochen ist. Oder er ist vielleicht ausgerutscht, auf die Treppenstufen gefallen und hat sich beides gleichzeitig zugezogen.«

»Oder jemand hat ihm einen Schlag versetzt«, meinte Duarte.

»Wir werden sehen«, vertröstete Oliveira sie alle, »das Boot darf jedenfalls noch nicht freigegeben werden. Sie können es in den Hafen schleppen lassen, aber bis morgen früh muss es jemand bewachen.«

»Dias!«, kam es Graciana und Carlos gleichzeitig über die Lippen.

3.

Das Restaurant *Ilhote*, das Inselchen, lag am Ende eines Feldwegs in einem kleinen Küstennest namens Arroteia, keine zehn Autominuten von Fuseta entfernt direkt am Ufer der Ria Formosa.

Als Leander Lost ausstieg, raubte ihm der Anblick den Atem. Eine grünlich schimmernde Lagunenlandschaft mit Hunderten, ja Tausenden von Vögeln, die umherflogen oder durch die Salinen stelzten. Dazwischen flache Sandpfade, auf denen sich im Moment aber kein Mensch bewegte.

»Die Ria Formosa«, erklärte Graciana Rosado, die dem Blick des Alemão folgte, »reicht etwa von Faro bis fast zur spanischen Grenze.«

»Sechzig Kilometer«, fügte Carlos Esteves hinzu, und in diesen zwei Worten schwang eine Menge Stolz mit.

Tatsächlich war das Gebiet das ganze Jahr über Rückzugsraum für seltene wie bekannte Vogelarten. Ganz davon abgesehen, dass hier munter jene Muscheln heranwuchsen, die bei Bedarf noch am gleichen Abend oder am nächsten Mittag in den Sudtöpfen der Restaurantküchen landeten.

»Ich hatte darüber gelesen«, antwortete Leander Lost, »aber die Macht des Faktischen ist einfach unübertroffen.«

Als wollte sie seine Worte bestätigen, flog eine Schar von über dreißig Flamingos in enger V-Formation ein und landete, wobei jeder Vogel mit eiligen Trippelschritten die Geschwindigkeit abbremste, bis sie alle zum Stehen gekommen waren. Dann begannen die rosa gefiederten Tiere mit ihrer Nahrungssuche, bildeten dazu eine dichte Kette und seihten mit den Schnäbeln das Wasser der Lagune durch.

»Sie sind so anmutig«, sagte Graciana mit einem Lächeln.

»Ich frag mich immer, woher die ihr rosa Gefieder haben«, sinnierte Carlos.

Diese Frage riss Leander Lost aus seinen Gedanken, er warf dem portugiesischen Kollegen einen freundlichen Blick zu.

»Bei der Verarbeitung des Planktons, das die Vögel aufnehmen, entsteht Canthaxanthin«, half er beim Auffüllen dieser Wissenslücke. »Das ist ein Pigment, das die Farbe von Haut und Gefieder bestimmt. Deshalb sind junge Flamingos noch grau.«

Graciana, Carlos und Leander hatten an einem der drei Tische unter dem Vordach des Ilhote Platz genommen. Er war mit einer roten Lackdecke überzogen, die von einem schweren Aschenbecher fixiert wurde. Das transparente Plastikdach tauchte alles in Gelb: die Wände, die Rohrstühle, die zusammengeschusterten Gehwegplatten, selbst den Insektenvernichter, der dann und wann mit einem Britzeln kurz aufglühte.

Am Nebentisch saßen zwei alte Fischer mit wettergegerbter Haut bei ihrem Nachmittagsbier. Der eine trug trotz der Hitze eine Schiebermütze, der andere hatte den Filter einer Zigarette in die Lücke eines fehlenden Zahnes gesteckt und inhalierte tief. Beider Augen klebten an der Mattscheibe eines kleinen Fernsehers. Verglichen mit dem sonstigen Interieur schien er ein gutes Dutzend Jahre aus der Zukunft zu stammen und hing neben der Kühlbox, in der diverse Getränke und Eissorten schlummerten.

Sie verfolgten stumm die Wiederholung des samstäglichen Fußballspiels zwischen dem FC Porto und Benfica Lissabon. Auch die Bedienung, eine dralle Mittzwanzigerin, verfolgte die Begegnung, ganz gleich, ob sie bediente, abwusch, kochte oder die altertümliche Kasse traktierte. Ab und zu warf sie auch ein paar Münzen in den Spielautomaten neben der Tür zu der Gemeinschaftstoilette. Wenn der das mit einer künstlichen Tonfolge quittierte, rügte sie der Alte mit der Schiebermütze, was die Kellnerin nicht auf sich sitzen ließ. Für eine halbe Minute gab ein Wort das andere, dann nötigte sie der Spielfortgang zu einem fragilen Burgfrieden.

Dass Polizei hier auftauchte, kümmerte niemanden. Und dass sie von einem blassen *Estrangeiro* begleitet wurde, der es fertigbrachte, sich mit einem schwarzen Anzug das Leben schwer zu machen, wurde mit toleranter Gleichgültigkeit aufgenommen. Es schien, als gäbe es nichts, was man hier noch nicht gesehen hätte.

»Ist was mit meinem Boot?«, fragte Filipe Carvalho besorgt, als Carlos Esteves sich bei ihm erkundigte, wann und wie er O Olho seinen altersschwachen Kutter geliehen hatte. »Merda, hat er jemanden damit gerammt, ja?«

Unruhig blickte der Besitzer des Ilhote von einem zum anderen. Dazu ließ er nicht nur die Pupillen von links nach rechts wandern, von Carlos zu Graciana und dann wieder zurück, sondern drehte den ganzen Kopf. Er saß ihnen am vordersten Tisch gegenüber, die Finger und das Unterhemd schwarz und ölig, weil er in den Tiefen eines Schiffsmotors herumgeschraubt hatte, als sie ins Ilhote gekommen waren und sich nach ihm erkundigt hatten.

»Ist jemand umgekommen?«, fragte Carvalho und deutete mit dem Kopf auf Leander Lost in seinem schwarzen Anzug.

»Ach das, nein, das ist Senhor Lost«, erklärte Graciana, »er kommt aus Deutschland und ... verstärkt uns für ein Jahr.«

»Ah, der Alemão, der für Rui gekommen ist.«

»Ja«, sagte Leander und sah den Mann gegenüber an, bis sich der ununterbrochene Blick zu einem Starren verhärtete, der Filipe Carvalho verunsicherte.

»Warum starren Sie so?«

»*Desculpe.* Das war nicht meine Absicht. In ähm ... in Deutschland ist es ein Zeichen der Aufmerksamkeit, sein Gegenüber beim Zuhören anzusehen.«

Seine Erklärung vertiefte lediglich die Verwunderung der anderen.

»Aber Sie *sehen* ja nicht. Sie *starren.*«

»Ich bin mir sicher, es war nett gemeint«, hörte Graciana sich sagen, und ihre Stimme erschien ihr selbst fremd.

Sie glaubte nicht eine Silbe von dem, was sie da von sich gab. Dieses Starren, der schwarze Anzug in der Mittagshitze, die Belehrungen über Niederschlagsmengen, die puppenhafte Mimik – all das waren Mosaiksteine, die sich zu dem Bild eines Menschen fügten, mit dem etwas nicht stimmte. Bloß was?

Ohne mit Carlos auch nur ein Wort darüber gewechselt zu haben, wusste sie, dass er ähnlich empfand. Wenn sie es achselzuckend auf Losts Fremdheit schoben, auf seine Nationalität, dann taten sie das in Wirklichkeit, weil ihnen nichts Besseres einfiel. Dass er ein Deutscher war, erklärte keine dieser Auffälligkeiten. Bis auf die Belehrungen natürlich.

»Wann hat O Olho das Boot gemietet?«, fragte Carlos.

»Heute früh. Was ist denn nun passiert?«

Carlos warf Graciana einen kurzen Blick zu, die mit einem kaum merklichen Nicken ihr Einverständnis gab.

»Er ist tot.«

Filipe Carvalho schnitt eine Grimasse, die Entsetzen signalisieren sollte, und dann, als er bemerkte, dass er das gar nicht empfand, zumindest Bedauern.

»Und mein Boot? Ich mein …«

»Dem geht's gut«, unterbrach Graciana mit einem tadelnden Unterton. »Wohin wollte O Olho?«

»Hat er nicht gesagt. War es denn Mord?«

»Ich würd's dir sagen, wenn man dich nicht *das schwarze Brett von Arroteia* nennen würde, Filipe.«

»So nennt man mich nicht!«

Die Kränkung bezog sich weniger auf den Begriff als auf den Umstand, dass der mittlerweile offensichtlich auch der Polizei geläufig war.

»Doch, und du weißt das«, stellte Graciana klar.

Leander spürte, wie die kleine Portugiesin neben ihm erkaltete. Er war sich noch nicht ganz sicher bei ihr, aber sie war ein warmer Quell. Hin und wieder, wenn ihr Blick ihn streifte, war ihm, als fahre ein Sonnenstrahl über seine Haut. Dieser Sonnenstrahl fehlte in dem Blick, mit dem sie Filipe Carvalho bedachte.

»Vermutlich ist er verunglückt. War er alleine, als er losgefahren ist?«

»Ja.«

»Wollte er jemanden abholen?«

»Ich weiß nicht.«

»Was hat er gesagt?«

»Nichts.«

Die Mienen von Graciana und Carlos verhärteten sich.

»Ich weiß nicht«, sagte Carlos scheinbar leichthin, »aber ich kann mir vorstellen, dass, wenn ich nach dahinten gehe, dass da hinter den Autowracks ein Gewächshaus steht. Ein Gewächshaus mit Cannabis.«

Graciana merkte erstaunt auf und musterte ihren Kollegen

eingehend, um festzustellen, ob er bluffte oder nicht. Filipe Carvalho dagegen wusste bereits, dass er es nicht tat.

»Wenn ich mich in dieser Hitze dahin quälen muss, Filipe, krieg ich vermutlich ziemlich schlechte Laune. Wenn ich da jetzt hingehen muss, damit wir dir nicht jedes Wort aus der Nase ziehen müssen.«

Mehr brauchte es nicht.

»Alles gut, Carlos. Wusste ja nicht, dass das so wichtig ist. Also, er hat gestern Abend angerufen. Dass er das Boot braucht, die Flor. Ich hab's aufgetankt, er war heute Morgen hier, ist rausgefahren, wie sonst auch.«

»Sonst auch?«, fragte Graciana.

»Na, er hat die Flor ja oft für seine Arbeit gebraucht.«

»Für seine Schnüffelei«, fügte Carlos missbilligend hinzu.

Vor Losts innerem Auge entstand das Bild eines Mannes, der an Bord eines Boots auf hoher See saß, die Nase in die Luft hielt und die Witterung aufnahm.

»Für die Grundstücke, an die man von der Straße aus nicht gut rankommt. Und an die Leute, die da wohnen«, erklärte Filipe Carvalho in Gracianas Richtung.

Die Kommissarin nickte.

»Und zu welchem Grundstück wollte er heute?«

Filipe Carvalho antwortete mit einem Achselzucken und einem Gesichtsausdruck, der vermitteln sollte, dass er als der seriöse Geschäftsmann, der er gerne wäre, niemals einem Kunden so eine indiskrete Frage gestellt hätte.

»O Olho war eben O Olho«, sagte er dann noch.

Das brachte alles, was man über Markus Conrad sagen konnte, auf den Punkt.

4.

»Er hat also das Boot gemietet und ist alleine rausgefahren«, fasste Sub-Inspektor Carlos Esteves auf ihrer Fahrt zurück von Arroteia über die N 125 zusammen, »dann strandet er mit der Flor auf der Ostsandbank. Und mit einem Genickbruch.«

Sie hatten vor, ihren neuen Kollegen und Gast jetzt wie ursprünglich geplant zu seinem neuen Zuhause zu fahren, das er für seinen einjährigen Aufenthalt beziehen sollte.

»Angenommen, es war kein Unfall«, dachte seine Kollegin Graciana Rosado laut, »dann gibt es für die Chronologie der Verletzungen nur zwei Möglichkeiten: Entweder hat ihm jemand einen so schweren Schlag versetzt, dass er gestürzt ist und sich das Genick als Folge des Sturzes gebrochen hat. Oder der Täter hat ihm den Halswirbel gebrochen, und O Olho hat sich die Wunde an der Stirn sozusagen post mortem zugezogen.«

»In beiden Fällen muss es auf dem Meer zu einer Begegnung gekommen sein«, fügte Carlos hinzu, »vielleicht reden wir mal mit Capitão de Avis, auch wenn's ihm nicht passt.«

Die Kommissarin nickte. Der Detektiv hatte, schenkte man den Aussagen des Wirts vom Ilhote Glauben, Arroteia alleine verlassen. Ging man von Totschlag oder einem Mord aus, war der Täter entweder auf dem offenen Meer zugestiegen – was ein eigenes Boot erforderte – oder Markus Conrad hatte ihn irgendwo an der Küste an Bord geholt. Für beide Hypothesen schätzten sie die Wahrscheinlichkeit, dass Conrad seinen Mörder gekannt hatte, als hoch ein.

Leander Lost beteiligte sich mit keinem Wort an der Spekulation. Als Graciana ihn aus Höflichkeit auf sein Schweigen ansprach, erklärte er, dass sich die Anzahl der Möglichkeiten mit dem Ergebnis von Doutora Oliveira schlagartig reduzieren könnte, dann nämlich, wenn die Gerichtsmedizinerin ihnen mitteilen würde, dass die Kopfwunde von einem Gegenstand hervorgerufen worden ist, der sich nicht an Bord der Flor befunden hatte – dann nämlich sei ein Unfall mit Sicherheit auszuschließen.

Das Radio, das leise nebenbei gelaufen war, unterbrach das Programm und meldete den Tod von Senhor Markus Conrad, der in seinem Boot heute Morgen bei Fuseta angetrieben worden sei. »Im Augenblick sagt die Polizei, dass sie von einem Unfall ausgeht. Wir berichten, wenn es hier Neuigkeiten gibt«, versprach die Moderatorin. »Jedenfalls wird der Strandabschnitt in einer halben Stunde wieder freigegeben.«

Carlos schaltete das Radio ab.

»Faria«, zischte er und sein Kinn schob sich instinktiv angriffslustig vor, »unfassbar. Ich wette, der würde noch seinen eigenen Tod vermarkten.«

Graciana griff zum Funk.

»Ana, Luís, kommen.«

Es dauerte nur wenige Augenblicke, bis Luís Dias sich meldete. Graciana wies ihn an, das Büro und die Wohnung, in denen der Tote gearbeitet und gelebt hatte, abzusperren und polizeilich zu versiegeln.

»Das geht nicht«, lachte der ehrlich amüsiert.

»Weil?«, fragte Graciana Rosado kurz angebunden.

»Weil ein Mensch niemals an zwei unterschiedlichen Orten sein kann«, antwortete er.

»Gleichzeitig«, hörten sie Ana Gomes halblaut sagen.

»Gleichzeitig«, fügte Luís Dias daraufhin schnell hinzu.

»Das Boot«, sagte Carlos leise, um Graciana klarzumachen, worüber die beiden GNR-Beamten sich freuten. »Sie sollen das Boot bewachen.«

Graciana Rosado schüttelte kurz den Kopf über so viel unpassende Albernheit.

»Luís?«

»Ja?«

»Folgende Situation: Es gilt ein Boot zu bewachen und eine Wohnung zu versiegeln. Du hast zwei Beamte der GNR zur Verfügung. GNR-Beamte können nicht gleichzeitig an zwei Orten sein. Löse die Sache bitte so, dass beide Aufgaben gleichzeitig erledigt werden. Obrigada.«

Damit unterbrach sie die Funkverbindung. Und sah beim Fahren jetzt starr nach vorne. Weil Gracianas Wangenknochen sich stärker als sonst abzeichneten, wusste Carlos, dass sie Ober- und Unterkiefer aufeinanderpresste.

Sie passierten ein Restaurant namens *Frango do Ria*, in dem die Besucher bei geöffneten Fenstern Hähnchen aßen und auf die Straße schauten. Ein paar Ampeln weiter bog Graciana rechts in einen Feldweg, der linker Hand von einem weißen, mit Staub überzogenen Gebäude mit Flachdach begrenzt wurde und zur rechten von zwölf Briefkästen, die sich in Dreierreihen übereinanderstapelten, sowie einer kniehohen Mauer aus Findlingen, in deren Schutz großblättrige Kakteen gediehen.

Der Polizeiwagen folgte dem Feldweg, auf dem exakt ein Pkw Platz fand, und wurde an jedem zweiten Haus vom Bellen eines Hundes empfangen. Die Häuser folgten in weitem Abstand, meist weiße Flachbauten. Davor Plastikstühle mit Plastiktischen und Plastikdecken. Die Höfe ein Sammelsurium an verschiedenen Pflastersteinen, Eingänge und Fenster jedoch allesamt fein säuberlich von einem handbreiten farbigen Streifen umrahmt.

Leander empfand den Anblick der kleinen Bauten, zwischen denen trockene Äcker mit vereinzelten Olivenbäumen auftauchten, als unordentlich. Und obwohl es unlogisch anmutete und er auch keine vernünftige Erklärung dafür fand, produzierte das ein warmes Gefühl, das in ihm hochstieg und das er nicht benennen konnte.

Wie in Fuseta, erinnerte er sich. Als sei die Zeit stehen geblieben. Die Landschaft und die Häuser waren noch so wie vor dreißig oder vierzig Jahren. Nur in kleinen Teilen hatte hier der Mensch Hand angelegt. Das meiste war noch unberührt.

Nach ein paar Hundert Metern tauchten die Häuser auf der linken Seite gar nicht mehr und rechts nur noch vereinzelt auf. Der Polizeiwagen zog eine beachtliche Staubfahne hinter sich her.

»Warum stellen wir eigentlich das Cannabis von Senhor Carvalho nicht sicher?«

»Weil der Drogenanbau für den Eigenbedarf in Portugal erlaubt ist«, antwortete Carlos Esteves auf die Frage des Deutschen.

»Ich weiß«, gab Leander Lost zurück, »aber übersteigt die Menge eines Gewächshauses nicht den Anbau für den Eigenbedarf?«

»Bei Weitem«, gab Carlos zu. Er wandte sich um und sah in das nahezu faltenfreie, helle Gesicht seines neuen Kollegen: »Die Nummer bleibt aber unter uns, verstehen Sie?«

»Unter uns dreien?«

»Wir verstehen uns, Senhor Lost.«

Graciana Rosado stoppte den Wagen vor einem weißen Tor. Carlos stieg aus und öffnete es. Die Kommissarin fuhr einen noch schmaleren Sandweg entlang, der sich nach nur zwanzig Metern scharf nach links wand und auf einem sandigen Platz endete, der ein enges Wendemanöver erlaubte.

Graciana parkte den Polizeiwagen im Schatten eines kleinen Gebäudes und eines Johannesbrotbaums. Rechts davon führte ein gepflasterter Weg an grünen Bodendeckern, Farngewächsen und Blumen vorbei zu einem nur unwesentlich größeren Haus mit einer Terrasse und einem Satteldach.

»Das ist die *Villa Elias*«, sagte Graciana, »eigentlich ein Ferienhaus. Jetzt ist es für ein Jahr Ihr Zuhause.«

Leander schaute in ihre Gesichter, sie lächelten. Also erachteten sie das Anwesen als gut. Als schön. Als eine freundliche Geste. Und deswegen lächelte er jetzt auch. So tat man das schließlich als Mensch. Es kostete zwar Ressourcen, aber es gehörte zum *guten Ton*.

Wobei der gute Ton etwas darstellte, was für Leander Lost die Greifbarkeit des Heiligen Geistes hatte. An einem guten Ton war nichts logisch. Er war nur dazu da, damit sich alle Beteiligten gut fühlten. Man bemühte sich sogar darum, wenn man gar nicht so empfand, was die Sache für Leander nicht eben einfacher gestaltete. Wenn er dieses Anwesen als ungeeignet oder hässlich empfunden hätte, gebot es der gute Ton, dass er diese persönliche Wahrheit mit einem Lächeln verschleierte – also mimisch log, damit andere in ihrem Wohlbefinden nicht gestört wurden.

Als sei das nicht schon kompliziert genug, vollzog man diese mimische Lüge auch dann, wenn das Gegenüber diese durchschaute, was Leander als sinnlos erschien. Beide Personen verbrachten unwiederbringliche Lebenszeit damit, sich gegenseitig zu belügen, und um das zu kaschieren – obwohl sie darum wussten –, lächelten beide. Der gute Ton stellte sich für Lost letztlich als ein Labyrinth voller doppelter Böden und hinterhältiger Fallstricke dar, in das er ungerne geraten wollte.

Sie führten ihn im Haus herum, dessen Innenausstattung sich auf das Notwendigste beschränkte.

Man trat in ein sandbraun gefliestes, grob verputztes und mit einer Holzdecke versehenes Wohnzimmer, das mit einer Couch, einer Kommode und einem Tisch ausgestattet war. Von hier ging das Schlafzimmer zur Linken ab, in das der Eigentümer mit Mühe und Not ein Doppelbett hineinmanövriert hatte, über dem ein Moskitonetz zu schweben schien.

Die zweite Tür verband das Wohnzimmer mit der Küche. Mit ihren schweren Holzschubladen und der wuchtigen Anrichte aus massivem Stein wirkte sie rustikal und bullig. Auf einem schmalen Regal waren Gewürze, Öle, Weine und ein Radio aufgereiht. Der Herd wurde mit Gas betrieben, was Leander gefiel.

Carlos zeigte ihm, wo sich die Gasflasche befand, neben der eine Ersatzflasche lagerte. Über einen Durchgang erreichten sie von hier aus das Bad.

Alle Fenster und Außentüren waren mit Fliegenschutzgittern ausgestattet.

»Sollen wir Ihnen noch den Garten zeigen?«, fragte Graciana.

Leander schüttelte leicht den Kopf: »Ich erkunde das gerne selbst.«

»Natürlich«, sagte sie und schaute zu ihrem Kollegen: »Dann können wir ja.«

Sie ließen ihre Telefonnummern da und vereinbarten, ihn nach der Mittagspause abzuholen, wenn die Sonne den Zenit überschritten hatte und nicht mehr so auf der Haut brannte.

»Wir besorgen Ihnen noch eine Dienstwaffe«, ließ Graciana den deutschen Kollegen wissen.

»Nicht nötig, ich habe meine dabei«, antwortete Lost und lüftete sein Jackett hinten links. Er trug den Holster hinten am Gürtel.

»Kann ich mal sehen?«, fragte Carlos.

»Natürlich.«

Der Alemão zog die Pistole aus dem Holster, ließ das Patronenmagazin aus dem Knauf gleiten, zog dann den Schlitten durch, der die Kugel aus dem Lauf springen ließ, die er beiläufig auffing, und reichte sie an Sub-Inspektor Esteves.

»Es ist eine Walther P 99Q.«

Carlos nahm sie mit ehrlichem Interesse in die Hand, wog sie kurz ab und richtete die P 99Q dann auf einen Kaktus.

»Hat der Zoll was gesagt?«

»Nein. Ich hatte sie in Hamburg als mitzuführende Dienstwaffe deklariert.«

Carlos Esteves nickte und senkte den Schussarm dann wieder. Dann stutzte er und besah sich den Griff.

»Die Griffschale ist falsch herum.«

Der Hamburger Kommissar schüttelte leicht den Kopf und nahm Carlos die Walther P 99Q wieder ab.

»Ich bin Linkshänder«, erklärte er, »die Griffschale ist für Linkshänder montiert. Deshalb fühlt es sich für Sie falsch an.«

Carlos nickte. Er zog seine und hielt sie dem Neuen hin.

»Wir haben hier standardmäßig die Glock 19. Und die Glock 26 für die Senhoras, die ist etwas handlicher.«

»Es hat ihm gefallen«, stellte Graciana fest, als sie gingen.

»Ja, er hat gelächelt mit seinem faltenfreien Gesicht«, bestätigte Carlos, bevor sie davonfuhren und ihre Position für Lost noch über vierhundert Meter weiter anhand der Staubfahne bestimmbar war, die sie bei der Fahrt über den Feldweg erzeugten.

Für Leander war es Zeit, sich das Haus zu ertasten. Stück für Stück. Es war ihm so fremd wie das Land, und es bedrückte und verunsicherte ihn. Am liebsten hätte er den nächsten Flug zurück nach Hamburg genommen. Zurück dorthin, wo er sich auskannte, wo sein Leben einen Rahmen hatte. Eine Ordnung. Wo es Gewohnheiten gab, die allesamt zu seinen engsten Freunden herangewachsen waren. Zu Vertrauten, die ihm Sicherheit gaben und Halt.

Und die er hatte zurücklassen müssen. Die ihm jetzt keine Hilfe und Stütze sein konnten.

Aber er war gewappnet. Aus seinem Handgepäck, auf das er die ganze Zeit über ein Auge gehabt hatte, entnahm er ein altes Ledertuch, das an den Rändern bereits zwei Mottenlöcher aufwies.

Wie alt mochte es wohl sein? Leander hatte davon nur eine ungefähre Vorstellung. Es fühlte sich an, als sei es unendlich oft auf- und wieder zusammengerollt worden. Was er jetzt auch tat. Routiniert und sanft gleichermaßen. Wie Pflastersteine unter dem Trommelfeuer eines Jahrhunderts an Fußgängern glatt und geschmeidig wurden, so glitt auch dieses Leder angenehm weich durch seine Finger.

Zum Vorschein kamen kleine Figuren aus Speckstein, jede in liebevoller Handarbeit mit einer scharfen Klinge dem Material abgetrotzt. Gliedmaßen und Pranken, Augen, Gelenke, Ohren, Hände.

Die sieben Wächter.

So hatte Herr Winterberg sie genannt. Herr Winterberg mit der gespaltenen Brille, unten für nah, oben für fern. Und mit dem Spitzbart. Der immer etwas traurig dreingeblickt hatte. Das zumindest hatten die anderen im Heim gesagt. Leander war unfähig gewesen, den Gemütszustand von Herrn Winterberg an dessen Augen abzulesen, ganz gleich, wie lange oder wie konzentriert er die Pupillen des Mannes fokussiert hatte.

»So hat deine Mutter sie genannt«, hatte Herr Winterberg ihm in seinem Direktionszimmer eröffnet, vor dem zwei mächtige Linden standen und in dem es immer ein wenig nach altem Leder roch. Das war ein paar Tage nach Leanders vierzehntem Geburtstag geschehen.

Leander konnte sich haargenau an diesen Augenblick erinnern. An das Ledertuch, das Winterberg auf seinen Schreibtisch legte. Und wie er vorsichtig die Figuren enthüllte, sieben an der Zahl.

»Eigentlich wollte ich sie dir geben, wenn du volljährig wirst und ... aus unserem Haus gehst. Aber ...« Herr Winterberg unterbrach sich selbst, sein Blick wanderte zu der Uhr an der Wand, bevor er ihn wieder auf Leander richtete. »Sie gehören dir. Das ist alles, was man aus ihrem Auto hat retten können.«

Der Unfall war damals zehn Jahre her. Leander hatte kaum noch eine Erinnerung an seine Mutter, die nicht im Verdacht stand, eine Fata Morgana seines Verstandes oder seiner Sehnsucht zu sein. Er wusste nur, dass sie sich weich angefühlt hatte und warm. So viel war sicher. Und seinen Vater kannte er nicht. Niemand kannte den. Auch Herr Winterberg nicht. Zumindest sagte er das.

»Leander?«

»Ja?«

Er war völlig vertieft in die Betrachtung der Figuren gewesen. Er spürte den Blick Winterbergs auf sich, ohne ihn einschätzen zu können. Da aber die Stirn nicht in Falten geworfen war und die Mundwinkel sich zu beiden Enden leicht nach oben zogen, interpretierte Leander den Blick des Heimleiters als wohlwollend.

»Du musst weg von hier. Sobald du gehen kannst, geh. Sie werden ... nicht aufhören, dir wehzutun, die anderen Kinder, verstehst du?«

»Ja«, antwortete Leander automatisch.

Aber da hatte er gerade sein Geheimmittel entdeckt. Wenn sie ihn verprügelten, zählte er Ecken. Das half ihm.

Herr Winterberg nickte und deutete auf die Figuren: »Jemand hat sie deiner Mutter geschenkt. Es sind sieben Wächter. Egal, wo du bist, kannst du sie um dich herum aufstellen. Damit sie dich schützen. Ich ... weiß nicht, ob es funktioniert, aber ...«

Er vollführte eine sanfte, wegwerfende Geste. Dann rollte er das Ledertuch wieder zusammen und reichte es ihm.

Bevor Leander das Büro verließ, fiel ihm seine Frage wieder ein. Er drehte sich in der Tür zu Herrn Winterberg um. »Wenn Sie es mir erst in vier Jahren geben wollten, warum geben Sie mir es dann heute?«

»Weil ich sehr krank bin, Leander.«

Zurück in seinem Zimmer, das er sich mit drei anderen

Jungs teilte, hatte er jede der Figuren intensiv in Augenschein genommen. Ein Panther, ein Zwerg, eine Blume, eine Frau mit Sonnenschirm, ein Blitz, ein Ring und ein Auge.

Panther, Blume, Zwerg und Frau mit Sonnenschirm verteilte er in Wohnzimmer und Küche der Villa Elias.

Vier Wächter.

Blitz und Auge postierte er immer dort, wo er schlief. Das Auge auf der Fensterbank, den Blitz auf dem Nachttisch.

Den größten Wächter, den Ring, trug er an einem dünnen Lederband um seinen Hals stets bei sich.

Nachdem die Wächter verteilt waren, fühlte Leander sich aufgehoben und nicht länger fremd. Mit dem siebten Wächter um den Hals wagte er einen Ausflug um das Haus herum. Der Boden war überwiegend gemulcht, dünne Pflasterwege schlängelten sich durch das Dickicht aus Bäumen, Sträuchern und Kakteen. Über einen der Wege gelangte Leander zu einem Pool, den er umgehend mit Schritten vermaß: zwölf auf vier Meter.

Von der Südseite aus konnte man die Häuser Fusetas sehen, ein Gewimmel aus weißen Bauten und roten Dächern, dahinter das Meer.

Die Bemerkungen der Portugiesen über seine Kleidung waren Leander nicht entgangen, da ihm unter allen Umständen daran gelegen war, nicht weiter aufzufallen, und zwar niemals und nirgends. Aber sein Gepäck kam ihm nicht zu Hilfe: Er hatte dreimal den identischen Anzug dabei, siebenmal das weiße Hemd, zweimal die Krawatte und dreimal die Schuhe.

Wenn ihm etwas passte, womit er in der Masse nicht herausstach – Anzug, Hemd, Krawatte –, sah er keinen tieferen Sinn darin, sich diese Sachen in Variationen zuzulegen, etwa in unterschiedlichen Farben oder Formen, was unnötig Zeit verschlungen hätte. »Schwarz steht dir, Leander«, hatte die

Frau vom Bestattungsunternehmen Müllerschön & Thurn bei der Trauerfeier für Herrn Winterberg gesagt. Und Leander Lost hatte ihr geglaubt. Deswegen trug er seit seinem 16. Lebensjahr schwarze Anzüge und weiße Hemden.

Aber das, was ihn in Hamburg – so dachte er zumindest – zu einem konturlosen Etwas machte und mit der Masse verschmelzen ließ, sorgte hier für das, was er vermeiden wollte: Aufmerksamkeit.

Er ging zurück ins Wohnzimmer, als dort wie aus dem Nichts eine junge Frau stand, die einen weiten beigen Rock und ein weißes Shirt trug.

Sie erstarrten beide. Die Frau ließ vor Schreck einen Zettel fallen, und Leander fasste sich als Erster wieder. Er bückte sich, hob den Zettel auf und reichte ihn ihr zurück.

»Ich bin Leander Lost aus Deutschland«, stellte er sich vor.

Ihr Name war Soraia Rosado und sie hatte noch nicht mit ihm gerechnet. Ihre Schwester Graciana hatte sie gebeten, die Villa Elias für den Alemão etwas auf Vordermann zu bringen – in der offenen Eingangstür standen ein paar Putzmittel.

Nachdem Leander ihr dreifach versichert hatte, es sei alles bestens, und sie ihm freundlich widersprochen hatte, entschloss er sich nachzugeben. Vielleicht hatte das wieder mit dem guten Ton zu tun, und es war besser einzulenken, um nicht eine ungeschriebene portugiesische Regel zu verletzen.

Soraia war sehr klein und filigran. Gleichsam die noch feingliedrigere, jüngere Ausgabe ihrer Schwester Graciana. Aber mit offenen Haaren.

Davon abgesehen erinnerte sie ihn wegen ihrer großen Augen ein wenig an ein Wesen aus einem Film, der früher alle Kinder beglückt hatte und Leander als eine völlig abwegige Geschichte über die Havarie eines Außerirdischen auf der

Erde im Gedächtnis haften geblieben war. Darin versuchte ein Gnom mit riesigen Augen, knittriger Haut und leuchtendem Finger über ein irdisches Telefon seinen Heimatplaneten anzurufen – wie konnte eine Spezies die interstellare Raumfahrt beherrschen und gleichzeitig geistig so limitiert sein? Gab es vielleicht ein Telefonkabel zu seinem Lichtjahre entfernten Planeten? Wie sollte das gehen? Der Film ergab überdies von vorne bis hinten keinen Sinn, Leander hatte sich neben weinenden Mädchen zu Tode gelangweilt und die Unwahrscheinlichkeiten des Filmes gezählt. Es waren mehr als das Kino Ecken besaß.

Neben den großen Augen hatte Soraia noch Sommersprossen. Aber vor allem eines: Grübchen. Leander hatte ein irrationales Faible für Grübchen.

Da sie noch einkaufen und er durch Starren nicht unangenehm auffallen wollte – so wie bei dem Cannabisbesitzer in Arroteia, der Boote an Privatdetektive vermietete –, bot er ihr an, sie zu begleiten. Im Auto hätte er genug Gelegenheit, die Grübchen anzusehen.

Leander Lost bemerkte ihr Zögern, ein rotes Glühen huschte über ihre Wangen, dann nickte sie.

Soraia Rosado hatte den Fahrersitz ihres altersschwachen Peugeots ganz nach vorne schieben müssen, um mit den Füßen Gas, Bremse und Kupplung zu erreichen. Was sie aber nicht daran hinderte, alle Verkehrsregeln zu brechen, die zwischen der Villa Elias und dem nächsten Supermercado galten. Auf einer Strecke von ziemlich genau – er hatte auf den Tageszähler des Tachos geschaut – 3,2 Kilometern waren das immerhin 14 Verkehrsdelikte.

»Wie lange haben Sie denn Portugiesisch gelernt?«, fragte Soraia interessiert.

»Ein paar Wochen.«

»Está a brincar comigo.«

»Wie bitte?«

»Äh, nichts. Nur ... so eine Redewendung, wenn man dachte, einer macht einen Scherz.«

»Ah so.«

»Kennen Sie schon unser Nationalgericht *Carne de porco à Alentejana*? Schweinefleisch mit Muscheln? Auf Alentejo-Art?«

»Nein. Muscheln sind Filter.«

»Filter?«

»Ja. Sie filtern das Meerwasser. Deswegen sollte man sie nicht oft essen. Außer man legt Wert auf Pflanzenschutzmittel und Blei.«

Soraia warf dem blassen Deutschen einen Seitenblick zu, um festzustellen, ob die Bemerkung einem Faible für britischen Humor entsprungen war.

War sie nicht.

Soraia musste trotzdem lächeln. Menschen, die sich so von der Norm abhoben wie der Alemão, übten eine Faszination auf sie aus. Dabei waren jene ausgeschlossen, die ihr Anderssein wie eine Auszeichnung vor sich hertrugen, um so ein wenig Aufmerksamkeit und Interesse zu erhaschen. Die Anziehungskraft ging für sie von jenen aus, die sich nur graduell unterschieden.

Zum Beispiel durch einen schwarzen Anzug im Hochsommer. Oder durch die Eigentümlichkeit, dass sie die Aussicht auf eine leckere Portion *Carne de porco à Alentejana* mit einer trockenen Bemerkung über die Schadstoffbelastung in Muscheln zunichtemachten.

Plötzlich war selbst ihr der Appetit darauf fast vergangen.

Als Soraia einen der leicht verbeulten Einkaufswagen aus der Reihe zog und mit ihm den *Supermercado* betrat, machte Lost ein verwundertes Gesicht.

»Was denken Sie?«, fragte Gracianas kleine Schwester.

»Warum die Einkaufswagen nicht mit Ketten gesichert sind. Werden die nicht gestohlen?«

»Doch, manchmal schon. Aber mal ehrlich, welcher Gestörte klaut schon einen Einkaufswagen, hm? Wir haben hier einfach wenig Gestörte.«

»Ich verstehe. Wenig Gestörte.«

Soraia griff in ihre Handtasche, einem braunen Beutel mit Fransen, deren Sinn sich Leander nicht erschließen wollte, da sie keinem Zweck zu dienen schienen.

»*Merda!*«

Lost blickte aufgrund der Warnung zu Boden, um nicht hineinzutreten.

»Ich hab den Einkaufszettel in der Villa Elias liegen lassen, nachdem Sie ihn aufgehoben haben. Wenn ich den nicht dabeihabe ...« Sie ließ es unausgesprochen.

»Zwei Zitronen, Knoblauch, Gurke, Zwiebeln, 4 Stück, Oliven mit Anchovis, 350 Gramm Schweinefleisch, ein Pfund *Amêijoas* – sind das Venusmuscheln?«

»Ja«, brachte Soraia hervor. Sie starrte Leander hoch konzentriert an. »Und weiter?«

»Sardinenpaste, drei Fleischtomaten, Koriander, Mozzarella, Basilikum, Casal Garcia – was ist das?«

»Ein *Vinho Verde*. Er prickelt noch, er ist noch sehr jung. Erfrischend. Und ... wissen Sie ... noch mehr?«

»Ja«, antwortete Leander sachlich und interpretierte die Frage korrekt als Aufforderung, seine Aufzählung zu Ende zu bringen: »*Queijo*, Wasser, Milch, Mehl, Karotten, Baguette, ein schwarzes Haarband, Nagellack und drei Sagres. Ist Sagres nicht ein Ort?«

»Ja«, brachte Soraia hervor, immer noch im Taumel zwischen Verblüffung und Verzauberung gefangen, der sie bei jedem weiteren Wort erfasste, mit dem Leander aus dem Kopf ihre Liste komplettierte. »Ja, ein Ort, ganz im Westen, am

Ende der Algarve. Schön ... wenn Sie es noch mal langsamer aufzählen, können wir alles in den Wagen packen.«

»Gut.«

Sie betrachtete ihn kurz von hinten, wie er die ersten Gänge betrat. Nein, er *betrat* sie nicht. Er *schritt sie systematisch* ab. Wie ein Schachbrettmuster.

Eine Viertelstunde später gingen sie zur Kasse.

Aus einem unerfindlichen Grund hatte Leander Lost aus einem Regal für Billigtextilien ein hellblaues Hemd und Khakishorts mitgenommen. Anders als beim schwarzen Anzug und seinem merkwürdigen Verhalten erfasste Soraia zwar intuitiv, dass sich das nicht homogen in seine anderen »Abweichungen« einfügte – der Grund für den Kauf blieb ihr allerdings verschlossen.

Bevor sie das Warenband der Kasse erreichten, vervollständigte er seinen Einkauf noch um ein paar schwarze Espadrilles.

Genau die Kleidung, die Carlos Esteves heute getragen hatte.

»Wissen Sie eigentlich, dass Sie *covinhas* haben?«

»Ja, Grübchen. Mag man die nicht in Deutschland?«

»Schwer zu sagen bei 80 Millionen Individuen.«

»Mögen Sie sie nicht?«

»Doch. Grübchen sind was Tolles.«

5.

Als Soraia und Leander die Villa Elias erreichten, wartete dort Sub-Inspektor Miguel Duarte auf sie, der Kollege von Graciana Rosado und Carlos Esteves. Er stand am Pool und rauchte eine Zigarette, die eine Hand lässig in der Anzughose, bis er sie beide bemerkte und sich unwillkürlich straffte.

»*Boa tarde, Soraia. Como está?*«, fragte Duarte die Schwester seiner Kollegin der Form halber.

»*Bem, obrigada*«, antwortete sie, und Leander fiel auf, dass sie anders als im Auto jetzt gar nicht mehr lächelte. Irgendwie fehlte der gute Ton.

Sie verschwand im kleinen Besucherhaus der Villa Elias, das neben einer maurisch anmutenden Dachterrasse lediglich über ein Zimmer mit einem Bett und über ein Bad verfügte.

»Senhor Lost, ich dachte, ich treffe hier auf die Kollegen Rosado und Esteves.«

»Sie kommen um 14 Uhr. In siebeneinhalb Minuten.«

Duarte nickte und trat seine Zigarette auf dem sandigen Platz aus. Dann sah er Leander in die Augen – und Leander schaute ihm freundlicherweise genau zwischen seine.

»Sie waren doch heute in Arroteia mit dabei – bei dem Besitzer der Flor.«

»Ja.«

»Ja, und ich war vorhin auch da. Und da ist mir hinten bei den Autowracks ein kleines Gewächshaus aufgefallen. Wissen Sie, was da drin ist?«

»Ja.«

Duarte sah den Deutschen überrascht an.

»Sie ... ähm ... wissen von dem illegalen Cannabisanbau?«

Leander nickte.

»Kein Wunder, dass Senhor Carvalho damit seine Kasse aufbessert, er ist nämlich ein lausiger Koch. Aber was mich an der Sache mit dem Cannabis noch interessiert: Haben Sie Sub-Inspektor Rosado oder Esteves darauf angesprochen?«

»Ja. Auf der Fahrt hierher.«

Miguel Duarte machte ein Gesicht wie jemand, der zufällig auf eine Goldader gestoßen war. Begeisterung und Zweifel über so viel Glück lieferten sich eine kurze mimische Auseinandersetzung.

»Und ... und was hat Senhora Graciana gesagt?«

Leander Lost musste sich erst noch daran gewöhnen, dass nach dem *Senhor* für Männer deren Nachname folgte, während nach dem *Senhora* für Frauen deren Vorname folgte. Es sei denn, man stellte den Titel voran, so wie bei Doutora Oliveira. Oder Sub-Inspektor Rosado.

»Senhor Esteves hat geantwortet.«

Das erwartete Ausmaß der Goldader schmälerte sich ein wenig.

»Aha. Und wusste er von dem Cannabis?«

»Ja.«

Duarte schluckte vor Aufregung.

»Das hat er zugegeben?«

»Ja.«

»Und hat er noch was gesagt?«

»Das hat er.«

»Und was?«

»Dass das unter uns bleiben muss.«

Miguel Duarte war kurz davor, dem Alemão die Hand zu schütteln. Einfach, um ihn an seiner Freude teilhaben zu lassen.

»›Unter uns‹ heißt: Sie, Senhor Esteves und ... auch Sub-Inspektor Rosado?«

»Das ist korrekt.«

Duartes Lächeln geriet zu einem breiten Grinsen. Es stimmte schon, was man über die Deutschen sagte. Präzise, pünktlich und korrekt. Und ein Haufen von Denunzianten.

»Kann ich Ihnen irgendwie einen Gefallen tun? Einen guten Herrenausstatter empfehlen? So was?«

»Nein danke.«

Miguel Duarte nickte. Besonders schlau wurde man aus diesen Deutschen auch nicht.

»Ich muss dann. *Adeus.*«

Graciana Rosado fasste sich an den Kopf, als sie ihre Schwester im Besucherhaus antraf.

»Tut mir leid, ich hatte völlig vergessen, Bescheid zu sagen, dass er bereits heute Morgen angekommen ist. Seid ihr euch schon begegnet?«

Soraia nickte: »Wir waren sogar schon zusammen einkaufen.«

Sie sagte das mit einem Lächeln, das Graciana gut kannte.

»Soraia?«

»Hm?«

»Muss ich mir Gedanken machen?«

Da kam Carlos Esteves vom Auto rüber, er hatte noch ein Stück Pizza in der Hand, und mit einem Mal war Soraia alles klar.

Bevor sie etwas sagen konnte, erschien Leander Lost auf der Terrasse vor dem Haupthaus. Mit seinem neuen Hemd, den Shorts und den Espadrilles, mit alledem, das auch Carlos trug.

Der erstarrte, während Leander ihm ein einstudiertes Lächeln schenkte.

»Wollen Sie mich hochnehmen?«

»Ich weiß nicht, ob ich Sie tragen kann.«

Etwas in Soraias Bauch hatte mit der Leichtigkeit einer Feder ein Kitzeln hervorgerufen, das sich steigerte in ihrem Versuch, es zu unterdrücken, aufstieg und weiter anwuchs, bis sie dem Kitzeln nichts mehr entgegenzusetzen hatte und das Lachen förmlich aus ihr herausplatzte. So heftig, dass sie sich dabei mit einer Hand an der Hauswand abstützen musste.

Nur die Höflichkeit und der Respekt ihrem Kollegen gegenüber verhinderten für den Augenblick, dass Graciana in das Lachen ihrer Schwester mit einfiel. Dann klingelte ihr Handy, und als sie auf dem Display den Namen Oliveira las, holte sie der Ernst des Lebens ein.

»Doutora Oliveira hier«, meldete sich die Gerichtsmedizinerin mit ihrer dunklen Stimme, die niemals die Ruhe zu verlieren schien. »Senhor Conrad ist, den Gewebespuren nach zu urteilen und unter Miteinbeziehung meiner langjährigen Erfahrung als Pathologin, durch Fremdeinwirkung gestorben. Gegen neun Uhr heute Morgen.«

6.

Ihr Ziel war Luz de Tavira, ein Ort, der an der Nationalstraße N 125 in Richtung Spanien lag. Sie nahmen einen kleinen Umweg über Fuseta, weil Inspektor Raul da Silva in der Nähe zu tun hatte und sie unbedingt sprechen wollte.

Der warme Fahrtwind zirkulierte in dem Volvo Kombi, mit dem Graciana an Fusetas Bahnhof vorbeijagte. Einem abgelegenen Gebäude, in dem wie im restlichen Ort auch die Zeit stehen geblieben zu sein schien. Die *Linha do Algarve* war eine Eisenbahnstrecke, die von der spanischen Grenze im Osten bis nach Lagos im Westen alle Küstenorte miteinander verband. Die silbrigen, metallischen Züge, die auf der einspurigen Strecke entlangbummelten, schienen auf verschwiegenen Pfaden aus dem New York der Siebzigerjahre hierher gefunden zu haben. Es war kein Verkehrsmittel für Leute, die es eilig hatten. Aber diejenigen, die Landschaften in sich aufsaugen oder dem Verstreichen der Zeit zuhören wollten, waren mit dem Platz am offenen Fenster eines Abteils auf der Linha do Algarve bestens bedient.

»O Olho hatte in Luz de Tavira sein Büro«, erklärte Carlos dem Alemão.

»Er war seit über zehn Jahren hier unten«, ergänzte Graciana, während sie Leander mittels des Innenspiegels im Auge behielt, um zu erkennen, was Soraia an ihm entdeckt haben musste.

Seine neuen Kollegen erklärten Leander den Hintergrund von Markus Conrad: Er und seine Frau Gabi waren um 2005 herum an die Algarve ausgewandert und hatten in Olhão eine Bar eröffnet, die anfangs gut lief.

Dann kam der Winter. Er kam im Oktober und blieb bis Ende März. In dieser gastronomischen Dürrephase gingen die Portugiesen – außer in den größeren Städten wie Faro, Porto und Lissabon – wenig aus. Das Ehepaar musste sehr bald die Erfahrung machen, dass die Kosten für Pacht, Strom, Lebensmittel, Lager und Personal nicht durch ein halbes Dutzend Gäste pro Abend gedeckt wurden. Es war günstiger, das Lokal zu schließen und über den Winter von dem im Sommer verdienten Geld zu leben.

Die Geschichte der Conrads nahm den bekannten Verlauf: Die Ehe war in Deutschland nie ernsthaften Belastungen ausgesetzt gewesen und hielt der ersten wirklichen an der Algarveküste nicht stand. Es folgte eine Scheidung, in der bis um den letzten Zahnputzbecher gekämpft wurde. Mit allen juristischen Mitteln. Und auch mit all den anderen

Gabi ging zurück nach Deutschland. Markus Conrad entschloss sich dagegen, in Luz de Tavira, wo er günstig zwei Zimmer auf einer Büroetage mieten konnte, eine Privatdetektei zu gründen: *Ciclopes*.

Von der Arbeit eines Privatdetektivs hatte Conrad so viel Ahnung wie ein Grashüpfer von Quantenmechanik, aber als es im Zuge der Scheidung von Gabi ans Eingemachte ging und er eine private Detektei auf sie ansetzen wollte, um ihr alles Mögliche anzuhängen, musste er feststellen, dass sich die nächste seriöse Kanzlei in Lissabon befand. Er war auf eine riesige Marktlücke gestoßen.

Trunken vor Glück tigerte Conrad aufs Amt und meldete sein Gewerbe an, damit der Reichtum, der unvermeidlich auf ihn niederprasseln würde, ihn auch nicht übersah.

Doch die Portugiesen regelten ihre Angelegenheiten meist selbst (einen Privatdetektiv anzuheuern, wäre ihnen übertrieben dramatisch vorgekommen), und selbst wenn sie einen Detektiv mit etwas betraut hätten, dann niemals einen *Estrangeiro*, einen Fremden.

Mit den Jahren erwirtschaftete er sich trotzdem ein schmales Auskommen und spezialisierte sich mithilfe eines lichtstarken 400er-Teleobjektivs darauf, kompromittierende Beweisfotos für eifersüchtige Ehegatten – manchmal auch Ehefrauen – zu schießen.

Wenn die Seitensprünge in einer der schickeren Villen an der Küste vollzogen wurden oder wahlweise auf einer Jacht, wo die Pärchen sich wegen des offenen Meeres in Sicherheit wiegten, hatte Conrad sie von der Flor aus sprichwörtlich auf dem Präsentierteller.

Und statt in ein Auto hatte er in eine Vespa investiert, sodass auch abgelegene Feldwege oder schmale Gassen nicht vor ihm sicher waren. Böse Zungen behaupteten, die Vespa sei mit der Zerstörung von fünf Ehen erkauft worden.

»Ich glaub, das waren mehr«, bemerkte Carlos trocken und zündete sich eine selbst gedrehte Zigarette an.

Kurz und gut: O Olho hatte nicht den allerbesten Ruf genossen an der Algarve, was ihm offenbar herzlich egal gewesen war.

»Also gibt es einige Menschen mit einem Motiv«, schlussfolgerte Leander Lost.

»Einige viele, ja«, fügte Carlos hinzu.

»Ist das Salz?«, fragte Leander, als sie um eine Kurve fuhren, die mit einem Mal den Blick freigab auf ein flaches Land vor der Küste, übersät mit rechteckigen Wasserlachen, jeweils durch dünne Fußwege begrenzt, aus denen sich hier und da ein ebenso rechteckig anmutender weißer Wall erhob. Bestimmt an die vier, fünf, sechs Meter hoch.

Darauf Männer in grünen hohen Gummistiefeln, die mit nackten braun gebrannten Oberkörpern das weiße Material auf die Transportfläche von Fünftonnern schaufelten.

Carlos' Blick wurde plötzlich sanft, ein fast wehmütiges Lächeln stahl sich auf sein Gesicht.

»Ja. Das sind Salinen. Mein Großvater hat hier schon Meersalz gewonnen. Mein Vater auch«, das Lächeln verminderte sich zu einem Schmunzeln, »das ist eine ziemliche Knochenarbeit da draußen. Mit Vorsalzbecken und dem ganzen natürlichen Reinigungssystem. Aber ... am Ende bekommt man reines Meersalz. Ohne Chemie, ohne Zusatzstoffe, unraffiniert.«

Nach einer weiteren Kurve entdeckten sie Inspektor da Silva. Er stand neben seinem Wagen, einem Jeep, den er an einem Feldweg geparkt hatte, der zu den Salinen führte. Er hatte die Hände in die Hüften gestützt, und auch auf Distanz konnte man die Sorgenfalten auf seiner Stirn sehen.

Ihm gegenüber stand Miguel Duarte.

»Was macht dieser Pfau hier schon wieder? Will er den Fall abstauben?«, fragte Carlos missgelaunt.

Während Leander sich nach dem Tier umsah, das er freilich nirgends entdeckte, schüttelte Graciana leicht den Kopf.

»Das glaube ich nicht. Ein toter Alemão. Ein Privatdetektiv. Das ist doch nicht seine Kragenweite.«

»Aber jetzt ist es wohl Mord.«

Nun wiegte Graciana den Kopf vage hin und her: »Stimmt.«

Miguel Duarte gehörte nämlich eigentlich gar nicht hierher. Denn er stammte aus dem Nachbarland, das sich immer ein wenig zu laut, immer ein wenig zu selbstherrlich, immer ein wenig zu abschätzig gegenüber den Portugiesen verhielt und deren Bewohner am Wochenende die Strände an der Ostalgarve bevölkerten, weil es dort billiger für sie war.

Portugal hatte nur ein Nachbarland, und das betrachtete Portugal wie einen gestrauchelten Bruder. Was die Portugiesen deshalb schmerzte, weil da etwas dran war. Schließlich waren sie mal eine Weltmacht gewesen mit Kolonien in Südamerika und Indien und Afrika. Heute bezogen sie Strukturhilfen aus Brüssel.

Duarte war gebürtiger Spanier. Auch der Umstand, dass seine Eltern nach Faro gezogen waren, als er erst sieben war, änderte nichts an dem Umstand, dass er zu *denen* gehörte. Was vielleicht durchaus vernachlässigbar gewesen wäre – denn kleinherzig war hier niemand –, wenn er nicht in allem so spanisch gewesen wäre. Er sprach stets sehr laut, er sammelte Fussel von seinem Anzug, zog sich bei jeder Gelegenheit den Scheitel nach und schmierte sogar seine Lippen ein. Ein banaler Schnupfen wuchs sich bei ihm schnell zu einer lebensbedrohlichen Grippe aus, er bildete sich was ein auf sein tänzerisches Können – zu Recht, wie Graciana zu Carlos' Unverständnis einzuräumen bereit war – und er hielt sich für unwiderstehlich.

Nachdem Graciana Rosado den Volvo abgestellt hatte, überquerten sie zu dritt die staubige Straße. Genau der Augenblick, in dem Duarte sich mit einem Kopfnicken von seinem Vorgesetzten Raul da Silva verabschiedete und zu seinem eigenen Wagen ging.

»Olá.«

Da Silva nickte und wartete kurz, bis Duarte davongefahren war, was er damit überbrückte, seine Brillengläser zu putzen. Ihm fiel auf, dass der Alemão in puncto Kleidung dieselbe Nachlässigkeit walten ließ wie Sub-Inspektor Esteves.

»Senhor Lost, warum gehen Sie nicht ein paar Meter? Ich muss hier kurz was Internes besprechen.«

Leander Lost verstand und entfernte sich.

Da Silva nahm Graciana Rosado und Carlos Esteves ins

Visier: »Es wird eine Dienstaufsichtsbeschwerde geben«, eröffnete er ihnen, »weil ihr Carvalhos kleine Cannabiszucht nicht habt hochgehen lassen.«

»Er baut Cannabis an?«, fragte Carlos und mimte Überraschung.

Da Silvas Blick signalisierte ihm, dass er nicht in der Stimmung für solche Spielereien war.

»Senhor Lost hat Duarte bestätigt, dass ihr davon wisst und nichts dagegen unternommen habt. Duarte hat es bloß etwas anders ausgedrückt. Er nannte es *Strafvereitelung im Amt.*«

Unwillkürlich wanderten die Blicke von Graciana und Carlos zu ihrem neuen Kollegen, der gerade die flache Hand über die Augen hielt, um trotz des Sonnenscheins eine ungehinderte Sicht auf die Salinas zu haben.

»*Er* hat das Duarte gesagt?«, fragte Graciana ungläubig.

Da Silva nickte.

»Stimmt es denn?«

»Ja«, gab Graciana zu.

Da Silva schüttelte den Kopf und blickte zu Boden, um dann zu seufzen.

»Ich war das«, warf Carlos ein.

»Ich war mir sicher, dass die Dummheit für einen alleine zu groß war«, fuhr ihr Vorgesetzter fort, »was habt ihr euch dabei gedacht? Habt ihr *überhaupt* was gedacht?«

»Filipe Carvalho hat Kontakt zu Kleinkriminellen. Mit seinem Tipp haben wir im Mai die Einbrüche drüben in Alfanganga aufgeklärt. Das wäre ohne ihn nicht möglich gewesen«, hielt Graciana ihm entgegen, »und wenn wir sein Cannabis konfisziert hätten ...«

»Das weiß ich alles, Rosado«, unterbrach Raul da Silva genervt, der selbst hier und da bei Bagatelldelikten ein Auge zudrückte, um das Netz aus inoffiziellen Informationsquellen nicht zu sehr zu verschrecken, »aber es war etwas unvorsichtig, das vor den Augen des neuen Kollegen zu machen.«

Er blickte jetzt selbst zu Leander Lost, der die Blicke der drei bemerkte und ihnen zulächelte. Wegen des guten Tons.

»Der hat ja Nerven«, stieß Carlos hervor und zog los.

»Was wird das?«, fragte Graciana und legte eine Hand auf seinen Unterarm, um ihn zurückzuhalten.

»Ich sag ihm, dass er sich ein neues Team suchen kann.«

»Das lässt du.«

Sie sagte das ruhig, fast sanft, aber es war ein Befehl.

Da Silva nickte, um ihr beizupflichten: »Er bleibt euch nämlich zugeteilt. Ob euch das passt oder nicht. Europol. Lasst uns die Besten tauschen und so, ihr wisst schon. Wenn ihr beide die Arbeit mit ihm verweigert, endet sein Austauschprogramm. Er geht zurück nach Hamburg, und wir haben eine Menge Papierkram am Hals. Und außerdem die Frage, wieso wir uns eines Kollegen entledigen, der eine Strafvereitelung durch zwei Sub-Inspektoren angezeigt hat. Und dann wird euer Problem meines. Und Duarte vielleicht bald euer neuer Chef.«

Graciana nickte in Richtung ihres Kollegen, weil das Resultat dieses Gedankengangs der Impuls gewesen war, ihm die Hand auf den Unterarm zu legen, die sie jetzt wieder löste.

Carlos wäre am liebsten trotzdem rübergegangen, um Leander und seine neue Kleiderwahl kräftig durchzuschütteln, vor Wut presste er die Kiefer aufeinander. Am meisten ärgerte ihn, dass der Alemão in aller Gemütsruhe die Salzfelder betrachtete, als sei nichts geschehen.

»Ich sehe, was ich tun kann, um die Anzeige runterzuspielen. Was die Menge an Cannabis angeht, ist es allerdings zu spät. Duarte ist mit der GNR bei Carvalho aufgekreuzt und hat alles beschlagnahmen lassen.«

»Der Fehler ist, dass wir besser von ihm gedacht haben«,

sagte Graciana. In dieser Feststellung schwang weniger Empörung als eine unbestimmte Traurigkeit mit.

»Ich weiß. Ab jetzt Dienst nach Vorschrift. Hat Doutora Oliveira euch erreicht?«

Graciana Rosado nickte: »Wir waren gerade auf dem Weg nach Luz. Zu seinem Büro.«

»Gut. Ich hole gerade eine richterliche Verfügung über Einsicht in Conrads Konto ein. Wer ihn zuletzt für Aufträge bezahlt hat. Vielleicht ergibt sich daraus ein Hinweis. Übrigens: Kann es sein, dass Tobias Faria einen heißen Draht zu Gomes und Dias hat?«

»Nehmen wir auch an«, bestätigte Graciana mit einem Schulterzucken, das ihr Bedauern darüber ausdrückte, darüber bis jetzt noch keine Gewissheit zu haben.

Die Weiterfahrt nach Luz de Tavira verlief recht schweigsam, bis Carlos seine Stimme so weit im Griff hatte, dass er ihr einen belanglosen Klang verleihen konnte, und sich zu Leander umwandte: »*Wir wollen voneinander lernen. Lasst uns die Besten austauschen*«, zitierte er das Motto des Austauschprogramms der europäischen Polizeibehörde. »Sind Sie der Beste aus Ihrer Einheit?«

»Das ist schwer zu sagen. Ich bin gut in Kombinatorik, und ich bin ein recht guter Schütze. Aber meine Kollegen sind in anderen Bereichen besser. Mein Chef, Kriminalhauptkommissar Lehmann, hat mich gefragt, ob ich bereit wäre, am Austauschprogramm teilzunehmen. Er hat gesagt, er müsse einen aus der Abteilung abstellen. Und ich sei der beste Kandidat.«

Carlos seufzte.

Graciana warf ihm via Innenspiegel einen Blick zu und musterte ihn, bis es dem Alemão auffiel.

»Wie sind Ihre Kollegen so?«

»Sie sind ein sehr gutes Team«, antwortete Leander Lost

ohne Verzögerung, »sie sind personell unterbesetzt, aber sehr effektiv.«

»Haben Sie ein gutes Verhältnis zu denen?«

Leander Lost nickte: »Ja. Und sie sind auch bemüht, dass ich mich immer fortbilde. Mein Chef hat mich letztes Jahr auf mehrwöchige Kurse zu Internetkriminalität und Geldwäschebekämpfung geschickt.«

»Offenbar setzt man große Hoffnungen in Sie«, stellte Graciana fest.

Leander schaute hinaus auf die vorbeiziehende Landschaft, die in einer gewissen Entfernung durch die flirrend heiße Luft wellenförmig verformt wurde.

»Das Team ist so etwas wie eine große Familie«, schloss der Alemão.

7.

O Olhos Büro, in dem er auch gewohnt hatte, lag in der oberen Etage eines zweistöckigen Gebäudes in einer Nebenstraße in Luz de Tavira.

Der Ort war in viele kleine Einheiten zersprengt. In Kirche und Dorfplatz am Rande der N 125, aber auch in Reihenhäuser im Osten, Villen an der Lagune im Süden und landwirtschaftliche Höfe weiter im Norden. Luz de Tavira wirkte ebenso pittoresk wie verschlafen. Eine kleine Prinzessin, die niemand wachgeküsst hatte.

Im Erdgeschoss des Gebäudes befand sich eine Autowerkstatt, vor der sich ein paar abgefahrene Reifen stapelten. Ein alter Mann mit Schiebermütze schraubte an einem Motor eines betagten Mercedes herum. Als Graciana sich ihm gegenüber auswies, deutete er auf den Eingang um die Ecke.

Über alte, knarrende Holzstufen und ein Geländer, dessen Holz durch die vielen Jahrzehnte seiner Benutzung eine weiche Geschmeidigkeit angenommen hatte, gelangten sie auf einen Flur im ersten Stock. Rechter Hand befand sich ein Reinigungsunternehmen, links endete der Weg nach wenigen Metern vor einer schweren Holztür, die trotz ihrer Lage im Inneren des Gebäudes ein wenig verwittert aussah. Auf ihr prangte ein Messingschild, das einen Kopf mit einem großen Auge darstellte. *Ciclopes* stand darunter.

»Es ist auffällig, dass es hier nirgends Namensschilder gibt. Oder kaum«, bemerkte Leander Lost.

Das war tatsächlich typisch für ganz Portugal. Graciana gab ihm in drei kurzen Sätzen zu verstehen, woher das rührte. So gut wie kein Portugiese hängte ein Namensschild neben die Klingel oder meldete sich am Telefon mit seinem Namen. Vierzig Jahre Diktatur bis zur Nelkenrevolution am 25. April 1974 hatten ihre Spuren in der portugiesischen Gesellschaft hinterlassen. Verfolgung, Denunziation, Verhaftung, Folter – alledem entzog man sich damals zuerst und vorbeugend durch Unauffindbarkeit.

Im Portugal des 21. Jahrhunderts machte das in doppelter Hinsicht keinen Sinn, wie Leander fand. Zum einen war es höchst unwahrscheinlich, dass in einem in die Europäische Union eingebetteten Portugal ein weiteres Mal eine Diktatur erfolgreich ihr unschönes Haupt erheben würde, zum anderen war es im digitalen Zeitalter eine höchst naive Vorstellung, sich gegenüber staatlichen Behörden durch das Abschrauben eines Namensschildes quasi unsichtbar machen zu können.

Gerade wollte er seine Argumente ausbreiten, als Carlos Esteves seine Brieftasche zückte.

Die Tür war verschlossen und mit Polizeiband säuberlich versiegelt, ganz so, wie sie es angeordnet hatte. Graciana wollte sich auf die Suche nach dem Hausmeister machen, aber

Carlos nahm seine Kreditkarte aus der Brieftasche und postierte sich vor dem Türschloss.

»Carlos«, ermahnte Graciana ihn. Aber da war es schon zu spät: Es gab ein Klacken, dann konnte er sie aufdrücken. Das Polizeiband riss.

Der Geruch von Benzin stieg ihnen in die Nase.

»Wie haben Sie das gemacht mit der Tür?«, fragte Leander interessiert.

»Magie«, ließ Carlos ihn abblitzen und trat ein.

Graciana und Leander folgten hinein in einen Raum, der aussah wie eine auf fünf mal vier Meter zusammengepferchte Zeitungsredaktion. Ein ausladender Schreibtisch samt Laptop und Telefon, auf dem Boden eine aufgeschlagene Zeitung, diverse Magazine. In einem Regal dahinter teilten sich Akten mit vergilbten Rücken und eine elektrische Schreibmaschine den eng bemessenen Platz. Darüber eine Pinnwand mit Fotos, Zeitungsschnipseln, einer Landkarte. Auf den Fotos fanden sich Conrads Observationsobjekte. Männer, Frauen, Paare, Orte. Eine Frau Mitte vierzig mit einer Zigarette auf einer Holzbank. Ein Pärchen beim Eisessen. Dasselbe Pärchen in einer Umarmung.

Auf einem Beistelltisch lagen in feine Streifen zerschredderte Seiten, die Conrad akribisch wieder zusammengeklebt hatte. Gegenüber, auf der Fensterbank, kämpfte eine blasse Pflanze gegen das Verdursten, flankiert von einem Mikroskop.

Leander warf einen Blick auf die Fotos, von denen Carlos sich schon wieder abgewandt hatte – er konnte niemanden darauf identifizieren. Der Laptop war aufgeklappt.

Während Graciana die Schubladen des Schreibtischs aufzog, in denen nicht weniger Chaos herrschte als im Rest des Büros, öffnete Carlos eine Seitentür und warf einen Blick ins spartanisch eingerichtete Schlafzimmer. Eine Matratze mit Bettzeug lag am Boden. Daneben ein überfüllter Aschenbecher, eine Schreibtischlampe, eine Packung Kopfschmerztabletten. An der Wand hing ein Waschbecken mit einem Handtuch.

»Ich ruf Luis an. Er soll mit Kartons vorbeikommen und alles abholen«, sagte Graciana.

Carlos nickte abwesend, weil er etwas Merkwürdiges entdeckt hatte. Er machte zwei Schritte ins Schlafzimmer: Das Fenster wies ein faustgroßes Loch auf, war geöffnet und angelehnt. Einige Glassplitter lagen am Boden.

Im gleichen Augenblick drückte Graciana die Tür zu dem dritten, hinter der Pinnwand liegenden Raum auf.

Sie sah den Schlag nicht kommen. Etwas wischte durch ihr Blickfeld, so schnell, dass an ein Ausweichen nicht zu denken war, dann gab es ein Knacken, hell und hart, und ihr war, als würde ihr ganzer Körper von einem elektrischen Schlag erfasst.

Graciana krachte zu Boden, so benommen, dass sie sich nicht mal abstützen konnte, um den Sturz zu lindern. Die Eisenstange, die sie getroffen hatte, polterte zu Boden, und ihr verschwamm der Blick.

Ein Schatten in Jeans und dunklem Hemd sprang über sie hinweg, um aus dem Raum zu fliehen. Der Mann, ein sehniger junger Schwarzer mit kahl rasiertem Schädel, sah sich Carlos Esteves gegenüber, den er auf dem linken Fuß erwischte. Weil Carlos Graciana zu Hilfe eilen und gleichzeitig dem Flüchtenden den Weg versperren wollte, musste er in der Vorwärtsbewegung einen Schritt nach hinten machen – unmöglich. Immerhin bot er noch genügend Hindernis, sodass es für einen Zusammenprall reichte.

Schneller als er hatte der Schwarze sein Gleichgewicht wiedergefunden und riss Carlos herum, um ihm von hinten ein Messer an die Kehle zu halten. Der Kontakt mit dem kalten Metall ließ Carlos Esteves erstarren.

Jetzt deckte er den Mann unfreiwillig mit seinem Körper.

Und vor ihnen und der Tür nach draußen stand jetzt nur noch Leander Lost mit seinen Khakishorts und Espadrilles.

Der Schwarze drückte Carlos weiter nach vorne, um sich so den Fluchtweg freizupressen, doch der Alemão machte einen Ausfallschritt nach links und blockierte so den Ausgang.

»Lassen Sie das Messer fallen, wir sind Polizisten«, wies er den Mann an und zog gleichzeitig die »linkshändige« P 99Q.

Hochreißen, entsichern und anvisieren war dabei eine einzige, fließende Bewegung, deren Formvollendung Carlos unter anderen Umständen zu würdigen in der Lage gewesen wäre.

Statt einer Antwort zückte der Mann, der sich hektisch vergewissert hatte, nirgends sonst als durch jene Tür entkommen zu können, die Leander Lost nun bewachte, ein Zippo. Er entzündete eine Flamme und warf das Feuerzeug in den Nebenraum.

Es gab ein Geräusch, als würde Luft mit einem Mal in ein Vakuum vorstoßen. Mit einem Schlag entzündete sich die Benzinlache neben dem Kanister und sprang sofort auf Gardinen und Möbel über, mittendrin Graciana Rosado, die um Besinnung rang.

»Waffe hinlegen!«, brüllte der Schwarze.

Aber Leander rührte sich nicht, er stand nur mit vorgehaltener Waffe dort und zielte auf ihn. Oder auf Carlos. Schwer zu sagen, wen von beiden er gerade im Visier hatte.

»Lost! Legen Sie die Waffe hin und lassen Sie ihn gehen!«, brüllte Carlos, der aus den Augenwinkeln wahrnahm, wie die Flammen in ihrer Gier nach mehr Sauerstoff nach vorne loderten und Graciana die Hosenbeine zu versengen drohten.

»Kennen Sie den Mann?«, rief Lost zurück.

»Was? Nein!«

»Ich werde die Waffe keinesfalls ablegen.«

»Ich schlitz ihn auf!«, rief der Schwarze, der sichtlich um Fassung rang.

»Nein.«

»Graciana verbrennt!«

Leander hatte Sub-Inspektor Rosado im Blick, und in der Tat drohte die Sache außer Kontrolle zu geraten. Er spürte die Hitzewand auf seiner Haut und in der Luftröhre, wenn er einatmete.

»Gibt es hier einen Verbandskasten?«, rief er gegen das Tosen des Feuers an.

»Was?«

Leander Lost senkte die Pistole. Aber nicht, wie Carlos inständig hoffte, um nachzugeben, sondern um genauer zu zielen.

Der erste Schuss traf Carlos Esteves mit der Wucht eines austretenden Pferdes in den Oberschenkel und schleuderte ihn zu Boden.

Der zweite Schuss durchschlug das Bein des Schwarzen und ließ ihn ebenfalls stürzen.

8.

»Beruhigen Sie sich«, mahnte Doutor Antunes, ein junger Arzt mit Brille und schmalen langen Fingern, als Carlos Esteves auf der Trage in einen Behandlungsraum des *Hospital de Faro* geschoben wurde. Ein feiner Geruch von Desinfektionsmitteln strömte dabei in den angrenzenden Flur.

Aber Sub-Inspektor Carlos Esteves wollte sich nicht beruhigen. Er hatte erst an die Dutzend Flüche ausgestoßen, bei deren Erfüllung Leander Lost wahlweise von schlimmen Krankheiten heimgesucht, seine Familie einer bunten Kette an Unglücken ausgesetzt oder er selbst mit wenig vorteilhaften Tierarten verglichen wurde. Und damit war Carlos' Repertoire noch lange nicht erschöpft.

»Die Kollegen haben Ihnen einen vorbildlichen Druckverband angelegt«, fuhr Antunes fort, um seinen Patienten zu entspannen, wobei er unbewusst weiter Öl ins Feuer goss, denn der Verband war Carlos auf der Straße von Lost angelegt worden, nachdem der den Täter an der Laterne mit Handschellen fixiert hatte.

Der hatte gerufen, er werde verbluten, während der Alemão ihm mehrmals ruhig versichert hatte, dass das nicht eintreten werde, während schräg über ihnen die Feuersbrunst wütete. Fokussiert auf den Druckverband, mit dem er Carlos Esteves' Blutung stoppte, schien Leander Lost das Geschehen um sich herum zu vergessen. Oder vielmehr auszuschalten. Als schöbe er es einfach in einen Bereich außerhalb seiner Wahrnehmung. Graciana, immer noch benommen von dem Schlag, den sie erlitten hatte, assistierte ihm beim Anlegen des Druckverbands, aber in Wirklichkeit störte sie Leander Lost mit ihren Handgriffen lediglich. Anschließend federte der Deutsche hoch und machte ein Foto von dem Schwarzen, der in seiner Verblüffung darüber kurz das Zetern einstellte.

Noch während Graciana, Carlos und der Brandstifter in Luz de Tavira von den eintreffenden Notärzten erstversorgt worden waren, war die Feuerwehr mit zwei Löschzügen an- und dem Brand zu Leibe gerückt. Die Presse war mit zwei Minuten Verspätung gekommen und Zeuge geworden, wie die von Polizeikräften eskortierten Rettungswagen abfuhren. Der Erste vor Ort war Fotograf Tobias Faria gewesen – und der verletzte Carlos Esteves sein erstes Motiv.

Die hitzigen Verwünschungen in der Notfallambulanz drangen schließlich nur noch gedämpft hinaus auf den Flur, auf dem Graciana Rosado saß, nachdem die Tür geschlossen worden war. Ihr dröhnte zwar immer noch der Schädel, aber die erste Übelkeit, die für gewöhnlich mit einer Gehirnerschütterung einherging, ebbte bereits ab.

Da öffnete sich die Tür des anderen Behandlungsraums und Miguel Duarte kam heraus und baute sich gewichtig vor ihr auf. Er trug immer noch seine Sonnenbrille. *Er hält sich für einen Special Agent vom FBI*, hatte Carlos mal über ihn gesagt. Graciana kam es ebenfalls so vor.

»Wie geht's dir?«, fragte Duarte seine Kollegin.

»So lala.«

Duarte deutete mit dem Daumen grob in den Bereich hinter sich, während er sprach: »Der Schwarze da heißt Ousman Jobe. Rate mal, woher er kommt.«

»Aus Japan?«, fragte sie mit treuherzigem Blick.

Duarte verlor den Gefallen an seinem Ratespiel.

»Aus Gambia. Ein Illegaler. Er wurde im Juli in Lagos aufgegriffen und registriert: Fotos, Fingerabdrücke, die ganze erkennungsdienstliche Nummer. Er hat auf Duldung gehofft, aber jetzt können wir ihn bestimmt abschieben. Wenn es nach mir ginge, könnte man ohnehin alle ...«

»Was hat er noch gesagt?«, unterbrach Graciana ihn.

»Dass er da war, um die Fenster zu putzen. Senhor Conrad habe ihn angestellt.«

»Und weiter?«

»Nichts. Verweigert die Aussage.« Miguel Duarte sah über die Schulter, bevor er sich zu Graciana hinunterbeugte: »Stimmt das? Dass der Deutsche Carlos ins Bein geschossen hat?«

Sie meinte, ein Lächeln über sein Gesicht huschen zu sehen. Kurz nur, ein Zucken der Mundwinkel, die sich nun wieder zu jenem ausdruckslosen Strich vereinigten, den die Lippen des Spaniers üblicherweise bildeten. Wie eine Strömung unter der Wasseroberfläche, für das Auge unsichtbar und doch die bestimmende Kraft des gesamten Elements, so verbarg sich unter der zur Schau getragenen Besorgnis Duartes Schadenfreude.

»Ja«, antwortete Graciana knapp.

»Ist das zu fassen«, sagte Duarte und konnte sich eines Grinsens nicht mehr erwehren.

Der dezente Gong des Fahrstuhls lenkte ihre Aufmerksamkeit auf Inspektor Raul da Silva, der der Kabine entstieg, sie beide entdeckte und auf sie zuging.

»Der Schwarze sagt nichts ohne seinen Anwalt. Er hat ...«

»Wie geht es dir?«, unterbrach ihn da Silva mit Blick auf Graciana Rosado. Sie hätte ihn gerne dafür umarmt, blieb aber sitzen.

»Bisschen schwindlig. Alles gut.«

»Und Esteves?«

»Wird gerade versorgt. Es ist ein Durchschuss. Eine Fleischwunde. Senhor Lost hat ihm einen Druckverband angelegt.«

Graciana grinste schief, weil sie gegenüber da Silva die Ironie dieser Situation nicht in Worte zu fassen brauchte. Ihr Chef konnte sich Carlos' Wut und Fassungslosigkeit auch so bildlich vorstellen.

Er wandte sich an Miguel Duarte: »Wer ist der Verdächtige?«

Der Spanier nahm nun doch die Sonnenbrille ab und versorgte Raul da Silva mit den spärlichen Informationen, die er Graciana schon mitgeteilt hatte.

Erneut ertönte der Gong. Dieses Mal entstieg dem Fahrstuhl eine Frau mit dunklem Bubischnitt und elegantem dunkelblauen Kostüm und ging direkt auf sie zu. Sie trug eine flache Ledertasche bei sich und war dezent geschminkt. Graciana hörte, wie Duarte die Luft anhielt, und nahm aus den Augenwinkeln wahr, wie da Silva sich instinktiv straffte.

Die Frau lächelte die beiden Männer unverbindlich an: »Inspektor da Silva?«

»Ja?«

Sie reichte ihm ihre kleine, manikürte Hand, die er schüttelte. Während ihre Aufmerksamkeit im ersten Augenblick einem Lichtkegel geglichen hatte, der zwei Objekte erfasste, verschwand Duarte nun schlagartig im Dunkeln.

»Ich bin Advogada Cristina Bravo von der Kanzlei Marinho & Alves. Ich bin beauftragt, Senhor Jobe anwaltlich zu vertreten.«

Mit diesen Worten reichte sie ihm ein Schreiben. Graciana erhob sich, um einen Blick darauf zu werfen. Der Briefkopf stammte von der besagten Kanzlei. Raul Da Silva überflog die Zeilen und musterte die junge Frau, die ihn immer noch anlächelte. Graciana bewunderte sie dafür. Nicht für die Fähigkeit, ein unverbindliches Lächeln an- und auszuknipsen. Sondern wegen der Augen, denn die lächelten mit.

Raul da Silva reichte ihr das Schreiben zurück.

»Sie können es behalten.«

Da Silva nickte und versenkte das zusammengefaltete Papier in seiner Brusttasche.

»Ist mein Mandant hier?«

Raul da Silva deutete vage den Flur hinab: »Im ersten Behandlungsraum da vorne rechts, soweit ich informiert bin. Ich habe noch nicht mit ihm gesprochen. Sub-Inspektor Duarte hier wird Sie begleiten.«

»Ich möchte mit meinem Mandanten unter vier Augen sprechen.«

»Natürlich. Senhor Duarte wird Sie nur begleiten.«

»Gut.«

Duarte ging, um Lässigkeit bemüht, voran und Advogada Bravo folgte.

Raul da Silva sah den beiden einen Augenblick versonnen nach, bevor er sich wieder an Graciana wandte: »Kanzlei Marinho & Alves – schon mal gehört?«

»Nein. Aber sie ist schnell da.«

Da Silva nickte und schaute noch einmal den Flur entlang, doch Duarte war bereits mit der Anwältin im Behandlungsraum verschwunden. Als er sich wieder Graciana zuwandte, war sein Blick sanft und warm. Und etwas Sorge lag auch darin.

»Hast du ihn schon mal gesehen, diesen ...«

»Jobe?«

»Ja.«

»Nein.«

Er nickte, als habe er sich das gedacht.

»Er hat dich niedergeschlagen, mit einem Eisenrohr?«

Graciana nickte überrascht – immerhin war ihr Chef gerade erst in der Klinik angekommen und hatte weder mit Duarte, Carlos oder ihr gesprochen.

»Und er hat auch das Feuer gelegt?«

»Wir haben ihn wegen dringenden Mordverdachts verhaftet. Es gibt kein anderes stichhaltiges Motiv. Er wollte das Büro abbrennen.«

»Weil es da einen Hinweis auf seine Täterschaft gibt, meinst du das?«

»Fast. Weil da wahrscheinlich ein Hinweis auf sein Motiv für den Mord an O Olho liegt. Das heißt: lag. Am helllichten Tag nach Luz de Tavira zu gehen und ein Büro in Brand zu setzen, ist riskant. Viele Zeugen. Warum hat er das getan?«

»Ich weiß nicht. Er konnte nicht warten?«

Graciana nickte so heftig, dass der unverzüglich einsetzende Schwindel sie zwang, sich wieder zu setzen.

»Ja. Er konnte nicht warten. Er stand unter Zeitdruck.«

»Weil?«

»Weil Faria die Nachricht vom toten Privatdetektiv an seine Zeitung und die Radiostationen verkauft hat. Obwohl: Im Radio war nur zu hören, dass die Polizei wegen eines Unfalls ermittelt. Dass wir wegen Mordes ermitteln, konnte Faria nicht wissen. Tatsächlich haben wir zu dem Zeitpunkt lediglich den Unfallhergang untersuchen lassen. Es hätte ebenso gut sein können, dass Markus Conrad betrunken ausgerutscht ist und sich das Genick gebrochen hat.

Und dieser Jobe wusste es daher auch nicht. Der hat vielleicht nur die Nerven verloren, vielleicht ... ich weiß auch nicht, es war ein langer Tag«, sagte sie leise.

Die innere Müdigkeit, die in ihren Worten mitschwang, ließ Raul da Silva die Hand auf Gracianas Schulter legen.

»Du gehst die nächsten zwei Tage ins Bett, Piaf. Und Esteves ist auch draußen. Ihr habt bezahlten Urlaub.«

»Ich will wissen, warum er das getan hat ... dieser Jobe.«

Raul da Silva nickte wie jemand, der mit dieser Reaktion gerechnet hatte. Er nahm die Hand von ihrer Schulter.

»Ich setz Duarte darauf an.«

»Oh nein.«

»Oh ja«, entgegnete da Silva, »du und Esteves legt die Füße hoch. Und danach übernehmt ihr wieder, hm? Ist das ein Deal?«

Graciana musste lächeln. Da Silva wusste, welche Knöpfe er drücken musste.

»Ich brauch nur einen Tag Pause, das reicht schon«, unternahm sie einen letzten Versuch.

Aber ihr Chef deutete ein Kopfschütteln an: »Soll Duarte sich mit der Advogada rumschlagen. Geh in die Virgílo Inglês No. 5, hm? Tu mir den Gefallen.«

Die Virgílo Inglês No. 5 war Graciana Rosados Elternhaus im Zentrum von Fuseta. Mit Kindern vor dem Eingang, die in der engen Gasse bolzten oder seilsprangen. Mit Nachbarn, die sich von Balkon zu Balkon unterhielten, und Abenden vor dem Haus, auf schnell zusammengestellten Stühlen und Tischen, an denen die Frauen lachten und mit den jungen Männern schäkerten und die Alten Sagres tranken und Medronho. Und sie schwiegen und lächelten, und es gab nichts, rein gar nichts, was ihren wachen Blicken entging. Was nicht weiter schlimm war, denn gleichzeitig waren sie beredte

Meister des Schweigens. Sie unterhielten sich mit Blicken und Gesten, die Sprache schien ihnen die am wenigsten verlässliche Form des Austausches. Graciana erinnerte sich, als Kind felsenfest davon überzeugt gewesen zu sein, ihr Großvater könne Gedanken lesen – und dass das möglicherweise auf alle Großväter in der Nachbarschaft zutraf.

Während die alten Männer also tranken und sich diese geheimnisvollen Blicke zuwarfen, tauschten die Frauen Neuigkeiten aus, tranken Madeira und rauchten Selbstgedrehte, und manchmal kam eine mit einem Teller Oliven und Brot hinaus in die warme Nacht. Brot und Oliven wurden gelobt, dann spendierte die Nachbarin von gegenüber noch Aioli und etwas Thunfisch, woraufhin sich die Katzen einfanden. Und wenn die blinde Maria von dem Trödelladen an der Ecke, erst zarte vierzehn Jahre alt, sich auf der Gitarre bei einem Fado selbst begleitete, brach Senhor Rossi, dem Italiener, jedes Mal das Herz, und er rollte das Gitter seines Ladens hoch und spendierte Portwein, für den er alle zwei Wochen in den Norden fuhr, nach Porto, wo der Douro in den Atlantik mündet.

Ergriffen lauschten sie dem Gesang, versicherten sich, dass Fuseta der beste Ort der Welt sei, während ihre Söhne und Töchter abseits in einer Gasse oder einem Flur erste Küsse tauschten und sich die Welt versprachen. Und das mit dem heiligen Ernst frisch Verliebter.

Mittendrin Antonio Rosado. Aufgrund seiner Erziehung und seiner Überzeugung ein Patriarch, vor dem Hintergrund seiner Generation aber aufgeschlossen und klug. Nicht klug genug für einen Professor, aber zu klug für einen Fischer, hatte Carlos Esteves' Vater mal gesagt.

Viele Jahre lang war er der Polizist von Fuseta gewesen und hatte es zustande gebracht, die Erfordernisse des Gesetzes und die Bedürfnisse der Einwohner miteinander in Einklang zu bringen. Manche sagten, er hätte Karriere als Lokalpolitiker machen können, denn die Menschen vertrauten ihm. Sie kamen zum Mittagessen vorbei, das er für gewöhnlich in der *Bar Fuseta* einnahm, oder suchten ihn privat auf, um sich Rat zu holen. Dass er ihnen den nicht gab, wenn er selbst keinen wusste, manifestierte seine Glaubwürdigkeit.

Und an einem Freitagmorgen vor sieben Jahren hatten sich fünf Schwerbewaffnete, die es auf 1,4 Millionen Euro in einem Geldtransporter abgesehen hatten, mit der Dienstauffassung von Antonio Rosado konfrontiert gesehen, der mutterseelenallein aus seinem Auto gestiegen war und ihnen mitgeteilt hatte, sie seien vorläufig festgenommen.

Die Virgílo Inglês No. 5 war mehr als nur eine Adresse. Sie war ein kleiner Heimathafen. Refugium für alle Ratsuchenden in Fuseta und Hort ihrer Kindheit für Graciana. Und in diesem Sinne hatte Raul da Silva sie auch benutzt.

Wohl wissend, was er tat, denn Graciana nickte, nachdem er sie aufgefordert hatte, nach Hause zu gehen. Sie hatte Sehnsucht nach dem Wohnzimmer und dem Geruch der Küche und dem Blick in den Hinterhof.

»Ich warte noch auf Carlos«, sagte sie, und was für den ungeübten Zuhörer einem Widerspruch gleichkam, war eine Einwilligung.

Da Silva musste keinen Blickkontakt herstellen, um zu wissen, dass dieser Punkt nicht verhandelbar war. Daher brummte er Zustimmung. Aber da gab es noch eine letzte Kleinigkeit zu besprechen.

»Senhor Lost, was machen wir mit ihm? Ich nehme an, Esteves trägt ihm die Sache mit dem Cannabis immer noch nach.«

»Damit ist er nicht alleine. Dass er Carlos und mich bei Duarte denunziert hat, war, um es vorsichtig auszudrücken, dem internen Arbeitsklima nicht sehr dienlich. Wenn das alles ist, was wir aus diesem Programm lernen können, dass die

Deutschen die Einhaltung kleinster Paragrafen über den Zusammenhalt des Teams stellen, dann müssen wir das nicht lernen, glaube ich.«

»Und dass er Esteves ins Bein geschossen hat, macht die Sache nicht leichter, nehm ich an.«

Graciana sah ihrem Chef geradewegs in die Augen: »Ich glaube, du solltest ihn auf eine andere Planstelle versetzen. Vielleicht macht er sich im zweiten Anlauf besser, aber ... er hat auf Carlos geschossen. Er hat ihn ernsthaft verletzt. Carlos hat Schmerzen. Ich weiß, dass Senhor Lost den Täter stoppen wollte. Aber ... nicht so. Nicht um diesen Preis.«

Sie schüttelte den Kopf, um ihr Unverständnis zu unterstreichen. Raul da Silva seufzte und stützte die Hände in die Hüften.

»Ich fahr zur Villa Elias und spreche mit ihm. Und morgen sehe ich mich nach einem anderen Team für ihn um. Ich krieg das schon irgendwie hin.«

9.

Die starken Schmerzmittel, die Doutor Antunes ihm verabreicht hatte, beruhigten Carlos Esteves, und die Kombination mit einem Sixpack Sagres, mit dem er sich bei der erstbesten Tankstelle auf dem Weg raus aus Faro versorgt hatte, besänftigte ihn sogar.

Ja, absurderweise stellte sich jetzt ein tiefes Wohlbefinden ein, das sich in Form einer angenehmen Wärme in seinem Körper ausbreitete und ihn von den Haarspitzen bis hinunter zu den Zehen erfüllte. Im Radio lief leise *Private Investigations* von den Dire Straits. Durch die offenen Seitenfenster von Gracianas Volvo strömte die angenehm warme Luft des Sommerabends hinein und brachte alles mit einer Sanftheit in

Bewegung, die sich in magischem Einklang mit seinem Gefühl befand: Teil des Ganzen zu sein, was etwas Tröstliches hatte. Die Lichter der Häuser und der Bars an der Straße, die vorbeizogen, Gracianas Haar, das von den Luftwirbeln zu einem unvorhersehbaren Tanz gebracht wurde, der salzige Geruch des Meeres, den er aufschnappte, die Sequenz, die diese Augenblicke bildeten, waren von einem tiefen Frieden. Wäre ihm in diesem Augenblick das Herz stehen geblieben, Carlos Esteves hätte nicht gehadert.

Stattdessen nahm er noch einen Schluck und bot seiner Partnerin stumm auch ein Sagres an, aber Graciana schüttelte nur leicht den Kopf.

»Ich muss wissen, was die in Deutschland sich dabei gedacht haben, uns Lost zu schicken«, sagte sie, stoppte den Wagen rechts am Fahrbahnrand und stieg aus. »Falls sie sich überhaupt etwas gedacht haben«, fügte sie verärgert hinzu, zückte ihr Handy und ging ein paar Meter.

Carlos zündete sich eine Zigarette an und gähnte. Auch wenn es ihn wurmte, er wurde nicht jünger, und der Tag saß ihm in den Knochen.

Früher hatte er so was weggesteckt. Und heute? Bald würde er seine erste Brille brauchen, und wenn er aufstand, schmerzte ihm manchmal das linke Knie. Er bemühte sich, es nur so weit zu entlasten, wie es niemandem auffiel. Aber er machte sich keine Illusionen darüber, was das hieß. Die Beschwerden würden nicht eines schönen Tages wie von Geisterhand kuriert sein – sondern zunehmen.

Nun ja, bis dahin war hoffentlich noch etwas Zeit, sagte er sich und öffnete noch ein Sagres. Heute schmeckte es wie ein Lebenselixier.

Nach dem vierten Klingeln meldete sich Leander Losts Chef persönlich: »Kripo Hamburg, Lehmann?«

»Sub-Inspektor Graciana Rosado aus Faro, Portugal«, begann die kleine Kommissarin auf Englisch, »Sie haben uns freundlicherweise Ihren besten Mann geschickt – Senhor Lost.«

»Ah ja«, ließ der Deutsche am anderen Ende hören, der den Anruf jetzt zuordnen konnte. »Senhor Lost. Das Austauschprogramm. Ist alles klar mit ihm?«

»Ja. Er ist ... ihm geht es gut. Er hat erzählt, dass Sie es waren, der ihn als Kandidat für das Austauschprogramm ausgewählt hat?«

»Das ist richtig.«

Jemand fragte Lehmann am anderen Ende etwas auf Deutsch, was Graciana nicht verstand. »Senhor Lost«, begann Lehmann daraufhin seine Antwort, die sich an die andere Stimme in Hamburg richtete. Mehr verstand Rosado abermals nicht, aber sie konnte deutlich ein unterdrücktes Lachen hören.

Dann wandte Lehmann sich wieder an sie, wobei er seine Erheiterung zu unterdrücken versuchte: »Stimmt etwas nicht? Ich meine: Weil Sie anrufen?«

Graciana Rosado zögerte für einen Moment und überließ die Entscheidung darüber, wie sie sich nun verhalten sollte, ihrem Bauch: »Doch, es ist alles in Ordnung. Entschuldigen Sie bitte die Störung.«

»Kein Problem.«

Dann legten sie beide auf.

Vor der Virgílo Inglês No. 5 saß eine Traube aus einem Dutzend Nachbarn und Freunden, die dort tranken, rauchten und schwatzten und aussahen, als täten sie das seit Jahrzehnten so, was daran lag, dass sie es seit Jahrzehnten so taten.

Sie warteten auf die Ankunft von Graciana und Carlos, denn der Tag hatte eine Menge Fragen in die Virgílo Inglês gespült.

Als Erste merkte Raquel Rosado, dass ihre Tochter im Anmarsch war, denn in der Nebenstraße erstarb das typische

Geräusch des Fünfzylinders, gefolgt von dem doppelten Türenklappen des Volvos.

Raquel war eine Frau, die gerne lachte und den Unbill des Lebens mit entwaffnender Fröhlichkeit begegnete. Es war ihrem Willen zu verdanken, dass die No. 5 jenes offene Haus war, das die Generation von Graciana und Carlos und erst recht Soraia nie anders erlebt hatte. Die Menschen kamen und gingen, sie erzählten Neuigkeiten, luden ihre Seelenlast ab, blieben auf ein Schwätzchen, empfahlen Handwerker, Marktstände und Friseure. Sie debattierten eifrig über das Mittelfeld der portugiesischen Nationalmannschaft, über die mannigfaltigen Möglichkeiten, Stockfisch zuzubereiten, und über vieles mehr.

Heute war der Brand in Luz de Tavira Tagesgespräch.

Graciana hatte noch aus dem Rettungswagen bei ihrer Mutter angerufen, ihr versichert, dass alles in Ordnung sei, sie nur einen kleinen Schlag abbekommen habe und später mit Carlos vorbeischauen würde. Einen Besuch der besorgten Mutter in der Klinik hatte sie sich auf diese Weise verbeten, ohne es aussprechen zu müssen. Aber da sie ihre Intuition von ihrer Mutter geerbt hatte, wusste sie, dass die auch so verstand.

Ihrem Freund João Pereira hatte sie dasselbe erzählt, wie Raquel Rosado festgestellt hatte, als er besorgt in der No. 5 aufgetaucht war, um mehr zu erfahren. João kam beileibe nicht oft hierher, und wenn, dann eigentlich immer in Begleitung von Graciana.

In der Nachbarschaft und in den Geschäften in der Virgílo Inglês, die Zeugen von Joãos Ankunft in der No. 5 geworden waren, machte man sich so seine Gedanken. Der Brand in Luz de Tavira. Es sollen Schüsse gefallen sein. Die Sirenen der Rettungswagen auf der N 125 waren klar und deutlich zu hören gewesen. Sie kamen aus Westen – wohin die Feuerwehr ausgerückt war – und fuhren nach Osten; der kürzeste Weg in eine Klinik.

Wie damals.

Und nun João. Ganz alleine.

Ein wenig Mitleid hatten sie schon immer mit ihm gehabt. Vom ersten Tag an, als Graciana ihn den Eltern vorgestellt hatte – auch, wenn man nicht dabei gewesen war, quasi ein öffentliches Ereignis. Weil er nicht recht passte. In allem. Er kam aus Faro, nicht aus Fuseta. Er war ein Städter. Er war schmal und bleich, hatte die Hände eines Pianisten. Wenn Antonio Rosado, der früher immer fischen gegangen war, der Holz liebte und heute noch in seiner Freizeit schreinerte, ihn mit seiner rechten, sonnengebräunten Pranke begrüßte, verschwand Joãos Hand geradezu darin.

João Pereira war ein Intellektueller, ein Schöngeist. *Einer*, wie Gracianas Vater es formulierte, *der sein Geld mit den Geschichten über andere verdient.*

Antonio Rosado hatte das bei ihrem ersten Treffen gesagt, am Esstisch, während er dem jungen Mann das frische Brot reichte, und dabei eine Unschuldsmiene aufgesetzt. Er hatte es in dieser Disziplin – dem Aussprechen von Sätzen, die sowohl in die eine wie in die andere Richtung auslegbar waren – zur Meisterschaft gebracht.

»Ich hoffe, das missfällt Ihnen nicht«, hatte João Pereira mit einer Heiterkeit erwidert, die im Gegensatz zu der Anspannung seines ganzen Körpers stand.

»Die Wahl meiner Tochter ist für mich über jeden Zweifel erhaben.«

Auch so ein Satz, über den sich João, zurück in seiner kleinen Wohnung, die halbe Nacht lang den Kopf zerbrach. Hieß das, er wurde in der Virgílo Inglês No. 5 nur geduldet, weil die Eltern Graciana nicht kränken wollten? Oder bedeutete es, dass man sich der Wahl der Tochter anschloss, weil man mit ihr darüber übereinstimmte und sich jeder heimliche Zweifel beim Anblick von João erübrigt hatte?

Wie er es auch gewendet hatte in dieser Nacht vor zwei

Jahren, er war zu keinem eindeutigen Ergebnis gekommen. Das aber, was die Nachbarn allesamt spürten, das, was in den Blicken von Antonio Rosado lag und selbst im zugewandten Lächeln von Mutter Raquel, der Zweifel nämlich, der war geblieben.

Auch jetzt stand João am Hauseingang etwas abseits der anderen. Er rauchte. Raquel ging zur Tür und hielt kurz inne.

»Sie kommt, João«, sagte sie leise, als wolle sie ihm einen kleinen Vorteil vor den anderen verschaffen, bevor sie im dunklen Hausflur verschwand.

Den nutzte er und stieß sich vom Hauseingang ab, sodass er Graciana und Carlos am nächsten war, als sie beide um die Ecke bogen.

Gracianas Augen wurden feucht vor Rührung, weil sie ihn hier nicht erwartet hatte. Sie wusste, dass João nicht die Nähe ihres Vaters suchte. Dass er es heute trotzdem tat, bedeutete ihr viel.

Während sie sich begrüßten und umarmten, war Carlos mit seinen Krücken schon vorbeigehumpelt. Im Nu hatte er die Auswahl zwischen zwei Holzstühlen und einem aus Plastik, zwischen einem Glas Vinho verde und zwei Sagres (er nahm alles drei) und ein paar *Petiscos* von Raquel, die die Rezepte dafür von ihrer Mutter hatten, wie diese sie in jungen Jahren von ihrer Mutter mit auf den Weg bekommen hatte und immer so weiter. Möglicherweise waren die Rezepte schon jahrhundertealt, das wusste niemand so genau.

Allerdings wusste jedes Kind, dass ihre spanischen Entsprechungen, die Tapas, höchstwahrscheinlich von den Petiscos »inspiriert« worden waren und wie jede Kopie selbstredend nur ein blasses Dasein im Schatten des Originals führten.

Die Köstlichkeiten hatten jedenfalls nicht unerheblichen Anteil an der Verweildauer der Gäste, die beim Naschen in

Ohs und *Ahs* schwelgten und die Mienen vor Genuss verzogen. Stein und Bein schworen sie, man würde Raquel Rosado geradezu den Laden einrennen, sollte sie sich entschließen, doch noch ein kleines Petisco-Restaurant zu eröffnen.

Raquel hatte Carlos die Schälchen serviert: Bohnen im Teigmantel, *Gambas Piri-Piri* und *Pica-Pau*, scharf gebratenes Schweinefleisch in einer Knoblauchsauce, deren Duft ihm in die Nase stieg.

Carlos Esteves war ein Mann, der um die Kurzweil und die Zerbrechlichkeit des Glücks wusste, weshalb er nie so dumm war, einen glücklichen Augenblick zwanghaft herbeiführen zu wollen. Er wusste aber sehr wohl, wenn er unversehens in einen geriet und wie man diesen streckte.

Er fühlte über ein Dutzend Augenpaare auf sich und seine Schusswunde gerichtet, und man musste ihm nicht sagen, dass der Augenblick gekommen war.

»Ich bin angeschossen worden.«

»*Não*«, hallte es ihm entgegen. »*Santa Mãe de Deus* ...«

Da gesellten sich Graciana und João dazu. Er bekam den unbequemen Plastikstuhl hingeschoben, Raquel drückte die Tochter – und dann kam der Moment von Antonio Rosado, der mit seinem Rollstuhl über den Flur kam und zu ihnen rollte. Vater und Tochter umarmten sich. Man sah, wie der Alte schlucken musste und die Tochter fester packte, denn er war froh, sie lebend zu sehen.

»Wer hat dein Gesicht so zugerichtet?«, fragte er mit rauer Stimme, um seine Ergriffenheit zu kaschieren. Er fragte in einer Tonlage, bei deren Klang sich niemand an die Stelle desjenigen wünschte, nach dem Antonio Rosado sich erkundigte.

Und dann erzählte Graciana die Geschichte.

Für eine geschlagene Minute herrschte vor der Virgílo Inglês No. 5 ein Ausnahmezustand: Stille.

Danach kamen die ersten Zwischenfragen.

»Ganz am Anfang«, fragte Senhor Rossi, der sich mit zwei

Flaschen guten Portweins eingefunden hatte, »wie war das? Das Büro von O Olho ist doch über der Werkstatt, ja?«

»Wir mussten da hoch«, bestätigte Carlos mit einem Nicken und goss sich einen Schluck Portwein ins Glas. »Ich hatte da schon so ein komisches Gefühl«, fügte er hinzu.

Die Traube der Zuhörer nickte und warf sich bedeutungsvolle Blicke zu, während nur Graciana das belustigte Flackern in Carlos' Augen auffing, der sich einen Spaß daraus machte, die Sache ein wenig auszuschmücken. Immer wieder von Zwischenfragen unterbrochen zu Details, zum Aussehen des Täters, wer wann wo stand, wie das Feuer ausgebrochen war, wer die Wunden behandelt hatte (ein Punkt, den Carlos übersprang) und vor allem, ob der Alemão wirklich getan hatte, was er angeblich getan hatte (ein Punkt, über den Carlos sich stets aufs Neue ereiferte), gelang es Graciana schließlich, die Geschichte nach einer Stunde zu Ende zu bringen.

Währenddessen drückte João immer wieder ihre Hand, ihr Vater schob ihm und Carlos einen Medronho zu, und als João den mit einer dankbaren Geste ablehnte, trank Carlos Esteves alle beide.

Die restlichen Petiscos tischte Raquel Rosado gegen Mitternacht drinnen auf, nachdem die letzten Gäste sich verabschiedet, Carlos und Graciana baldige Genesung gewünscht und sich auf dem Nachhauseweg für den nächsten Vormittag zum Boule verabredet hatten.

Die Rosados nahmen am ausladenden, massiven Holztisch in der Küche Platz. João setzte sich neben Graciana und ließ sich nun von Carlos zu einem Bier nötigen. Durch das offene Fenster zum Hinterhof wehte das Rauschen der fernen Brandung herein. Raquel hatte drei Windlichter aufgestellt, deren Flammen unvorhersehbare Schatten an die Wände warfen.

»Was passiert jetzt mit Senhor ... Lost?«, erkundigte sich João.

»Er wird einem anderen Team zugeteilt«, antwortete Graciana.

»Wisst ihr schon wem?«, fragte Antonio.

»Nein«, erwiderte Carlos, »aber sie werden sehr bald Schussverletzungen haben.«

»Olá«, kam es aus dem Flur. Soraia Rosado erschien und drängelte sich ganz selbstverständlich neben Carlos, während sie nach einem Stück Hähnchen in Knoblauchsauce griff und es sich aufs knusprige Brot legte.

Erst jetzt entdeckte sie das Hämatom an der Augenbraue ihrer älteren Schwester, danach Carlos' bandagiertes Bein. »Was ist passiert?«, fragte sie erschrocken.

»Ein Einbrecher hat mich mit einer Eisenstange erwischt. Sieht schlimmer aus, als es ist, So.«

Die Koseform sprach sie mit einem leicht scharfen »S« aus, das sie in die Länge zog. Schon als kleines Kind war ihre Schwester mit dieser Kurzform von ihrer Mutter gerufen worden.

»Und bei mir war es ein Durchschuss«, fügte Carlos hinzu, dessen Zunge ein wenig schwer geworden war. Er grinste wie ein alter Haudegen.

»Und Leander?«, fragte Soraia mit Bestürzung.

Graciana erhaschte mit einem kurzen Blick, wie ihr Vater die Augenbraue hochzog.

»Leander?«, fragte er.

Soraia verstand die Nachfrage, aber das Geheimnis in der Abwehr väterlicher Kritik, die ungesagt in seinen Bemerkungen mitschwang, lag daran, sie zu überhören und lediglich auf das Offensichtliche einzugehen.

»Das ist der Vorname des Deutschen«, konterte sie daher, und Raquel, die hinter ihrem Mann am Herd Töpfe hin- und herschob, musste darüber schmunzeln.

Kurz schwiegen die anderen.

»Er wird wahrscheinlich mit einem anderen Team weiterarbeiten«, erklärte Graciana dann.

Soraia legte ihre junge Stirn in Falten: »Warum?«

»Wir wollen ihn nicht mehr im Team. Da Silva weiß das und kümmert sich darum.«

»Aber wieso?«

»Erst hat er uns heute Morgen bei Duarte in die Pfanne gehauen – ging um eine kleine Cannabisplantage in Arroteia. Und dann hat er mir vor ein paar Stunden ins Bein geschossen.« Dabei deutete Carlos auf seinen Verband.

Soraia Rosado erschrak: »Wie ist das denn passiert?«

Carlos schüttelte den Kopf, er hatte genug davon. Graciana atmete tief durch, aber dann kam João ihr zuvor: »Deine Schwester und Carlos waren in Luz de Tavira, um ein Büro zu durchsuchen. Dabei sind sie auf einen Einbrecher gestoßen. Der hat Graciana eine Eisenstange gegen den Kopf geschlagen – da war sie ohnmächtig. Und dann wollte Carlos ihn aufhalten, aber der Einbrecher hat ihn als Geisel genommen. Und ihm ein Messer an die Kehle gehalten, um sich den Fluchtweg an Senhor Lost vorbei freizupressen. Und der hat Carlos ins Bein gefeuert. Hab ich was vergessen?«

»Nein, eine erstklassige Wiedergabe«, kommentierte Antonio und wieder war nicht auszumachen, wie er das meinte. Aber Carlos nickte, um João zu signalisieren, dass er nichts ausgelassen hatte.

»Doch, hast du wohl!«, warf Soraia ein und bediente sich am Kühlschrank mit einem Sagres, während ihr die überraschten Blicke der andern zuflogen. »Was ist mit dem Einbrecher passiert?«

»Der Alemão hat ihm auch ins Bein geschossen«, meldete sich unerwartet Raquel zu Wort.

»Ach«, sagte Soraia, als habe sie sich so etwas gedacht. »Und dann?«

»Dann hat er uns alle irgendwie runtergebracht, wegen des Feuers«, antwortete Graciana und merkte, dass es am Tisch stiller geworden war.

»Wegen des Feuers?«, fragte Soraia.

»Der Mistkerl hat Benzin ausgeschüttet und das Büro in Brand gesetzt«, half Carlos aus. »Alles brannte lichterloh.«

»Und Graciana lag bewusstlos am Boden und dich hat er als Geisel genommen?«

»Ja. Lost hat auf uns gezielt. Und dann hat er mir ins Bein gefeuert.«

»Ohne dass einer was gesagt hat?«

»Nein, natürlich nicht. Der Einbrecher wollte, dass der Alemão die Waffe hinlegt.«

»Und wie hat Leander reagiert?«, bohrte Soraia weiter. Da war ein kleines energisches Lächeln auf ihrem Gesicht aufgetaucht, das nichts Gutes verhieß.

»Er hat gesagt«, sprang Graciana ihrem Kollegen nun bei, »dass er das nicht tun kann.«

»Weil?«

»Das hat er nicht näher begründet. Er hat sich nach einem Verbandskasten erkundigt – und dann die beiden Schüsse abgegeben.«

»Beide in die Beine?«

»Ja.«

»Ist es schwer, auf die Entfernung ein Bein zu treffen?«

»Es geht.«

»Ich frage anders: Ist es schwierig, auf die Distanz zweimal keine Knochen zu verletzen, indem man so genau zielt?«

Carlos war durch die Frage ernüchtert.

»Wie soll ich das verstehen? Dass ich die Ehre hatte, mir von einem präzisen Schützen das Bein durchschießen zu lassen? Weißt du, was dabei alles hätte passieren können?«

Soraia nickte und setzte sich zu ihm und legte ihre Hand auf seine, um ihn zu beruhigen.

»Vertrau mir, Carlos ... wie genau hat er denn eigentlich ... die Sache mit dem Cannabis verraten?«

Carlos war hin und her gerissen. Für Soraia war er zeit ihres Lebens so etwas wie ein ausgeliehener großer Bruder gewesen. Nie würde sie zu seinem Nachteil handeln.

»Also: Wie hat er sie verraten?«

»Duarte hat ihn gefragt, ob wir von dem Cannabis gewusst haben. Und er hat es zugegeben.« Zu ihrer Verwunderung beschlich Graciana das Gefühl, genau das gesagt zu haben, was Soraia hören wollte.

»Mein Schatz, ich kenne dieses Lächeln. Ich glaube, wir alle kennen es – was weißt du mehr als wir?«, fragte Raquel ihre jüngste Tochter.

»Leander Lost ist ein Asperger«, sagte Soraia mit einem Lächeln, das den anderen etwas von ihrer Faszination für den Estrangeiro verriet. »Und er hat ein irres Gedächtnis!«

»Was soll das sein – Asperger?«, fragte Antonio Rosado.

»Ein Autist«, wusste João.

»Asperger können körpersprachliche Signale nur schwer deuten. Sie können nicht unterscheiden, ob jemand unter einem Vorwand etwas anderes sagt. Sie nehmen alles für bare Münze. Aber vor allem begreifen sie ein Gesicht nicht als Ganzes, sie erkennen nur Teile: die Augen, den Mund, die Nase ... ein Asperger muss das jedes Mal zusammensetzen.«

Graciana wusste, dass genau das nicht nur die Wahrheit über Leander Lost war, sondern auch alles andere erklärte. Es passte alles. Alles, alles, alles. Und sie hatte es nicht bemerkt.

»Und das mit Duarte ... Asperger können nicht lügen.«

Scham explodierte in Gracianas Brust, sie biss sich auf die Lippen, aber trotzdem stürzten ihr die Tränen in die Augen.

»Also bitte, was ist das für eine Geschichte? Ein Mensch, der nicht lügen kann? Als Polizist? Wie soll das gehen?«, fragte Carlos, der mit der unerwarteten Wendung, die das Gespräch am Ende dieses versöhnlichen Abends nahm, gar nicht einverstanden war.

»Aber in Deutschland ist er Polizist«, gab João zu bedenken.

»Und er kann die Mimik von Menschen nur schwer entziffern – so wie der kleine Pepe aus meiner Gruppe. Man nennt das gesichtsblind.«

Pepe war ihnen allen ein Begriff. Er war sieben Jahre alt und wurde in der Kindertagesstätte von Erzieherinnen betreut, unter anderem von Soraia. Sie hatte ihn schon einmal zusammen mit zwei anderen Kindern, die sie betreute, zum Mittagessen in die Virgílo Inglês No. 5 mitgenommen. Pepe verstand die Emotionen der anderen Kinder nicht. Lachen, Weinen, Freude, Trauer, Angst, Glück – all das konnte er selbst empfinden. Aber es wie andere an Haltung und Mimik seiner Spielkameraden abzulesen, war ihm unmöglich.

»Und statt zu sagen, er sei glücklich, sagt er, die Sonne kitzle ihn«, erzählte Soraia.

Antonio Rosados Gesichtszüge, eben noch angespannt, wurden weich: »Und wenn er Hunger hat, sagt er, der Hund ist da.«

»Der Hund ist da?«, fragte João in einer Mischung aus Irritation und Belustigung.

Jetzt wurde Antonios Mund breit, er entblößte eine Reihe glänzender Zähne und lachte so herzhaft, dass es den anderen schwerfiel, darin nicht mit einzufallen.

»Versteht ihr? Der Hund? Sein Magen knurrt. Wie ein Hund.« Er schüttelte lachend den Kopf.

Da blitzte in dem Mann eine Wärme auf, die sonst nur in den Blicken für seine Frau und Töchter lag. Und noch nie in einem, mit dem er ihn bedacht hatte, konstatierte João.

»Er konnte Duarte also gar nicht anlügen«, stellte Graciana fest.

»Nein«, bestätigte ihre Schwester.

Graciana und Carlos tauschten einen Blick, um sich zu

vergewissern, dass sie dasselbe dachten. Das taten sie. Graciana mit Bedauern und Carlos mit Widerstreben.

»Er hat trotzdem auf mich geschossen.«

»Asperger denken logisch. Sie können oft sehr gut kombinieren und sind ausgezeichnete Analytiker. Man darf bloß nicht erwarten, dass sie einen verstehen, wenn man ihnen eine indirekte Liebeserklärung macht.«

»Wie Mister Spock«, meinte João, um Soraias Bild zu ergänzen.

»Genau. Wir haben einen Vulkanier in Fuseta.«

João unterdrückte den Impuls, mittels der rechten Hand ein »V« zwischen Mittel- und Zeigefinger entstehen zu lassen.

»Der Einbrecher«, fuhr Soraia unbeirrt fort, »wollte, dass Leander die Waffe ablegt.«

»So ist es.«

»Er hätte die Waffe an sich nehmen und gehen können.«

»Genau. Und ich hätte kein Loch im Bein.«

»Ja. Er hätte euch aber auch erschießen können. Er hätte euch mit der Waffe bedrohen und die Tür verriegeln können – und euch dem Brand überlassen. Er hätte mit der Pistole was weiß ich was anstellen können.«

»Du warst nicht dabei, So«, ermahnte Raquel sie. Und ihr Mann nickte.

»Ja, das ist richtig«, räumte Soraia ein, »ich will das auch gar nicht beurteilen ... Ich bin froh, dass alle am Leben sind. Ich habe mich nur gefragt, ob Leander Lost vielleicht einfach nur logisch gehandelt hat. Du«, sagte sie an Graciana gerichtet, »hast am Boden gelegen, bewusstlos. Dem Feuer ausgesetzt. Dem Rauch. Er hatte nicht viel Zeit. Und du warst die Geisel, Carlos.«

»Er hatte kein freies Schussfeld«, stellte Antonio Rosado fest. Wie so oft einer jener Sätze, der seine Botschaft hinter den Worten verbarg.

»Du meinst«, ergriff Graciana das Wort, »er wollte nicht das

Risiko eingehen, einem Mann, der mich niedergeschlagen hatte und Carlos eine Messerklinge an den Hals hielt, eine geladene Pistole zu überlassen.«

Soraia nickte: »Und der alles in Brand gesetzt hat, nicht zu vergessen. Ja.«

»Und dass ihm deshalb«, fuhr Graciana fort, »nur die Option geblieben ist, seinerseits Ousman Jobe auszuschalten.«

»Ja. Ohne Carlos zu gefährden. Mit dem Schuss ins Bein hat er den Einbrecher überrascht. Auf einem Bein konnte Carlos sich nicht halten. Leander konnte mit gutem Grund annehmen, dass er zu Boden sacken würde – und er dann haben würde, was er brauchte: das freie Schussfeld.«

Raquel und João zogen gleichzeitig anerkennend eine Augenbraue hoch.

»Und dann hat er denselben Schuss noch einmal abgefeuert«, schloss Graciana leise. Sie sah zu ihrem Kollegen, der sehr ruhig geworden war und auf sein Bier starrte.

Nach und nach richteten sich auch die Augen der anderen auf Carlos, bis er aufschaute und dabei plötzlich lächelte: »Raquel, deine Petiscos sind einfach unschlagbar. Immer wieder ein kulinarisches Fest. Vielen Dank.« Unter Schmerzen stand er vom Tisch auf. Als Soraia ihn stützen wollte, richtete er sich schnell und ihr zum Trotz aus eigener Kraft auf und griff nach den Krücken. »Es ist spät«, fuhr er fort und sah zu Gracianas Vater: »Antonio, sehen wir uns morgen Abend in der Bar?«

»Das tun wir.«

Carlos nickte. Dann marschierte er mithilfe seiner Krücken an den anderen vorbei, murmelte ein Boa Noite und war im Nu auf dem nächtlichen Pflaster der Virgílo Inglês verschwunden.

Graciana seufzte und nippte an dem Weißwein vor ihr. Dann stand sie mit einer Energie auf, die ihren Eltern schon seit ihrer Kindheit vertraut war. Andere Kinder stapften dann mit dem Fuß auf und bekamen einen Schreikrampf oder trommelten auf dem Boden. Graciana nicht. Sie bekam nur diesen Blick.

Wie ein erzürnter Spatz, hatte der Nachbarsjunge gerufen und gelacht. *Erzürnter Spatz, erzürnter Spa*...

Die Zahnlücke hatte er die folgenden Wochen wehklagend die Virgílo Inglês rauf- und runtergetragen, bis die Mütter sich geeinigt und die Väter sich die Kosten für den Schneidezahn geteilt hatten.

Jetzt hatte Graciana wieder diesen Blick, als sie nach ihrem Autoschlüssel griff.

»Wohin gehst du? Carlos zurückholen?«

»Nein, ich muss zu *ihm*, zu Senhor Lost.«

10.

»Er ist nicht da«, sagte Soraia, die ihre Schwester zur Villa Elias begleitet hatte, als drinnen kein Licht zu sehen war.

Trotzdem legten sie zu Fuß den Weg über die sandige Auffahrt zurück, über sich den sternenklaren Himmel und einen Halbmond, der das Haus und die Sträucher und Bäume in ein milchiges Blau tauchte.

João hatte mit den Schwestern die No. 5 verlassen und sich bereit erklärt, mit ihnen den deutschen Kommissar aufzusuchen. Da er aber am folgenden Tag sehr früh nach Braga bis fast hoch ins spanische Galizien reisen musste, um einen alten Schriftsteller zu treffen, der nur sehr selten Interviews gewährte, hatten sie ihn stattdessen ins Bett geschickt. Mit dankbarem Widerwillen hatte er angenommen, Graciana an sich gedrückt und ihr einen Kuss aufs Hämatom gegeben, bevor sie jeder für sich in ihre Autos gestiegen waren.

Erst klopften sie an der Tür der Villa Elias, dann spähten sie durch die Fenster. Ergebnislos.

»Hast du den Ersatzschlüssel dabei?«

»Was ist, wenn er schläft, Grace?«

»Was ist, wenn er sich aufgeknüpft hat und gerade um sein Leben ringt – mach auf, So.«

Soraia schloss auf.

»Leander?«

»Senhor Lost?«, rief es hinter ihr. Sie schlossen das Moskitogitter, bevor sie das Licht einschalteten.

In der Küche war alles picobello aufgeräumt und an seinem Platz.

»Er hat sauber gemacht, Grace.«

»Merk ihn dir, das ist selten. Als ich João zum ersten Mal aufgefordert hab, aufzuräumen, hat es geschlagene zwei Minuten gedauert, bis er den Einschaltknopf für den Staubsauger gefunden hat.«

Trotz der ernsten Situation tauschten sie ein Grinsen – das ihnen im Badezimmer verging. Die Ablagefläche oberhalb des Waschbeckens war leer. Nur ein herber, dezenter Geruch von Rasierwasser lag noch in der Luft.

Graciana zögerte nicht länger und stieß die Schlafzimmertür auf: Das Bett war frisch gemacht, die Schränke leer. Keine Schuhe, keine Kleider, keine persönlichen Gegenstände.

»Hat da Silva ihn vielleicht schon woanders untergebracht?«

»Sieht so aus.«

Graciana warf einen Blick auf ihre Armbanduhr. Wenn sie Glück hatten, war ihr Chef noch im Farol unten am Hafen von Fuseta. Für gewöhnlich mied er das Telefon nach Dienstschluss.

Sie hatten Glück.

Das Farol wurde von den gelben Laternenlampen bestrahlt, einige Touristen und Einheimische saßen draußen auf den roten Plastikstühlen und palaverten und rauchten. Dann und wann wehte ein Knarzen und Ächzen vom Kanal herüber, der nur zehn Meter entfernt lag – immer dann, wenn Haltetaue der Boote dort den Endpunkt ihrer Dehnung erfuhren oder die Fender der Schiffe gegen die des Nachbarn drückten.

Die Möwen flogen routinierte Manöver und kreischten in die Nacht. Die Gespräche an den Plastiktischen, bei denen die Zigarettenspitzen aufglühten, vereinigten sich zu einem Geräuschteppich, der einen sofort umgab. Junge Männer und Frauen saßen hier, es flogen die Blicke, das Lachen saß locker in den Mundwinkeln.

Und am Nebentisch die Fischer, die ihre Netze geflickt hatten und nun über die Fischgründe palaverten. Nur einen Tisch weiter erkundigten sich Touristen bei Einheimischen nach der Erfolgswahrscheinlichkeit des »Dolphin Watching«, dessen Boot nur einen Steinwurf entfernt jeden Morgen seine Gäste aufs Meer hinausbeförderte.

Drinnen lief Musik.

Agnes, die Schwedin, die es verpasst hatte, rechtzeitig bei Rui Aviola zum Zug zu kommen, und die die Gäste bediente, grüßte die Schwestern mit einer kurzen Umarmung.

»Ist da Silva da?«

Agnes deutete auf die andere Seite. Die »Terrasse« des Farol bestand aus dem gepflasterten Fußweg, der sich um das gesamte Lokal zog.

Soraia und Graciana durchquerten das Farol der Einfachheit halber, da es von dem einen Eingang zum anderen nur wenige Meter waren, und sahen da Silva schon an einem der Tische auf der Westseite des Lokals sitzen.

Er war alleine und lächelte leicht bei dem Anblick der Rosado-Schwestern.

»Olá.«

»Olá, Raul.«

»Setzt euch.«

Graciana zögerte kurz, nahm dann aber zusammen mit Soraia Platz.

»Piaf, was führt dich her? Du wolltest in der No. 5 sein.«

»Ich war da. Aber ... ich hab gerade erfahren, dass Senhor Lost uns nicht absichtlich bei Duarte verraten hat, sondern dass er nicht anders konnte. Er ist ein Asperger.«

»Was ist das?«

»Wie Pepe.«

Die Erkenntnis ließ Raul da Silva kurz den Mund öffnen, als wolle er das mit einem Aha oder Sieh an oder etwas in dieser Richtung kommentieren, aber er sagte nichts, sondern nickte nur.

»Duarte hat ihn gefragt, er hat die Wahrheit gesagt«, präzisierte Graciana.

»Das erklärt einiges«, sagte Raul da Silva, »einiges.«

Man konnte ihm ansehen, wie er die heutigen Begegnungen mit dem Alemão vor seinem geistigen Auge vorbeiziehen ließ.

»Welchem Team ist er jetzt zugeteilt?«

»Keinem.«

Gracianas Kopf ruckte vor Überraschung ein wenig nach vorne.

»Aber du hast gesagt ...«

Da Silva hob abwehrend die Hand.

»Ich weiß.«

»Und?«

Die Sache brannte ihr unter den Nägeln, Soraia wusste es, da Silva spürte es, jeder, der Augen im Kopf hatte, konnte es der kleinen Sub-Inspektorin ansehen.

»Es gibt kein anderes Team, ich hab vorhin mit Europol in Den Haag telefoniert. Wenn der Austausch nicht klappt, wird der Gast nach Hause geschickt.«

»Wusstest du das, bevor du in die Klinik gekommen bist? Oder danach?«

Ihr Vorgesetzter wusste, dass er mit seiner Antwort ins offene Messer lief: »Vorher. Wenn ich ...«

»Das ist nicht fair, du …«

»Hör mir zu«, unterbrach er sie seinerseits und hob dabei den Zeigefinger, »hör mir zu. Was wäre passiert, hm?«

»Ich …«

»Ich sag dir, was passiert wäre: Du hättest es nicht über dich gebracht, ihn nach Hause zu schicken, eher hättest du weiter mit Leander Lost gearbeitet. Stimmt das? Hab ich recht?«

»Vermutlich«, gestand Graciana den beiden und vor allem sich selbst ein.

Raul da Silva nickte, aber seine Miene war frei von Genugtuung oder gar Triumph.

»Eure Zusammenarbeit hätte dir ein Jahr lang die Nerven geraubt, Graciana. Und Carlos? Glaubst du, der hätte vergessen, was passiert ist, und gesagt: *Egal, dass Sie mir durchs Bein geschossen haben – fangen wir doch einfach von vorne an. Ich bin nämlich nicht nachtragend.* Wär das seine Einstellung gewesen, ja?«

»Nein«, kam Soraia ihrer älteren Schwester zuvor.

»Eben«, schloss da Silva, »die Wahrheit zum falschen Zeitpunkt kann mehr Unheil anrichten als eine Lüge zum richtigen. Leander Lost hätte euer Team gesprengt, und das kann ich mir nicht leisten.«

Die letzten Worte erwischten Graciana unvorbereitet und wie ein warmer Punch in den Magen. Sie musste lächeln, legte ihre Hand auf seine, so wie es Soraia in der No. 5 mit Carlos getan hatte: »Wo ist er jetzt, Raul? Wo übernachtet er?«

»Gar nicht, Senhor Lost nimmt die erste Maschine zurück nach Hamburg.«

Graciana hatte wieder diesen Blick, als sie aufstand.

Unauffällig fuhr Raul da Silva mit der Zunge über seinen Schneidezahn. »Noch was«, fügte er seufzend hinzu, »Ousman Jobe wird nicht aussagen.«

11.

Carlos saß wie vermutet auf der Dachterrasse seiner Wohnung in der Rua Bombarda No. 6, die keine dreihundert Meter von der Virgílo Inglês No. 5 entfernt lag und auf halbem Weg zum Farol. Von hier aus hatte man tagsüber und auch in dieser Nacht freien Blick auf den Kanal, in dem sich die kleinen Boote, Fähren und Jollen Seite an Seite im stillen Wasser wiegten. Dahinter die weiten Anlagen der Salinen mit ihren Hügeln aus Salz, das im Mondlicht bläulich-weiß glänzte. Wie ein ruhiges Versprechen.

Hinter den Lachen für die Salzgewinnung begann der beschaulichere Teil des Atlantiks, der durch Strömungen und Winde hier bereits so gezähmt war, dass er bei seinem Aufeinandertreffen mit dem Mittelmer an der Straße von Gibraltar gute hundert Kilometer weiter östlich von diesem nicht mehr zu unterscheiden war.

Unten, direkt an der Ecke gegenüber, befand sich hinter einer hübschen, grün gekachelten Fassade ein Mini-Supermercado namens *Loja Fresca*. Hier versorgte Carlos Esteves sich mit dem Nötigsten.

Der kleine Laden grenzte an eine namenlose Bar, ein weißes Eckgebäude, das drinnen nur aus einer Theke, ein paar Tischen und zwei Türmen von Bierkästen bestand – den vollen und den leeren.

Spazierte man die Largo 1° de Maio herunter, die quer zur Rua Miguel Bombarda verlief, erreichte man den *Mercado Municipal*, in der bereits bei Sonnenaufgang die Fänge der Nacht gekauft werden konnten: Rabenfische und Doraden, Krebse, Tintenfische, Garnelen, Thunfische, Gambas, Venus- und Miesmuscheln.

Die Köche und Händler, die sich dort auf der Suche nach den besten Waren ins Getümmel warfen, kamen auch aus dem Umland. Es war ein Begutachten und Feilschen, die Köpfe wiegten hin und her, die Hände flogen waghalsige Gesten, am Ende wurde der Fang eingewickelt, ein freundliches Wort getauscht, bezahlt – und man schüttelte einander die Hände in dem Wissen, sich gleich morgen früh zum selben Schauspiel wieder zu treffen. Dann wandten sich die drahtigen Männer mit ihren Gesichtern, die von Wind, Salz und Sonne in täglicher Kleinarbeit bis zum Unikat gegerbt worden waren, dem Nächsten zu, der ihren Fang beäugte, um vom toten Fang zurückbeäugt zu werden.

Wenn Carlos Esteves sich an einem dieser Orte blicken ließ, im Supermercado, der namenlosen Bar oder auch im Mercado Municipal, dann war es wie überall in Fuseta – man achtete ihn. Man wusste, was man an ihm hatte. Inzwischen war er zwar zum Sub-Inspektor mit einem Büro in Faro aufgestiegen, aber er würde immer einer von ihnen bleiben

Carlos hörte die Schritte der beiden Schwestern. Sie kamen über die Außentreppe, die man nur entdecken konnte, wenn man sich gut im Treppenhaus des weißen Gebäudes auskannte, dessen Fenster in beige umrandet waren.

Dort, wo noch ein paar Wäschestücke an der Leine hingen, erreichten sie das Dach und blieben vor dem Tisch stehen, an dem sich noch zwei leere Holzstühle befanden, deren Sitzflächen und Lehnen abgewetzt waren. Sie waren viel bequemer als sie aussahen, wusste Graciana.

Sie und Soraia schauten ihn an, bis er schließlich stumm nickte. Graciana nahm Platz und Soraia schlenderte hinüber zu einem kleinen Unterstand, der aus Holz und einem Stück liebevoll angeordneter Dachziegel bestand. Darunter befand sich der Kühlschrank, dem sie einen Weißwein entnahm. Dazu zwei kleine Gläser aus dem Regal nebenan.

Carlos und Graciana hatten noch kein Wort getauscht. Soraia setzte sich neben ihre Schwester und goss ihnen beiden ein. Carlos zündete sich eine Zigarette an und blies den Rauch in den Nachthimmel.

Graciana ließ die Augen über die Salinen schweifen – Carlos hatte seine Familiengeschichte immer genau im Blick. Sie sah ihn wieder an.

»Jobe wird nicht aussagen.«

Carlos entspannte sich merklich, offenbar hatte er damit gerechnet, dass sie über Lost sprechen wollte.

»Sagt wer?«

»Da Silva. Wir waren noch im Farol.«

»Er mauert also.«

»Ja.«

»Dann steht er unter Mordverdacht.«

»Im Augenblick können wir ihm den Mord nicht nachweisen. Nur das, was wir selbst gesehen haben.«

Carlos schürzte die Lippen: »Ganz so schlecht stehen die Chancen nicht. Schwere Körperverletzung, Geiselnahme, Erpressung, Brandstiftung – all das in Kombination begeht man doch nur, wenn es etwas Schwerwiegenderes zu verbergen gilt.«

»Absolut. Die Staatsanwaltschaft wird diese Linie auch fahren – aber schlechte Karten haben. Es gibt keinen zwingenden kausalen Zusammenhang zwischen dem Mord an O Ohlo und dem Einbruch in seinem Büro.«

»Das nennst du *nicht zwingend*?«

»Ich rede nur davon, wie ein Richter das abwägen wird. Zwingend bedeutet, dass es keinerlei andere Erklärung gibt. Wir denken, Ousman Jobe hat O Olho auf dem Boot erschlagen und etwas in dem Büro vom *Ciclopes* hat auf ihn verwiesen. Er hat im Radio gehört, dass die Polizei wegen eines Unfalls ermittelt, und befürchtet, dass sie in Wirklichkeit wegen Mordes ermittelt. Deswegen ist er nach Luz de Tavira und hat alles in einem Brand vernichten wollen.«

»Weswegen sollte die Polizei sonst ermitteln?«, fragte Carlos Esteves.

»Na, wegen eines Unfalls mit Todesfolge, zum Beispiel«, erwiderte Graciana, »genau das, was wir getan haben.«

»Ja«, antwortete Carlos, der die ganze Zeit mit einem Zahnstocher Oliven aus einer Tonschale aufgepickt und genüsslich zerkaut hatte und diese nun als stumme Einladung weiter in die Tischmitte schob.

»Aber vielleicht ist er auch einfach nur eingebrochen, als er gehört hat, dass O Ohlo tot ist. Hat Geld gesucht. Oder Sachen, die er irgendwo zu Geld machen kann. Mit uns hat er nicht gerechnet. Wir standen plötzlich im Büro. Und dann hat er eben überreagiert. Auch das ist eine mögliche Variante, und schon ist diejenige mit der Verbindung zu dem Mord auf dem Boot nicht mehr zwingend.«

Carlos brummte Einsicht.

Graciana hatte ihn am Haken, sie spürte es. Es war klug gewesen, das Gespräch nicht mit Leander Lost eröffnet zu haben. Soraia aß eine der Oliven und hielt sich an die Verabredung, die sie auf dem Weg hierher getroffen hatten.

»Zwingend wäre es nur«, fuhr Graciana fort und tat dabei so, als sei ihr das gerade erst eingefallen, »wenn das Motiv für den Mord von O Olho in dessen Büro gelegen hätte. Er war Privatdetektiv. Liegt also nahe, dass er was rausgefunden hat. Vielleicht sogar fotografiert. Etwas, womit er Ousman Jobe in der Hand hatte.«

»Denkbar«, stieg Carlos auf den Gedanken seiner Kollegin ein, »vielleicht haben die sich sogar draußen auf dem Boot von Senhor Conrad getroffen, um darüber zu reden. Vielleicht wollte O Olho Geld oder eine Information.«

»Es kommt zum Streit«, spann Graciana weiter.

»Und dann hat er ihn getötet. Könnte ja auch um ein belastendes Foto gegangen sein, und Jobe wollte sichergehen, dass O Olho keine Digitalkopie auf dem Rechner hat.«

Sie und Carlos wussten, dass Markus Conrad sich für nichts zu schade war, wenn es irgendwie einen Cent zu verdienen gab. Dass er einen Illegalen also um einen Kleinstbetrag erpresste, hundert oder zweihundert Euro oder auch fünfhundert, und es ihm dabei egal war, wie der sich das beschaffte, hätte niemanden verwundert, der Conrad gekannt hatte.

Da Jobe auf Duldung wartete, um hier regulär arbeiten oder sich zumindest aufhalten zu können, hatte der Privatdetektiv ein hervorragendes Druckmittel. Schon der auf einem Foto dokumentierte Griff in eine Handtasche hätte Jobe um eine mögliche Duldung gebracht.

»Wie soll eigentlich ein Habenichts wie Ousman Jobe ohne Boot zu Senhor Conrad gekommen sein?«, fragte Carlos und goss sich einen Medronho ein.

»Zum Beispiel mit einem geklauten Boot«, erwiderte Graciana. »Vielleicht sind sie auch zusammen rausgefahren, und auf dem Rückweg hat Jobe das Boot mit dem Toten an Bord auf Grund laufen lassen. Von der Ostinsel bis zum Festland muss man nur 500 Meter durch die Lagune schwimmen.«

»Ein Kinderspiel, das stimmt. Aber es ist sowieso müßig, darüber nachzudenken«, schloss Carlos und winkte ab, »egal, was es war, jetzt ist es Asche. Wir werden es nie erfahren.«

»Es gibt möglicherweise jemanden, der uns helfen kann.«

Carlos sah interessiert auf.

»Wer?«

»Leander Lost«, sagte Soraia, und das war ihr erster Beitrag zu dem Gespräch auf der Dachterrasse.

Carlos verschluckte sich an dem Bier, konnte das Husten aber unterdrücken. Seine Verwunderung hatte er ebenso schnell wieder im Griff.

»Ach. Und wie? Können Asperger die Zeit zurückdrehen?«

»In gewissem Sinne schon, ja«, antwortete Soraia, »es gibt einige unter ihnen, die mit einer Inselbegabung ausgestattet sind. Das ist so was wie ... ein isoliertes Ausnahmetalent.«

»Humor ist es jedenfalls nicht«, stellte Carlos fest. »Treffsicherheit vielleicht?«

Graciana überging die Spitze: »Er hat ein fotografisches Gedächtnis. Vermutlich.«

Carlos' Interesse war geweckt, sie sah es an der Art, wie er sie in Augenschein nahm. Wie er durch einen Seitenblick auf Soraia abschätzte, ob das vielleicht ein kleiner Bluff war, um ihn in Bezug auf den Alemão friedlich zu stimmen. War es nicht. Und wie er sich in seinem Stuhl aufrichtete. Als würde er Witterung aufnehmen.

»Du denkst, was wir suchen, ist vielleicht in seinem Kopf?«

Die Schwestern nickten unisono.

»Falls wir Jobes Schweigen nicht brechen können«, fügte Graciana hinzu, »stecken wir mit den Ermittlungen im Moment in der Sackgasse. Jobe ist der Schlüssel, und der sagt nichts. Also ist Lost im Augenblick die einzige Karte, die wir spielen können.«

Carlos machte ein Gesicht, als habe ihm sein Zahnarzt gerade die Notwendigkeit einer Wurzelbehandlung ohne Betäubung erläutert.

»Woher habt ihr das mit dem fotografischen Gedächtnis? Hat er das behauptet? Oder seine Kollegen in Hamburg?«

»Seine Kollegen in Hamburg«, sagte Graciana mit einem leichten Beben in der Stimme, »auf die er so große Stücke hält, machen sich hinter seinem Rücken über ihn lustig. Ich hab's am Telefon gehört.«

Bei Soraia bildete sich ein Kloß im Hals: »Was sagt Leander denn über seine Kollegen?«

»Dass sie so was wie seine Familie sind«, antwortete Graciana und dann zu Carlos gewandt: »Aber seine Familie will ihn nicht.«

»Vielleicht hat er seine Familienmitglieder auch angeschossen, und denen hat es auf Dauer nicht gefal...«

»Carlos!«, ermahnte Soraia ihn und eine steile Zornesfalte verlief dabei von Nasenwurzel zu Stirn und bildete eine filigrane Achse der Empörung. »Die haben dieses Austauschprogramm dazu benutzt, um ihn loszuwerden. Wie ein Stück Müll.«

Carlos grinste breit.

»Was ist so komisch?«, fragte Graciana scharf.

»Dass er das Austauschprogramm für ein Privileg hält«, erwiderte Carlos und ließ sich seine Belustigung über die Ironie der Geschichte nicht nehmen.

Soraia schlug so hart mit der flachen Hand auf den Tisch, dass Graciana sich sicher war, ihrer Schwester würde noch die nächsten zehn Minuten lang die Hand schmerzen.

»Das ist nicht witzig! Das ist hundsgemein, was die mit einem angestellt haben, der sich nicht dagegen wehren kann. Das ist an Niedertracht nicht zu überbieten. Ich weiß, dass du Leander noch ewig nachtragen wirst, dass er dir ins Bein geschossen hat, aber eines musst du dir auch ewig von mir sagen lassen, das schwör ich dir: Er hat dir damit auch das Leben gerettet, du blöder Dickschädel mit dem großen Herz, das heute irgendwie aufgehört hat zu schlagen. Ich gehe jetzt jedenfalls zu ihm. Er ist am Flughafen und wartet auf seinen Rückflug.«

Sie wischte sich so fahrig und wütend übers Gesicht, dass der kleine Stein in ihrem Ring eine brennende Linie auf ihrer Wange hinterließ, und marschierte davon.

Carlos verzog das Gesicht zu einer Grimasse, während Graciana die Ruhe bewahrt hatte und ihn anschaute. Dann nahm sie einen tiefen Atemzug, in den sie auf wundersame Weise Bedauern und das Ende ihres Langmuts legte, und folgte ihrer Schwester die Treppe hinab.

Soraia stand unten in der Rua Miguel Bombarda neben dem Volvo und schniefte in ein Papiertaschentuch. Graciana legte ihr die Hand auf den Rücken.

»Schon gut«, sagte Soraia und entwand sich der Berührung, »fahren wir.«

»Ja.«

Graciana öffnete den Volvo mit dem Schlüssel, weil sie seit zwei Jahren immer vergaß, eine dieser kleinen, flachen Ersatzbatterien für die Funkfernbedienung zu kaufen, und stieg gleichzeitig mit Soraia ein.

»Äh, So?«

»Ja?«

Statt etwas zu sagen, beugte Graciana sich rüber und gab ihrer kleinen Schwester einen Kuss auf die Wange. Soraia wollte eigentlich gar nicht, aber sie musste daraufhin gleichzeitig weinen und lachen.

Graciana erwiderte das Lächeln. Dann startete sie den Motor, der sich mit seinem verlässlichen Brummen meldete.

Als sie das Abblendlicht einschaltete, kam Carlos auf seinen Krücken aus dem Hausflur auf die Rua und humpelte zu ihnen. Er öffnete die Hintertür, warf die Krücken auf die Rückbank, setzte sich zu ihnen und schloss die Tür wieder.

»Ich will nichts hören.«

Graciana wendete und fuhr los.

Graciana scheuchte den Volvo über die N 125 nach Westen. In der Stimmung einer viel zu langen Nacht, in der sie alle ihren toten Punkt erreicht hatten, katapultierte Camané sie in den neuen Tag. Der Sänger hieß eigentlich Carlos Manuel Moutinho Paiva dos Santos Duarte, was selbst für portugiesische Verhältnisse als eine etwas ausufernde Namensgebung galt, weshalb er diese Namenskaskade auf ein lässiges Camané gestutzt hatte. Um vier Uhr morgens spielte Radio Algarve für alle Nachteulen und Frühaufsteher sein *A Cantar É Que Te Deixas Levar*. Die samtige, klare Stimme des Fadista war unverwechselbar.

Zuerst begann Graciana am Steuer mit dem Kopf im Takt

zu nicken. Soraia, deren Kinn langsam auf die Brust sackte, summte die Melodie mit und öffnete das Fenster. Der frische Windzug weckte auch die Lebensgeister von Carlos, dem kurz die Augen zugefallen waren. Nach einigen Augenblicken der Besinnung summte er ebenfalls mit.

Kurz vor Faro wechselte Graciana auf die Umgehungsstraße N 125-10, die sie wählte, um auf der Fahrt zum Flughafen nicht die Klinik passieren zu müssen. Als sie das ausgetrocknete Flussbett des *Rio Seco* überquerten, summten sie zu dritt im Takt, und auf Höhe des Autobahnzubringers nach Lissabon sangen sie mit.

Mit dem letzten Takt wich im Osten die Schwärze der Nacht zurück und machte einem tiefen Blau Platz, dem bald das folgen sollte, woran sie sich alle drei in ihrem Leben noch nie sattgesehen hatten: Azur.

TAG ZWEI

12.

»Woher wisst ihr das denn nun mit dem fotografischen Gedächtnis?«, fragte Carlos Soraia, während sie die Abfertigungshalle des Flughafens von Faro durchquerten. Graciana organisierte ihnen mittels ihres Dienstausweises gerade den problemlosen Durchgang beim Zoll, um die Personenkontrollen zu umgehen.

Während ein Kollege vom Zoll, der Graciana schöne Augen machte, die drei durch die Abteilung lotste und dabei wohl einige Flure mehr nahm als nötig, erzählte Soraia es Carlos.

»Ich hab gestern meine Einkaufsliste in der Villa Elias liegen lassen. Das waren über dreißig Sachen, Brot, Käse, Sardinen, alles. Als wir dann zusammen im Supermarkt waren, konnte er sie alle aufzählen, selbst die Markennamen. Der Reihe nach. Ohne zu zögern. Als würde er sie von einem Bild in seinem Kopf einfach ablesen.«

»Vielleicht hat er es auswendig gelernt ...«

»Selbst wenn, wäre das eine ziemliche Leistung. Der Zettel war mir im Haus runtergefallen, Leander hat ihn aufgehoben, einen Blick darauf geworfen und ihn mir zurückgegeben. Er hatte nicht mal eine Sekunde. Diese speziellen Asperger nennt man auch *Savants*. Wissende. Auf der einen Seite haben sie kognitive Defizite, können Gefühlszustände ihrer Mitmenschen nicht deuten und haben meist auch keinen natürlichen Filter für Sinneswahrnehmungen. Auf der anderen Seite gibt es einen kleinen Teilbereich, auf dem sie geistige Höchstleistungen vollbringen. Kim Peek zum Beispiel konnte Bücher auswendig wiedergeben, nachdem er sie einmal gelesen hatte.«

»Erstaunlich. Wie viele?«

»Über zehntausend.«

Carlos schnalzte anerkennend.

»Hatte dieser Kim Peek noch andere Hobbys?«

»Ja, er konnte zu jeder amerikanischen Stadt die Postleitzahl und die Vorwahl nennen. Oder Stephen Wiltshire. Der kann einmal Gesehenes detailgenau nachzeichnen. Nach Rundflügen über Städte hat er die aus dem Kopf wirklichkeitsgetreu in großen Panoramen aus der Erinnerung gezeichnet. Der Wahnsinn.«

Sie verließen den Zoll und betraten den Aufenthaltsbereich, in dem die Passagiere mit ihrem Handgepäck auf ihren Flug warteten. Souvenirläden, luxuriöse Modelabels, Bars und Cafés, Zeitschriften- neben Souvenirläden, mittendrin adrette Mittdreißiger beiderlei Geschlechts, die Kreditkarten an den Mann bringen wollten. Bei diesem Anblick war es kaum zu glauben, dass der Großteil Portugals noch in den Federn lag.

Sie hielten Ausschau nach Leander Lost.

»Noch jemanden, den du in deiner Begeisterung vergessen hast?«, frotzelte Carlos.

Soraia ließ das an sich abperlen und nickte: »Daniel Tammet hat man eine Woche Zeit gegeben, um Isländisch zu lernen.«

»Lass mich raten, danach konnte er das.«

»Und fällt dir was auf, hm?«

Graciana rettete ihren Kollegen unwissentlich vor einer Antwort: »Da ist er.«

Leander Lost stand dort, wie er angekommen war – in seinem schwarzen Anzug, dem weißen, absolut faltenfreien Hemd und der schmalen Lederkrawatte. Er war frisch rasiert und erklärte der Frau von Barclaycard, deren aufgesetztes Kundenlächeln eingefroren war, wieso das Lockangebot mathematisch unsinnig war. Dass die Dame ihm für die Belehrung dankte, um ihn loszuwerden, erfasste er nicht.

Leander wandte sich um und erstarrte. Da waren drei Augenpaare, die er schon einmal gesehen hatte und die direkt auf ihn gerichtet waren. Die Münder, die Nasen, die Augenbrauen. Die Körpergröße, die Silhouette. Nach und nach und doch binnen Sekundenbruchteilen setzten sie sich zusammen und ergaben in Leanders Augen Graciana und Soraia Rosado sowie Carlos Esteves.

Sie kamen auf ihn zu. Die beiden Frauen lächelten stark. Bezifferte man das Ausmaß ihres Lächelns mit hundert Prozent, rangierte das des Sub-Inspektors im Verhältnis dazu bei fünfzehn Prozent. Was sicher daran lag, dass er Schmerzen hatte, folgerte Leander.

»Schön, dass wir Sie gefunden haben«, richtete Graciana das Wort an ihn, »wir würden uns freuen, wenn Sie bei uns bleiben und nicht zurückfliegen würden.«

Leander Lost stutzte. Zum ersten Mal sahen die drei auf seinem ebenen Gesicht Irritation.

»Inspektor da Silva hat mir gesagt, er habe kein anderes Team, das ich ergänzen könnte. Zu seinem großen Bedauern. Vorher hat er mir mitgeteilt, dass Sie beide nicht mehr mit mir arbeiten wollen«, entgegnete er.

Falls Carlos und Graciana gehofft hatten, einer, dem die Gefühle anderer nur schwer zugänglich waren, habe vielleicht selbst kaum welche, wurden sie eines Besseren belehrt. In seiner Erwiderung schwang noch immer etwas von der Verletzung mit, die diese harsche Zurückweisung bei ihm verursacht hatte. Und er erwiderte auch das Lächeln nicht. Nicht mal zu fünfzehn Prozent. Seine Lippen bildeten einen Strich.

Dass Leander Lost klar und rational antworten würde, war zu erwarten gewesen und verwunderte Soraia daher nicht.

Aber beeindruckend war es doch. Er erschien ihr wie ein leicht verstaubter Edelmann aus einer anderen Epoche, der mit Gradlinigkeit und Souveränität das Kind beim Namen nannte und bereit war, die Folgen zu tragen. Er blinzelte nicht mal. Und so stellte sich durch ihr Wiedersehen ein sentimentales Gefühl bei Soraia ein, als würden sie sich schon seit Ewigkeiten kennen und nicht erst seit einem Tag.

Carlos und Graciana tauschten einen schnellen Blick. Carlos räusperte sich.

»Das ist wohl ein ... bedauerliches Missverständnis«, erklärte Graciana dann.

»So? Ihr Vorgesetzter hat gesagt, Sie würden nicht mit jemandem zusammenarbeiten wollen, der Ihnen in den Rücken fällt, indem er Sie bei Kollegen verrät. Also bei Sub-Inspektor Duarte, in meinem Fall.«

»Wir haben Sie ins Vertrauen gezogen, Senhor Lost. Wir haben den Cannabisanbau in Arroteia hingenommen, weil Filipe Carvalho uns im Gegenzug mit diskreten Informationen versorgt, die dazu führen, dass wir andere, schwerere Delikte verhindern können. Wir haben das vor Ihnen nicht geheim gehalten – aus Wertschätzung und weil wir glauben, dass ein gutes Team keine beruflichen Geheimnisse voreinander haben sollte.«

Die Erwiderung der kleinen Portugiesin fiel komplexer aus, als Leander Lost erwartet hatte. Gerne hätte er ihr gesagt, dass er unfähig war zu lügen. Etwas, was Menschen – glaubte man Statistiken – im Schnitt zweihundertmal pro Tag taten. Männer folglich vermutlich in nahezu jedem zweiten und Frauen dann immer noch in jedem zwölften Satz. Das war eine geheime Welt neben seiner, eine Paralleldimension, in der man sich gegenseitig zu täuschen versuchte und zu der er keinen Zugang hatte.

Seine kläglichen Versuche, das Lügen zu lernen, indem er es auf Regeln herunterbrach – Behauptung der Unwahrheit zum eigenen Vorteil –, waren gescheitert, weil er in diesem Zweck keinen Vorteil sah. Denn die Lüge eines Menschen wurde zwangsläufig immer durch seine Taten entlarvt.

Trotzdem empfand Leander Lost seine Unfähigkeit zu lügen als Makel. Um dieses Handicap nicht eingestehen zu müssen, versuchte er es mit einer moralischen Entgegnung: »Sie hätten mir deutlicher sagen müssen, dass das ein Geheimnis ist. Ich hatte angenommen, Sub-Inspektor Duarte sei eingeweiht.«

Sofern er die Gesichter korrekt deutete – die sich zeitgleich öffnenden Augen und Münder –, rief er damit bei Graciana Rosado und Carlos Esteves Verblüffung hervor. Eine gute Gelegenheit, um noch eine kleine Schippe draufzulegen.

»Darüber hinaus werden Sie irgendwann in einem moralischen Dilemma landen. Denn für jedes Vergehen und jede Straftat findet sich bei Bedarf immer eine größere, die es zu verhindern gilt. In dieser Logik müssten Sie einen Mord billigend in Kauf nehmen, wenn Sie dadurch einen Massenmord verhindern könnten. Ich nehme nicht an, dass Sie das wollen.«

Dann legte er eine Pause ein.

»Der zweite Grund, den Inspektor da Silva angeführt hat, war der Schuss, den ich auf Sie abgegeben habe, Senhor Esteves.«

»Ja«, konnte Carlos sich nicht verkneifen, »es ist in Portugal ziemlich aus der Mode gekommen, seine Kollegen anzuschießen. Sie hätten mich verkrüppeln können!«

»Carlos«, ermahnte Graciana ihn zur Ruhe.

»Was? Das ist die Wahrheit. Kein Schütze der Welt ist so gut. Im Ernstfall könnte ich mein Bein nicht mehr benutzen.«

»Das stimmt«, erhielt Carlos Bestätigung von unerwarteter Seite, »ich verstehe Ihren Zorn auf mich. Der Schock, die Schmerzen, die Zeit der Rekonvaleszenz, die Beeinträchtigungen. Aber der Täter hat Ihnen eine Messerklinge gegen die Halsschlagader gedrückt. Ich musste abwägen. Ein beschädigtes Bein ermöglicht ein Leben, eine durchtrennte Kehle nicht.«

Für eine halbe Minute war es an dieser Stelle der Abflughalle sehr still.

»Wir hätten mit Ihnen darüber reden sollen, das haben wir nicht getan«, machte Graciana daraufhin den Anfang, »wir haben Ihnen schlechte Beweggründe unterstellt und ... das tut mir leid ... uns. Ich möchte mich entschuldigen.«

Sie trat vor und reichte ihm ihre zierliche Hand. Hielt sie ausgestreckt. Sekundenlang. Dann ergriff er sie und sie tauschten den Händedruck, um es zu besiegeln.

»Obrigada«, sagte Graciana und schenkte ihm ein entzückendes Lächeln, das von dem Soraias etwas übertroffen wurde.

Diese kam direkt auf ihn zu, umfasste mit beiden Händen seine und sagte: »Schön, dass du hierbleibst.«

»Ja?«

»Ja.«

Leander nickte in der Hoffnung, der Sinn dahinter möge sich ihm gleich erschließen. Denn er würde ja gar nicht mit Soraia Rosado zusammenarbeiten. Andererseits sah sie ihn so an, als müsse er den Grund eigentlich kennen. Aber er kannte ihn nicht.

»Warum?«

Soraias braune Augen schienen ganz tief in seine hinabzusinken. Dabei erfasste ihn das irrationale Gefühl, dass sie ihm so vertraut war wie ein Lied, das er schon seit Kindertagen mit sich herumtrug. Es verwirrte Leander, weil sie sich vor nicht mal 24 Stunden zum ersten Mal begegnet waren. Und doch verspürte er es. Und wenn er es verspürte, war es wahr.

»Weil du ... ich weiß nicht.«

Sie ließ seine Hände los, und Leander beschlich das Gefühl, sie hatte gerade gelogen. Wobei es bei Menschen mehr Arten von Lügen gab als auf der Welt Pflanzen. Echte Lügen, halbe Lügen, Notlügen, sehr kleine Lügen, die Untergruppe der Flunkereien nämlich, aufeinander aufbauende

Lügen, sogenannte Lügenkomplexe, die Königsdisziplin der Selbstlügen, jede Menge Lügen mit kulturellen, geschlechtlichen, individuellen, altersabhängigen, gruppenspezifischen Hintergründen, offizielle Lügen, dumme Lügen und ... ja, gute Lügen.

Soraias Lüge schien zur letzten Sorte zu gehören.

Sie trat zurück und errötete etwas unter den Blicken sanften Spotts, die sie von Carlos und ihrer Schwester erntete.

Leander richtete seinen Blick auf Sub-Inspektor Carlos Esteves, der sich auf seine Krücken stützte und einer jungen Frau in einem eng anliegenden Top nachsah.

»Carlos, ich wollte noch irgendetwas sagen«, meinte Graciana, »aber mein Gedächtnis streikt gerade.«

Carlos bemaß den Gang nach Canossa mit einem Blick, dann legte er die zwei Meter zurück, sodass er nah vor dem Mann stand. Er reichte ihm die Hand, in die der deutsche Kommissar einschlug. Carlos hielt sie fest.

»Schön, dass Sie wieder an Bord sind, Senhor Lost.«

»Das freut mich auch. Ich freue mich auf meinen Aufenthalt in Portugal. Auch, wenn es arm ist und manchmal etwas vernachlässigt wirkt – die Zahl der Analphabeten nicht zu vergessen –, hat es doch ... einen Zauber.«

Carlos lächelte gequält: »Was für ein schönes Lob. Nicht, Graciana?«

»Ja«, mühte Graciana sich, »ich bin ganz gerührt.«

Soraia stieß ihr mit dem Ellbogen diskret in die Seite, und Carlos ließ die Hand des Mannes wieder los.

»Haben Sie starke Schmerzen, Senhor Esteves?«

»Ach, die ... nicht der Rede wert. Aber falls Sie noch mal in die Verlegenheit kommen, nehmen Sie nicht wieder das linke Bein. Können wir los? Ich bin todmüde. Ach, und noch was. Tun Sie mir den Gefallen und imitieren nicht meine Art, mich zu kleiden. Schwarz steht Ihnen gut.«

Kaum zurück im Volvo, nickte Carlos neben Soraia auf der Rückbank ein. Er wachte auch nicht auf, als Graciana an einem Stauende das Blaulicht aufs Dach setzte, die Sirene aufheulen ließ und der Verkehr sich langsam, aber stetig vor ihr teilte und die Fahrzeuge ein buntes Spalier bildeten.

In Alfandanga, dem kleinen Durchfahrtsort vor Fuseta, fuhren sie über den Feldweg bis zur Villa Elias und setzten Leander dort ab. Sie verabredeten sich für den Mittag.

»Ich glaube, für unsere weitere Zusammenarbeit ist es effizienter, wenn ich mich selbstständig fortbewegen kann«, merkte Leander beim Aussteigen an. »Soll ich mich um einen Wagen kümmern?«

»Nein, Sie bekommen noch einen aus Faro zugeteilt. Eigentlich sollte er schon da sein, aber ...«

Sie deutete ein entschuldigendes Achselzucken an.

Leander vervollständigte den Satz, den sie abgebrochen hatte, im Kopf und begriff, was sie mit der Auslassung erklären wollte.

»Hast du die Führerscheinklasse 1?«, erkundigte sich Soraia.

Leander nickte.

»Du denkst an die Ducati im Gästehaus?«, fragte Graciana.

»Ja. Meinst du, das ist okay?«

Die Schwestern blickten einander in die Augen, um ihre eigene Verblüffung darin gespiegelt zu sehen. Soraia las Bedauern, und Graciana eine so elementare Traurigkeit, dass sie instinktiv nach Soraias Hand griff und sie kurz hielt.

»Ich denke schon, ja. Der Schlüssel ist ...«

»Ich weiß, wo der Schlüssel ist«, unterbrach Soraia sie und stieg aus, als Leander Lost sein Gepäck aus dem Kofferraum nahm. Graciana warf ihr jenen überraschten Blick zu, mit dem Soraia gerechnet hatte: »Ich helf Leander beim Auspacken und mach Frühstück, Grace.«

Soraia wartete die Antwort ihrer älteren Schwester gar nicht erst ab, sondern warf die Tür zu.

Und schon zogen sie los, ohne sich noch einmal zu ihr umzusehen, der dünne Mann im schwarzen Anzug und mit den stoppelkurzen Haaren und die kleine zierliche Frau in beigem Rock und weißem T-Shirt.

Graciana musste die Augen etwas zusammenkneifen, um ganz sicherzugehen. Aber dann stellte sie fest, dass der Alemão immer noch seine Espadrilles trug. Auf eine zärtliche Art passte das. Sie legte den Rückwärtsgang ein und gab Gas. Kurz unterbrach sie damit das Schnarchen ihres Kollegen, dann rauschte der Volvo in einer hellbraunen Staubwolke davon.

Erst fiel es Leander Lost gar nicht weiter auf. Soraia half ihm, seine Kleidung wieder in den Schrank zu räumen. Dabei fragte sie, wo genau der richtige Platz für jedes Teil war. Dann stutzte er.

»Warum tust du das für mich?«

Da war ein Zögern, das er spürte.

»Aus Gastfreundschaft«, sagte sie dann, und eine Röte flog über ihre Wangen. Soraia hatte wohl eine gute Durchblutung.

»Ich hatte schon im Reiseführer gelesen, dass die Portugiesen bekannt sind für ihre Gastfreundschaft.«

Soraia nickte. Dann schaute sie kurz auf die zwei schwarzen Anzüge, die zehn weißen Hemden und die schwarze Krawatte im Schrank, bevor sie nach draußen ging.

Leander faltete das alte Ledertuch mit den Wächtern auseinander, die nur ein kurzes Intermezzo in der Villa Elias gehabt hatten. Er platzierte das Auge wieder auf der Fensterbank und den Blitz auf dem Nachttisch. Jetzt war es hier sicher.

Auf der mit Bambusholz überdachten Terrasse schmiegte sich am Ende eine steinerne Ecksitzbank in die Mauer und umrahmte den schweren Steintisch. Dort saß Soraia vor zwei

Bechern, aus denen Kaffeegeruch aufstieg, und drehte sich eine Zigarette.

Neben dem Tisch stand eine gelbe Ducati Scrambler, ein schönes Stück, ein Retro-Motorrad mit feinen Radspeichen. Und analogen Rundinstrumenten. Das Hinterrad lag frei und war nur über den Kettenantrieb mit dem Korpus verbunden. Auf dem Sitz thronte ein schwarzer Helm ohne Kinnschutz. Auf seiner Rückseite befand sich ein weißer Fleck und in dessen Mitte eine schwarze Acht. Leander Lost schmunzelte innerlich über diesen Verweis auf die schwarze Billardkugel. Die Maschine war kaum von Staub überzogen. Der Schlüssel steckte.

»Ich hab uns Kaffee gemacht.«

Er riss den Blick von der Maschine los und setzte sich zu Soraia.

»Danke.«

Sie nickte und musterte ihn.

»Du kannst das Motorrad gerne benutzen.«

»Wem gehört es denn?«

Er probierte von dem Kaffee, der stark war. Das war gut, denn seine Augenlider begannen leicht zu jucken.

»Es hat meinem Bruder gehört. Elias.«

Leander hörte diesen speziellen Klang ihrer Stimme, der allen Stimmen von Menschen vorausging, bevor sie brachen. Er sah Soraia an. Ihre Durchblutung war nicht mehr gut, sie war bleich.

»An einem Freitag vor sieben Jahren gab es einen Überfall auf einen Werttransporter. Mein Vater war Leiter der GNR in Moncarapacho. Und Elias gehörte ihr auch an. Er hatte an dem Tag nur unten in Pinheiro zu tun und den weiteren Weg. Er war fünf Minuten nach meinem Vater am Einsatzort. Es ... gab einen Schusswechsel. Seitdem ist mein Vater querschnittgelähmt. Und Elias tot.«

Tod und Vernunft hatten bei seinen Mitmenschen nur eine

Schnittmenge von Millimetern, wusste Leander aus Erfahrung. Der Tod schien in ihren Köpfen ein Eigenleben zu entwickeln, mit einem Mal wurde von Angehörigen die Existenz einer jenseitigen Welt in Betracht gezogen, die sie noch Tage zuvor als puren Aberglauben abgetan hatten.

»Mein Beileid«, sagte Leander mechanisch.

»Obrigada, Leander, aber ... das ist lange her. Jetzt bist du hier. Ich glaube«, dabei lächelte sie etwas, »Elias hätte es gut gefunden, dass du sein Motorrad fährst.«

Da war sie wieder, diese Unvernunft in Sachen Tod – woher wollte sie das wissen? Elias war sieben Jahre tot, er und ihr Bruder waren sich nie begegnet. Möglicherweise hätten sie sich nicht ausstehen können. Aber wenn er Soraias Mimik einigermaßen korrekt dechiffrierte, schien sie daran zu glauben, und dieser Glaube machte sie zufrieden. Merkwürdig.

»Wir könnten zusammen frühstücken gehen«, wechselte Soraia das Thema, »ich kenne eine wunderbare Pastelaria. Gutes Brot, ausgezeichnete Croissants – warm und mit Käse und Schinken gefüllt, na?«

»Gut. Nach dem Kaffee.«

Soraia freute sich: »Du kannst mich mit der Scrambler mitnehmen, ich wohne da gleich um die Ecke.«

Er nickte.

»Hast du Geschwister, Leander?«

»Nein.«

»Und ... deine Eltern?«

»Meine Mutter ist tot. Sie starb bei einem Autounfall.«

Etwas von der frisch aufgebauten, unbeschwerten Stimmung stahl sich davon. Soraia betrachtete ihn wieder genau. Das unauffällige Kinn, die dominante Nase, seine langen Wimpern. Der starke Bartwuchs, der ihm ein wenig das Jungenhafte nahm und selbst frisch rasiert einen dezenten Bartschatten ergab. Die Finger feingliedrig und lang.

»Das tut mir leid.«

Er blickte ihr in die Augen. Forschend. Leander versuchte zu ergründen, wie das gemeint war.

»Du hast sie doch gar nicht gekannt.«

Kein Vorwurf schwang mit, kein Groll, nur die sachliche Feststellung.

»Es tut mir für dich leid«, fügte Soraia hinzu, »niemand verliert gerne seine Mutter.«

»Ja. Ich verstehe.«

»Und dein Vater?«

»Ich kenne ihn nicht. Ich weiß nicht, wer er ist.«

Soraia musste schlucken.

»Leander, wo bist du aufgewachsen?«

»Im St. Ansgar-Stift in Hamburg.«

Sie schwiegen einige Augenblicke.

»Die Täter von dem Überfall vor sieben Jahren, hat man die gefasst?«, fragte Leander.

Als keine Antwort kam, schaute er auf. Soraia war eingeschlafen.

Leander lehnte sich zurück. Am oberen Rand seines Sichtfelds bewegte sich etwas. Er sah hinauf und entdeckte einen Gecko, der kopfüber die Decke entlanglief. Abstoppte. Sich umsah. Wieder ein paar Schritte unternahm.

Über die Betrachtung des kleinen Tieres nickte Leander Lost ebenfalls ein.

13.

Carlos Esteves und Graciana Rosado standen vor dem mit Polizeiband abgesperrten Gebäude in Luz de Tavira. Wie der Brandsachverständige aus Faro ihnen mitgeteilt hatte, würde der ausgebrannte Gebäudeteil nach einer Kernsanierung wieder bewohnbar sein. Einsturzgefahr bestand nicht.

Als die Ducati Scrambler um die Ecke bog, sahen beide auf – eine schwarze Gestalt auf einer gelben Maschine. Jackett und schwarze Krawatte flatterten im Wind.

Leander Lost stoppte hinter dem Volvo, nahm den Helm ab und trat zu ihnen.

»Boa tarde.«

»Olá.«

Graciana deutete mit einer Kopfbewegung nach oben, wo die Flammen über den zersplitterten Fenstern ungleichmäßige Dreiecke aus Ruß auf der Hauswand hinterlassen hatten. »Stand ist: Der Einbrecher ist Ousman Jobe, ein Gambianer, der sich hier illegal aufgehalten und auf Duldung gehofft hat. Sein Verfahren war noch nicht abgeschlossen, aber er dürfte jetzt äußerst schlechte Erfolgsaussichten damit haben. Davon abgesehen schweigt er zu den Vorfällen. Ganz offensichtlich war es ihm aber enorm wichtig, das Büro von Markus Conrad komplett zu vernichten.«

»Dann wusste er nicht, wonach er sucht«, konstatierte Leander. »Oder er hat es gefunden und wollte nicht den Zeitaufwand investieren, herauszufinden, ob es davon eine Kopie gibt. Nur ein Brand, der alles vernichtet, konnte ihm das garantieren.«

»Ja. Wir gehen jetzt hinein und schauen, ob noch was übrig ist.«

»Er könnte es schon eingesteckt haben, als wir dazugekommen sind«, gab Leander zu bedenken.

»Er und seine Kleidung sind überprüft worden«, sagte Carlos und schüttelte leicht den Kopf.

»Aber ... war denn nicht schon die Spurensicherung da?«, fragte der Alemão.

»Doch, doch«, antwortete Carlos schnell, »aber es schadet nicht, hm?«

»Gehen wir.«

Graciana Rosado wartete die Reaktion der beiden nicht ab, sondern ging los.

Erst als sie vom nahezu unversehrten, aber feuchten Flur im ersten Stock nach links zum Ciclopes abbogen, bemerkten sie, dass sie bis jetzt unten im Wind gestanden hatten. Denn jetzt liefen sie gegen den Südwind mitten hinein in eine Wand aus Gestank. Verkohltes nasses Holz bildete den Grundgeruch, über dem sich ein Gemisch aus verbranntem Gummi, Kunststoff und Löschschaum zu einer penetranten Pestilenz zusammengefunden hatte. Abgerundet wurde der Geruch von fader Süßlichkeit, die über allem hing.

Sie schnappten schnell nach Luft und stiegen über das verkohlte Messingschild hinweg, das sich unter der Gluthitze zu einem Halbkreis gewunden hatte.

Das Mobiliar in beiden Räumen war komplett verbrannt. Die Gestänge des Drehstuhls und des Schreibtisches standen entblößt wie metallische Skelette im Raum. Lost hockte sich neben die Überreste des Rechners, einem iMac, der zu einem Klumpen Aluminium zerschmolzen war.

Er sah zu Carlos, der mit seinen Krücken exakt dort stand, wo er gestern als Geisel gestanden hatte. Vielleicht versuchte er sich an die entscheidenden Sekunden zu erinnern und sie vor seinem geistigen Auge noch einmal ablaufen zu lassen.

Graciana, die sich für die Überreste der Akten interessierte – weiße, geschwungene Asche –, erwiderte seinen Blick. »Die KTU hat sich die Festplatte angesehen«, sagte sie auf die Frage, die Leander nicht artikuliert hatte, und beantwortete sie mit einem leichten Kopfschütteln.

Leander war nicht verwundert. Er federte hoch und sah sich um.

»Im Nebenraum war nichts. Ist nicht mehr als eine Besenkammer«, stellte Graciana fest, die als Einzige von ihnen einen Blick hatte hineinwerfen können. »Also muss sich das, was Ousman Jobe gesucht hat, hier im Büro befunden haben. Ich erinnere mich, dass hier die Pinnwand mit den Fotos war. Da waren ... Leute drauf«, sagte Graciana und deutete auf die verkohlte Wand, an der noch etwas vom verbogenen Rahmen der Pinnwand baumelte.

»Ja«, stieg Carlos ein und kam auf Krücken näher, »der Schreibtisch war leer, glaube ich.«

Leander Lost nickte und ihm entging die Intensität an Aufmerksamkeit, mit der seine neuen Kollegen dieses Nicken bedachten und einen heimlichen Blick tauschten.

»Nicht ganz«, korrigierte Leander sich, der die Augen nun geschlossen hatte, »es lag ein Schreiben darauf, es war ein ... Brief, in dem ... ich sehe es nicht genau ...«

Graciana ballte ihre kleinen Hände vor Anspannung zu nicht viel größeren Fäusten.

Carlos schenkte ihr ein spöttisches Lächeln und schloss auch die Augen: »Ich sehe ... ein Fenster ... am Fenster ... waren ... jetzt seh ich's: Rollläden.« Er öffnete die Augen und grinste.

Graciana formte mit den Lippen ein Wort: *Idiota*.

»Ich sehe es jetzt auch«, sagte Leander, die Augen immer noch geschlossen.

Da ihm die Welt der Ironie verschlossen war, hatte er Carlos' Einlassung nur auf ihrer Informationsebene wahrgenommen.

»Es war ein Schreiben der Wasserwerke. Es ... hat nur gedauert, weil ich es kopfüber sehe.«

Graciana sah Carlos triumphierend an. Leander öffnete die Augen wieder.

»Sie können sich so genau erinnern?«

»Hin und wieder«, wich er aus und log dabei nicht, »in dem Schreiben ging es um die Senkung der Wasserpreise.«

»Und weiter?«

»Mehr sehe ich nicht«, gab Leander Lost konzentriert zurück.

»Da waren Fotos an der Wand«, fuhr Graciana fort und sprach nun schneller: »Observationsfotos. Können Sie uns sagen ... Ich meine: Können Sie die auch ... sehen?«

»Ich denke schon, ja.«

Carlos drängten sich einige Fragen über diese *Fähigkeit* auf. Er hatte sich nämlich vorgenommen, einen Bogen um den Begriff Gabe zu machen, weil da stets eine übersinnliche Komponente mitschwang. Überhaupt: Wer sagte ihnen denn, dass der Schreibtisch nicht doch leer gewesen war? Und wenn nicht, wenn dort tatsächlich ein Stück Papier gelegen hatte, ob es vielleicht der Sportteil der *Público* gewesen war oder eine Mahnung des Vermieters oder der Flyer eines Pizzadienstes? Der Fantasie des Alemão waren praktisch keine Grenzen gesetzt. Carlos holte Luft, aber Graciana fuhr ihm mit einem Blick über den Mund.

»Es waren fünf Fotos«, sagte Leander Lost ruhig und konzentriert, »auf der Gruppe der ersten drei ist immer ein Mann zu sehen. Mit blauem Hemd und dunkler Hose. Mit einer Frau. Einer jungen Frau mit Sonnenbrille und roter Bluse und Jeans und ... einem Haarband. Es sind Fotos, die mit einem Tele geschossen worden sind, schätzungsweise zwischen 400 und 600 Millimeter Brennweite. In verschiedenen Situationen. Oben links gehen sie nebeneinanderher in einer Art Park. Rechts daneben sieht man sie mit anderen in einem ... auf der Terrasse eines Restaurants beim Eisessen. Sie lachen. Und auf dem dritten Foto stehen sie vor einem Bus, sie umarmen sich. Es ist wohl eine Verabschiedung.«

Carlos schluckte seine Fragen herunter.

Graciana nicht: »Ist da noch was bei den Fotos, etwas, was uns Aufschluss gibt über die Identität der Leute oder den Ort, das Datum? Irgendwas?«

Leander Lost stand starr, lediglich seine Wimpern zitterten. »Da ist ein gelbes Post-it, da steht eine Telefonnummer.«

Carlos und Graciana hielten intuitiv die Luft an, um den Alemão nicht zu stören.

»Null-neun-vier-acht-sieben-acht-eins-sieben-zwei-zwei-vier.«

Graciana suchte in ihrer Brusttasche nach einem Stift, den sie nicht fand. Carlos reichte ihr seinen, und in Ermangelung eines Notizzettels notierte sie die Nummer auf ihrer Handinnenfläche.

Leander hielt die Augen weiter geschlossen, veränderte aber die Stellung der Füße, als wolle er dahin schauen, wo sich an der verbrannten Pinnwand die anderen zwei Fotografien befunden hatten. »Die zweite Gruppe zeigt zwei Fotos, zweimal dieselbe Frau. Eine Frau, die ... in den Bergen ist. Berge sind im Hintergrund. Sie sitzt auf einer Holzbank und ... ist alleine. Ich gehe davon aus, dass Senhor Conrad dasselbe Objektiv benutzt hat. Auf dem anderen Bild steht sie an einem Brunnen. Kinder trinken daraus.« Er machte eine Pause und suchte in seinem Gedächtnis nach weiteren Details.

»Gibt es da auch eine Notiz?«, fragte Carlos ungewöhnlich sanft.

»Nein. Kein Name. Keine Telefonnummer.«

»Und ist die Pinnwand sonst leer?«, hakte Carlos nach.

»Nein.«

Sofort kam die Anspannung zurück, die die beiden Sub-Inspektoren erfasste.

»Nein«, präzisierte Leander, »es sind noch sieben Magnete da. Vier quadratische, drei zylindrische. Alle mit metallischer Legierung.«

Graciana und Carlos wechselten einen ernüchterten Blick.

In diesem Augenblick klingelte Gracianas Handy.

Leander Lost öffnete die Augen und schien einen Moment zu benötigen, um sich zu orientieren.

Während Graciana das Gespräch entgegennahm, musterte Carlos den Deutschen wie ein interessantes Insekt.

»Wie lange können Sie sich an solche Details erinnern, Senhor Lost?«, nahm Carlos den Alemão beiseite.

»Sehr lange, ich kann nur sehr schwer vergessen.«

»Ist das so?«

Lost nickte.

»Ich wünschte, ich hätte so ein ... gutes Gedächtnis.«

»Ja?«

»Ja.«

Jetzt musterte Leander Lost *ihn* wie ein interessantes Insekt.

»Nicht alle Erinnerungen sind gut«, stellte er dann fest, und er klang dabei wie jemand, der ziemlich genau wusste, wovon er da sprach.

Aber zu einer näheren Erörterung, ob diese Fähigkeit eher Fluch oder Segen bedeutete, kamen sie nicht mehr, weil Graciana das Telefonat zu Carlos' Erleichterung beendete. Dieser hatte sich noch nie Gedanken darüber gemacht, wie es sein musste, wenn man sich immer an alles haargenau erinnern konnte – außer an Gesichter – und daran scheiterte, etwas zu vergessen, was man aus seinem Gedächtnis verbannen wollte. Unschöne Vorstellung.

Graciana biss leicht auf ihre Unterlippe.

»Da Silva?«, fragte Carlos, der glaubte, die Stimme des Chefs erkannt zu haben.

Graciana nickte: »Ousman Jobe ist auf der Flucht.«

»Wie konnte das passieren?«, fragte ihr Kollege entgeistert.

»Bei der Überführung zum Haftrichter. Er musste zur Toilette, natürlich in Begleitung. Da hat er seinen Bewacher niedergeschlagen und ist aus dem Fenster gesprungen. Die GNR hat sofort alles an Personal aufgefahren, aber er ist abgetaucht.«

»Merda.«

Graciana nickte.

»Wie hat er sich aus den Handschellen befreit?«, fragte Leander Lost.

Die Sub-Inspektoren sahen ihn in einer Mischung aus Zerknirschung und Überzeugung an.

»Wir achten die Intimsphäre von Tatverdächtigen. Wenn sie zur Toilette gehen, nimmt man ihnen die Handschellen ab«, erklärte Graciana.

»In Deutschland unterlassen wir das. Wegen der Fluchtgefahr.«

Carlos meinte regelrecht zu spüren, wie diese überflüssige Belehrung seinen Blutdruck in die Höhe trieb.

»Uns ist die Menschenwürde im Zweifelsfall wichtiger, Senhor Lost.«

Das brachte Leander zum Schweigen.

»Welcher Trottel war es?«, fragte Carlos an seine Kollegin gewandt.

»*O Pavão*«, antwortete Graciana. »Er dachte, er hat einen Schädelbruch – aber er hat nur eine Gehirnerschütterung.«

Der Pfau – so nannten sie Miguel Duarte unter vier Augen. Auch Raul da Silva hatte ihn im Zorn (und seiner Abwesenheit) schon so bezeichnet.

»Auch wenn der Flüchtige dann jemanden auf der Flucht tötet?«

Falls sie geglaubt hatten, Leander Lost habe in Sachen Handschellen und Würde aus Überzeugung geschwiegen, dämmerte ihnen jetzt, dass er nur in aller Stille Carlos' Worte analysiert hatte.

»Hm?«

»Der Flüchtige, der Ihre Rücksicht auf seine Würde zu einer Flucht missbraucht und dabei dann irreparablen Schaden verursacht – einen Menschen tötet, zum Beispiel: Die Frage ist, ob dann sein Recht auf Intimsphäre höher wiegt als das Recht eines anderen auf Leben.«

»Sie können die Würde des einen nicht gegen die des anderen aufwiegen«, erwiderte Graciana prompt. »Und wenn wir ständig alle Eventualitäten ausschließen wollten, müssten wir jeden Tatverdächtigen sofort mit einem Genickschuss unschädlich machen. Ich glaube, wir sind uns einig, dass wir das nicht wollen.«

Sie griff zu ihrem Handy und tippte eine Nummer ein.

Carlos war stolz auf die ebenso schnelle wie scharfsinnige Replik seiner Kollegin, die offenbar auch Leander Lost zum Nachdenken brachte. Und der jetzt nickte: »Sie haben recht. Die Einschränkung der Würde durch die Handschellen steht in keinem gesunden Verhältnis zu dem möglichen Risiko. Ich werde das bei Gelegenheit gegenüber meinen Kollegen in Deutschland ins Feld führen. Wir ... sollten das nach portugiesischem Vorbild machen.«

Die Verblüffung über diese Feststellung erwischte beide kalt. Carlos, eben noch erzürnt wegen der überheblichen Vorhaltung, wie viel besser man mit so einer Situation im fortschrittlichen Deutschland umging, spürte etwas, gegen das er sich inbrünstig wehrte: einen Anflug von Sympathie.

Dass auch Graciana aus dem Takt geraten war, verriet die Stimme am anderen Ende der Leitung, die zum wiederholten Male fragte, wer denn da sei.

»Sub-Inspektor Rosado hier. Ich brauche den Namen zu einer Mobilfunknummer«, antwortete Graciana schließlich und gab die Ziffernfolge auf ihrer Handinnenfläche durch.

Die Telefonnummer führte zu dem Handy einer gewissen Beatriz Teles, die in Moncarapacho wohnhaft war: Praça da República No. 3.

Wie immer, wenn es sich um Adressen handelte, die sich in der Nähe von Bars oder Restaurants befanden, kannte Carlos sie natürlich. In diesem Fall bildete er aber keine Ausnahme, denn auch Graciana war der lauschige Platz hinter der weißen Kirche nur allzu bekannt, denn er lag nur hundert Meter von ihrer ehemaligen Dienststelle entfernt. Von dem rosa Eckgebäude, in dem die GNR untergebracht war – und Gomes und Dias sich jetzt, in der Mittagshitze, wahrscheinlich verbarrikadiert hatten und die Zeit totschlugen. Am Platz der Republik befand sich das *Da Ana*, ein kleines, gediegenes Restaurant, in dem sie früher oft zu Mittag gegessen hatten.

Graciana nahm die M516-2, die von Fuseta aus die N 125 überquerte und direkt durch Moncarapacho führte, um den Verkehr von dort aus weiter zur Autobahn A-22 zu leiten. Die schmale Straße führte an Feldern mit Oliven- und Feigenbäumen vorbei, dazwischen Wiesen, auf denen Ziegen grasten. Sie passierten Häuser mit Pools und eine Schule. Dann und wann standen große grüne Container an der Straße, in die die Anwohner ihren Müll entsorgten. Auf einer Wiese, auf der die Hälfte des Grases sich gegen die Sonne hatte behaupten können, standen zwei Pferde im Schatten und erfrischten sich an einer Tränke.

Graciana fuhr wie immer *zügig* und musste unwillkürlich lächeln, als sie einen wiederholten Blick in den Innenspiegel warf.

Carlos, der das Lächeln sah, schaute sich um.

Da fuhr der hagere Karl auf dem gelben Motorrad hinter ihnen her, im schwarzen Anzug, mit wehendem Jackett und wehender Krawatte und schwarz behelmt.

»Es gibt niemanden, der sich nicht nach ihm umdreht«, merkte Graciana an. Und das stimmte, wie Carlos bemerkte. Selbst die alten Frauen, an denen sie vorbeirauschten, als sie die Gassen von Moncarapacho erreicht hatten, und deren Ellbogen auf selbst gestickte Kopfkissen gebettet waren, wandten den Kopf nach ihm.

»Hast du so was schon mal erlebt?«, fragte sie.

Carlos musste nicht nachhaken, was genau sie meinte, dazu war sie ihm zu vertraut, er konnte jede Geste deuten, jedes

Schwanken der Stimme. Er schüttelte den Kopf. »Nein«, unterstrich er.

Sie nickte: »Ich auch nicht.«

»Ob er wohl ein ganzes Buch so aufsagen könnte?«

»Schwer zu sagen. Er kann sich ja nicht alles merken, oder?«

»Und wenn doch?«

»Jedes Detail?«

Sie fanden sich beide unfähig, Leander Losts Erinnerungsvermögen quantitativ einzuschätzen.

»Halt mal kurz hier an, ich brauch 'n Eis.«

Als sie die Praça da República No. 3 erreichten, verließ gerade ein Mann Mitte vierzig die Wohnung und öffnete die Fahrertür des dort geparkten Wagens. Während Carlos eine Eiswaffel verdrückte, identifizierte Lost den Mann als die Person, die er auf den Fotos mit der jungen Frau gesehen hatte.

Sein Name war Diogo Teles, was der Angelegenheit plötzlich eine pikante Note verlieh. Aber Graciana Rosado und Carlos Esteves hätten gelogen, wenn dieser von Lost beschriebenen Fotoserie nicht ohnehin die Aura eines Seitensprungs anhaftete.

Senhor Teles ließ seiner Libido außer Haus offenbar freien Lauf. Und das mit einer Frau, die laut dem Alemão ein paar Altersklassen unter seiner eigenen rangierte. Wusste er, dass die Anbahnung seiner außerehelichen Bettgeschichten fotografisch dokumentiert worden war? Wusste er vom Misstrauen seiner Frau? Ahnte er es wenigstens? Oder ging er gerade los zu seiner *Namorada* und rannte in sein Verderben?

Da erschien eine Frau in der Tür, Mitte, Ende vierzig, ebenso makellos gekleidet wie Diogo Teles.

Wie sich herausstellte, handelte es sich dabei nicht um die Frau auf den Fotos, sondern um Beatriz Teles – deren Mobilnummer Markus Conrad neben den Fotos notiert hatte.

Bevor die portugiesischen Kommissare sich durch eine Erklärung winden mussten, die den wahren Beweggrund ihrer Anwesenheit verschleierte, ohne dass der Wahrheitsfanatiker Lost sich zu Wort meldete, erschien glücklicherweise die Frau von den Fotos, die an Beatriz Teles vorbeilief und in den Wagen steigen wollte. In den Wagen *ihres Vaters*.

Vanessa Teles, so führte zwei Minuten später Diogo Teles mit einem breiten Grinsen aus, studierte in Coimbra. Zum 50. Geburtstag ihrer Mutter hatten ihr Vater und sie heimlich Vorbereitungen getroffen. Während ihre Mutter sie im Vorlesungssaal ein paar hundert Kilometer weiter nördlich vermutet hatte, hatte sie zusammen mit Diogo Teles nicht weit entfernt in Olhão die Festlichkeiten ausbaldowert.

Um diese Überraschung hatte Beatriz sich mit ihrem Misstrauen selbst gebracht. Zu Carlos' Verwunderung war Diogo wegen der Unterstellung seiner Frau aber nicht verstimmt. »Sie war eifersüchtig«, sagte er, »und Eifersucht ist ein Gradmesser für Zuneigung, in gewissem Sinne. Und wenn ich sehe, was meine Frau dem Privatdetektiv für ein paar Fotos bezahlt hat, dann muss die Zuneigung groß sein. Sie sehen: Ich bin ein glücklicher Mann. Und jetzt müssen wir los. Kommst du, Vanessa?«

Daraufhin stiegen die beiden in den Wagen und fuhren davon. Beatriz Teles, deren Finger in ein nervöses Spiel miteinander verflochten waren, stand etwas beschämt und unbeholfen auf der obersten der drei Stufen, die in ihre Wohnung führten. Aber sie lächelte.

Zu dritt ließen sie sich an einem der Tische vor dem Da Ana nieder, wobei Leander seinem neuen Kollegen den Stuhl zurückschob, sodass Carlos mit seinem bandagierten Bein besser Platz nehmen konnte.

Vor dem Da Ana hatten nur drei Tische Platz. Sie standen direkt an einer kleinen, holprigen Pflasterstraße, die zwischen den einstöckigen, bunten Häusern und dem Platz hinter der Kirche Igreja da Misericórdia verlief, einem für eine Kirche ungewöhnlich kleinen, fast geduckten Bau, der sich in seine Umgebung einpasste und nicht bemüht war, aus ihr hervorzustechen. Da der Platz nur nach vier Stellen hin offen und ansonsten durch die Kirche oder Reihenhäuser begrenzt war, vermittelte er ein Gefühl der Geborgenheit.

»Olá, lange nicht mehr gesehen«, sagte eine junge Kellnerin mit einer Schürze, die ein Tablett unter dem Arm trug und Carlos Esteves und Graciana Rosado zunickte. Sie hatte ein ovales Gesicht und trug einen langen Zopf, der ihr fast bis zur Taille reichte.

»Hatten viel zu tun, Aurea«, sagte Carlos.

»Was ist mit deinem Bein passiert, hm?«

»Ach das ... ein Missgeschick.«

»Und ein neuer Kollege?«, fragte sie und wandte sich an Leander.

»Das ist Senhor Lost aus Deutschland«, stellte Graciana ihren Kollegen vor.

»Ah, Deutschland. Mein Großvater hat viele Jahre dort gearbeitet. Bei Ford in Köln. Am Band. Kommen Sie von einer Beerdigung?«

»Nein«, antwortete Leander, »ich trage das gerne.«

Aurea hatte schon ein breites Spektrum an Gästen bedient. Mit Leander erfuhr es nun noch eine kleine Erweiterung. Sie zog einen kleinen zerfledderten Block samt Stift aus ihrer Tasche, um die Bestellungen zu notieren: »Was darf ich euch bringen?«

»Ich überlege noch«, wich Graciana aus und warf einen Blick auf die übersichtliche Karte, die die Größe eines Flyers hatte und eingeschweißt war, aber nicht billig aussah.

Carlos deutete mit der offenen Hand auf Leander, um ihm den Vortritt zu lassen.

»Einen Kaffee, bitte«, sagte er zu Aurea gewandt, »ich habe gelesen, der portugiesische Kaffee sei sehr gut. Und stark.«

»Dann bring ihm einen Bica«, meinte Carlos, »und mir auch.«

Aureas Blick wanderte zu Graciana, die nickte, um sich der Wahl ihrer Begleiter anzuschließen.

»Bica?«, fragte Leander.

»Das ist ein Espresso«, erklärte Esteves ihm, »und weil er einigen das erste Mal bitter schmeckt, hat man ihnen den Rat *Beba isto com açúcar* erteilt. *Trinken Sie es mit Zucker.*«

»Und zu essen?«, fragte Aurea.

Carlos Esteves holte tief Luft.

Dreißig Minuten später brachte Aurea eine dreifache Portion von *Frango Piri-Piri* heraus. Das scharfe Piri-Piri hatte sich in die Haut der Hähnchenbrust- und keulen gebrannt und verlieh dem Essen seine runde Schärfe, die auch später noch sanft im Mundraum nachwirkte. Dazu gab es Brot und gemischten Salat.

Während sie aßen, stellten sie fest, dass der Trumpf, der in Losts *Fähigkeit* bestand, sie letztlich nicht weitergebracht hatte. Ousman Jobe war auf der Flucht und im Ciclopes hatte das Feuer alle potenziellen Hinweise verbrannt. Es gab keinen weiteren Ermittlungsansatz, der den Gambianer mit dem Mord an dem Privatdetektiv hätte in Verbindung bringen können. Erschwerend kam hinzu, dass auf dem Boot – und an Conrads Leiche – keinerlei Spuren von Jobe sichergestellt worden waren, wie da Silva sie telefonisch aus Faro hatte wissen lassen.

Durch Gracianas Anforderung der Einzelverbindungsübersicht sämtlicher Telefonate Conrads kam zutage, dass die *Portugal Telecom* ihm das Festnetz wegen seiner unbeglichenen Schulden seit nunmehr drei Monaten abgestellt hatte. Auch die *Telecomunicações Móveis Nacionais*, kurz TMN, bei der Conrad mit seinem Handy unter Vertrag stand, war aufgefordert, die Übersicht unverzüglich zu liefern – was bisher aber noch nicht geschehen war.

Leander räusperte sich, um etwas dazu anzumerken, aber Carlos kam ihm zuvor: »In Deutschland sicher undenkbar, so eine Verzögerung.«

»In der Tat«, bestätigte der Alemão.

»Hier nicht«, stellte Carlos fest und biss, da er als Einziger einen Nachtisch bestellt hatte, von seiner Zitronentarte ab. Seine Gesichtszüge, eben noch wach und auf der Hut im Falle einer schlagfertigen Antwort, lockerten sich merklich.

Dafür spannten sich Gracianas, der gerade ein abwegiger Gedanke in den Sinn gekommen war. Sie nahm Leander Lost genauer in Augenschein.

»Wenn ich Jobe wäre«, sagte sie, »und ich würde das, wonach ich suche, nicht in Form von Fotos oder einem Schreiben finden, dann wäre mein erster Impuls, in Conrads Computer nachzusehen.«

Carlos und Leander deuteten ein Nicken an.

»Ich meine, ich habe gesehen, dass der Monitor an war. Bevor Jobe mir die Eisenstange übergezogen hat.«

»War er«, bestätigte Carlos an einem Stück Zitronentarte vorbei.

»Und was war drauf zu sehen?«

Carlos spülte mit einem Schluck Wasser nach, bevor er antwortete: »Ein großes Auto ... ein Lastwagen, glaube ich, von hinten.«

»Sonst nichts?«

»Nein. Ich bin mir nicht mal sicher, dass es ein Lastwagen war, ich ... hab nicht drauf geachtet.«

Gracianas Blick wanderte zu Leander, der die Augen geschlossen hatte. Dasselbe Gesicht wie in dem abgebrannten Büro. Konzentriert, aber nicht wie in Trance.

»Sind Sie wieder in Conrads Büro, Senhor Lost?«

»Ja«, gab er ruhig zurück.

»Aber Sie standen hinter dem Monitor. Sie konnten nicht sehen, was sich darauf befand.«

Dass Leander auf diese Feststellung nichts entgegnete, schien Graciana ermutigend.

»Wohin schauen Sie?«, fragte sie leise, als könne eine zu laute Ansprache alles zunichtemachen.

»Nach rechts«, antwortete Leander, »in die Scheibe hinter dem Schreibtisch. Wo die Jalousie heruntergelassen war.«

»Der Monitor spiegelt sich darin«, begriff Graciana.

Carlos schluckte den Rest des Gebäcks herunter und beugte sich vor, um den Deutschen genau zu mustern.

»Ja. Er spiegelt sich. Es ist verzerrt, aber ... das Nummernschild ...«

Wieder suchte Graciana in ihrer Brusttasche vergeblich nach einem Stift, und erneut war Carlos mit einem parat, den er ihr reichte.

»23-06-IZ«, las Leander Lost aus seiner Erinnerung ab, »oder 23-08-IZ.«

Als er die Lider daraufhin wieder hob, starrte Sub-Inspektor Carlos Esteves ihm tief in die Augen. Oder vielmehr: versuchte in jenen Bereich dahinter durchzudringen, als könne er dadurch das Mysterium, für das er die *Fähigkeit* mittlerweile hielt, erfassen. Sub-Inspektor Graciana Rosado notierte das Kennzeichen wie gehabt in ihrer Handinnenfläche.

Danach rief sie auf der Dienststelle in Faro an und gab für beide Kennzeichenvarianten eine Halterermittlung in Auftrag. Sie bemerkte Carlos' Wandlung an seiner Haltung, an seinem konzentrierten Interesse. Er sah aus wie ein Atheist, der eine Marienerscheinung hinter sich hatte.

»Senhor Lost?«

»Ja?«

»Wie sehen Sie die Sachen? Ich meine: Sie hören vermutlich nicht zum ersten Mal, dass Sie mit diesem ... fotografischen Gedächtnis gesegnet sind.«

»Nein, ich bin hier und dort schon damit aufgefallen.«

Wie er es sagte, ließ vermuten, dass er das als unangenehm empfunden hatte.

»Es ist«, begann er und wählte seine Worte mit Bedacht, »es ist wie ein Foto, so können Sie sich das vorstellen. Ein Foto, das ich mir in aller Ruhe ansehen kann. Es ist eine zu einem Ganzen verschmolzene Fotoserie voller ... eingefrorener Augenblicke. Und ich stehe in diesem Foto. Es umgibt mich komplett.«

Seine neuen portugiesischen Kollegen waren ganz Ohr.

»In Ihrem Kopf wird das ein Raum?«, hakte Carlos nach. »Wie ein Zimmer?«

Lost deutete ein Kopfschütteln an: »Nein, die Bilder bleiben zweidimensional. Es ist wie eine raumumspannende Tapete aus lauter Schnappschüssen, lauter Sekundenbruchteilen. Einige sind auch verzerrt. Aber sie bleiben alle immer dem Wesen des Fotos verhaftet – der zweiten Dimension. Zusammen bannen sie den Moment auf eine Folie. Und die kann ich in Ruhe betrachten. Ich kann ... im Nachhinein, in der Vergegenwärtigung, Details entdecken, die mir beim Erleben verborgen geblieben sind.«

Als habe die Kollegin in Faro, Marisa Veiga, diese Erklärung abgewartet, klingelte genau jetzt Gracianas Handy. Es gab drei Neuigkeiten, zwei von Raul da Silva: Seit über anderthalb Jahren ist auf den Konten, die Conrad unterhielt, keine Kundeneinzahlung erfolgt. Vermutlich hat er sich immer bar bezahlen lassen, denn alle Kontostände befanden sich seit Längerem im Minus. Außerdem zeigte die Einzelverbindungsübersicht seiner Handy-Gespräche ebenfalls nichts, denn sein Vertrag war ausgelaufen. Da Silva nahm an, dass er ein Prepaidhandy für den täglichen Gebrauch benutzt hatte. Das war allerdings nicht unter den persönlichen Ge-

genständen gewesen, die man bei dem Toten sichergestellt hatte.

Dann kam Marisa Veiga zu Gracianas Anliegen: Von den beiden möglichen Kennzeichen, die Lost in seiner Erinnerung erkannt zu haben glaubte, war das zweite nicht vergeben. Das erste gehörte zu einem geschlossenen Mercedes Benz Sprinter der Firma *Adles Lta.*

14.

Adles Lta. war jedem Haushalt von Faro bis Tavira bestens bekannt. Der ausländische Investor hatte vor knapp einem Jahr vom landesweiten Wasserversorger *Águas de Portugal* ein Teil dessen Netzes im Osten der Algarve übernommen – und schon nach einem Monat die Wasserpreise gesenkt.

Was den Privatisierungsgegnern in der Bevölkerung und auch in der Presse – zum Beispiel João – gehörig den Wind aus den Segeln nahm. Üblicherweise wartete ein privater Versorger diskret ein paar Wochen, um dann zu behaupten, das Wassernetz sei marode, man müsse immense Instandhaltungskosten aufbringen und daher die Wasserpreise erhöhen.

Nicht so Adles Lta.

Möglicherweise griff hier ein privater Investor das erste Mal nachhaltig durch, um für beide Seiten faire Verhältnisse zu schaffen? Die Antwort darauf lag wie jede Antwort in der Zukunft.

Die Zentrale von Adles Lta. lag an der Ecke Rua Baptista Lopes und Largo do Sol Posto gegenüber einer Zahnklinik in Faro.

Sie parkten den Volvo und die Ducati Scrambler vor dem sechsstöckigen Eckgebäude, das bis auf horizontale Streifen rötlich-brauner Kacheln verglast war. Auf jeder Etage hingen die grauen Kästen der Klimaanlagen unter den Fensterreihen.

Im ersten Stock versuchten sie ihr Glück bei der zuvorkommenden Frau am Empfang. Hinter dem modernen und gepflegten Entree erstreckte sich ein Großraumbüro mit gut vierzig Arbeitsplätzen, allesamt picobello aufgeräumt und mit modernen Rechnern ausgestattet.

Die Dame am Empfang telefonierte herum, aber die Mitarbeiter hatten schon Feierabend und sie selbst war nur da, weil sie ihre Einkäufe aus der Mittagspause vergessen hatte.

Ihr Versuch, sie auf morgen zu vertrösten, beantwortete Carlos mit einem Kopfschütteln. »Wir ermitteln in einem Mordfall«, kam er zur Sache. »Wie erreichen wir Ihren Chef?«

Die Mitarbeiterin führte drei hektische Telefonate, wobei sie das erste sehr resolut anging, das zweite moderat, aber bestimmt und für das letzte ihre Stimme senkte und devot ihrem unsichtbaren Gesprächspartner zunickte.

»Senhor Benedikt kann in einer Stunde hier sein. Wenn Sie ihn früher sehen möchten, bittet er Sie zu sich nach Hause.«

»Das ist wo?«, wollte Carlos wissen.

»In Quinta do Lago«, sagte die Frau und schaute kurz in ihrem Rechner nach, um ihnen die Privatadresse ihres Chefs zu geben.

Bevor sie gingen, schaltete sich Leander ein: »Und Senhor Benedikt kann von zu Hause aus nachvollziehen, welcher Ihrer Fahrer wann mit dem fraglichen Fahrzeug unterwegs war?«

»Ja. Er hat in Quinta do Lago sein Homeoffice und Zugriff auf alle Informationen, die den Fuhrpark betreffen.«

Leander Lost folgte dem schwarzen Volvo auf der Scrambler Richtung Westen und genoss das Gefühl, den Elementen direkt ausgesetzt zu sein. Genoss den Fahrtwind, der erfrischend die Hose um seine Beine presste und sein Jackett flattern ließ, das sonore Röhren des Motors und die Option, sich mit einem Dreh der rechten Hand einfach nach vorne zu katapultieren und dahinzuschweben.

Mit einem Mal wechselte die Landschaft – und das spürte er. Die Fahrbahn wies keine Flickstellen oder Schlaglöcher mehr auf, die Ducati glitt nun regelrecht über den schwarzen Asphalt. Wo eben noch links und rechts vom Fahrbahnrand ein staubiger Sandstreifen und dahinter eine Landschaft aus verbrannten Äckern, dürren Gräsern und Sträuchern mit gelben Blättern geherrscht hatte, war das alles einem fein säuberlich gepflasterten Fußweg samt Bordstein gewichen, an den wiederum ein kurz geschorener Streifen Rasen im satten Grün grenzte.

Mopeds wichen schweren Motorrädern. Oberklasselimousinen und schicke Sportwagen dominierten nun die Straße. Und wenn einmal einer jener weißen Pick-ups auftauchte, die immer ein wenig staubig und rostig und mitgenommen aussahen und aus dem Straßenbild Portugals eigentlich nicht wegzudenken waren, zierte ihn der Name eines Garten- und Landschaftsgärtnerbetriebs. Oder der eines Handwerkers: Klempner, Schreiner, Rohbauer, Flaschner, Elektriker, Möbelhersteller, sie alle waren vertreten.

Gärtner in grünen Hosen und tadellosen weißen Shirts vertikutierten die prächtigen Rasen der Villen, die jede für sich gelegen und zu der nächsten blickdicht durch Hecken und Bäume abgegrenzt war. Die Gärtner kümmerten sich um die Hecken, sie wässerten die Pflanzen, düngten Kübelpflanzen, schnitten Rosen zurück oder fällten Bäume, wenn es sein musste. Ein einziges emsiges, aber diskretes Treiben. Niemand schien es eilig zu haben. Aber es pausierte auch niemand. Kein einziger Gärtner, der trank oder rauchte.

Die Villen waren allesamt flache oder zweigeschossige Bauten. Allesamt bemüht, portugiesisches Flair auszustrahlen –

helle Farben: Weiß, Gelb, Rosa, Magenta. Flache, geduckte Dächer mit schweren roten, beinahe halbrunden Ziegeln. Große Fenster, verspielte Skulpturen an den Steingeländern, mondäne Gartentore und – obligatorisch – ein Pool. Kreisrund, rechteckig, nierenförmig.

Eukalyptusbäume und Palmen säumten nun die Straße. Weiter hinten glitzerte das Meer tiefblau. Genau bis hierhin erstreckte sich die Lagunenlandschaft der Ria Formosa.

Leander war, als tauche er beim Fahren von einer Welt in eine andere.

Die Villa von Senhor Benedikt lag in der *Rua André Gonçalves Pereira* (die Portugiesen frönten offensichtlich langen Straßennamen, was Leander einerseits traditionsbewusst, andererseits aber unpraktisch fand. Die praktischste Namensgebung für Straßen fand sich ohnehin im Zentrum Mannheims).

Das Anwesen unterschied sich von den anderen, die Lost im Vorbeifahren gesehen hatte, nur unwesentlich. Ein, zwei kleine Dächer mehr, die Auffahrt etwas imposanter. Ein Porsche Carrera Cabrio und ein Audi S8 teilten sich den großzügigen Carport, der noch Platz für zwei Besucher ließ.

Aber Graciana hatte den Volvo auf der Straße geparkt. Angesichts der Gegend hatte sie kurz ihre Bluse und ihre Haare zurechtgezupft, Carlos einmal von unten bis oben gemustert, bis sie sein spöttisches Grinsen erreicht hatte, und sich dann abgewandt und geklingelt. Carlos trug wie immer Espadrilles, Shorts und ein weißes Hemd. Im Augenblick saß die Sonnenbrille zur Abwechslung nicht in seinen Haaren, sondern auf seiner Nase. Ihm machte es überhaupt nichts, überall so aufzukreuzen. Im Gegenteil – gerade in besseren Gegenden bereitete ihm das ein großes Vergnügen.

Obwohl Graciana den Gedanken dahinter jederzeit unterschrieben hätte, war es ihr manchmal etwas unangenehm, ihn in diesem Aufzug dabeizuhaben. Und dafür schämte sie sich – Carlos Esteves war der verlässlichste, loyalste Mann, den sie kannte.

»Boa tarde«, begrüßte sie eine junge Frau, die ihnen barfuß und in einem olivfarbenen Bikini entgegenkam, sie war vielleicht Mitte bis Ende zwanzig. Ihr schulterlanges Haar, das sie fein säuberlich nach hinten gekämmt hatte, war noch nass vom Baden. Ihre Figur, musste Graciana neidlos anerkennen, war makellos.

Dasselbe dachte Leander über ihre Zähne.

Der typische, sanft braune Teint ihrer Haut verwies auf ihre portugiesische Identität.

»Ich bin Eva.«

Natürlich, dachte Carlos.

Sie öffnete das kleine Tor für Fußgänger, streckte ihnen die Hand entgegen und strahlte sie gut gelaunt an.

»Senhora Lescadia hat Sie angekündigt, wenn Sie von der Polizei sind. Wenn nicht, dann nicht.«

Sie lachte wegen ihrer kleinen Albernheit, und am wohlwollenden Lächeln ihres Kollegen mit den Krücken konnte Graciana ablesen, dass er es charmant fand.

»Graciana Rosado, Polícia Judiciária, Faro. Wir kommen direkt aus dem Büro von Adles in Faro. Meine Kollegen Sub-Inspektor Esteves und Senhor Lost.«

Eva beugte sich vor und schüttelte auch den Männern mit ungebrochener Begeisterung die Hände.

»Senhor Lost – wie die amerikanische Serie?«

»Genau«, antwortete Leander. Ihm fiel ihr Taille-Hüfte-Verhältnis von geschätzt 0,6 auf.

»Sind Sie Schweizer?«

»Alemão«, sagte Leander.

Erfreut vollführte sie mit der rechten Faust eine kleine Stoßbewegung: »Fast. Sie haben nämlich einen ähnlichen Akzent wie Philipp«, erklärte sie und fügte hinzu: »Philipp ist Schweizer. Er sagt, für einen Schweizer spricht er schnell, aber das ist immer noch langsam. Was man ihm nicht allzu oft sagen sollte, dann bekommt er lustige Sorgenfalten – aber der Akzent ist einfach süß. Kommen Sie doch rein, er ist gleich da.«

Damit ging sie ohne eine Reaktion abzuwarten voran und machte eine einladende Handbewegung, der Graciana, Carlos und Leander folgten. Erst jetzt nahm sie Carlos' Verband und seine umständliche Art der Fortbewegung wahr, ihre gute Laune wich echter Anteilnahme.

»Herrje, ich bin aber auch ein Schussel, Senhor Esteves. Ich mache Ihnen die große Pforte auf, dann können Ihre Kollegen Sie bis zur Terrasse vorfahren.«

»Carlos für Sie. Geht schon.«

»Was ist denn passiert?«

»Ich bin angeschossen worden.«

»Nein.«

»Doch.«

»Haben Sie keine Schmerzen, Carlos?«

»Ach, wissen Sie, durch Wehklagen werden sie nicht kleiner.«

»Wow«, lachte sie sichtlich beeindruckt, »das nenn ich souverän. Na gut, dann gehen wir langsam.«

Man konnte Eva ansehen, dass sie nachdachte, während sie auf das Haus zugingen. Ein Traum in schlichtem Weiß, die Mauern nicht gerade, sondern grob verputzt, sodass sich eine natürlich wirkende Struktur ergab. Die Fensteröffnungen mit maurischen Anklängen. Die flachen Dächer in Ziegeln, die in ihren Rottönen wechselten und so eine unwirkliche Lebendigkeit suggerierten.

»Wie ist das denn passiert?«, fragte sie.

Carlos hätte ihr die Füße küssen können.

»Darauf werden Sie nicht kommen.«

Er grinste und sie blinzelte ihn belustigt an.

»War es ein gefährlicher Drogendealer?«

»Nein. Ein Kollege.«

»Nein.«

»Doch.«

»Das ist ja ... unfassbar. Aber nicht aus Absicht.«

»Oh doch.«

»Jemand wollte Senhor Esteves die Kehle aufschlitzen«, meldete Leander sich zu Wort, »und da hat der Kollege ihm ins Bein geschossen, um ihn zu retten.«

Carlos' Fröhlichkeit erhielt einen Dämpfer.

»Ist das wahr?«

»Ja«, bestätigte Leander, »und danach hat er noch den Täter unschädlich gemacht.«

»Das ist ja ein cooler Hund«, fand Eva. Und zu Carlos gewandt: »Sicher sind Sie Ihrem Kollegen dankbar.«

»Ich könnte ihn ständig dafür küssen.«

Unmerklich wich Leander eine Spur weiter nach rechts aus.

Der Terrassenboden bestand aus großen braunen Natursteinen. Eine Couch und vier Stühle waren um einen Holztisch gruppiert. Das alles unter einer Schatten spendenden beigen Markise. Nur wenige Meter weiter lagen ein Kissen und ein Buch in einer Hängematte, die zwischen zwei Pinien gespannt worden war.

An die Veranda grenzte der Pool, der aus vielen Halbrunden bestand, die ineinander übergingen, umrahmt von den identischen Terrassenplatten und tiefgrünem Rasen. Auf den gemulchten Beeten gaben Schopflavendel und Stechginster einander die Hand.

Hinter einer Gruppe von Zwergpalmen erstreckte sich rechts der Ausläufer eines Golfplatzes, auf dem sich an die drei Dutzend Besucher tummelten, zum Teil von Fotografen umringt. Links am Grundstücksende war ein See zu sehen, an dessen Ufer sich ein kleiner Bootsanleger im Schutze von Schilfgras befand.

Der See war künstlich angelegt worden und grenzte an mehrere Grundstücke. Was auf den ersten Blick wie ein weiterer monströser Auswuchs neureicher Vandalen anmutete, die die Algarve mit Golfplätzen überschütteten, entpuppte sich als ein sorgsam geplantes Biotop, das ein Refugium für seltene Tierarten bot.

»Möchten Sie was trinken? Setzen Sie sich doch, Carlos.«

»Ich sag nicht Nein.«

Er ließ sich auf die Couch fallen.

Graciana deutete ein Kopfschütteln an: »Danke, nein. Wann kommt denn Senhor Benedikt?«

»Da«, antwortete Eva und deutete hinüber zu den Zwergpalmen.

Dort schüttelte ein eher kleiner, dunkelhaariger Mann in sportlicher grauer Hose und weißem Polo-Shirt einem Mann die Hand, der ihn um eine Kopflänge überragte und rothaarig war. Der Kleinere wandte sich ihnen zu und schlenderte mit seiner Golftasche an den Palmen vorbei aufs Grundstück. Der Rothaarige kehrte zu den Spielern auf dem Green zurück, wo Hostessen Erfrischungsdrinks reichten und gut frisierte Frauen und junge Freundinnen mit ihren Smartphones Erinnerungsfotos schossen.

Philipp Benedikt nickte ihnen grüßend zu, bevor er sie erreichte, und legte die Golftasche mit seinen Schlägern an der erstbesten Stelle auf der Terrasse ab. Eva ging ihm entgegen und gab ihm einen Kuss auf die Wange.

»Du hast bestimmt Durst.«

»Ja. Willst du gerade baden?«

»Nein.«

Sie ging in die angrenzende Wohnküche und fischte im Vorbeigehen ein scharlachrotes XXL-Shirt von der Couch, das sie sich schnell überzog.

Dann kam Benedikt zu ihnen, er steuerte auf Graciana zu: »Philipp Benedikt. Schön, dass Sie da sind.«

Benedikt war ein Mann um die vierzig, der im Gesicht immer noch etwas Babyspeck mit sich herumtrug und deshalb einen jungenhaften, etwas teigigen Eindruck machte. Aber er hatte hellwache Augen.

»Rosado, Kripo Faro. Meine Kollegen Sub-Inspektor Esteves und Senhor Lost. Danke, dass Sie sich Zeit für uns nehmen.«

»Das ist doch selbstverständlich.« Er beugte sich runter zu Carlos und schüttelte ihm die Hand. »Guten Tag, Sub-Inspektor. Sie ... versehen trotz Ihres Beins Ihren Dienst? Löblich«, wertete er und wandte sich Leander Lost zu, bei dem er kurz stutzte: »Boa tarde. Ist Ihnen nicht zu warm?«

»Boa tarde«, erwiderte Leander Lost. »Nein, ist es mir nicht. Sie haben an einem Turnier teilgenommen?«

»Mein Nachbar, Senhor Jesus, hat mich überredet. Ich bin nur ein leidlicher Spieler. Ich habe nämlich erst hier mit dem Golf begonnen, müssen Sie wissen. Vor einem halben Jahr. Natürlich kann ich mich da nur blamieren, aber das Golf Resort hat zu einem Benefizspiel geladen. Für Obdachlose. Da blamiert man sich natürlich gerne – und Sie, Senhor Lost? Sind Deutscher?«

»Richtig.«

»Und sind jetzt im portugiesischen Polizeidienst?«

»In einem Brüsseler Austauschprogramm für die Dauer eines Jahres.«

»Ah, verstehe«, sagte Benedikt, trat einen Schritt zurück und deutete mit der offenen Hand auf die Couch und die Stühle: »Bitte, nehmen Sie doch Platz.«

Graciana und Leander kamen seiner Aufforderung nach. Prompt erschien Eva mit einem Krug Wasser, in dem Eiswürfel und Zitronenscheiben schwammen, aus dem sie allen vieren eingoss.

»Obrigado«, sagte Philipp Benedikt, »sei so nett und mach uns was zu knabbern, ja?«

Er schenkte ihr ein kurzes Lächeln, dann faltete er die Hände und sah seine Gäste darüber hinweg an. »Eva hat gesagt, Sie sind wegen eines Mordes hier. Das klingt sehr erschreckend. Und Sie waren in unserem Büro. Hat es was mit Adles zu tun?«

»Vermutlich nur am Rande«, antwortete Graciana. »Wir möchten gerne wissen, wer einen bestimmten Wagen aus Ihrem Fuhrpark gefahren hat. Dieser Wagen befindet sich auf einem Foto, das möglicherweise eine Rolle spielen könnte.«

»Ein Foto? Von wem?«, fragte der Chef von Adles nach, klappte den Laptop auf, der auf dem Terrassentisch lag, und schaltete ihn ein.

»Das Foto hat das Mordopfer gemacht«, sagte Carlos. »Sie haben es nett hier. Darf man wissen, was so eine Aussicht kostet?«

Benedikt schenkte ihm ein Lächeln wegen seiner Umschreibung. Carlos schob seine Sonnenbrille hoch ins Haar.

»Kann ich gerne für Sie rausfinden lassen. Im einstelligen Millionenbereich, würde ich annehmen. Ria Formosa vor der Tür, der Strand keine dreihundert Meter entfernt. Golfclub, 15 Minuten zum Flughafen. Aber ... sie gehört mir leider nicht, Adles stellt sie mir nur für meine Zeit hier als Manager zur Verfügung.«

»Das heißt«, so Lost, »Sie sind vor einem halben Jahr aus der Schweiz hierhergekommen?«

Philipp Benedikt schüttelte den Kopf: »Vorher war ich in Brasilien, in Recife. Sie würden nicht glauben, was für ein Desaster an maroden Wassernetzen wir da vorgefunden haben. Über zwanzig Prozent des Wassers sind durch undichte Stellen im Leitungssystem versickert. Ein Fünftel. Und die Leitungen teilweise noch aus Kupfer ...«, er rief auf seinem Rechner die Adles-Datenbank auf und loggte sich als Administrator ein, »... Kupfer im Trink- und Nutzwasser ist nicht unbedingt zu empfehlen.«

»Und Senhora Eva ist Ihnen aus Brasilien hierher gefolgt?«, fragte Carlos.

»Nein, aus dem T-Club«, antwortete Benedikt trocken und meinte einen angesagten Club bei Albufeira. »Wie lautet das Kennzeichen, bitte?«

Graciana schaute auf ihre Handinnenfläche, was den Schweizer kurz irritierte: »23-06-IZ.«

Philipp Benedikt tippte das Kennzeichen ein, las kurz, was in der Datenbank dazu hinterlegt war, und drehte dann den Laptop um. Zu dem Fahrzeug tauchte ein Name auf: Nuno Bandeira. Daneben das Foto eines dürren, älteren Mannes mit einem blauen Shirt, auf dem das rote Logo von Adles prangte.

»Senhor Bandeira ist einer unserer Stammfahrer.«

»Kundendienst?«

Er schüttelte den Kopf: »Transporte. Meist zwischen Odeleite und Faro. Wir haben eine Filiale oben am Stausee. Die Route wird oft gefahren.«

Carlos beugte sich vor: »Wo wohnt er?«

Benedikt scrollte herunter: »In Olhão.«

»Wo war der Wagen gestern eingesetzt?«, wollte Graciana wissen.

»Gar nicht.«

»Senhor Bandeira hatte frei?«

»Nein. Er war in Faro. Wir hatten gestern eine Betriebsfeier. Vor einem Jahr hat Adles hier seine Zelte aufgeschlagen. Das wurde gefeiert, warten Sie ...«

Er rief ein anderes Programm auf und wendete den Laptop erneut so, dass die drei Polizisten einen Blick darauf werfen konnten.

Während sie das taten, erschien Eva wieder und versorgte sie mit frisch geschnittenen Häppchen Wassermelone, Mango, Kiwi und einer Handvoll Feigen. In diesem Augenblick ertönte von überallher ein Zischen und Plätschern. In den Schattenbereichen war die automatische Bewässerungsanlage angesprungen und sprengte den Rasen und die Pflanzen, die sich nicht mehr im Sonnenschein befanden.

»Bitte, bedienen Sie sich doch«, sagte Benedikt und deutete auf die Gruppenfotos auf seinem Laptop, von denen es Dutzende gab: »Das hier ist Nuno und ... hier – da sehen Sie ihn besser. Die Feier hat schon um neun Uhr morgens begonnen, und Senhor Bandeira hat ab sechs Uhr morgens beim Aufbau geholfen. Was er vorher gemacht hat, kann ich nicht sagen. Aber dass er ab sieben Uhr morgens da war, dafür gibt es jede Menge Zeugen. Senhor Bandeira ist 72 Jahre alt und bessert seine Rente bei uns auf.«

Graciana sah hinüber zu Carlos und las in seinen Augen die eigene Ernüchterung. Doutora Oliveira hatte den Todeszeitpunkt von O Olho auf neun Uhr morgens beziffert.

»Hilft Ihnen das weiter?«, erkundigte sich der Schweizer.

»Bedingt«, merkte Leander an, der in den letzten Minuten still gewesen war. »Kennen Sie einen Senhor Markus Conrad?«

Philipp Benedikt überlegte kurz, durchforstete sein Gedächtnis und schüttelte dann den Kopf.

»Nein, ich glaube nicht. Ich habe mit so vielen Leuten zu tun ... Müsste ich ihn kennen?«

»Dazu besteht keine zwingende Notwendigkeit. Markus Conrad war Privatdetektiv. Er hatte sein Büro in Luz de Tavira. Es lief auf den Namen Ciclopes.«

»Nie gehört.«

»Und Ousman Jobe?«

»Bei dem Namen bin ich mir sicher – sagt mir absolut nichts.«

Leander Lost nickte, beugte sich vor, pikste mit einer Gabel drei Stücke Mango auf und schob sie sich in den Mund.

»Angenommen, Ousman Jobe hat bei Ihnen schwarzgearbeitet. Hat vielleicht ein paar Touren mit dem Wagen mit dem fraglichen Kennzeichen gefahren ... Wenn Sie uns aber bei der Aufklärung helfen, bin ich mir sicher, dass Senhora Rosado und Senhor Esteves Ihnen diesbezüglich entgegenkommen und keine Anzeige in die Wege leiten.«

Benedikt nickte: »Ich bitte Sie, ich würde mich davon nicht abhalten lassen, Ihnen bei der Ermittlung in einem Mordfall behilflich zu sein. Das steht außer Frage. Aber ... nein, ich muss Sie leider enttäuschen. Ein Ousman Jobe arbeitet nicht für uns. Auch nicht schwarz.«

Leander zückte sein Smartphone und zeigte ihm das Foto, das er von Jobe gemacht hatte – in Handschellen an einen Laternenmast gekettet und mit weit aufgerissenen Augen.

Philipp Benedikt studierte das Foto genau, aber es wollte sich sichtlich kein Erkennen einstellen. Also schüttelte er leicht den Kopf: »Tut mir leid.«

Leander quittierte das mit einem Nicken und ließ das Smartphone wieder in seine Jacketttasche gleiten. Er bediente sich noch bei den Kiwis.

Carlos wirkte in sich gekehrt, auch Graciana war sehr ruhig geworden.

»Kann ich Ihnen noch in einer anderen Frage behilflich sein?«, fragte Benedikt.

Graciana wollte schon den Kopf schütteln und aufstehen, als Carlos ihr zuvorkam: »Eine kleine Frage habe ich noch – die wäre aber privater Natur.«

»Nur zu.«

»Warum macht Adles das? Als private Firma ein öffentliches Wassernetz zu übernehmen? Zumindest einen Teil davon.«

Eva kam zurück an den Tisch und setzte sich, sie strahlte wieder.

»Weil es möglich ist«, sagte der Schweizer mit einem verschmitzten Lächeln, weil er bei seiner Antwort Vergnügen empfand. »Sie meinen, weil Investoren an Privatisierungen des Staates immer nur dann interessiert sind, wenn sie damit einen Profit erwirtschaften können?«

»So ist es«, antwortete Carlos. »Als erste Maßnahme haben Sie ja sogar die Wasserpreise gesenkt. Wie schaffen Sie bei dem Preis ein Plus, das für Águas de Portugal nicht möglich war?«

»Gar nicht«, erklärte Philipp Benedikt mit entwaffnender Offenheit. Dabei legte er seine Hand auf Evas Hand – vielleicht weil es ihm ein Bedürfnis war oder weil er Carlos' Blick auf die hübsche Portugiesin bemerkt hatte und es ihm deshalb ein Bedürfnis war. »Gar nicht«, nahm er den Faden wieder auf, »wir machen ein Minus. Auf kurze Sicht. Aber wir agieren strategisch. Wir versprechen uns auf lange Sicht einen wirtschaftlichen Erfolg.«

»Das heißt, nächstes Jahr erhöhen Sie die Wasserpreise?«

»Nein. Das wäre ... unanständig, nicht wahr? Das entspricht nicht unserer Philosophie. Sehen Sie, Sub-Inspektor Esteves, wann immer ein Staatswesen sich von einem Kernstück seiner öffentlichen Versorgung trennt, nehmen Sie die Bahn, medizinische Versorgung, Autobahnabschnitte oder eben die Wasserversorgung, dann sind das meist so unverzichtbare Säulen des öffentlichen Lebens oder doch zumindest der Grundversorgung einer Gesellschaft, dass man nahezu immer auf ein langlebiges Pferd setzt. Wenn sich unsere langfristigen Pläne nicht ändern – und ich rede von Dekaden –, dann werden Ihre Enkel immer noch für die Wasserversorgung zahlen. Aber an Adles und nicht an Águas de Portugal.«

In diesem Augenblick vibrierte das Smartphone des Schweizers. Schnell warf er einen Blick aufs Display und deutete dann ein entschuldigendes Schulterzucken an: »Tut mir leid, ich habe jetzt eine Telefonkonferenz. Sie können gerne bleiben, auch zum Abendessen. Es gibt Schweizer Wurstsalat. Eines von acht Schweizer Gerichten, die ich Eva schon beibringen konnte.«

Er lächelte, aber das Lächeln war unverbindlich.

»Das klingt verlockend«, fand Leander und beugte sich etwas vor, als könne er den Wurstsalat dann schon sehen.

Was Philipp Benedikt kurz aus dem Takt brachte, sein Lächeln verlor jede Elastizität, es wurde hölzern.

»Danke, aber wir müssen gehen«, ließ Graciana ihn wissen und stand auf, um ihre Entscheidung zu unterstreichen. »Danke Ihnen für die Bewirtung, Senhora Eva, und Ihnen für Ihre Hilfe in der Sache, Senhor Benedikt.«

»Kontaktieren Sie mich jederzeit«, sagte er, stand auf und reichte jedem von ihnen zum Abschied noch eine Visitenkarte mit einem goldschimmernden Rand, bevor er mit seinem Telefon im Inneren des Hauses verschwand.

Auf dem Weg zurück zum Volvo und der Scrambler erfuhr Leander Lost auf seine Nachfrage, dass Philipp Benedikt sie gar nicht zum Essen eingeladen hatte, obwohl er es von sich aus angeboten hatte.

Er fragte nicht näher nach, denn dies folgte einmal mehr der »Logik« – ein Begriff, den man in diesem Zusammenhang eigentlich nicht verwenden durfte – des *guten Tons*. Man sagte das Gegenteil dessen, was man meinte, und vertraute darauf, dass die anderen das begriffen. Intuitiv. Durch eine Decodierung von Mimik und Gestik. Eigentlich eine Wette auf den puren Irrwitz. Allerdings eine, die für Menschen offenbar funktionierte.

15.

Zurück in Faro fuhren sie direkt hinab in Richtung Hafen. Leander Lost spürte auf seiner Scrambler, wie sich breite Straßen und enge, hell gepflasterte Gassen abwechselten, manchmal war der Asphalt so oft provisorisch ausgebessert worden, dass er wie ein schwarz-grauer Flickenteppich wirkte. Um dann plötzlich in einen makellosen Zustand überzugehen, auf dem das Dahingleiten eine Freude war. An Wohnhäusern aus den Siebzigern vorbei, an deren Wänden sich Patina, Sprossenfenster, Satellitenschüsseln und Klimageräte den Platz teilten, abgelöst von modernen Büro- und Geschäftsgebäuden oder landestypischen Wohnbauten in Weiß mit roten Dächern, die Fenster fein säuberlich in der Breite einer Hand und in der Farbe des Eingangs umrahmt. Der maurische Einfluss stach an jeder Ecke ins Auge: in mühseliger Handarbeit hergestellte Kachelmosaike, die sich zu großen Formen und Bildern ergänzten und die Wände schmückten, oder hufeisenförmige Bögen, die ganze Passagen säumten.

Und der Rest – ein unaufhörliches Wuseln aus rostigen, qualmenden Mopeds, deren Lenker abenteuerlich bis lebensmüde alles umkurvten, was ihnen zu langsam oder zu lästig erschien, aus Kleinwagen, in denen jeder zweite Fahrer mit dem Handy am Ohr telefonierte, klimatisierten Limousinen und natürlich den obligatorischen Pick-ups mit ihren Seitenwänden aus Holz.

Zwischen den Fahrbahnen und in der Mitte der vielen Kreisverkehre farbenfrohe Blumenbeete, Palmen und Silhouetten, die geschickte Gärtner aus Sträuchern und Büschen geschnitten hatten. Über all dem Tohuwabohu lag eine ansteckende Lässigkeit, eine Leichtigkeit, die für einen reibungslosen Strom sorgte, in denen alle so fuhren wie Graciana und Soraia zusammen.

Sie stoppten auf einem großen Platz neben einer alten Kathedrale und legten den weiteren Weg zu Fuß zurück.

Um die Kirche herum, der *Igreja da Sé*, der ein Glockenturm aus hellbraunem, gelblichem Sandstein als Eingang diente, waren alle weißen Bauten mindestens dreißig Meter zurückgewichen, sodass von keiner Seite der Blick auf die Kathedrale verwehrt wurde. Der Platz selbst war hellgrau gepflastert, zum Teil umsäumt von Orangenbäumen, deren pralle Früchte auch jetzt noch Sonnenlicht tankten.

Carlos, Graciana und Leander betraten eine Einbahnstraße. Lost hatte sich den Straßennamen gemerkt: Rua do Município. Sie bestand zu beiden Seiten aus einer Reihe zweigeschossiger Bauten, die alle aneinander angrenzten und so eine gemeinsame Fassade bildeten, die in unregelmäßigen Abständen die Farbe, die Höhe und die Art der Fenster und Eingänge wechselte.

Die No. 15 war ein zweigeschossiger, kaum fünfzehn Meter langer Bau, außen weiß. Die Fenster in einem dunklen, satten Grün umrahmt. Die hölzerne Eingangstür und die verspielten Geländer der kleinen Austritte im ersten Stock trugen dieselbe Farbe. Hier befand sich der Sitz der Polícia Judiciária, der örtlichen Kriminalpolizei.

Im Erdgeschoss des Kommissariats, in dem Leander Lost sich mit dem Betreten unerklärlich geschützt fühlte, befanden sich sechs Räume.

Gleich links lag ein großer Raum mit Aktenschränken und einer Art Theke aus Holz, hinter der ein Mann um die fünfundsechzig seinen Dienst versah: Ricardo Postiga. Aus Liebe zu seinem Beruf – so behauptete er zumindest – blieb er trotz Pensionsanspruchs aktiv und bildete hier die erste Anlaufstelle für jeden, der sich zur Polícia Judiciária verirrte. Postiga war der Beamte, dem gegenüber man sein Anliegen vorbringen konnte.

Er begrüßte Leander Lost zurückhaltend bis skeptisch. Dass der Mann auf einen der ihren geschossen hatte, wog schwer.

Schräg gegenüber arbeitete Marisa Veiga, die ihnen schon mit dem Kennzeichen von Bandeiras Wagen ausgeholfen hatte. Die Mittvierzigerin war eine beleibte und ausnehmend fröhliche Frau, die Leander mit einem breiten Lächeln begrüßte. Die Neugier stand ihr ins Gesicht geschrieben.

Im Gegensatz zu den Ausmaßen von Postigas Zimmer gestaltete sich das Büro von Senhora Marisa übersichtlicher. An nahezu jedem verfügbaren Platz stand noch dazu eine Topfpflanze. Es sah aus, als habe jemand einen Schreibtisch in den Botanischen Garten verpflanzt.

Marisa Veiga, erfuhr Leander, war das Mädchen für alles. Hauptsächlich erledigte sie die Telefonate und den nötigen bürokratischen Schreibkram.

Die nächsten beiden Räume waren die Toiletten linker Hand und eine Küchenzeile rechter Hand. Der Flur endete an einer geschlossenen Holztreppe.

Kurz zuvor links eine Stahltür, hinter der sich die Waffenkammer verbarg, zu der nur zwei Personen den Schlüssel besaßen: Raul da Silva und Ricardo Postiga. Rechts eine Art Multifunktionsraum. Ein Glaskubus, in dem man den Verlauf einer Geschossbahn sehen konnte. Dann eine Ecke mit Reagenzgläsern und Bunsenbrennern und allerlei Chemikalien, abgelöst durch eine Werkbank.

Das hier war das Reich von Isadora Jordao. Sie war erst 33 Jahre alt, aber jetzt schon eine Koryphäe auf dem Gebiet der kriminaltechnischen Untersuchung, kurz KTU. Sie hatte während ihres Studiums in allerlei Fachgebiete geschnuppert. Biochemie, Ballistik, Physik.

Als man ihr Leander vorstellte, schweißte sie gerade an etwas. Ihre durchtrainierte Figur verbarg sie unter einem weißen Shirt und einer lässigen Latzhose. Ihre schwarzen Haare waren ebenso kurz geschoren wie die von Leander, sie blickte einem geradewegs in die Augen. Ihre waren grün.

Senhora Isadoras Handschlag war kräftig.

»Sie sind der Mann, der auf Senhor Esteves gefeuert hat?«

»Äh, ja.«

Sie grinste breit, sagte etwas, was wie *cojones* klang, wurde daraufhin von Graciana gerügt und machte sich wieder an die Arbeit.

So, wie man hinter vorgehaltener Hand der Überzeugung war, dass die Ursache für Postigas Engagement für die Polícia Judiciária eher seiner launischen Ehefrau statt seiner Liebe zum Job zu verdanken war, sagte man über Isadora Jordao, sie habe zu den Navy Seals gewollt.

Der erste Stock, den man über die knarzende Treppe erreichte, sah aus wie unten. Auch hier verband ein langer Gang die gegenüberliegenden Räume. Eine Teeküche und die Toiletten. Dahinter ein Großraumbüro mit drei Schreibtischen, von denen einer für ihn vorgesehen war, wie Leander erfuhr. Es war derjenige, der etwas abseits der anderen beiden stand.

Der Raum war hell und freundlich, er strahlte Behaglichkeit aus. Seine Fenster gingen zur Straße hinaus, und da sie gekippt waren, drang etwas vom Stadtleben hier hinauf.

Gegenüber verrichtete Duarte in einem kleinen Büro seine Arbeit.

Angeblich hatte er den Tisch im großen Raum zugunsten des Austauschkommissars geräumt. Carlos und Graciana mutmaßten allerdings, dass er diese freundliche Geste lediglich vorgeschoben hatte, um von ihnen getrennt Herr über einen eigenen Raum zu sein.

Hinter Duartes Büro lag jedenfalls das doppelt so große Arbeitszimmer von Inspektor Raul da Silva, das als einziges Büro einen Besuchertisch mit vier Stühlen beherbergte.

Da Silva erkundigte sich gerade telefonisch bei den Kollegen von der GNR, was so kompliziert daran war, einen Mann aufzustöbern, der hier fremd war, der keine Bleibe hatte, keine Freunde und vermutlich auch kein Geld.

Die Rede war natürlich von Ousman Jobe.

Da Silva war wenig erstaunt, als Leander Lost, den er gestern Nacht zum Flughafen gebracht hatte, hereinspazierte.

Kurz zog sogar ein Lächeln über sein Gesicht, das aber Graciana galt. Hatte sie es also fertiggekriegt, schien er zu denken. Kurz erkundigte er sich nach Carlos' Verletzung, hieß Leander erneut willkommen und wünschte ihnen einen guten, zweiten Start.

Dann rapportierte Graciana ihre jüngsten Ermittlungserkenntnisse – dank Leander Losts ausgezeichneten Gedächtnisses seien sie auf die Spur eines Transporters gekommen, der Adles gehöre, dem privaten Wasserversorger. Sie hätten mit dessen Chef Benedikt gesprochen, aber der für den fraglichen Transporter zuständige Fahrer habe ein wasserdichtes Alibi.

Insgesamt also eine falsche Fährte. Und leider die letzte.

Da Silva erschien auch das nicht zu überraschen: Dreh- und Angelpunkt war seiner Meinung nach Ousman Jobe. Ihn galt es zu knacken – freilich musste man ihn dazu überhaupt erst einmal finden.

»Was immer eine Frage der Zeit ist, wie ihr wisst«, sagte er. »Letztlich kriegen wir sie alle. Falls sich neue Ansätze ergeben, geht ihr denen nach. Falls sich da aber nichts tut ...«, sagte er und ließ den Satz unvollendet. Er drehte stattdessen ein paar Fotos, über denen er gebrütet hatte, um hundertachtzig Grad, sodass sie alle drei einen Blick darauf werfen konnten. Es ging um einen brutalen Überfall auf eine Familie in einem Wohnmobil bei Almancil.

Graciana und Carlos beschlossen auf ihrem Rückweg nach Fuseta, den Alemão zum frühen Abendessen einzuladen. Sozusagen als eine Geste der Wiedergutmachung.

Damit er trotz Motorrad keinen langen Nachhauseweg vor sich hatte, wählten sie das *Frango da Ria*, das nicht weit entfernt gegenüber der Einfahrt zu jenem Feldweg lag, der zur Villa Elias führte.

Hinter einer Glasfront mit Blick auf die N 125 konnte man

hauptsächlich Hähnchen und portugiesische Pommes frites essen.

Vorweg gab es, wie in jedem Lokal, das Couvert: Oliven, Sardinenpaste, frisch geschnittenes Baguette und – als individuelle Marke des Hauses – Karottenscheiben, eingelegt in Knoblauch und frischem Koriander.

Das Lokal war am Boden mit dunkelbraunen Fliesen versehen, die hüfthoch die ansonsten weiß getünchten Wände hinaufreichten. Die Tische waren lindgrün eingedeckt, aber mit hellen Tischdecken aus Papier überzogen, die nach jedem Gast einfach gewechselt werden konnten.

Nach der Vorspeise – Lost lobte den Koriander und die wenigen Putzstreifen auf den Fensterscheiben, um etwas zum guten Ton beizutragen – erschien erneut die Bedienung: eine etwas untersetzte junge Frau mit Pferdeschwanz und Brille. Sie notierte die Bestellung der drei auf einem Notizblock, während im Nebenraum alle Gäste beim Essen schwiegen – und den Fortgang einer Telenovela verfolgten, die über einen Flachbildfernseher flimmerte, der zwischen Decke und Wand hing. Weswegen sie alle den Kopf in den Nacken gelehnt hatten.

Das Lokal wurde nahezu ausnahmslos von Einheimischen besucht.

Man konnte zwar auch Fisch bestellen, aber da die Spezialität des Hauses nun mal aus Hähnchen bestand, umging Lost einen möglichen Fauxpas, indem er sich einfach der Wahl von Carlos anschloss. Dem war schließlich anzusehen, dass er in seinem Leben nicht viel Essen stehen gelassen hatte.

Am Nebentisch saß ein junges Paar mit seiner Tochter, die sich die Zeit mit einem Blatt Papier und Buntstiften vertrieb. Die Eltern tranken bereits ihren Bica.

Das Mädchen kam mit seiner Zeichnung zu ihnen.

»Olá, meine Kleine«, begrüßte Graciana es mit einem warmherzigen Lächeln, »wie heißt du?«

»Lia.«

»Und wie alt bist du?«, fragte Carlos, der sie nicht minder herzlich anlächelte.

»Bald sechs.«

Carlos schmolz.

»Schaut mal, was ich gemalt habe«, sagte sie und hielt ihnen stolz das Papier hin, das eine fröhlich lachende Sonne zeigte, ein Haus, Eltern, Kind und etwas, das möglicherweise einen Hund darstellen sollte.

»Oh, wie schön«, sagte Graciana inbrünstig.

Carlos gab ein lang gezogenes Ah von sich, ganz so, als habe das Kind frei Hand Guernica aus dem Kopf reproduziert: »Du kannst aber toll malen, Lia. Das sind Mama und Papa, hm?«

Lia nickte stolz. Und hielt ihr Werk Leander hin, der sich noch gar nicht geäußert hatte.

»Die Sonne hat kein Gesicht.«

Lia schaute irritiert zu ihren Eltern, die den kleinen Ausflug ihrer Tochter mit elterlicher Anteilnahme verfolgt hatten und die nun tapfer lächelten.

»Lia malt die Sonne immer mit einem fröhlichen Gesicht«, vermittelte die Mutter.

»Ja«, sagte Lia, die Bestätigung verlieh ihr Aufwind.

»Aber die Sonne hat kein Gesicht«, widersprach Leander jetzt auch der Mutter, »die Sonne ist kein Organismus, sondern ein Stern. Eine 6.000 Grad heiße Gaskugel.«

Lia lief zu ihren Eltern zurück, begann zu weinen und schmiegte sich an ihren Vater, der ihr tröstend den Kopf tätschelte.

»Möchtest du ein Eis?«, fragte die Mutter und warf Leander einen sehr verstimmten Blick zu.

»Neeeeeiiiinnn.«

Der Vater hob den Arm, als der Kellner den Tisch passierte: »*A conta, por favor.*«

»Es ist ja eine kindliche Zeichnung, Senhor Lost«, ermahnte Carlos ihn freundlich, »nicht wahr? Es ist keine technische Zeichnung, nach der ein Auto oder Haus entstehen soll.«

»Verstehe, ja«, sagte er und machte eine Pause. »Das Haus hatte allerdings kein Gesicht. Der Zaun nicht. Der Weg nicht. Aber die Sonne. Ich meine, es ist dann nicht mal konsequent.«

Graciana spürte, dass Carlos beinahe der Kragen platzte, er sich dann aber bewusst zurücknahm und innerlich bis drei zählte.

»In der Zeichnung eines Kindes hat nicht die Realität das Sagen, nicht mal die Wahrheit, sondern nur die Fantasie. Und die kennt keine Grenzen oder Regeln. In der Fantasie dürfen Sie alles mit einem Gesicht ausstatten. Auch Sonnen.«

Leander Lost überlegte nur kurz. Dann fragte er: »Hat das Kind deswegen geweint?«

Carlos nickte.

Leander wandte sich nach links, aber der Tisch war verlassen. Durch die Scheibe sah er, wie die Familie in einem Kleinwagen davonfuhr.

Graciana zeigte ihrem Kollegen den hochgereckten Daumen, den sie aber sofort wieder senkte, als Leander sich ihnen wieder zuwandte. Gespannt warteten sie, was er jetzt sagen würde.

Er sagte: »Ich habe über den Tatverdächtigen nachgedacht. Wir sind bis jetzt hauptsächlich davon ausgegangen, dass Jobe den Mord an dem Privatdetektiv begangen hat und danach in dessen Büro etwas gesucht hat, was ihn belastet – aber es nicht auf Anhieb gefunden hat. Und sich also entschlossen hat, einen Brand zu legen, um einfach alles zu verbrennen. Auch den Beweis.«

Graciana und Carlos waren etwas ernüchtert. Aber sie nickten.

In diesem Augenblick wurden ein ausufernder Tomatensalat, stark gegrillte und scharf gewürzte Hähnchenteile, allesamt neben- und übereinander auf einer Schale drapiert, und die Pommes frites serviert. Dazu Schälchen mit Zitronenwasser, um sich die fettigen Finger während des Essens säubern zu können.

Carlos machte sich mit Heißhunger über alles her, und auch Leander und Graciana begannen zu essen.

»Der Mord geschieht gegen neun Uhr. Wann waren wir im Ciclopes?«

»So gegen halb drei Uhr nachmittags«, antwortete Carlos.

Lost nickte: »Das sind fünfeinhalb Stunden Differenz. Warum wartet er fünfeinhalb Stunden?«

»Weil er nicht weiß, ob wir uns von seiner Vortäuschung eines Unfalls blenden lassen«, sagte Graciana. »Erst denkt er, es geht gut. Er sitzt vor dem Radio, dem Fernseher, vielleicht hört er den Polizeifunk ab – wie auch immer. Dann berichtet die Radiostation, dass die Polizei ermittelt. Und jetzt glaubt er, handeln zu müssen. Er weiß, dass es im Ciclopes bald von Polizisten wimmeln wird. Also bricht er ein und legt den Brand.«

»Das ist eine glasklare Kausalkette«, fügte Carlos hinzu.

Leander nickte: »Zweifellos. Allerdings ist da noch genügend Platz für eine ebenbürtige Kausalkette: Ousman Jobe war nicht da, um Hinweise auf sich selbst zu vernichten – sondern Hinweise auf seinen Auftraggeber.«

Kurz ließ er den beiden einen Moment Zeit, um sich gedanklich auf den Stand zu bringen, auf dem er sich bereits befand.

»Reden wir über Motive. Ousman Jobe stammt aus Gambia. Er will hier Fuß fassen und bleiben. Er benötigt Arbeit, er braucht Geld.«

Graciana war, als erwache sie aus einem wohligen, weichen Traum, der sie behütet hatte – und getäuscht. Mit einem Schlag war es ihr klar: »Natürlich, es geht um Erpressung, richtig? Darauf wollen Sie hinaus.«

Leander nickte.

Carlos zog die Stirn in Falten und blickte irritiert zwischen den beiden hin und her.

»Ich komm nicht mit«, räumte er freimütig und eine Spur verdrossen ein, »das steht doch schon die ganze Zeit im Raum.«

»Natürlich. Ich meine – und ich glaube, Senhor Lost meint es auch – die Erpressung nicht von Ousman Jobe, sondern eines Dritten. Einer Person, in deren Auftrag Jobe das Ciclopes in Luz de Tavira in Brand gesetzt hat. O Olho hatte ganz offensichtlich etwas gegen jemanden in der Hand«, führte Graciana aus, sie sprach jetzt schnell, weil ihre Gedanken sonst nahezu uneinholbar den Konsequenzen dieser These nacheilten, »und zwar etwas so Schwerwiegendes, dass dieses zu dem Mord an ihm führt. Draußen. Auf dem Wasser. Da hat er jemanden getroffen. Das ist ein Treffpunkt, von dem aus man sehr genau und schon von Weitem sehen kann, wer sich einem nähert. Man ist beweglich mit dem Boot, man kann sich jederzeit entfernen. Gleichzeitig kann man sich für eine diskrete Unterredung jederzeit unter Deck verziehen. Eigentlich ideal für ein konspiratives Treffen.«

»Ja«, bestätigte der Alemão, »im Grunde entspricht der Sachverhalt einer mathematischen Gleichung. Da Herr Conrad etwas so Schwerwiegendes gegen seinen Mörder in der Hand hatte, dass dieser zu einem wurde, liegt die Frage auf dem Tisch, wieso Conrad mit dem Beweis, den er offensichtlich hatte, nicht zur Polizei gegangen ist und Anzeige erstattet hat. Wie wir nun wissen, war er verschuldet und konnte selbst seine grundlegendsten Verbindlichkeiten wie Telefon und wohl auch Wasser nicht mehr bedienen.

Durch eine Anzeige bei der Polizei wäre der spätere Mörder vermutlich festgenommen worden. Dem Privatdetektiv wäre nichts passiert – allerdings hätte er aus seinem Wissen auch kein Kapital geschlagen.«

Carlos nickte, offenbar hatte er es begriffen.

»Und Sie glauben«, mutmaßte Graciana, »es macht keinen Sinn, Ousman Jobe zu erpressen.«

»Was wollen Sie von einem erpressen, der nichts hat?«, antwortete Leander mit einer Gegenfrage. »Das Treffen da draußen vor der Küste macht nur Sinn, wenn er dort jemanden treffen wollte, von dem er sich Geld versprach. Da das nicht Ousman Jobe sein kann, muss er einen anderen getroffen haben. Und da wir in seinem Büro in Luz de Tavira nicht diesen Jemand auf frischer Tat ertappt haben, sondern einen mittellosen Illegalen, muss Jobe im Auftrag gehandelt haben.«

»Und warum sollte er Jobe nicht um hundert Euro erpresst haben? Wie gesagt – Conrad war sich für nichts zu schade.«

»Verstehen Sie mich nicht falsch, Senhor Esteves, das ist nach wie vor eine Möglichkeit. Bloß keine sehr wahrscheinliche. Er hätte das doch Jobe in seinem Büro sagen können. Oder in einem Café. Oder sonst wo. Aber er gibt Geld bei Filipe Carvalho aus, um dieses Boot überhaupt zu mieten. Er fährt damit raus vor die Küste. Warum? Um von einem Illegalen hundert Euro zu erpressen?

Nein. Weil er von Weitem sehen will, wer kommt. Weil er von Weitem sicher sein will, dass dieser Jemand alleine kommt. Weil er was hat? Angst. Zumindest sorgt er sich. Die Flor ist ein schnelles Boot. Sie hätte ihm die Flucht erlaubt.«

Graciana und Carlos mussten die Ausführungen kurz sacken lassen und in ihren Konsequenzen überdenken – aber ja, die Gedanken des Alemão bezüglich Conrads Standortwahl waren von bestechender Klarheit.

»Sein Auftraggeber könnte bei Jobe auch den Mord an Conrad beauftragt haben«, gab Carlos zu bedenken.

Leander Lost nickte: »Meinen Sie nicht, dann hätte man

irgendeine Spur auf der Flor von Jobe gefunden? Oder an Conrad selbst? Eine Wimper, eine Hautschuppe, ein Haar?«

Der Einwand gab Carlos Esteves zu denken.

»Was bedeuten könnte, dass Jobe noch nicht mal von dem Mord wusste, als er das Ciclopes in Brand setzen wollte.«

»Möglich«, gab Leander zurück, »aber eines ist ganz sicher: Jobe selbst weiß sehr genau, wer ihn beauftragt hat, den Brand zu legen. Findet man ihn und überzeugt ihn von dem Vorteil einer umfassenden Aussage, haben wir den Auftraggeber. Und damit sehr wahrscheinlich den Mörder von Herrn Conrad.«

Graciana sah zu Carlos, der ihr kaum merklich zunickte. Er wirkte hellwach.

»Gut. Ich glaube, Sie haben recht«, sagte er anerkennend. »Aber warum geht der Auftraggeber nicht selbst nach Luz de Tavira? Er hat O Olho auf seinem Boot ermordet. Er hofft, das geht als Unfall durch. Als er im Radio hört, dass wir ermitteln, denkt er, er muss sofort handeln – und dann sucht er sich einen Mitwisser? Warum sollte er das tun? Verstehen Sie mich richtig – ich kauf die Nummer mit dem Auftraggeber. Aber warum holt er sich ohne Not einen Ousman Jobe an Bord, der ihn nun seinerseits belasten könnte ... das ist ein ziemliches Risiko.«

»Nun«, sagte Leander, »ganz offensichtlich konnte der Täter sich nicht in Luz de Tavira blicken lassen. Entweder man hätte ihn dort erkannt oder er konnte von dort, wo er sich befand, nicht ohne triftigen Grund verschwinden. Und dass die Wahl auf Jobe fiel: Vor Gericht wäre es vermutlich nicht allzu schwer, dessen Glaubwürdigkeit zu torpedieren.«

Carlos nickte, während er Leander Losts Ausführungen im Geiste abwog.

Graciana schaute hinaus auf die N 125, auf der unablässig die Autos vorbeizogen. Sie deutete auf einen weißen Transporter: »So sieht das Modell aus, das Conrad fotografiert hat.«

»Die Nummer stimmt auch.«

»Wie war das?«

»Ich sagte: Das Kennzeichen stimmt auch«, erklärte Lost.

16.

Carlos hatte noch nicht ganz Platz auf der Rückbank genommen, da startete Graciana mit dem Volvo Kombi schon durch. Um den Fahrer des weißen Transporters nicht auf sich aufmerksam zu machen, verzichtete sie auf das Blaulicht. Was sie natürlich geradezu zwang, wie sie sagte, den Vorsprung des Fahrzeugs durch gewagte Überholmanöver wettzumachen.

In Leander keimte allerdings der leise Verdacht, ihr sei das möglicherweise gar nicht unrecht. Er umklammerte während der Fahrt mehrmals den Plastikhandgriff über dem Seitenfenster – insbesondere als Graciana einen Lastwagen und ein Wohnmobil in einem Stück und so weit rechts überholte, dass die rechten Reifen den Staub vom Fahrbahnrand aufwirbelten (worauf die folgenden Autos hupten, was Graciana dazu veranlasste, ihre linke Hand aus dem Fenster zu strecken und ihnen etwas zu signalisieren – was es war, konnte Leander wegen des Autodaches nicht sehen –, was selbstredend noch mehr Hupen hervorrief). Als Leander Lost nach hinten blickte, entdeckte er einen beneidenswert entspannten Carlos Esteves, der sich bestens aufgehoben zu fühlen schien, ganz so, als sei man für Unglücke in Graciana Rosados Wagen generell unantastbar.

Sie hatten noch nicht ganz zu dem weißen Transporter aufgeschlossen, als dieser rechts auf den Parkplatz eines Supermarktes abbog. Ein schmuckloses Gebäude, ummantelt von hellbraunem Metall, das sich *Loja Alimentar* nannte.

Graciana tat so, als suche sie einen geeigneten Parkplatz,

und folgte dem Wagen, der vor dem Lieferanteneingang stoppte. Auf der Fahrerseite stieg ein älterer Portugiese mit Jeans und grauem Bart aus. Er trug eine Baseballmütze.

»Bandeira«, sagte Carlos von der Rückbank.

»Das Kennzeichen stimmt tatsächlich«, merkte Graciana an, »23-06-IZ.«

Bandeira öffnete die beiden Hintertüren des Transporters und zündete sich dann eine Zigarette an. Ein junger Mann in Jeans und mit weißem Shirt erschien und kletterte flink auf einen Gabelstapler, mit dem er die Fracht löschte: auf Europaletten gestapelte Plastikflaschen.

»Ist das Wasser?«, fragte Lost.

»Sieht so aus«, antwortete Graciana leise.

»Drogen sind es nicht«, brachte Carlos die Enttäuschung zum Ausdruck, die er beim Anblick der Transporterfracht empfand.

»Er ist jedenfalls nicht der Auftraggeber«, stellte Leander nüchtern fest, »er war zur Tatzeit in Faro.«

»Vielleicht war es Zufall.«

»Was?«

»Dass Conrad dieses Auto fotografiert hat«, erklärte Carlos. »Vielleicht ist er beim Fahren auf den Auslöser gekommen. Vielleicht hat er einen irren Weißabgleich gemacht. Wer weiß?« Er lachte etwas aufgekratzt.

»Du meinst, wir sind auf der falschen Fährte.«

Im Innenspiegel sah Graciana ihren Kollegen nicken.

»Und Sie, Senhor Lost, was denken Sie?«

»Dass wir uns das Wasser ansehen sollten. Sofern der Sinn des Fotos von Herrn Conrad mehr ist als die Abbildung eines Mercedes Benz Sprinter von hinten, muss er mit dem Fahrer oder der Fracht zusammenhängen. Den Fahrer haben wir ausgeschlossen.«

Nach nur einer Zigarettenlänge hatte der junge Mann die Paletten entladen. Bandeira und er tauschten ein paar Worte, bevor der Ältere sich wieder hinters Steuer setzte und auf die N 125 Richtung Tavira abbog.

Graciana schnappte sich das Funkgerät.

»Rosado an GNR Moncarapacho, bitte kommen.«

Es knisterte, aber es gab keine Antwort. Graciana seufzte.

Da wurde ihr das Gerät von Carlos abgenommen: »Carlos hier. Geh ran, Luís, es ist wichtig.«

Es knisterte wieder.

»Olá, ich bin's. Du hast Glück, dass ich noch hier bin, wir haben eigentlich Dienstschluss.«

»Ich weiß das, Luís, ich habe eine Uhr. Wir brauchen eine Routinekontrolle auf der N 125 Richtung Tavira. Ihr zieht ein paar Fahrzeuge raus, damit der Fahrer keinen Verdacht schöpft. Und dann alles absuchen. Es ist ein Mercedes Sprinter, weiß, Kennzeichen 23-06-IZ. Und Tempo bitte, wir sind nur kurz hinter Alfandanga.«

Graciana stieg aus und ging zum Lieferanteneingang hinüber.

»Äh, in ein paar Minuten kommen die Jungs von der Nachtschicht, eigentlich ...«

»Luís?«, unterbrach Carlos.

»Ja?«

»Eigentlich ist es ohnehin deine Pflicht gegenüber unserem Land, aber obendrein tust du das gerne für mich, wolltest du das sagen, ja?«

Es dauerte einen Moment, bis Luís Dias begriff: »Äh ... natürlich, ja. Pflicht. Wird erledigt. Wie war das Kennzeichen?«

»23-06-IZ. Ich weiß, du hast ein gutes Gedächtnis, ein ausgezeichnetes, aber schreib es dir trotzdem auf. Wenn der Fahrer fragt: Routinekontrolle.«

Und bevor Dias etwas erwidern konnte, hatte Carlos das Funkgerät ausgeschaltet.

Als sie Graciana zum Lieferanteneingang gefolgt waren, stand der junge Mann sichtlich beeindruckt nur wenige Meter entfernt und rührte sich nicht. Graciana studierte die Frachtpapiere, die sie vor sich auf der Palette liegen hatte, und öffnete gleichzeitig eine der Wasserflaschen und roch daran.

»Das ist eine Lieferung Puro Água, zwei Drittel ohne Gas, ein Drittel mit. Senhor Fernandes hier bestätigt, dass die Lieferung zweimal die Woche erfolgt. In etwa immer dieselbe Menge, je nach Nachfrage«, erklärte Graciana.

Als Carlos' Blick zu dem jungen Mann wanderte, beeilte der sich zu nicken.

»Die Marke ist seit einem Jahr auf dem Markt. Hersteller ist Eltsen.«

»Nie gehört«, meinte Carlos und schnupperte nun ebenfalls an der Flasche, die Graciana ihm reichte, »aber Puro Água ist mir ein Begriff. Machen viel Werbung, weil ihr Wasser besonders gesund sein soll.«

»Stimmt, ich kenne es auch von den Werbeflächen an den Überlandstraßen. Riechst du was?«

Carlos schüttelte den Kopf und übergab die Flasche an den Alemão, der erst daran roch und anschließend einen Schluck nahm.

»Wasser«, stellte er fest.

»Wir geben es trotzdem ins Labor«, beschloss Graciana und nahm zwei weitere Flaschen an sich.

»Wissen Sie, wer Eltsen ist?«, fragte sie den jungen Mann.

»Ja, das ist ein großer Konzern mit Sitz in Zürich, Schweiz.«

Graciana hob eine Augenbraue: »Zürich. Schweiz.«

»Schweiz. Philipp Benedikt«, spielte Carlos den Ball zurück.

»Aber Philipp Benedikt arbeitet für Adles«, warf Leander Lost ein.

Graciana sah ihn amüsiert an, den schmalen, bleichen Kerl mit der glatten Haut. »*Man muss auch die Blumen am Rande pflücken*«, antwortete sie gut gelaunt und ließ die beiden stehen, um zurück zum Volvo zu gehen. Leander und Carlos folgten ihr. Allerdings langsamer, weil der Hamburger Rücksicht auf die bedachtsame Gangart des Sub-Inspektors nahm.

Graciana hörte trotzdem jedes Wort.

»Was haben Blumen damit zu tun?«

»Das ist eine Redewendung«, ließ Carlos ihn wissen, »sie bedeutet, dass es lohnend sein kann, den Blick nicht immer ausschließlich auf das große Ziel zu richten.«

»Aha.«

Pause.

»Aber welcher konkrete Ermittlungsschritt ergibt sich daraus?«

»Dass wir Senhora Gracianas *Bauchgefühl* folgen. Und damit diesem Transporter.«

Bis auf das rhythmische Aufsetzen der Krücken war es kurz still hinter ihr.

Dann hörte sie Lost lachen und warf einen Blick über ihre Schulter. Carlos sah ihn mit einer Irritation an, die sie teilte.

»*Pressentimento*«, wiederholte der Deutsche und lachte herzhaft, »das ist so ein lustiges Wort.«

Das Lachen schüttelte ihn so durch, dass er sich am Volvo abstützen musste, als sie ihn erreichten. Carlos deutete ein Achselzucken an, als er Gracianas ratlosen Blick auffing.

»Pardon«, sagte Leander zutiefst amüsiert und riss sich zusammen. Aber nur kurz, dann vibrierte sein ganzer Körper, und er musste sich die Tränen aus den Augen wischen vor Lachen.

So sieht es also aus, wenn er lacht, dachte Graciana und sah Leander an. Sie begann zu grinsen, weil es so ansteckend war. Sie schaute zu Carlos, dem das ebenso ging. Und dann wurde ihr Grinsen zu einem Glucksen – und sie stimmten ins Gelächter mit ein, so sehr, dass auch ihnen die Tränen in die Augen stiegen.

Ana Gomes und Luís Dias hatten die Kontrolle bei Pedras de El-Rei auf der N 125 installiert. Kurz darauf durchlief die Fernstraße Tavira den letzten größeren Ort vor der spanischen Grenze.

Der Punkt war klug gewählt, darin stimmten Carlos und Graciana überein.

Ana Gomes winkte sie exakt in dem Augenblick durch, in dem Luís Dias die Papiere von Bandeira überprüfte, der dazu offenbar hatte aussteigen müssen. Jedenfalls stand er neben der Fahrertür und wirkte gelassen.

Graciana fuhr weiter und stoppte nach einer Kurve am Straßenrand. Per Handy wandte sie sich an Ana Gomes, die berichtete, dass die üblichen Verstecke für Drogen oder Falschgeld in dem fraglichen Transporter leer waren.

»Lasst ihn gehen, wünscht ihm gute Fahrt«, wies Graciana sie an, »winkt noch drei weitere Autos raus, danach habt ihr Feierabend. Danke.«

Keine fünf Minuten später rauschte der Transporter an ihnen vorbei. Graciana ließ noch zwei Wagen passieren, bevor sie den Volvo in den Verkehr einfädelte.

Bandeira bog kurz vor Tavira nach Norden ab. »Er fährt auf die Autobahn«, mutmaßte Esteves.

Und so war es. Er nahm die A 22 in Richtung Spanien. Weil die stets wie leer gefegt war und man nur alle ein, zwei Kilometer einen Wagen überholte, ließ Rosado sich weit zurückfallen, bis der weiße Transporter zu einem kleinen, weißen Fleck wurde.

»Ich weiß, Ihr Land hat nur 10 Millionen Einwohner«, meldete sich Leander Lost zu Wort, »aber ... die Autobahnen sind rund um die Uhr wie ausgestorben.«

Carlos und Graciana sahen sich kurz an. Dann seufzte Carlos und wandte sich zu ihm um: »Wir haben sehr viel Geld von der EU erhalten und jetzt praktisch die modernsten Autobahnen in ganz Europa. Allerdings soll damit auch wieder Geld eingenommen werden. Und deshalb sind die Autobahnen seit ihrer Erneuerung mautpflichtig.«

»Ich verstehe. Und ... das ist den Portugiesen zu teuer?«

»Ja. Sie können sich das Fahren auf ihren Autobahnen jetzt nicht mehr leisten.«

Kurz senkte sich eine beredte Stille über sie, die viel zu umfangreich schien, als dass sie in einen Volvo Kombi passen könnte. Graciana und Carlos wappneten sich innerlich auf einen umfangreichen und profunden Exkurs über die Finanzierung deutscher Straßen.

»Denken Sie, er fährt nach Spanien?«, fragte Leander stattdessen, der eine Entfernungsangabe auf einem Hinweisschild gelesen hatte. Zur Grenze waren es noch knapp zwanzig Kilometer.

»Keine Ahnung«, antwortete Graciana nachdenklich, »allzu viele Möglichkeiten, von der Autobahn abzufahren, hat er nicht mehr.«

Tatsächlich wählte er die letzte Ausfahrt, die nach Norden und ins Landesinnere führte.

Vor Leander Losts Augen entblätterte sich eine neue Welt. Die Dörfer bestanden nur noch aus einer Handvoll Häuser, die allesamt zu beiden Seiten der Straße erbaut worden waren. Sie wurden kleiner, und oft hatten die Besitzer dieses oder jenes improvisiert, ein Teil des Daches etwa oder ein Gartentor. Die Autos alterten wie die Landmaschinen, mit denen die Äcker bestellt wurden, von Dorf zu Dorf um ein paar Jahre. Die Straße nahm einen immer geschwungeneren Verlauf. Meter um Meter schien sie immer mehr jenem uralten Pfad zu entsprechen, über den die Einwohner den Weg in den Nachbarort zurückgelegt hatten. Deshalb ging Bandeira ebenso vom Gas wie Graciana.

Immer wieder passierten sie alte, leere Häuser, die zum Teil schon eingefallen und halb von der Natur zurückerobert waren. Auf verwitterten Schildern oder den Hauswänden selbst stand *vende-se*: zu verkaufen. Kinder spielten am Fahrbahnrand, einige der kleineren winkten ihnen zu. Aber auch Hühner oder Schafe und einmal ein Esel pickten, grasten und dösten direkt an der Straße, manchmal unter Schatten spendenden Bäumen.

Leander war, als fiele er immer weiter in eine alte Zeit zurück.

»Hier ist es ursprünglicher«, stellte er fest.

»An der Algarve gibt es einen stark besiedelten Streifen, der meist etwa zwanzig Kilometer, manchmal auch nur zehn Kilometer ins Landesinnere reicht. Der lebt hauptsächlich vom Fischfang und den Touristen. Beides gibt es hier oben nicht. Das hier ist der *Alentejo*. Hier leben die Leute vom Ackerbau und den Korkeichen und vom Olivenanbau.«

»Korkeichen?«

»Sie schälen den Kork von der Rinde und verkaufen ihn – er sitzt in nahezu jeder Weinflasche. Noch.«

Nun änderte sich die Straße wieder, wurde modern und bot bergauf eine zweite Spur in der Mitte, die bergab für den Gegenverkehr nutzbar war.

Schließlich fuhren sie über einen kleinen Staudamm und linker Hand eröffnete sich der Blick auf den aquamarinen und verlockend frisch wirkenden Stausee, dessen Oberfläche sich nur hier und da kräuselte. Sein Name, erklärte Graciana dem deutschen Gast, war *Albufeira de Barragem de Odeleite*. Er war das Wasserreservoir der Algarve. Wer immer hier duschte oder sich wusch, Wasser abkochte oder den Garten sprengte, tat das mit dem Wasser dieses Sees, der beständig durch den Fluss Odeleite gespeist wurde.

Rechts erhob sich der gleichnamige Ort, dessen Gebäude allesamt weiß waren, rot bedacht, ausgestattet mit überwiegend kleinen, quadratischen Fenstern und die terrassenförmig an einem Hügel bis hinauf zu dessen Spitze angelegt worden waren. Alle Bauten waren gepflegt, und ganz oben auf dem Hügel erhoben sich sehr hohe Zypressen, deren Spitzen in den Himmel stachen und deren Konturen sich dunkel vor dem Licht der einsetzenden Dämmerung abzeichneten.

Der Transporter nahm die Ausfahrt nach Odeleite, fuhr aber nicht in den Ort hinein, sondern bog links in eine kleine Überlandstraße ab, die diejenige, die sie hierhergeführt hatte, unterquerte und sich abermals gabelte. Bandeira wollte die Straße nach links nehmen, aber in diesem Moment kamen ihm zwei baugleiche weiße Transporter entgegen, die Vorfahrt hatten und ihm zuvorkamen. Also schloss er sich ihnen an.

Hinter einem kleinen Parkplatz, auf dem drei Holzbänke zum Blick auf den See einluden, wurde die Straße zu einem asphaltierten, engen Pfad, der sich über karg bewachsene Hügel und kleine Täler immer am Stausee entlangwand. Das Gebiet war unbebaut.

Nach einem guten Kilometer änderte sich das. Zwischen der Straße und dem Stausee befand sich ein kleines Gebäude, vor dem einige Autos parkten. Daneben erhob sich ein zweigeschossiges, verwinkeltes weißes Gebäude mit einem Dach aus Metallplatten. Es verfügte über drei große Rolltore, die im Augenblick geschlossen waren. Daneben wiederum befand sich ein Areal, das sich durch eine hohe Mauer den Blicken von außen entzog.

Das gesamte Gelände war von einem hohen Zaun umgeben. Die zweispurige Ein- und Ausfahrt war mit zwei Schranken versehen, die offenbar von jemandem in dem modern anmutenden Pförtnerhäuschen bedient wurden.

Die drei Transporter stoppten kurz ab, der Schlagbaum schwenkte hoch, dann fuhren sie hinein und verschwanden in dem Teil des Areals, der sich hinter der hohen Mauer befand.

Graciana parkte den Volvo gegenüber.

»Kennst du das Gelände?«, fragte sie ihren Kollegen.

»Nein. Ist vielleicht ... eine Art Büro. Sieht nicht neu aus.«

»Die Halle aber schon. Und der Zaun. Die Schranke. Ich gehe alleine.«

Carlos sah sie fragend an, als Graciana die Tür öffnete.

»Wenn ich Bandeira begegne, sieht er uns nicht gleich alle drei.«

Carlos nickte: Für den Fall, dass sie ihn observieren mussten, war das von Vorteil.

Graciana ging ohne Umschweife auf das Pförtnerhäuschen zu, in dem drei Männer ihren Dienst verrichteten. Zwei in schwarzen Hosen und schwarzen Hemden, die Graciana an einen privaten Sicherheitsdienst erinnerten, da sie beide Walkie-Talkies, Pfefferspray und einen Schlagstock am Gürtel trugen. Der dritte Mann trug einen hellgrauen Anzug und wirkte deplatziert – als hätte ein britischer Gentleman sich hierher verirrt.

Wie sie von außen sehen konnte, war der Raum mit Telefonen, Computern und diversen Monitoren ausgestattet, über die das Firmengelände überwacht wurde.

Der größere der beiden Männer in Schwarz, dessen Namensschild über der Brusttasche seines schwarzen Hemdes ihn als Henrique Seixas auswies, öffnete das kleine halbrunde Fenster, über das man sprechen oder kleine Gegenstände wie Ausweise oder Schlüssel austauschen konnte.

»Boa noite«, grüßte er.

Graciana nickte und zückte ihren Ausweis.

»Sub-Inspektor Graciana Rosado, Polícia Judiciária Faro. Ich möchte mich bitte mal auf Ihrem Gelände umsehen.«

Henrique Seixas stutzte, sein gefälliges Lächeln erstarb. Er griff nach dem Dienstausweis, aber Graciana hielt ihn fest.

»Anschauen reicht.«

Die Hand des Mannes erstarrte in der Vorwärtsbewegung, dann zog er sie zurück.

»Und ... ähm...was wollen Sie genau?«

»Mich umsehen.«

Sie zog den Ausweis zurück und marschierte los, ohne eine Antwort abzuwarten. Graciana hatte nicht die schlechtesten Erfahrungen damit gemacht, Gelegenheiten beim Schopfe zu packen. *Wer handelt, muss nicht reagieren*, wie ihr Vater bei Gelegenheit gerne fallen ließ. Er hatte in seinem Berufsleben selbst gerne die Initiative ergriffen, um die anderen zum Handeln zu zwingen.

Aber sie kam nicht weit. Henrique Seixas hatte sich schnell an den Mann im Anzug gewandt, der nun aus dem Häuschen trat und ihr nicht etwa den Weg versperrte, sondern eine Zigarette zückte und so tat, als seien sie sich gerade zufällig begegnet. Diese Absurdität unterlief er aber mit einem charmanten Lächeln.

»Senhora Graciana, Sie dürfen das Gelände nicht betreten. Es sei denn, Sie verfügen über einen Durchsuchungsbefehl.« Dazu lieferte er ein Achselzucken, das diese Vorschrift bedauerte.

Graciana blickte zu ihm auf, während er sich eine Zigarette anzündete. Er sah unverschämt gut aus. Und er wusste das.

»Ich bin Abel Peres«, sagte er. In sein pechschwarzes Haar hatten sich einige wenige hellgraue Strähnen verirrt, die ihn reifer wirken ließen. Sie korrespondierten sowohl mit der Farbe seines Anzugs wie mit der seiner Augen. Er reichte ihr die Hand, die Graciana schüttelte.

»Ich benötige keinen Durchsuchungsbefehl«, entgegnete sie gelassen wie bei einer Plauderei unter Freunden, »ich möchte nichts durchsuchen, ich will mir nur einen Überblick verschaffen.«

»Bedaure«, ließ Peres sie galant abblitzen, »ohne einen

amtlichen Durchsuchungsbefehl dürften Sie noch nicht mal da stehen, wo Sie stehen – auf dem Firmengelände.«

Graciana versuchte, seine Attraktivität nicht auf sich wirken zu lassen.

»Und Sie arbeiten hier in welcher Funktion?«

»Als freier Mitarbeiter für Sicherheitsfragen.«

»Verstehe. Ich habe ein paar Fragen. Zum Beispiel zum Geschäftszweck dieser ...«

»Ich bin leider nicht befugt, Ihnen Auskünfte zu geben, Senhora Rosado. Anfragen aller Art reichen Sie bitte schriftlich bei der Firma Eltsen ein. Ich kann Ihnen gerne die Telefonnummer der Referentin für Öffentlichkeitsarbeit geben, Senhora Klatt.«

Sie überlegte kurz, ihm trotzdem weitere Fragen zu stellen – wusste aber, dass es zwecklos war, obwohl er sie verbindlich anlächelte.

»Danke, nein. Zeigen Sie mir mal Ihren Ausweis, bitte, Senhor Peres.«

Sein Lächeln verlor etwas von seiner Intensität, dennoch griff er gelassen in die Innentasche seines Jacketts und entnahm seinen Ausweis aus einer dünnen, braunen Brieftasche.

Sie warf einen Blick auf den Pass und merkte sich seinen Namen und die Adresse, bevor sie ihm zunickte.

»Obrigada.«

»De nada.«

Er steckte den Ausweis wieder ein und Graciana ging zurück zum Volvo und stieg ein.

Während sie Carlos und Leander von ihrem Gespräch erzählte, fuhr sie die Straße weiter und stoppte am Fuß eines Hügels, wo sie ausstiegen. Das Firmengelände war seit mehr als drei Kurven nicht mehr zu sehen gewesen.

Sie erklommen den Hügel in Carlos' Tempo. Oben angekommen, bot sich ihnen ein wunderbares Naturschauspiel.

Der Himmel, der von der untergehenden Sonne in Brand gesetzt worden war, spiegelte sich in seinem ganzen Farbspiel auf der Wasseroberfläche des Stausees. Das Zirpen der Grillen bildete ein eigenes kleines Streichkonzert. Ein Luftzug, der beim Streichen über das Wasser etwas Kühle aufgenommen hatte, streichelte sanft ihre Gesichter.

Von hier aus hatten sie aber auch – deswegen hatte Graciana diesen Ort gewählt – freie Sicht auf das Areal von Eltsen. Zwar konnten sie auch hier nicht jenen Bereich einsehen, der ihnen vorhin durch die hohe Mauer verwehrt worden war, aber sie entdeckten, dass sich hinter dem großen Bauwerk mit den drei Toren nach hinten hinaus ein kleines Gebäude anschloss, das über dem See endete. Als befände sich dort eine überdachte Anlegestelle.

»Ich hatte mit so etwas wie einer sehr großen Leitung gerechnet, die in den See läuft, aber leider kann man es von hier aus nicht sehen.«

»Sie glauben, Eltsen pumpt Wasser ab, füllt es in Flaschen und verkauft es?«, fragte Lost.

Graciana hob den Blick nicht vom See, während sie seine Frage mit einem Nicken beantwortete.

»Das wäre ein ziemlicher Skandal«, sagte Carlos, »ich hatte denselben Gedanken, als wir vorhin über die Staumauer gefahren sind. Tausende ... was rede ich ... Zehntausende Haushalte ... *die ganze Algarve* wird aufgefordert, wenig zu duschen, die Gärten nicht zu wässern, die Pools nicht zu füllen und, wo es geht, Wasser zu sparen. Und die bedienen sich hier, schießen Kohlensäure dazu und verkaufen es als Puro Água?«

»Genau das«, sagte Graciana und wandte den Blick immer noch nicht ab, »seht euch den Wasserstand an.«

Sie deutete auf die gegenüberliegende Uferlinie, oberhalb derer sich ein Streifen von sechs oder sieben Höhenmetern um den kompletten Stausee zog, auf dem nichts wuchs – weil er in den Wintermonaten bis hinein ins Frühjahr von Wasser bedeckt war. Dieser Streifen vermittelte eine Ahnung davon, über wie viele Tausende Kubikmeter der Albufeira de Barragem de Odeleite normalerweise verfügte.

»Ist ziemlich niedrig«, räumte Carlos ein, »muss aber nichts heißen. Könnte im Sommer verdunstet sein.«

Graciana nickte: »Ja, könnte – stimmt. Aber Markus Conrad hat diesen Transporter nicht aus einer Laune heraus fotografiert. Es hatte was zu bedeuten, dieses Foto. Was hast du eben gesagt? Skandal?«

Carlos nickte.

»Wenn das stimmt, was ich vermute, dann hatte Conrad etwas gegen Eltsen in der Hand und Eltsen war vielleicht der Preis zu hoch, den er verlangt hat. Oder man wollte sich nicht auf sein Schweigen verlassen.«

Graciana ging zwei Schritte beiseite, stützte die Hände in die Hüften und sah zum Horizont.

Was auch immer in ihrem Kopf vor sich ging – das Ergebnis ihrer Überlegung ließ sie den Hügel hinab zum Ufer gehen. Die beiden Männer sahen ihre kleine Gestalt, die Schritt um Schritt in der Dämmerung verschwand.

»Was machen Sie?«, fragte Leander Lost, der nach kurzem Zögern hinter ihr hergelaufen war.

»Ich schaue nach«, antwortete sie und stapfte dem Stausee weiter entgegen.

Am Ufer angekommen, streifte sie ihre Bluse ab und legte sie neben sich ab, um dann den Gürtel ihrer Hose zu öffnen.

Graciana musste Leander nur einen kurzen Blick zuwerfen, um bestätigt zu finden, was sie vermutet hatte. Der Alemão betrachtete sie nicht wie andere Männer, seine Augen fuhren nicht über ihre vom BH bedeckten Brüste. Das hieß nicht, dass er nicht hinsah. Aber er nahm es anders wahr, sie sah es an seinem Gesichtsausdruck, der frei war von Neugier oder etwa Begehren. Es war der Blick eines Menschen, der zu verstehen versuchte, was sie hier gerade veranstaltete.

Lost zog sich nun auch die Schuhe aus, schlüpfte aus der Hose und zog sich sein Hemd samt Krawatte über den Kopf, um kurz nach ihr ins Wasser zu gleiten. Es war inzwischen fast schwarz und von betäubender Kälte.

Nach einigen Schwimmzügen hatten ihre Körper sich an das Element gewöhnt. Sie steuerten auf den überdachten Teil des rückwärtigen Gebäudes zu, der vom Hügel aus wie ein Bootshaus ausgesehen hatte, und waren darum bemüht, dabei keine unnötigen Geräusche zu verursachen.

Als sie noch rund zwanzig Meter von der Anlegestelle entfernt waren, wurden sie von grellem Licht erfasst. Instinktiv tauchten sie hinab in den See, dessen eben noch unheimliche Dunkelheit sie schützend umfing. Graciana strich dabei mit Bauch und Beinen über die Wasserpflanzen, deren Auswüchse sich sanft im Wasser wiegten. Sie war nah am Grund. Als ihr die Luft ausging, tauchte sie wieder auf.

Das grelle Licht stammte von drei Scheinwerfern, die auf dem Dach des Aufbaus angebracht waren und vermutlich auf Bewegung reagierten. Doch jetzt hatte sie den Bereich unterhalb der Überdachung erreicht, der sie vor den Lichtkegeln schützte. Leander Lost tauchte direkt hinter ihr auf.

Und dann sahen sie es gleichzeitig: Das Bootshaus war keines. Es beherbergte kein Boot, nicht mal einen Anlegesteg mit der Möglichkeit der Vertäuung. Es beschirmte einen Schlauch aus schwarzem, hartem Kunststoff, der vor ihnen aus dem See auftauchte und durch einen ebenso schwarzen Gitterzaun aus Metall auf das Gelände von Eltsen führte. Wohin genau, war von hier aus nicht zu sehen.

Leander war mit zwei weiteren Schwimmzügen an dem Metallgeflecht, das jedem ungebetenen Besucher, der wie sie von der Seeseite her das Ufer zu erreichen versuchte, den Weg versperrte. Graciana legte die Hand auf die dunkle Röhre, die es im Durchmesser auf das Doppelte eines Feuerwehrschlauches brachte. Sie spürte eine leichte Vibration. Und als sie das Ohr auf das Material presste, hörte sie nichts.

Das Licht der Scheinwerfer erlosch.

»Das hier«, stellte Leander Lost trocken fest, »passt zu Ihrer These.«

TAG DREI

17.

Hatten sie befürchtet, ihre Entdeckung und die kleine Indizienkette, die sie Inspektor da Silva am nächsten Morgen in Faro präsentierten, könne ihn nicht überzeugen, fanden sich Sub-Inspektor Rosado und Esteves angenehm überrascht.

»Da gibt es für mich keinen Zweifel«, sagte er, »die pumpen Wasser aus dem Stausee und bringen es als Puro Água unter die Leute. Das dürfte Adles interessieren.«

Graciana nickte.

»Ich habe heute Morgen im Handelsregister nachgeforscht«, sagte sie. »Adles ist vermutlich ein Ableger von Eltsen.«

Die anderen sahen sie überrascht an.

»Adles ist die Tochterfirma einer Gesellschaft in Luxemburg, der Schorlau Ltd., ein Unternehmen mit ökologischem Anstrich, aber knallharten Profitinteressen. Die wiederum befindet sich in bester Gesellschaft in einem Geflecht internationaler Firmen, an denen Eltsen Mehrheitsanteile besitzt, das heißt de facto bestimmt die Zentrale von Eltsen in Zürich, was dort passiert«, führte Graciana aus. »Die Verbindung ist offensichtlich. Auch deshalb, weil Adles und das Eltsen-Gelände am Stausee laut Handelsregister von demselben Mann geleitet werden: von Philipp Benedikt.«

Dieselbe Elektrisierung, die sie am frühen Morgen empfunden hatte, als sie endlich den Namen des Gesellschafters gefunden hatte, meinte sie nun bei den anderen zu spüren.

Leander Lost überwand sein Erstaunen als Erster.

»Das heißt, die lokale Wasserversorgung im Raum Faro wurde über Adles privatisiert. Und Eltsen, die Mutterfirma von Adles, zweigt von dem Reservoir in Odeleite Leitungswasser für den Verkauf in Plastikflaschen ab. Unter dem Label *Puro Água.*«

Graciana nickte.

Carlos blies die Wangen auf: »Der saubere Herr Benedikt.«

»Sehr gute Arbeit – von euch allen«, sagte Raul da Silva, der ihnen in Gedanken bereits zwei Schritte voraus war: »Was aber zu der Frage führt: Was hatte Conrad – vorausgesetzt die These von der Erpressung, die er initiiert und der er selbst zum Opfer gefallen ist, stimmt – tatsächlich in der Hand? Das Foto kann es nicht gewesen sein. Es hätte wohl keinen zu einem Mord veranlasst.«

»Die Sache stinkt trotzdem«, sagte Carlos Esteves.

»Ohne Frage«, bestätigte sein Vorgesetzter. »Ich überlege nur, wie wir sinnvoll vorgehen. Das Foto beweist nichts. Und dass ein Schlauch aus dem Stausee zum Gelände von Eltsen führt ... auch nichts. Wer sagt, dass die da nichts reinpumpen? Nur eines wissen wir sicher: dass die Wasserflaschen von dem Gelände in die Läden karren. Was ich sagen will, ist, dass wir einen Beweis benötigen.«

»Dazu brauchen wir einen Durchsuchungsbefehl«, sagte Graciana.

Da Silva schüttelte sofort den Kopf: »Das reicht nicht. Keine Staatsanwaltschaft wird das riskieren, kein Richter stellt dafür einen aus. Das ist zu dünn.«

Ernüchterung.

»Also«, meinte Carlos, »müssen wir nachweisen, dass die das Wasser für ihre Flaschen abzweigen, ohne das Gelände zu betreten. Wir können uns ja schlecht unsichtbar machen.«

Da Silva schenkte ihnen ein wissendes Lächeln, das gemeinhin einem seiner Schachzüge vorausging: »Na ja, Esteves, es müsste heißen: Also müssen wir nachweisen, dass die das

Wasser für ihre Flaschen abzweigen, ohne das Gelände offiziell zu betreten.«

Das wissende Lächeln verwandelte sich in ein spitzbübisches.

»Ich meine«, fügte er hinzu, »was ihr in eurer Freizeit veranstaltet, also ohne mein Wissen und vor allem ohne meine dienstliche Weisung, das geht mich nichts an. Insbesondere, wenn ich gar nichts davon weiß. Wenn ihr also privat beschließt, der Sache auf den Grund zu gehen. Wenn ihr vielleicht so klug seid«, dabei warf er einen Blick auf Leander, »einen von euch auszuwählen, der den Leuten nicht als Polizist bekannt ist. Denn die Leute, die dort arbeiten, sind vermutlich Portugiesen, so wie Bandeira. Das Risiko, dass sie einen von euch beiden erkennen, ist groß. Die Wahrscheinlichkeit, dass sie Senhor Lost in seiner Funktion als Inspektor begegnet sind, ist es nicht.«

Carlos musste grinsen. Diese Seite an Raul da Silva gefiel ihm ganz besonders.

Graciana zögerte noch: »Angenommen, Senhor Lost erklärt sich dazu bereit, und angenommen, wir können ihn einschleusen und er kann belegen, was wir vermuten – ist das denn dann gerichtsverwertbar? Ein Beweis, der vor Gericht zugelassen wird?«

»Es wäre doch illegal, wenn ich das Gelände ohne Genehmigung betreten würde«, wandte Leander ein.

»In Portugal ist noch niemals jemand verhaftet worden, nur weil er sich ein klein wenig verlaufen hat«, erwiderte Carlos mit einem jovialen Lächeln.

»Aber wohl kaum über Zäune, Senhor Esteves«, gab Leander belehrend und eine Spur verärgert zurück. Er wandte sich direkt an da Silva. Dabei umklammerte er unbewusst mit der linken Hand den kreisrunden Anhänger an seiner Halskette. »Ich werde keinesfalls in einer rechtlichen Grauzone agieren«, stellte er klar.

Graciana sah zu ihrem Kollegen, der ein Achselzucken andeutete. Dann entdeckte sie das nervöse Wippen von Losts linkem Fuß. Und sie sah, dass er den Anhänger nicht bloß umfasste oder umklammerte. Seine Fingerknöchel traten schneeweiß hervor. Instinktiv berührte sie ihn am Unterarm.

»Das verlangt niemand von Ihnen, Senhor Lost. Ganz bestimmt nicht.«

Er blickte auf ihre Hand, als habe eine Vogelspinne auf seinem Unterarm Platz genommen. Graciana zog sie zurück.

»Sie ... Wir müssen uns was anderes überlegen.«

Neben ihnen erklang ein Räuspern – Carlos.

»Dafür haben wir doch die Dienstanweisung 240.«

»Merda«, erwiderte da Silva, »ich bin schlecht mit Zahlen, manchmal fällt mir meine eigene Handynummer nicht ein. Das darf man eigentlich gar nicht erzählen. Also, Esteves, 240, war noch gleich diese Anweisung für ... für ...«

»Für den internen Gebrauch«, half Graciana aus.

»Genau«, übernahm Carlos. »Intern. Er regelt nämlich ... die Situation für einen Polizeibeamten, der ... in seiner Freizeit auf etwas stößt ...«

Er wusste nicht weiter.

Graciana sprang ein: »Nein, korrekt heißt es: der in seiner Freizeit einen Straftatbestand entdeckt, den er in seiner Funktion als Polizeibeamter nicht hätte entdecken können.«

»Exakt«, bestätigte da Silva schnell.

»Ich hatte es nur umgangssprachlich ausgedrückt«, gab Carlos vor und wandte sich an Leander: »Wenn Sie sich also als Privatmann auf das Gelände bei Odeleite begeben, zum Beispiel nach 18 Uhr, denn da haben Sie Dienstschluss, dann ist das, was Sie vorfinden, vor Gericht durchaus verwertbar, obwohl Sie es ohne richterlichen Durchsuchungsbefehl gefunden haben.«

Alle warteten sie gespannt auf die Reaktion des deutschen Kommissars.

»Ich verstehe«, antwortete der. »Das ist eine sehr interessante Dienstanweisung. Die wäre so in Deutschland sicherlich nicht möglich.«

»Die stammt, glaube ich, noch aus der Zeit der Diktatur, also von vor 1974«, erklärte Carlos, der jetzt in seinem Element zu sein schien. »Man hat wohl vergessen, sie abzuschaffen.«

Schweigen.

»Senhor Lost«, sagte Raul da Silva schließlich, »ich gebe Ihnen hiermit heute frei. Für den Rest des Tages sind Sie jetzt Privatmann.«

Da die meisten Portugiesen das *pequeno-almoço*, die *kleine Mahlzeit*, morgens nicht zu Hause zu sich nahmen, hatten die *Pastelarias*, die ihre frühen Gäste mit allen erdenklichen Arten der Kaffeezubereitung und frischen Backwaren versorgten, eine lange kulinarische Tradition im Land.

Allerdings hielt sich hier niemand lange auf. Man nahm einen Bica im Stehen, an der Theke, man tauschte sich kurz aus über die Neuigkeiten, also Fußball, Nachbarn, Kinder, und ging dann zur Arbeit. Wenn es doch ein Toast sein sollte oder eine kleine Nascherei, dann nahm man für fünf oder zehn Minuten kurz an einem der vielen Tische Platz.

Die frischen Teig- und Backwaren boten sich in akribisch geputzten Vitrinen unter der Ladentheke an, und es kostete für gewöhnlich übermenschliche Anstrengung, ihnen zu widerstehen.

So auch in der *Pastelaria Centeio* in der Rua Mouzinho de Albuquerque in Faro, in die Graciana Rosado und Carlos Esteves ihren deutschen Kollegen entführt hatten, um ihm ihr Vorhaben wortwörtlich zu versüßen. Sie nahmen an einer Wand aus Muschelkalk Platz, genauer gesagt unter einem Bild, das zwei Portugiesinnen bei der Heuernte zeigte.

Um sie herum schwirrte das Morgenleben. Es war ein Kommen und Gehen, ein Wispern, ein leises Lachen, Gesprächsfetzen. Untermalt von dem Klappern von Geschirr, dem Röhren der Kaffeemaschine, die Bohnen zermahlte, und dem hellen Rührgeräusch der kleinen Löffel in den ebenso kleinen Tassen der Gäste.

Croissants und Toasts wurden zubereitet, Süßspeisen für unterwegs eingepackt, und ständig sorgte Fernando, der Konditormeister, für Nachschub aus dem Ofen.

Graciana orderte drei *Pastéis de Nata*, was sachlich gesehen eine Eiersahnecreme auf Blätterteig in einem Muffin darstellte.

Als Leander Lost es serviert bekam und davon abbiss, sah er zwei gespannte Augenpaare auf sich gerichtet. Tatsächlich waren Graciana und Carlos zu regungslosen Statuen erstarrt, in denen die einzige Bewegung von den Pupillen ausging.

Leander kaute und war erstaunt, wie sich ein pikanter Geschmack über den ersten süßlichen Eindruck legte.

»Und?«, fragte Carlos.

»Und was?«

»Wie schmeckt es Ihnen?«, präzisierte Graciana die Frage ihres Kollegen für Leander Lost.

»Sehr interessant.«

Er nahm so etwas wie Ernüchterung auf den Gesichtern der Statuen wahr.

»Das ist alles? Interessant?«, fragte Carlos.

»Ja. Ich könnte noch vier, fünf davon essen.«

Die beiden strahlten wie zwei Honigkuchenpferde.

Denn das kleine Puddinggebäck war eine Art Nationalheiligtum.

Eigentlich war es den Nonnen im Kloster *Mosteiro dos Jerónimos* in Belém zu verdanken, denn sie hatten zum Stärken ihrer Hauben sehr viel Eiweiß benötigt, sodass die Klosterbrüder über Unmengen von Eigelb verfügten. So war die Süßspeise entstanden.

Ihren landesweiten Mythos erlangte die Pastel de Nata allerdings erst ab 1834, als die Regierung im Zuge der Trennung von Staat und Kirche verfügte, dass die Kirche keine weltlichen Geschäfte mehr durchführen durfte – was zur Folge hatte, dass der rege Verkauf der Süßspeise fortan verboten war.

Einer der Klosterbrüder trug das Rezept zur Zuckerraffinerie des Ortes, wo die Törtchen sich von Beginn ihrer Herstellung an rasend verkauften. Daraufhin beschloss die Führung der Raffinerie, die Rezeptur geheim zu halten. Und das blieb sie bis heute.

Einzig in der *Confeitaria Pastéis de Belém*, einer Pastelaria in Lissabon, konnte man das Original essen. Die einzigen drei Menschen auf der Welt, die das Rezept kannten, arbeiteten hier. Und sie achteten bei Flugreisen darauf, niemals dieselbe Maschine zu nehmen.

Davon abgesehen waren immerhin alle Zutaten des Gebäcks bekannt, und so bot jede Pastelaria in Portugal die Pastéis de Nata an. Und es gab eigentlich keine, in der sie nicht vorzüglich schmeckten.

Carlos Esteves erzählte dem Deutschen nicht ohne Hintergedanken von der List des Klosterbruders. Denn Graciana und er hatten mit der Erfindung der Dienstanweisung 240 schließlich ebenfalls eine ausgetüftelt.

Eine, bei der Graciana hin und her gerissen war. Ihre nahezu chancenlose Ermittlungssituation machte den Schritt zwar notwendig, aber dazu mussten sie den Alemão täuschen.

Sie hatte ihren Chef auf dem Gang abgepasst, nachdem Lost und Carlos bereits die Dienststelle verlassen hatten, um sich in Richtung Pastelaria auf den Weg zu machen.

»Wird es gerichtsverwertbar sein?«

Raul da Silva zog eine Grimasse und wiegte den Kopf hin und her: »Auf hoher See und vor Gericht ist man in Gottes Hand.«

»Im Ernst.«

»Im Ernst: Ohne Durchsuchungsbefehl vom Gesetz her nein. Letztlich geht es um die Verhältnismäßigkeit. Wenn euch die Einschleusung von Lost gelingt und er nachweisen kann, was ihr vermutet, dann nivelliert die Schwere der Entdeckung die Schwere des Eingriffs eines Polizeibeamten. Ich glaube, man findet dafür einen Staatsanwalt, der sich nur zu gerne mit Eltsen anlegt.«

Graciana Rosado nickte. Das war es, was sie sich erhofft hatte. Denn das, was für die Staatsanwaltschaft entscheidend sein würde, war es für sie bereits jetzt. Leander Lost absichtlich und geplant zu belügen, erschien ihr als ein hoher Preis.

Die Entdeckung eines möglichen Beweises auf dem Eltsen-Gelände legitimierte in Losts Augen keinesfalls das widerrechtliche Betreten des Geländes. Vermutlich selbst dann nicht, wenn man ihm den Fund des Beweises garantiert hätte. Und ebenso, wenn auch in einem anderen Zusammenhang, empfand Graciana.

Sie fürchtete den Augenblick, in dem er herausfand, von ihnen belogen worden zu sein. Sie konnte nur darauf hoffen, dass das daraus resultierende Ermittlungsergebnis ihm Verständnis abringen würde.

18.

»Ein halbes Jahr lang passiert nichts«, vertraute Bandeira sich Sub-Inspektor Rosado an. »Ein halbes Jahr lang fahre ich jeden Tag diese Strecke, und alles ist in Ordnung. Und jetzt werde ich zweimal hintereinander kontrolliert. Gestern und heute.« Er zuckte hilflos die Achseln.

Graciana hatte ihn von seinem Transporter weg zu dem Polizeiauto gebeten, in dem Carlos angeblich seine Papiere überprüfte, damit Leander Lost unbemerkt auf das Dach des Mercedes Sprinters gelangen konnte.

Wie Luís Dias und Ana Gomes gestern gaben sie vor, eine Routinekontrolle durchzuführen, dieses Mal allerdings nur zwei Kilometer vor Odeleite. Sie winkten wie die Kollegen am Vortag auch andere Fahrzeuge heraus, damit Bandeira keinen Verdacht schöpfte. Er kam direkt aus Loulé, wo er vor einer halben Stunde vier Paletten Puro Água ausgeliefert hatte.

»Wir fahnden nach einem Serientäter«, ließ Carlos ihn beiläufig wissen.

Graciana, die bemüht war, Bandeiras Blick zum Transporter zu unterbinden, stellte sich vor den Mann und konnte daher nicht sehen, was für eine Miene ihr Partner aufsetzte – aber sie war sich sicher, dass Carlos sich prächtig amüsierte.

»Einen Serientäter?«, fragte Bandeiras, den dabei ein angenehmer Schauer heimsuchte.

Carlos' Oberschenkel erholte sich in dieser Ruhestellung gut, und da er eine ausgezeichnete Siesta genossen hatte und das Leben sich heute Nachmittag wie der Himmel präsentierte, nämlich sanft, klar und verlockend, ritt er den Löwen weiter: »Wir haben Weisung aus Lissabon, bloß nichts darüber rauszulassen.«

»Ach. Aber ... das klingt nach Mord, nicht wahr?«

»Sie sind ein sehr talentierter Zwischen-den-Zeilen-Leser.«

»Ich meine, wenn ... Lissabon sogar mitredet. Deshalb bin ich darauf gekommen.«

»Das kommt in der Tat nicht oft vor«, bestätigte Carlos und ließ genau das richtige Quäntchen Zeit verstreichen, »aber nun ja, kein Wunder. Meu Deus, so was hab ich noch nie gesehen.«

Graciana sah, wie der kleine alte Mann hin und her gerissen wurde zwischen Furcht und möglichem Ekel auf der einen und Neugier auf der anderen Seite – da hätte er heute

Abend aber was zu erzählen. Jeder in seiner Stammkneipe würde an seinen Lippen hängen.

»Entführt und verstümmelt«, brachte Carlos abgehackt hervor.

Bandeira schluckte unwillkürlich.

Da schnappte Graciana sich dessen Papiere, die Carlos auf dem Armaturenbrett abgelegt hatte: »Danke, Sie können gehen.«

Sein Widerstreben war fast physisch greifbar.

»Bitte«, drängte Graciana.

Mit einem Seufzen nahm Bandeira die Papiere wieder an sich und setzte keine Minute später mit seinem blinden Passagier auf dem Dach seine Fahrt fort.

Das Dach des Sprinters war hart, aber sicher, zumal Leander genug Möglichkeiten fand, um die Zentrifugalkräfte der Kurven und Bremsmanöver auszugleichen. Der Plan seiner neuen portugiesischen Dienststelle erschien ihm plump – als sei die List einem Stummfilm der Zwanzigerjahre des letzten Jahrhunderts entsprungen. Kommissar Lehmann und die anderen aus Hamburg hätten sicherlich den Kopf geschüttelt.

Aber tatsächlich gelang es. Zwar mussten sie vor der Schranke halten – allerdings nur kurz, um dann durchgewinkt zu werden. Niemand rückte mit einem Spiegel an, um das Dach zu inspizieren, geschweige denn selbst hinaufzuklettern.

Bandeira dirigierte den Transporter nach rechts, stoppte, stieg aus und entfernte sich. Leander blieb im Schein der Nachmittagssonne liegen und sah sich vorsichtig um. Den Kopf seitlich auf das Blech des Daches gepresst, nahm er zu allen Seiten weitere abgestellte Transporter wahr.

Also verfügte Eltsen hier über einen Fuhrpark, mit dem Senhor Benedikt ein Distributionsnetz für Tafelwasser im Bereich der Algarve aufgebaut hatte. Ein Fuhrpark, wie Lost feststellte, als er den Kopf vorsichtig anhob, der im Gegensatz zu anderen Firmen keinerlei Eigenwerbung auf den Fahrzeugseiten trug: kein Logo, keine Werbeslogans, keine Telefonnummer – nichts. Unscheinbar und unspezifisch.

Wie er selbst. Er trug auch keinen Ausweis und kein Handy mit sich. Nichts, was in der Lage wäre, ihn zu identifizieren. Nur einen kleinen Pager in der Hosentasche. Einmal drücken genügt, hatte Senhora Graciana gesagt, *einmal drücken, und wir sind in einer Minute bei Ihnen.*

Sie und Carlos Esteves warteten auf dem Hügel, von dem aus sie gestern Nacht ans Ufer des Stausees gelangt waren – südsüdwestlich von hier.

Leander ließ sich in die schmale Flucht zwischen Banderas Fahrzeug und dem nächsten hinuntergleiten. Kurz verharrte er und lauschte. Da war nichts außer einem diffusen Hintergrundrauschen.

Aus der kurzen Beobachtung, die Graciana am Vortag auf das Gelände gewährt worden war, bevor Sicherheitschef Peres sie abgewimmelt hatte, hatten sie die Rückschlüsse für Losts Outfit gezogen: Jeans, Oberhemd und Basecap schien der Arbeitskleidung am ehesten zu entsprechen. Dazu trug jeder eine Identifikationskarte mit sich, eingeschweißt und mit einem Druckmechanismus versehen, mit dem man ihn gut sichtbar an der Brusttasche, dem Gürtel oder einer Hosentasche anbringen konnte. Zu dritt hatten sie sich auf *Lean Fernandes* geeinigt. Dieser Name prangte nun auf der Karte, die er am Gürtel trug, sodass ihre Existenz durchaus ins Auge fiel, der Name darauf aber nicht.

Leander Lost wusste selbstverständlich sehr genau um seine Position unter Menschen. Sein Platz war am Rand. War es immer gewesen, würde es immer bleiben, ganz gleich, welche Anstrengungen er unternahm, wie viele unangenehme und auch leidvolle Situationen er absichtlich durchlief, um aus dem Schmerz der Erfahrungen zu lernen. Auch unabhängig davon, wie akribisch er sich vorbereitete, etwa um die Mimik anderer zügiger zu entschlüsseln als bisher – all das machte ihn nicht zu einem von *ihnen*. Und würde es in diesem Leben auch nicht mehr tun. Da musste man sich gar nichts vormachen.

Die große, unbeantwortete Frage war, ob es sich überhaupt lohnte.

In seiner Jugend, als ihm bewusst wurde, was Heimleiter Winterberg in seinem Brief, der Leander posthum zugestellt wurde, einen Geniestreich der Natur nannte, seine Mitschüler aber mit Begriffen wie *Vollspacko* oder *Mongo* umschrieben (da kannte er den Unterschied noch nicht zwischen *lachen mit* und *lachen über* und stimmte, um nicht aufzufallen, in ihr Gelächter ein, was bei den anderen zu einem kollektiven Jauchzen führte, bei dem sie sogar weinten), da sehnte er sich danach, Teil des Ganzen zu sein. Endlich die Zeichen ihrer Welt zu verstehen.

Doch ihre Witze waren nicht die seinen. Und wenn es um Ironie ging, biss er sich daran die Zähne aus. Weil Ironie in seiner eigenen Welt keinen Sinn ergab.

Und als er sich mit der Aussichtslosigkeit seines Unterfangens, ein Teil des Rudels zu werden, ehrlich konfrontierte, da hätte er sich am liebsten das Leben genommen. Wie ein Hund, der Teil einer Wolfsrotte werden will, hatte er das genannt.

Wenn da nicht Britta gewesen wäre. Britta hatte auch große Augen wie Soraia. Sie mochte ihn. Aber das nahm er erst wahr, als sie es ihm direkt sagte, obwohl sie, wie sie hinzufügte, es ihn auf vielerlei Arten hatte spüren lassen. Was er natürlich nicht bemerkt hatte. Dass etwa in ihrem Lächeln hin zu ihm noch mehr mitgeschwungen hatte als bloße Freude über den Augenblick. Sondern etwas anderes.

Britta hatte Osteogenesis imperfecta, ein Begriff, der Leander fasziniert hatte – noch heute übrigens –, und litt als Nebenwirkung dieser Glasknochen an einer verkrümmten Wirbelsäule, was sich wie ein lang gezogener kleiner Buckel bemerkbar machte. Und so wurde *Vollspacko* oft mit *Gollum* gesehen.

Während die anderen Kinder und Jugendlichen die Verkrümmung als hässlich empfanden, sah Leander darin nur eine Besonderheit. Eine Abweichung von der Norm. Aber, sagte er, *Stephen Hawking ist auch eine Abweichung von der Norm*.

Als Britta daraufhin ein Foto des bekannten Physikers sah, weinte sie und wollte den bleichen Jungen, den alle entweder auf die Schippe nahmen oder mieden, nicht mehr sehen. Aber bald darauf begriff sie, dass alles, was Leander von sich gab, der Wahrheit entsprach. Es war, als könne er gar nicht lügen.

Und Britta erfasste den Sinn hinter dem Vergleich mit Hawking: Es ging nicht darum, wie er oder sie aussahen, sondern darum, dass sie beide etwas Besonderes waren. Bis auf ihre Eltern hatte ihr noch nie jemand so ein schönes Kompliment gemacht. Britta gab Leander, der schon bald das erste Mal seinen schwarzen Anzug tragen sollte, dieses Kompliment zurück, und zwar mit einer Wahrhaftigkeit, die seiner entsprach: »Du bist nicht der Hund, der in der Wolfsrotte aufgenommen werden will, du bist der Wolf, der nie Teil eines Hunderudels werden kann.«

Obwohl ihm der Vergleich zunächst ein wenig seltsam vorkam, half er ihm doch bei jenen Gelegenheiten, in denen er der Niedertracht der anderen ohnmächtig ausgesetzt war. Der Wolf muss sich seines Andersseins nicht schämen, hatte Britta gesagt.

Und nun stand er zwischen zwei Transportern in Odeleite im äußersten Osten der Algarve. Er musste heute eine Rolle spielen, und da er vor nichts mehr Angst hatte als dem Chaos, einer unkontrollierbaren Situation, hatte Leander Lost sich gründlich vorbereitet. Wie ein Schauspieler auf eine Figur, die er darstellen sollte.

Ein Mitarbeiter von Eltsen würde sich nicht vorsichtig umsehen, denn er kannte den Betrieb in- und auswendig. Er würde zügig gehen. Er würde beschäftigt wirken. Einer, der weiß, wohin er muss, und auch weiß, was er dort zu tun hat. Das fiel nicht auf.

So stellte Leander sich also vor, am anderen Ende der Halle etwas erledigen zu müssen, was keinen Aufschub duldete. Er schaute hinter dem Transporter hinüber zur Halle, aus dem soeben ein Lieferwagen abfuhr und ohne Kontrolle durch die offene Schranke am Eingang fuhr. Am anderen Tor warteten Transporter hintereinander wie an einem Taxistand. Bei allen liefen die Motoren.

Im Pförtnerhäuschen verrichteten die zwei uniformierten Wachleute ihren Dienst.

Leander verließ sein Versteck und marschierte auf die Halle zu, die er erreichte, ohne angesprochen oder gar beachtet zu werden.

Im vorderen Teil der Halle, die innen noch größer und mächtiger wirkte und etwa am Scheitelpunkt des nur leicht geneigten Satteldachs vielleicht eine Höhe von fünf Metern erreichte, fuhren die leeren Transporter mit geöffneten Hintertüren vor. Ein Gabelstaplerfahrer wie jener, den sie am Supermarkt gesehen hatten, verlud Paletten mit Wasserflaschen in die leeren Laderäume der Sprinter. Der jeweilige Fahrer erhielt ein Formular und machte sich auf den Weg zur Auslieferung. Dann fuhr der nächste vor.

»Olá«, sagte ein junger Mann im Vorbeigehen, und das erinnerte Lost daran, dass er nun doch kurz stehen geblieben war.

»Olá«, grüßte er zurück und ging weiter, vorbei an der Verladestation. Dahinter versperrte ihm eine Wand, durch die zu beiden Seiten der Laderampe eine Brandschutztür führte, den Weg. Wie Leander richtig vermutete, war sie verschlossen.

Er schnappte sich ein Formular auf einem Klemmbrett mit Bleistift, lehnte sich neben der Tür an und tat so, als mache er sich eifrig Notizen, die Augen nur scheinbar auf das Blatt Papier gewandt, auf dem er Spatzen zeichnete.

Er musste keine Minute warten, da öffnete sich die Tür, und ein älterer Mann ging hinüber zur Laderampe. Ganz knapp, bevor die Metalltür wieder ins Schloss fiel, steckte Leander den Bleistift dazwischen. Ganz lässig, an der herabhängenden Hand. Er wartete noch fünf Sekunden, dann gab er sich einen Ruck und ging durch die Tür.

Als Erstes schwappte ihm Lärm entgegen. Ein Ungetüm von einer Maschine, die um ein Laufband herum aufgebaut worden war, dominierte diesen Teil der Halle. Hier kamen Plastikflaschen in 16er-Gruppen an, am Boden durch einen Rahmen in ihrer Formation gehalten. Die Maschine stülpte ihnen einen zweiten, elastischen Rahmen über, der sie fixierte. Dann stoppte das Grüppchen. Eine automatisierte Plattform senkte sich hinab, und aus sechzehn Düsen schossen 16 Liter Wasser in die Flaschen, die daraufhin vorrückten, um von weiteren Düsen in weiteren Plattformen weitere Ingredienzen zu erhalten, die Lost nicht bestimmen konnte bis auf eine: Kohlensäure. Jede dritte Fuhre wurde mit ihr angereichert. Kurz vor Ende des Laufbands schossen Roboterarme wie eckige, stählerne Schlangen heran und versahen die Flaschenhälse mit grünen Verschlüssen.

Als Nächstes erfolgte die Etikettierung der Plastikflaschen, woraufhin sie vor einer länglichen Düse, die Zellophan spuckte, in schnelle Rotation versetzt wurden, sodass sie sich im Nu eingewickelt vorfanden. Am Ende wurden sie in solche mit und ohne Kohlensäure getrennt. Ein Roboterarm, der mit zwei dünnen Pressflächen arbeitete, packte jede Gruppe, indem er sie einquetschte, hob sie an und platzierte sie mit mathematischer Genauigkeit auf einer Europalette. Hatte er genug davon angehäuft, fuhr ein Gabelstapler heran und transportierte die Palette nach vorne zur Laderampe.

Die Präzision der Maschine übte eine Faszination auf Leander aus, die ihn lähmte. Er hätte diesem Vorgang Stunden zuschauen können, ohne dass ihm langweilig geworden wäre. Alleine schon, wenn er daran dachte, wie viel Ecken dieses Ungetüm wohl hatte ...

»Was machen Sie hier?«

Lost fuhr herum.

Der Mann, der ihn ansprach, war ein schmaler, kleiner Portugiese mit einem aufgeweckten Blick, in dem Skepsis lag.

»Ich bin ein Mitarbeiter der Polícia Judiciária Faro und beobachte gerade diese Maschine. Ich bin laut interner Dienstanweisung 240 hier.«

Wäre Leander in der Lage gewesen, mimische Signale intuitiv zu decodieren, er hätte in den Augen des Mannes, der zwar den Kopf schüttelte, Belustigung gesehen über so einen schrägen Humor.

Der Verlust seiner Tarnung durch seine Worte war Leander durchaus bewusst. Aber da der Mann nicht schnell davonlief und auch sonst keinerlei Anstalten unternahm, jemanden telefonisch über seine Anwesenheit auf dem Firmengelände zu informieren, ging er davon aus, dass man mit der Wahrheit manchmal eben doch viel weiter kam als mit dem guten Ton.

Er schritt an dem Laufband vorbei und gelangte nach exakt siebzehn Schritten an das Ende der Maschine. Und dort fand er, was Senhora Graciana vermutet hatte und weswegen er hier war: Aus der Gebäuderückwand entsprang in Hüfthöhe jene Röhre, die aus dem Stausee hierherführte. Direkt in die Maschine.

Lost hielt das auf vier Fotos fest.

Sein Auftrag war erledigt.

Er machte sich unverzüglich auf den Rückweg und warf im Vorbeigehen einen Blick aus dem Seitenfenster auf den hinteren Teil des abgeschirmten Firmengeländes, auf dem sich rostige Maschinenteile, kaputte Paletten und Verpackungsmaterial befanden. Dahinter drei Bauwagen. Zwei in Grau, ein dritter bunt bemalt mit kindlichen Darstellungen von Blumen, Bäumen und – natürlich – einer Sonne mit Gesicht. Vor dem bunten Bauwagen saß ein Schwarzer und grillte Fisch. Ein anderer reparierte mit einem Hammer und Nägeln Paletten.

Dieser Mann war Ousman Jobe.

Leander Lost verließ das Gebäude auf dem Weg, den er zuvor gekommen war. Er hatte binnen weniger Augenblicke einen Entschluss gefällt. Dass der Tod von O Ohlo indirekt mit der Wasserentnahme von Eltsen zu tun hatte, war möglich. Vielleicht lag es sogar nahe. Aber es gab keinen Nachweis. Nur das Foto eines Transporters von hinten, das nicht mehr existierte, weil es im Büro des Privatdetektivs verbrannt war. Die einzige Person, die wusste, wer sie beauftragt hatte, das Ciclopes in Brand zu setzen, und die diese Aussage möglicherweise vor Gericht wiederholen würde, war Ousman Jobe.

Lost zog das Basecap tief ins Gesicht, während er auf ihn zuging.

Aber etwas warnte den Gambianer. Eine Kleinigkeit vermutlich. Sein Gang möglicherweise.

Ousman Jobe hob den Blick. Lost sah ihn an. Sah in den Augen des anderen das Wiedererkennen. Dann sprang Jobe auf und türmte.

Lost sprintete hinter ihm her.

Der Afrikaner verschwand zwischen den Transportern, um seinen Verfolger abzuschütteln. Er tat es so ungestüm, dass er dabei einen Außenspiegel rammte. Leander erfasste, dass der Flüchtige sportlicher, kräftiger und schneller als er war und sich den Schmerz, den seine Schusswunde ihm noch verursachen musste, offenbar verbiss. Die vielen Fahrzeuge bildeten darüber hinaus ein Labyrinth aus weißen Wänden.

Lost warf sich zu Boden und verschaffte sich einen freien Blick unter den Fahrzeugen hindurch. Jobes Laufrichtung, die alle paar Meter wechselte, weil der Sichtschutz der Transporter mit dem Nachteil des natürlichen Hindernisses erkauft worden war, zielte letztlich grob nach Südwest. Dort befand sich das Gebäude, in dem sie gestern bei einer ersten Betrachtung des Geländes das Büro vermutet hatten.

Während der Afrikaner sich im Zickzack durch die geparkten Fahrzeuge kämpfte und aus der Luft betrachtet die zwei Katheten eines Dreiecks zurückzulegen hatte, sprintete Lost an dem Fuhrpark vorbei – und lief die Hypotenuse. Durch diese Abkürzung machte er Jobes Vorsprung wieder wett, dessen Humpeln sich jetzt ohnehin verstärkte. Dass er dabei die Aufmerksamkeit der Fahrer und Arbeiter auf sich zog, nahm er in Kauf.

Ousman Jobe lief am letzten Transporter vorbei, als Leander ihn erreichte, ihn im Laufen am Arm packte und mit seinem Schwung herumwarf und gegen die Seitenwand eines Sprinters warf.

»Sie sind vorläufig ... festgenommen«, keuchte er, »Sie haben das Recht ...«

Jobes Schlag traf ihn an der Schläfe und ließ ihn stürzen. Der Mann wollte seine Flucht fortsetzen, doch Leander stieß einen Fuß hinter die Hacke des Afrikaners und presste mit der Sohle des anderen kräftig auf das Knie. Dieser Beinhebel ließ Ousman Jobe rittlings zu Boden krachen.

Leander betätigte den Pager, während er sich aufrappelte.

»Aufhören«, befahl eine Stimme hinter ihm. Leander Lost sah über die Schulter – dort stand Abel Peres in einem Anzug.

»Sicherheitsdienst. Was ist los?«

Jobe ergriff die Chance: Er sprang auf und setzte seine Flucht fort. Als Leander Lost ihm nachsetzen wollte, versperrte Peres ihm den Weg. Leander schlug einen flinken Haken, mit dem Peres aber gerechnet hatte und ihn am Arm packte. Er reagierte mit einem Griff nach dem Handgelenk des Mannes, um dann schmerzhaft tief einen Finger zwischen dessen Daumensattelgelenk und der restlichen Handfläche zu pressen und einen Hebel anzuwenden, doch auch dieses Mal reagierte Peres schneller und schlug Lost trocken auf den Kehlkopf.

Dem blieb kurz die Luft weg, er griff sich instinktiv zum Hals und vollführte zwei Stützschritte nach hinten.

Weiter hinten flog die Tür des Pförtnerhäuschens auf und zwei schwarz gekleidete Wachmänner liefen auf sie zu. Einer sprach in ein Funkgerät, der andere zog seinen Schlagstock.

19.

Der Gang, mit dem Philipp Benedikt den Raum im ersten Stock des Bürogebäudes auf und ab schritt, erinnerte Leander Lost an eine Raubkatze. An eine etwas übergewichtige Raubkatze mit roten Wangen. Er konnte nicht sagen, wieso. Er konnte nur ausschließen, dass es an der Geschmeidigkeit lag.

Graciana Rosado und Carlos Esteves hätten die Antwort gewusst – es war der Blick des Schweizers, der etwas Lauerndes hatte, er ließ Leander Lost nicht aus den Augen. Jetzt lächelte er.

Der Raum bestand aus einem ausladenden Schreibtisch aus massivem Holz, auf dem ein Telefon stand. Dahinter ein bequem anmutender Sessel, davor zwei Stühle. Auf einem davon saß Leander Lost.

Hinter ihm, in der Höhe der Tür, rauchte Abel Peres eine Zigarette bei geöffnetem Fenster. Von fern drangen Stimmen zu ihnen. Sie gehörten zu Graciana und Carlos, die mit entschlossenen Gesten auf die Wachmänner einredeten, die neben dem Wachhaus standen und zuhörten, aber keinerlei Anstalten machten, die beiden aufs Gelände zu lassen.

»Das ist eine wirklich unangenehme Situation, Herr Lost«, eröffnete Philipp Benedikt ihm. »Ich meine: einen Polizeibeamten auf unserem Betriebsgelände zu entdecken, der sich hier unter dem Namen ... Lean Fernandes eingeschlichen hat.«

»Ich bin als Privatperson hier.«

»Ach.«

Kurz blieb der Schweizer vor einem anderen Fenster stehen und blickte hinaus, um sich Leander dann plötzlich wieder zuzuwenden.

»Und was hat Sie als Privatperson interessiert, wenn ich fragen darf?«

»Woher das Wasser stammt, das Eltsen unter dem Namen Puro Água vertreibt.«

Benedikt tauschte einen überraschten Blick mit Abel Peres.

»Und was haben Sie festgestellt?«

»Dass es aus dem Stausee stammt.«

Benedikt nickte, um seinen ungebetenen Gast abermals zu mustern. Aber nicht wie ein menschliches Gegenüber, sondern wie ein Exponat.

»Das war dann wohl für die Füchse, hm?«

Leander sah ihn fragend an.

»Ich sagte: Das war dann wohl für die Füchse«, wiederholte Benedikt etwas lauter und deutlicher.

»Füchse?«

»Kennen Sie die Redewendung nicht?«

»Was meinen Sie? Füchse?«

Der Manager von Eltsen fixierte ihn ärgerlich. Doch dann, während er ihn eingehender betrachtete, verflog sein Ärger und wich einer Erkenntnis. Er setzte sich neben Lost auf den freien Stuhl.

»Herr Lost, wann haben Sie das letzte Mal mit einer Frau geschlafen?«

Während Peres seine Verblüffung überspielen konnte, waren Leander die Bilder, die Philipp Benedikt in seinem Kopf damit auslöste, sofort präsent.

Er hatte, um sich auf ein Treffen mit Sabine vorzubereiten, alle Eventualitäten bedacht. Kino, Restaurantbesuch, Taxi und Fortpflanzung. Dass Sabine die Taxifahrt hatte ausfallen lassen, hatte ihn etwas aus dem Takt gebracht. Wie eine Bodenwelle in seinem Ablaufplan. Aber danach hatten sie gemeinsam den letzten Abschnitt begangen.

»Am 23. Juni vor zwöf Jahren«, antwortete Lost daher.

Während Peres ein zweites Mal Verblüffung erfasste, blieb sie bei Benedikt aus. Er lächelte sogar etwas.

Eine mimische Variante mit genügend eindeutigen Signalen für Leander, der das Lächeln erwiderte. Menschen erwarteten, dass man das tat.

»Und wer hatte die Idee, Sie hier einzuschleusen? Sub-Inspektor Rosado oder Esteves?«

»Beide.«

Benedikt nickte.

Benedikt hatte lediglich fünf Minuten benötigt, bis er sich erschöpfend informiert hatte. Peres und er geleiteten den Deutschen zum Pförtnerhaus, wo soeben Raul da Silva eingetroffen war und sich zu seinen Untergebenen gesellt hatte.

Graciana und Carlos, die eben noch eine hitzige Debatte mit dem Wachpersonal geführt hatten, wurden still, als sie den Alemão in Begleitung der beiden Männer auf sich zukommen sahen.

»Benedikt arbeitet also tatsächlich für Eltsen«, sagte Graciana leise zu Carlos und da Silva.

Die beiden quittierten das lediglich mit einem Nicken, weil das Trio sie nun erreichte.

»Guten Tag, Inspektor da Silva«, begrüßte Benedikt ihn und zu den beiden Sub-Inspektoren gewandt: »Guten Tag.«

»Senhor da Silva, Ihr deutscher Kollege hat sich unter einem falschen Namen Zutritt zu unserem Gelände verschafft. Ich weise ungerne darauf ...«

»Kommen Sie bitte, Senhor Lost«, unterbrach Raul da Silva und bedeutete ihm mit einer Geste, aus dem Betriebsbereich zu ihnen zu treten.

Leander kam der Aufforderung nach. Soweit Graciana sehen konnte, war er unverletzt. Das erleichterte sie mehr, als sie vermutet hätte.

»Geht es Ihnen gut?«

»Ja.«

Benedikt räusperte sich: »Inspektor da Silva, darf ich fragen, ob Sie von dem illegalen Eindringen vorab gewusst haben?«

»Selbstverständlich nicht.«

Graciana registrierte die Überraschung darüber bei Leander Lost.

»Nun«, fuhr der Schweizer ruhig fort, »aber Senhor Lost hat mir versichert, dass Ihre beiden Sub-Inspektoren hier nicht nur davon gewusst haben. Sie haben darüber hinaus auch einen Plan dazu entworfen und ihn offenbar mit einer erfundenen portugiesischen Dienstanweisung 240 über die Illegalität seines Handelns getäuscht.«

»Stimmt das?«, fragte Leander irritiert.

»Das klären wir später, Senhor Lost«, vertröstete Carlos ihn, dem der Ärger ins Gesicht geschrieben stand – der Ärger darüber, wie dumm sie gewesen waren.

»Sie arbeiten für Adles – *und* für Eltsen?«, fragte Graciana.

»Das ist korrekt. Ich helfe hier aus, weil der Geschäftsführerposten noch vakant ist.«

»Das ist interessant. Darüber hatten Sie uns bei unserem Besuch gar nichts erzählt.«

»Sie haben nicht gefragt. Mir will sich auch nicht erschließen, dass Eltsens Personalentscheidungen hier zur Debatte stehen. Ihr Austauschkollege hat in Ihrem Auftrag einen Hausfriedensbruch begangen. Was, Senhor da Silva, gedenken Sie jetzt zu tun?«

»Ich werde die Kollegen dazu auf der Dienststelle befragen«, erwiderte Raul da Silva knapp. »Und Sie?«

»Ich bin verpflichtet, das dem Konzern zu melden. Dann wird man dort reagieren.«

»Senhor Lost«, ergriff Graciana wieder das Wort, »führt die Leitung aus dem Stausee in das Gebäude?«

»Ja. Das Wasser aus dem See wird dort in Flaschen abgefüllt. Mithilfe einer großen Maschine. Ein Drittel des Wassers wird mit Kohlensäure versetzt, zwei Drittel ...«

Graciana unterbrach Leander empört und wandte sich an Benedikt: »Was sagen Sie dazu?«

»Ich sage dazu, dass Sie keinen Durchsuchungsbeschluss erwirkt haben. Das, was Senhor Lost sagt, ist daher nicht justiziabel.«

Da Silvas Blick wurde schmal, Graciana sah, wie er seine Kiefer aufeinanderpresste: »Verstehe ich das richtig? Sie pumpen tatsächlich Wasser aus dem Trinkwasserreservoir ab und füllen es in Flaschen?«

»Ich bin nicht verpflichtet, Ihnen darüber Auskunft zu geben«, erklärte Benedikt trocken.

»Aber Sie tun es«, stellte Graciana fest. Ihre Stimme zitterte vor Entrüstung.

»Und wenn?«, fragte der Schweizer.

»Das ist *unser* Wasser!«, polterte Carlos, der sich nicht länger im Zaum halten konnte, was durch die demonstrative Ruhe, die Benedikt an den Tag legte, noch befeuert wurde. »An der Algarve herrscht Trinkwasserknappheit! Die Bevölkerung wird dazu angehalten, Wasser zu sparen, wo es nur geht. Wenig zu duschen, die Gärten nicht zu wässern und was weiß ich noch alles, und Sie forcieren das, indem Sie Trinkwasser abpumpen und ein Geschäft daraus machen!«

»Ich sag Ihnen mal was, Sub-Inspektor ...«

»Ja, sagen Sie mir mal was!«

»Esteves«, mahnte da Silva ihn beifällig.

»Den Leuten das Wasser wegzunehmen! Das ist eine Sauerei!«

Benedikt schmunzelte: »Ich sag Ihnen Folgendes. Wir haben 97,5 Prozent Salzwasser auf der Erde und nur 2,5 Prozent Süßwasser. In den letzten hundert Jahren hat sich der Verbrauch verzehnfacht. In den USA verbraucht ein Mensch 300 Liter an einem Tag. In Europa zwischen 110 und 250 Liter, im Schnitt sind das zwei komplette Badewannen pro Kopf täglich!

Wasser wird zunehmend der kostbarste Rohstoff der Welt. Im letzten Jahrhundert hat man Kriege um Öl und um andere Bodenschätze geführt. Im 21. Jahrhundert werden Kriege ums Wasser ausbrechen, und man wird sie immer erbitterter ausfechten.«

»Und deswegen nehmen Sie es den Leuten jetzt schon weg?«, fragte Graciana wütend.

»Wir nehmen niemandem Wasser weg. Wir trinken das Wasser ja nicht selbst. Wir verkaufen es nicht in andere Länder. Das portugiesische Trinkwasser bleibt im Land. Es ist also nicht weg, es ist da.

Überlegen Sie mal: Wodurch entsteht Wert?«

»Durch Nachfrage«, antwortete Leander Lost sachlich.

»Ganz richtig. Lassen Sie es mich so formulieren: Wert entsteht durch Seltenheit. Ist Sand kostbar? Nein. Wir haben Sand im Überfluss. Niemand würde einem für ein Kilo Sand etwas bezahlen, keinen einzigen Cent. Ein Diamant hingegen ist ein so seltener Bodenschatz von außergewöhnlicher Härte, dass Menschen Unsummen dafür zahlen. Sie zahlen nicht für ein Mineral aus Kohlenstoff, sie bezahlen für die Seltenheit seines Vorkommens.

Und Wasser ... Wasser ist viel zu kostbar, als dass es so billig sein dürfte. Wasser ist ... ein Diamant. Aber wir behandeln ihn wie Sand. Es ist nichts wert, weil es kaum etwas kostet. Deshalb wird es verschwendet. Und deshalb ist es richtig, dass die Weltbevölkerung ermahnt wird, Maß zu halten. Denn wir haben diesen kostbaren Rohstoff in seiner Reinheit nicht im Überfluss. Wenn der Liter Wasser 10 Euro kosten würde, können Sie sich ausrechnen, wie sorgsam man damit umgehen würde.«

Kurz schwiegen die Polizisten, weil ihnen der Gedanke vernünftig erschien und sie im ersten Augenblick keine sinnvolle Erwiderung fanden.

»Für Sie«, meldete Leander Lost sich zu Wort, »ist das eine sehr bequeme Haltung. Die Bevölkerung bezahlt Eltsens Profit durch ihren Verzicht auf Wasser. Aber Sie oder Eltsen verzichten nicht. Die mangelnde Wertschätzung für Trinkwasser, die Sie den Portugiesen unterstellen, teilen Sie selbst. Sonst würden Sie daraus kein Geschäft machen.«

Benedikt wirkte verstimmt. Er warf Leander Lost einen langen Blick zu.

»Nein, wir regulieren den Wert nur. Adles bietet das Wasser des täglichen Gebrauchs günstig an. Erinnern Sie sich? Wir haben die Preise gesenkt! Das ermöglichen wir, indem wir das durch Eltsens Erlöse aus dem Verkauf von Wasserflaschen querfinanzieren. Anders gesagt: Die Käufer von Puro Água, die sich ein veredeltes Tafelwasser leisten, subventionieren den niedrigen Nutzwasserpreis für alle Haushalte. Dass Eltsen dabei nicht draufzahlt, liegt in der Natur eines Unternehmens. Aber Gewinner dieser Preispolitik sind gerade die finanziell schwachen Haushalte. Sie interpretieren eine kapitalistische Bosheit, ja, eine Arglist, in dieses Modell, das jeden der Beteiligten besserstellt, die niemand intendiert hat. Das ist, entschuldigen Sie das deutliche Wort, unanständig.«

Er holte tief Luft.

»Wie hoch ist die Gewinnmarge zwischen einem abgepumpten und einem verkauften Liter Wasser?«, fragte Leander ungerührt.

»Ich hab die Zahlen nicht im Kopf, Senhor Lost.«

»Ungefähr«, flankierte Graciana.

»Selbst, wenn ich die Zahlen parat hätte, Senhora Graciana, ich dürfte Ihnen dazu keine Auskunft geben.«

»Aber das räumen Sie ein«, stelle Raul da Silva fest.

»Was meinen Sie?«

»Dass Sie Trinkwasser abzweigen und in Flaschen verkaufen. Das haben Sie ja gerade ausgeführt.«

»Ja.«

Die Unverfrorenheit, mit der der Schweizer das zugab, sorgte für Sprachlosigkeit.

»Über Adles ist die Wasserversorgung weiterhin garantiert«, erklärte er daraufhin, »jeder bekommt sein Leitungswasser. Sogar billiger als vorher. Und wir dürfen einen bestimmten Anteil des Wassers in Flaschen füllen und verkaufen.«

»Sie privatisieren unser Wasser und verkaufen es an uns?«

»Das ist etwas verkürzt formuliert«, entgegnete der Schweizer. »Wir haben hier eine Win-win-Situation.«

»Ich werde das unterbinden«, sagte da Silva.

Philipp Benedikt schien unentschieden, ob er verärgert oder amüsiert sein sollte. Dann wandte er sich an Peres: »Rufen Sie Senhor Campos an, bitte.«

Abel Peres, dessen lässiger Attraktivität Graciana sich noch immer nicht gänzlich entziehen konnte, zückte sein Handy und tippte auf dem Display auf die Telefonnummer eines Kontaktes im digitalen Adressbuch.

Graciana ging wieder in die Offensive: »Warum, denken Sie,

hat Senhor Conrad einen Wagen aus Ihrem Fuhrpark fotografiert?«

Benedikt deutete ein Achselzucken an: »Ist das nicht Ihre Aufgabe, darauf eine Antwort zu finden, hm? Ich kenne sie nämlich nicht.«

»Senhor Campos«, sagte Peres und reichte dem Schweizer das Handy.

»Senhor Campos? Ah ... Philipp Benedikt. Wir hatten eben einen kleinen Vorfall in Odeleite. Ein Sub-Inspektor der Polícia Judiciária hat sich ohne einen Durchsuchungsbefehl Zutritt aufs Gelände verschafft. Unser Sicherheitspersonal hat ihn aufgegriffen und jetzt ... jetzt steht hier Inspektor da Silva. Da Silva, nicht wahr?«

Raul da Silva nickte. Er hatte mittlerweile die Hände in die Hüften gestützt.

»Ja, Inspektor da Silva. Aus Faro. Er bezichtigt uns der illegalen Wasserentnahme aus dem Stausee. Natürlich bin ich nicht verpflichtet, dazu Stellung zu nehmen, und kann die Angelegenheit unserer Kanzlei in Lissabon oder Zürich übergeben, aber mir ist daran gelegen, diese kleine Begebenheit im Sinne aller Beteiligten nicht unnötig aufzubauschen. Könnten Sie dem Inspektor bitte unsere Befugnisse erläutern? Ich weiß um Ihre kostbare Zeit. Danke.« Er reichte Raul da Silva das Handy: »Senhor Campos, der Direktor von Águas de Portugal.«

Graciana meinte ihren Vorgesetzten schlucken zu sehen, als er das Mobilfunkgerät an sein Ohr führte. Er hörte zu und sagte »Aha« sowie »Das wusste ich nicht« und »Ich verstehe«. Während des Gespräches, das keine Minute in Anspruch nahm, versteinerte da Silva zusehends, um dann das Handy an Philipp Benedikt zurückzureichen.

Er wandte sich an Graciana, Carlos und Leander Lost: »Das war Mário Campos von Águas de Portugal. Er sagt, dass Eltsen berechtigt ist, das Wasser aus dem Stausee abzuzweigen. Und zu verkaufen. Das ist ... ein Passus im Privatisierungsvertrag.«

Graciana hatte das Gefühl, als stünden sie alle mit heruntergelassenen Hosen vor dem Schweizer, dem die Sache nicht mal wichtig genug erschien, um jetzt Triumph zu empfinden. Carlos senkte den Blick, und Graciana musste lange zurückdenken, um sich an eine Situation zu erinnern, in der sie Raul da Silva ähnlich düpiert erlebt hatte – ihr Gedächtnis reichte nicht weit genug.

»Das stinkt.«

»Wie?«

»Das stinkt«, wiederholte Carlos.

Benedikt schüttelte den Kopf: »Ich habe es Ihnen gestern bereits zu erklären versucht, Sub-Inspektor Esteves. Dieses Land hat einen gewaltigen Schuldenberg abzubauen. Deswegen verkaufen alle Staatsbetriebe etwas von ihrem Silberbesteck. Águas de Portugal leistet dazu seinen Beitrag: nämlich den Stausee von Odeleite.« Er richtete den Blick auf da Silva: »Sie haben eben gesagt, Sie werden das unterbinden. Ich fürchte, Sie nehmen sich da eine Portion vor, an der Sie sich verschlucken werden.«

»Das lassen Sie mal meine Sorge sein.«

»Ihr Teller.«

»Ja.«

Die beiden tauschten einen unversöhnlichen, harten Blick.

»Und was ist mit Ousman Jobe?«

Die Aufmerksamkeit der anderen flog Leander Lost zu.

»Ich habe ihn hinten auf dem Gelände gesehen bei ein paar Bauwagen. Als ich ihn festnehmen wollte, ist er geflohen, und dann hat mich ... der Herr hier aufgehalten.«

»Jobe?«, fragte da Silva. »Sind Sie sicher?«

»Absolut.«

Jetzt richteten die Blicke sich auf Philipp Benedikt. Der zog vor Überraschung eine Augenbraue hoch: »Der Mann, den Sie suchen, richtig?«

»Richtig«, sagte Graciana. »Wie kann es sein, dass der bei Ihnen arbeitet?«

»Ich wüsste nicht, dass er das tut. Senhor Peres?«

Abel Peres schüttelte leicht den Kopf: »Ein Senhor Jobe arbeitet hier nicht.«

»Oh, Sie kennen alle Mitarbeiter beim Namen?«, fragte Carlos mit unverblümtem Sarkasmus, den der Sicherheitschef an sich abgleiten ließ: »Ja.«

»Möglicherweise hat er unter einem anderen Namen hier gearbeitet?«, hakte Benedikt nach.

»Nein«, widersprach Peres. »Jeder, der einen Mitarbeiterausweis von uns erhält, muss vorher seinen Personalausweis vorlegen, den wir kopieren. Dazu müsste dieser Jobe über einen gefälschten Ausweis verfügt haben. Ich halte das nicht für wahrscheinlich.«

Raul da Silva trat vor und hielt Peres ein Foto unter die Nase, das Ousman Jobe zeigte. Auch Benedikt warf einen interessierten Blick darauf. Unisono schüttelten er und sein Sicherheitschef die Köpfe.

»Nein, noch nie gesehen.«

»Ich auch nicht«, bestätigte Peres.

Benedikt wandte sich an da Silva: »Wir hatten hier schon mal für eine Woche einen Obdachlosen, der über den Zaun geklettert ist und dort hinten campiert hat. So etwas kann man natürlich nie gänzlich ausschließen.« An Peres gerichtet: »Sie befragen die Arbeiter hinten an den Bauwagen. Wir können so was nicht dulden.«

Graciana sah zu Carlos – stumm kamen sie überein, dass Benedikt log.

»Ein flüchtiger Straftäter und Mordverdächtiger auf Ihrem Firmengelände«, sagte da Silva ruhig, »das hat einen komischen Beigeschmack.«

Benedikt wollte im Affekt etwas erwidern, er hatte den Mund schon geöffnet, fuhr sich stattdessen aber mit der Zunge über die Lippen und sammelte sich. Nickte dann schließlich. »Hatten Sie ihn nicht schon? Ich meine: Ist er Ihnen nicht entkommen, dieser Straftäter? Trotz Bewachung? Das hat, wenn man möchte, auch einen gewissen Beigeschmack, nicht wahr? Ich gebe Ihnen einen guten Rat, Inspektor da Silva: Diese Vorhaltungen bringen uns nicht weiter. Ich habe Ihnen aus reiner Gefälligkeit Ihre Vermutung bestätigt, dass Eltsen eine vertraglich zugesicherte Menge an Trinkwasser in gereinigter und veredelter Form vertreiben darf. Was das Eindringen von Senhor Lost auf unser Firmengelände betrifft, übergebe ich diese Angelegenheit an unsere Rechtsabteilung. Kann ich sonst noch etwas für Sie tun?«

Sie gingen auf ganzer Linie geschlagen vom Feld.

Graciana überließ ihrem Vorgesetzten das Steuer des Volvos, in dem Carlos und Leander sich die Rückbank teilten. Für gute fünf Minuten schwiegen sie und leckten still ihre Wunden.

»Was ist mit einer Ringfahndung für Jobe?«, meldete Carlos sich schließlich zu Wort.

»Der ist längst wieder abgetaucht«, antwortete da Silva. »Und er steht sowieso nach wie vor auf der Fahndungsliste.«

Graciana musterte ihn von der Seite. Die Locken, die ihm in die Stirn fielen, die Lachfalten, die sich aus seinen Augenwinkeln in Richtung braun gebrannte Schläfe zogen. Ihr Chef sah abgekämpft aus, und sie konnte den Anblick nur kurz ertragen.

»Kein guter Tag, Piaf«, sagte er so leise, dass seine Worte beinahe vom Fahrtwind gefressen wurden.

»Es war eine hirnrissige Idee«, sagte Graciana.

»Danke«, erwiderte da Silva.

»Nein«, sagte Graciana schnell und mit echtem Bedauern, »das meinte ich nicht. Wir hatten die ja alle gemeinsam.«

»Ich nicht«, widersprach Leander.

»Nicht Ihr Fehler, Chef«, fügte Carlos hinzu, der Leanders Einwand als das nahm, was er war: eine Feststellung, nicht mehr.

Stille.

»Wissen Sie, Senhor Lost«, nahm Graciana den Faden auf, »wenn ein Team etwas gemeinsam beschließt und vor allem gemeinsam durchführt, dann trägt es auch gemeinsam die Konsequenzen.«

Leander schaute hinaus auf die Pinienwälder und die Obst- und Gemüsestände, an denen sie vorbeifuhren und hinter denen Frauen in bunten Kleidern oder Männer mit Strohhüten im Schatten saßen und dösten, während sie auf Kundschaft warteten. »Aber die interne Dienstanweisung 240 gibt es nicht«, sagte er schließlich und wandte seinen Blick wieder ins Wageninnere.

Für ein paar Sekunden herrschte Schweigen.

»Das stimmt«, räumte Raul da Silva ein.

»Also haben Sie mich belogen«, folgerte Leander. Und obwohl es wie eine weitere Feststellung klang, meinte Graciana, den Unterton einer Kränkung zu hören, wie ein unsichtbares Band, das den Wörtern eine andere Schwingung verlieh.

»Ja«, gab sie zu.

Sie konnte im ersten Augenblick nicht einordnen, warum sie einen Kloß im Hals verspürte. Aber als sie sich umwandte und sah, dass auch Carlos sich weit wegwünschte, wusste sie, woher dieses Gefühl rührte: Es war, als hätten sie das Vertrauen eines Kindes missbraucht, und sie schwor sich, das nie wieder zu tun. Niemals.

»In einem Team«, antwortete Leander, »belügt man sich nicht. Sonst ist man kein Team.«

»Wir werden das nicht wieder tun, ich verspreche es Ihnen.«

Leander sah ihr in die Augen, als versuche er dabei, tief in sie zu tauchen, um zu ergründen, aus welchem Holz dieses Versprechen gemacht war.

»Da schließe ich mich an«, sagte Carlos.

Leander nickte. Er sah wieder hinaus. Jetzt konnte er weiter hinten das Meer sehen, das in einem tiefen Blau die Sonne reflektierte. Es hatte den Anschein, als würde es weiter hinten zum Horizont hin nur noch aus silbernen Wellen bestehen.

»Ich hab Hunger«, sagte er unvermittelt.

TAG VIER

20.

»Duarte übernimmt.«

Raul da Silva saß hinter seinem Schreibtisch in der Dienststelle in Faro und äußerte das ebenso abschließend wie verärgert.

Graciana Rosado und Carlos Esteves standen ihrem Chef gegenüber. Er hatte sie gebeten, sich ohne Leander Lost bei ihm einzufinden.

»Wie: Duarte übernimmt?«, fragte Carlos, der als Erster seine Sprache wiederfand.

»Er übernimmt den Fall Conrad«, fügte da Silva hinzu, »ihr stellt ihm euren Ermittlungsstand zur Verfügung. Ab jetzt ist es sein Fall.«

»Das können Sie nicht machen«, brachte Carlos hervor.

»Doch. Muss ich sogar.« Da Silva stützte die Ellbogen auf die Schreibtischplatte und faltete die Hände wie zum Gebet. »Es gibt nur eine Möglichkeit, wie wir alle aus der Nummer wieder rauskommen«, eröffnete er seinen Sub-Inspektoren.

Früh am Morgen hatte bei da Silva zu Hause das Telefon geklingelt.

Graciana kannte das kleine Haus der da Silvas mit den gelb umrahmten Fenstern und der Terrasse aus Bruchstein im Hinterland zwischen Fuseta und Moncarapacho noch aus ihrer Kindheit. Die Auffahrt war von Johannisbrotbäumen umsäumt, und die grün geschuppten Eidechsen huschten in den Mauern aus Muschelkalk umher.

Raul da Silva hatte schon früh eine Stelle ganz oben angestrebt. Aber seine Frau Catarina stammte aus Olhão und hing an ihrer Heimat. Ihr zuliebe war er hiergeblieben, obwohl die Aufstiegschancen innerhalb der Polícia Judiciária in Faro sehr begrenzt waren. In Porto oder Lissabon hingegen hätte es diverse Möglichkeiten gegeben.

Morgen würden sie umziehen, in ein neueres Haus unten an der Küste. Catarinas Vater war Neurochirurg, ihre Mutter Galeristin. Sie hatten es Raul anfangs nicht leicht gemacht, bei ihnen einen Fuß auf den Boden zu bekommen. Aber Catarina hatte diesen Mann heiraten wollen, ganz gleich, was ihre Eltern dazu sagten, und diese bedingungslose Liebe hatte alle entwaffnet – selbst Graciana und Carlos, die fanden, dass Catarina immer etwas über den Dingen schwebte.

Bis heute versuchte ihr Chef, die Einkommensunterschiede zwischen seinen Schwiegereltern und ihm nicht allzu offensichtlich hervortreten zu lassen, und auch wenn ihm sein altes Elternhaus im Hinterland gereicht hätte, erfüllte er seiner Frau den Wunsch nach einem neuen Refugium. Oft hatte er am Wochenende mit zwei, drei Freunden auf dem Bauplatz ausgeholfen, damit ihm die Kosten nicht um die Ohren flogen.

Heute Morgen hatte sich am anderen Ende der Leitung jedenfalls Lionel Martins befunden, seines Zeichens stellvertretender Polizeipräsident in Faro. Martins war außerordentlich verstimmt gewesen. Anlass dafür war der Umstand, dass ihn Polizeipräsident Lopes persönlich in dessen Amtszimmer zitiert hatte.

Eltsen war noch am späten Nachmittag des gestrigen Tages aktiv geworden und hatte Gabriel Neto, einen gefürchteten Rechtsanwalt, spezialisiert auf europäisches Wirtschaftsrecht, mit der Vertretung seiner Interessen betraut. Ohne Zweifel war dies auf die Initiative von Philipp Benedikt zurückzuführen, daran hatte Raul da Silva nicht den geringsten Zweifel.

Neto jedenfalls hatte dem Polizeipräsidenten bei einer kurzen Unterredung deutlich dargelegt, dass es aus Eltsens Sicht nur eine Option gab: eine Dienstaufsichtsbeschwerde gegen die beteiligten Beamten, außerdem die Zusicherung, dass Eltsen, Adles und Senhor Benedikt als deren lokaler Repräsentant von weiteren willkürlichen Behinderungen ihrer Geschäftstätigkeit verschont blieben.

Die Anmerkung des Anwalts, dass ein Mann mit Lopes' Erfahrung und kluger Amtsausübung so eine *Guerillaoperation* (er hatte das wortwörtlich so bezeichnet) natürlich niemals selbst abgesegnet oder gar angeordnet hätte, dass diese Tatsache bei einer zivilrechtlichen Klage Eltsens durch die Berichterstattung in Presse und Rundfunk in der öffentlichen Wahrnehmung aber möglicherweise untergehen und sein über Jahre mühsam aufgebauter tadelloser Ruf dabei höchstwahrscheinlich einen irreparablen Schaden erleiden würde, hatte den Polizeipräsidenten alles andere als fröhlich gestimmt.

So hatte er seinen Stellvertreter Martins also dazu verdonnert, unverzüglich für Ordnung in seinem Verantwortungsbereich zu sorgen. Und zwar so nachdrücklich, dass ein weiterer Vorfall dieser Art in Zukunft absolut ausgeschlossen war. Lopes hatte dabei deutlich gemacht, dass er nicht gewillt war, für Verfehlungen in Martins' Bereich den Kopf hinzuhalten. Und dass er von seinem Stellvertreter erwartete, die Angelegenheit mit geeigneten internen Maßnahmen zu regeln.

Martins, der sich, wenn Lopes in drei Jahren in Pension ging, berechtigte Hoffnung auf die Stelle seines Vorgesetzten machte, wollte diese Option uneingeschränkt erhalten wissen und hatte Inspektor Raul da Silva daher befohlen, die Sub-Inspektoren Rosado und Esteves von dem Fall, der sie in Berührung mit Eltsen gebracht hatte, mit sofortiger Wirkung abzuziehen und den deutschen Kommissar nach Hause zu schicken.

War das nicht dieser Rüpel, der auf einen von ihnen geschossen hatte?

Lionel Martins hatte, auch um das Ansehen der Truppe und seine eigene Position vor Lopes nicht zu schwächen, die Strafvereitelung im Amt der beiden Kollegen in Sachen Cannabis-Anbau, die ihm von Duarte angezeigt worden war, nicht weiter nach oben getragen. Er hatte sich in da Silvas Anwesenheit selbst für seinen Instinkt gedankt. Außerdem für seine Weitsicht und sein allgemeines Geschick in dieser Sache.

»Das ist der Stand der Dinge«, beendete Raul da Silva seinen Bericht. »Wir müssen hier die Reißleine ziehen, die für alle am wenigsten Schaden anrichtet. Sonst kriegen wir richtig Ärger.«

Mit jedem weiteren Satz während da Silvas Schilderung hatte sich Gracianas Eindruck verstärkt, dass ihrem Chef die Hände gebunden waren.

»Ausgerechnet der Pfau«, sagte Carlos, »hat der sich nicht schon mal in seinem Badezimmer verlaufen?«

»Die Fahndung nach Ousman Jobe läuft. Duarte kann ja nichts falsch machen. Irgendwann geht Jobe uns ins Netz und dann kann er ihn wegen Conrad verhören. Und ich werde sicher dabei sein. Tut mir leid, mehr war nicht rauszuholen.«

Das Bedauern ihres Chefs, sie nicht in dem Maße vor dieser disziplinarischen Maßnahme geschützt zu haben, wie er vorgehabt hätte, nahm die beiden für ihn ein.

Graciana räusperte sich: »Aber das mit Senhor Lost geht so nicht.«

»Er hat uns vertraut«, fügte Carlos hinzu.

Die Worte ihres Kollegen trafen Graciana wie ein warmer Sonnenstrahl.

Raul da Silva nickte. »Ich kann euch beruhigen. Ich habe mit Hamburg telefoniert, mit einem Senhor ...«, er warf einen

Blick auf seinen Notizblock, »... mit einem Senhor Lehmann. Er hat sehr auf die Einhaltung des Austauschprogramms bestanden. Und auch anklingen lassen, dass er die Sache im Zweifelsfall in Den Haag vortragen wird. Ich habe mich mit Lionel Martins abgestimmt. Senhor Lost bleibt euch also erhalten. Er wird nur wie ihr nicht weiter mit dem Fall zu tun haben.«

Graciana lächelte.

Sie legten dem Kollegen Duarte die Sache auf der Terrasse des *Tédia* auseinander, seinem neuen Lieblingslokal – er ging seit einer Woche ständig vor der Arbeit auf einen Bica dorthin, um bei einer jungen Kellnerin Eindruck zu schinden. Ihr Name war Xana.

Sie war eine Studentin in ihren Zwanzigern, und auch wenn Carlos Miguel Duarte für einen ahnungslosen Windbeutel hielt, musste er – als Xana ihnen die Getränke brachte und Duarte sich den Scheitel nachzog – einräumen, dass er zumindest nicht blind war.

»Und dann gibt es da noch die Sache mit Eltsen«, sagte Graciana gerade.

»Ich werde diesen Mord an O Olho aufklären«, sagte Duarte unvermittelt und versuchte ein Gesicht zu machen wie Steve McQueen. Xana nahm gerade noch etwas vom Nachbartisch mit.

»Aha«, sagte Carlos, »aber du solltest ...«

»Ich lass mich von niemandem aufhalten«, unterbrach Duarte ihn.

Als Xana Gläser und Geschirr ins Restaurant trug, konnte man wieder normal mit ihm reden.

Einen Anlass, die Verbindung von O Olho über Jobe bis hin zu der Wasserentnahme durch Eltsen samt der doppelten Personalie Benedikt in den Firmen Eltsen und Adles näher zu beleuchten, sah er indessen nicht. Zumal da Silva ihn bereits in Kenntnis gesetzt hatte, dass Eltsen diese Angelegenheit vertraglich fixiert hatte.

»Es ist doch offensichtlich, dass das stinkt«, wandte Carlos ein.

»Daran ist nichts offensichtlich – außer eurer Neigung, Zusammenhänge zu konstruieren, wenn ihr nicht in der Lage seid, einen tatsächlichen Zusammenhang zu finden.«

Carlos kippte seinen doppelten Bica um, und Miguel Duarte sprang nicht schnell genug auf, um seine Anzughose in Sicherheit zu bringen.

»Jetzt sieh dir das an.«

»Ich war ungeschickt, tut mir leid.«

»Man hört nicht, dass es dir leidtut, Esteves.«

»Ehrlich.«

»Hach, so eine Scheiße«, zischte der gebürtige Spanier verärgert, während er mit einer Papierserviette die Flecken auf seiner Hose wegzureiben versuchte. »Hast du eine Ahnung, was so ein Anzug kostet?«

»Fünfzig Euro?«

Duarte sah ihn wütend an.

»Fünfundsiebzig?«, legte Carlos ungerührt nach.

»Du reibst den Kaffee nur noch tiefer in den Stoff«, sagte Graciana ruhig. »Lass es trocknen und bring die Hose zur Reinigung.«

Duarte wusste, dass sie recht hatte. Er pfefferte die Serviette auf den Tisch.

»Zwei Verbindungen reichen von Markus Conrad zu Eltsen«, fuhr Graciana ruhig fort. »Erstens der Transporter. Das Foto, das Conrad davon geschossen hat, führt zu Eltsen. Zweitens Ousman Jobe. Der Mann, der Conrads Büro angezündet hat, hat sich auf dem Firmengelände von Eltsen aufgehalten. Das ist kein konstruierter Zusammenhang, sondern einer, der ins Auge fällt. Also solltest du in diese Richtung auch ermitteln.«

Miguel Duarte war noch immer über seinen Anzug verärgert.

»Ich ermittle in die Richtung, die mir richtig erscheint«, erwiderte er gereizt. »Alleine die Sache mit dem Transporter. Die bezieht sich auf ein *vielleicht* vorhandenes Foto mit einem *vielleicht* richtig erinnerten Kennzeichen. Der Alemão will es gesehen haben – in einer *Spiegelung*! Ehrlich, als euer Chef hätte ich euch auch von dem Fall abgezogen.«

Graciana kannte Duarte schon eine ganze Weile. Und in dieser war er ihr nicht durch geistige Flexibilität aufgefallen. Er würde innerhalb des Polizeiapparates nur durch Fleiß weiter aufsteigen. Und indem er seine Ellbogen benutzte.

Da näherte sich Xana wieder ihrem Tisch.

Duarte legte schnell Carlos' Serviette auf seine Hose und bemühte sich um eine gelassene Miene.

Aber Xana hatte keinen Blick für ihn: »Senhora Graciana Rosado?«

Graciana sah überrascht auf. »Ja?«

»Telefon für Sie.«

Graciana zögerte nur kurz, dann stand sie auf und folgte Xana ins Innere, vorbei an den Tischen mit Gästen, hauptsächlich ältere Männer und junge Mütter, und auch vorbei an der ausladenden Theke, hinter der sie kunstvoll verziertes Gebäck daran erinnerte, dass sie nur einen Bica gefrühstückt hatte.

Auf dem schmalen Gang zu den Toiletten befand sich das Telefon. Das Mobilteil lag neben der Aufladeschale. Xana reichte es ihr.

»Obrigada.«

»De nada.«

Die junge Frau machte sich wieder auf den Weg nach vorne, und Graciana war alleine. Nur die Gesprächsfetzen der Gäste und Geräusche aus der Küche drangen zu ihr.

»Ja? Rosado?«

»Kennen Sie Madalena Pinto?«, fragte eine Stimme, die einem Mann vermutlich um die vierzig gehörte.

Diese vier in eine Frage gekleideten Worte berührten etwas ganz weit hinten in Gracianas Kopf. Etwa so, als existiere dort ein kleines Organ, das auf schwachen Strom reagieren würde. Und nun ein Kribbeln dicht unter der Kopfhaut erzeugte, das sich am Rande der Wahrnehmbarkeit befand. Sie war so wach wie nach zehn Bicas.

»Wer sind Sie?«

Obwohl sie sich zu einem möglichst beiläufigen Ton zwang, konnte sie ihre Aufregung nicht ganz unterdrücken.

»Ich weiß, dass Sie spätestens nach unserem Gespräch den Anruf zurückverfolgen lassen werden. Vielleicht tun Sie das schon parallel. Deshalb ... ist meine Zeit begrenzt.«

Graciana presste sich den Hörer tief an die Ohrmuschel, um alles zu hören. Jedes Detail. Ob der Anrufer sich in der Nähe einer Straße befand oder einer Bahnlinie beispielsweise. Oder ob er ...

Und dann wusste sie es – er war ganz in der Nähe. Musste er sein, um zu wissen, dass er sie im Tédio erreichen würde. Dass er sie *jetzt* dort erreichen würde. Sie war das erste Mal im neuen Stammlokal von Duartes Libido. Also hatte der Anrufer sie verfolgt.

»Sind Sie noch dran?

»Ja«, antwortete sie schnell, »ich führe solche Gespräche eigentlich nicht.«

»Ich auch nicht«, sagte der Mann wie zum Trost.

Graciana bog den Kopf zur Seite und schaute durch die Fenster hinaus über den angrenzenden Platz. Hier und da telefonierte jemand mit dem Handy. Aber niemand blickte in Richtung des Lokals. Wenn sie nur eine Möglichkeit finden könnte, Carlos auf sich aufmerksam zu machen ...

Da entdeckte sie in der Wandnische gegenüber neben den Speisekarten ein paar kleine Notizblöcke und Stifte für das

Personal. Sie schnappte sich einen und schrieb eine kurze Nachricht an Xana, während der Anrufer weitersprach.

»Also: Kennen Sie Madalena Pinto?«

»Nein. Ich meine: Wo wohnt sie?«

»An der Straße von Pechão nach Areia, an der N2-6.«

»Gut. Und warum wollen Sie das wissen?«

»Andersherum.«

»Ich verstehe nicht.«

Sie war mit der Nachricht fertig und winkte Xana, die gerade an einem der Tische bei einem Pärchen abrechnete. Die junge Studentin las an Gracianas eiliger Geste deren Dringlichkeit ab und kam schnell auf sie zu.

»Die Frage ist, warum Sie das wissen wollen«, belehrte der Mann sie.

Er sprach ruhig und überlegt – er war über vierzig, legte Graciana sich fest. Ein wacher Typ. Gebildet. Auf der Hut. Die Stimme war nicht sehr tief. Kein großer Resonanzkörper. Sie stellte sich einen hageren Mann vor. Der eine Brille trug. Natürlich deutete nichts darauf hin, weil eine Brille kein Geräusch verursachte. Aber die Brille wurde von seiner Stimme erzeugt.

Xana stand vor ihr. Mit einem Zeigefinger über den Lippen bedeutete sie ihr, sie nicht anzusprechen. Stumm reichte sie der jungen Frau den Zettel mit der Botschaft und deutete mit der freien Hand hinaus zu Carlos und Miguel Duarte. Sie ist zu klug für den Spanier, dachte Graciana, weil die Studentin sofort verstand, den Zettel schweigend und ohne zu zögern an sich nahm und damit eilig die Terrasse ansteuerte.

»Sagen Sie mir, warum ich das wissen will«, erwiderte sie, um ihr Gegenüber zum Reden zu verführen.

Für ein paar Sekunden war es still in der Leitung. Und als Graciana annahm, er habe aufgelegt, holte er tief Luft und sagte: »Finden Sie's heraus.«

21.

Obwohl Soraia Rosado ihm gesagt hatte, sie schaue etwa alle zehn Tage in der Villa Elias vorbei und mache dann sauber, stand sie heute schon wieder vor der Tür und klingelte. Lost war bereits aufgestanden und öffnete die Eingangstür. Er diagnostizierte *latenten Putzfimmel.*

Soraia trug hellgraue Shorts und eine schwarze Bluse. Außerdem einen Hauch von einer Kette. Ihre Augen wirkten heute größer und auffälliger. Das lag am Kajal.

»Guten Morgen, Leander.«

»Bom dia. Du bist etwas zu früh.«

»Zu früh?«

»Ja, sechs Tage.«

Wie ein Angreifer aus dem Nichts sprang ihn in dem Moment ein Impuls an. Nämlich der, die Tür weiter zu öffnen und ein wenig guten Ton zu versuchen. Dafür gab es kein rationales Motiv, was ihn gemeinhin verunsicherte, denn wer ohne Motivation in den Tag zog, stocherte ziellos und ineffizient im Nichts – für Leander eine schreckliche Vorstellung.

»Komm doch herein«, sagte er und befolgte dabei die Leitlinie des guten Tons, die er aus unzähligen Small-Talk-Analysen und mit dem Wälzen ärztlicher Fachliteratur umrissen hatte: einfach Sätze fallen zu lassen, die keinem Erkenntnisgewinn dienten und einen auch nicht wirklich interessierten.

»Wie hast du geschlafen?«

»Danke, gut. Und du?«

Sie lief wieder rot an.

»Interessiert dich das wirklich?«

»Nein«, lachte sie.

»Aber du hast mich gefragt.«

»Ich wollte nett sein.«

»Warum?«

»Weil … weil … es erleichtert das Zusammenleben, wenn alle sich bemühen und etwas Freundlichkeit an den Tag legen.«

»Auch wenn man es gar nicht freundlich meint?«

»Ja, vermutlich auch dann.«

Sie stellte ihre Einkaufstasche in der Küche ab und bereitete ein Frühstück vor.

Leander nahm an, dass sie Hunger hatte, weil Soraia ihr Primärziel aus den Augen verloren hatte. Aber als er durch das Fenster ihren kleinen Wagen im Hof stehen sah, erinnerte er sich an dessen Innenleben und zog seine Putzfimmel-Diagnose zurück.

Ihre Aussage, im Haus sauber machen zu wollen, schloss er, war ein Vorwand. Streng betrachtet eine Lüge. Aber da Menschen im Schnitt über zweihundertmal am Tag logen (wer sollte das auseinanderhalten?), maß er dem nicht allzu viel Gewicht bei.

Bloß weswegen war sie dann hergekommen? Aß sie vielleicht ungerne alleine? Bei seinem Team in Hamburg war das ein auffallender Faktor. Über die Hälfte der alleinstehenden Kollegen luden gerne Frauen in Restaurants ein – offenbar, um nicht alleine am Tisch zu sitzen.

Soraia stellte ihre Einkäufe auf ein Tablett, presste Orangen aus, schäumte Milch für den Cappuccino auf und kochte Eier ab. Leander stellte Teller dazu und übernahm das Geschirr und die Gläser.

Als Soraia eine Schale mit Brötchen und eine mit Obst nach draußen trug, entdeckte sie an der Stelle, an der er offenbar gesessen hatte, einen Füller, der auf weißem Papier lag. In akkurater Schrift hatte Lost darauf etwas festgehalten – allerdings auf Deutsch.

»Was hast du da geschrieben?«

»Das sind Notizen.«

»Aha.«

Sie lächelte und sah ihm direkt in die Augen. Des guten Tons wegen lächelte er zurück. Er hatte die Ärmel seines weißen Hemds fein säuberlich und auf die identische Höhe hochgekrempelt. Leander trug seine Anzughose, aber seine nackten Füße steckten in Espadrilles.

»Und was sind das für Notizen?«

»Ich mache mir Gedanken über die Besiedlung des Weltalls.«

Dann machte Soraia den entscheidenden Fehler, denn ein Asperger, der Ermüdung und Langeweile nicht aus der Mimik des anderen decodieren kann, neigt zu Monologen über sein Leib-und-Magen-Thema: »Und ... wie sollte die aussehen?«

Während des rund einstündigen Frühstücks erfuhr Soraia, dass die Erde so oder so dem Untergang geweiht war, spätestens in vier Milliarden Jahren, wenn die Sonne sich im Todeskampf ausdehnte und sie daher verglühen musste. Aber auch schon vorher sah es nicht allzu rosig aus. Laut Leander Lost hielt es sich die Waage, ob die Menschheit durch einen kosmischen Irrläufer, einen Asteroideneinschlag, in einen nuklearen Winter gestoßen oder sie ihre Vernichtung selbst übernehmen würde: unreguliertes Bevölkerungswachstum mit den Folgen der Lebensmittel- und Trinkwasserknappheit samt jener Kriege, die darum ausbrechen; ein biologischer Virus, der aus einem der geheimen Biowaffenlabore entkommt und eine Pandemie auslöst; Klimaerwärmung mit dem Abschmelzen der Polkappen und so weiter und so fort.

Leanders Favorit war der Asteroid, der sie aus der Bahn schubsen würde. Er kam aus dem Nichts, brachte manchmal nur 48 Stunden Vorwarnzeit mit sich und traf auf eine Menschheit, die sich über unterschiedliche Götter den Schädel einschlug, statt eine gemeinsame Asteroidenabwehr auf die Beine zu stellen und das zu tun, was jedes Tier von der Ameise bis zum Löwen als primäre Aufgabe intuitiv erledigte: Arterhaltung.

Die Menschheit musste sich dringend eine zweite Option erschaffen. Und dann eine dritte, vierte in anderen Sonnensystemen.

Die naheliegendste Option bildete der Mars. Die Reise dorthin dauerte acht Monate. Er war ein Sechstel so groß wie die Erde und hatte nur ein Drittel der Schwerkraft (Leander Lost malte Soraia anhand der Sprünge eines Strichmännchens auf, was das bedeutete). Da der Mars seine Atmosphäre nach und nach durch Sonnenwind und durch das Fehlen eines Magnetfeldes verlor (was einem Magneten, den man von der Erde mitbrachte, aber nicht seiner Kraft beraubte, wie er in einem thematischen Schlenker in die Lehre vom Magnetismus ausführte), musste das dringend geändert werden – und zwar durch Erwärmung. Zum Beispiel, indem man Unmengen an überlebensfähigen Pflanzen (kleiner Exkurs über Algen) dort anbaute, die – schöner Nebeneffekt für den Menschen – aus dem Kohlendioxid Sauerstoff abspalteten (die Marsatmosphäre bestand immerhin zu 95% aus CO_2). Oder Satelliten mit riesigen Reflektoren ausstattete und sie in eine Orbitposition schoss, von der aus sie das Sonnenlicht reflektierten und auf die Polkappen des Mars bündelten. Oder, wie andere vorschlugen, indem man ein paar Hundert Atombomben zündete.

Wegen der Gefahr von Asteroideneinschlägen, der UV- und kosmischen Strahlung würden die Menschen unter dem Boden wohnen. Der Mars verfügte über Lavahöhlen, die sich sehr tief und über Hunderte Kilometer lang erstreckten. Sie waren prädestiniert als Unterkunft für die Kolonisten von der Erde.

»Nun ja«, sagte Leander, »ich will nicht allzu sehr ins Detail gehen, »aber das wäre ja nur der erste Schritt. Irgendwann muss diese Spezies ihren Fuß auf einen Planeten außerhalb des Sonnensystems setzen: Wenn die Erde tatsächlich von einem Asteroiden getroffen wird, der so groß ist oder so viel Wucht mitbringt, um alles hier auszulöschen, muss das nicht zwangsläufig das Ende der Spezies Mensch bedeuten.«

»Dein Kaffee ist kalt geworden, glaube ich.«

»Nicht schlimm.«

Soraia genoss es, trotz des astronomischen Crashkurses, der sie um ein Haar in den Schlaf befördert hätte, mit Leander hier zu sitzen. Wie ein Ehepaar auf der Terrasse seines Hauses. Für zwei, drei Minuten schwiegen sie und überließen den Vögeln und den Grillen das Reich der Töne.

Bis Leander den Blick auf Soraia richtete.

»Ist Senhor Esteves verheiratet?«

»Nein.«

»Und deine Schwester?«

»Sie ist mit João zusammen. Er arbeitet für die Zeitung.«

»Ein Reporter.«

»Ja.«

»Und du? Bist du verheiratet?«

Wieder kam ihre gute Durchblutung zur Geltung.

»Nein.«

»Warum nicht? Bist du lieber alleine?«

»Nicht unbedingt ... ich komme aber gut alleine zurecht. Und ich bin auch lieber mit mir alleine als mit dem falschen Mann zu zweit.«

Das konnte Leander gut nachvollziehen.

»Ich bin auch lieber alleine«, sagte er dann.

»Zwei Einzelgänger können sich gut arrangieren«, sagte Soraia, »wenn sie sich gegenseitig genug Platz lassen.«

Leander nickte.

»Dass du nicht mit dem falschen Mann leben willst, ist logisch. Aber was ist mit dem richtigen? Du bist doch sicherlich mit vielen aufgewachsen in Fuseta.«

»Ja«, antwortete sie und machte den Eindruck, als streife sie in ihren Erinnerungen die Jungs aus ihrer Teenagerzeit und dann später die jungen Männer. Sie wirkte dabei melancholisch. »Aber als ich mich von einem falschen getrennt hab, waren all die guten Jungs schon vergeben.«

Leander erfasste, was sie meinte.

»Das klingt traurig«, sagte er und brachte sie damit zum Lächeln.

Er spürte ihre Blicke auf sich, auf seiner Nase und den Wimpern, auf dem Bogen seiner Ohrmuschel und den Stoppeln seiner Haare. Auf seinen schmalen Fingern und dem Oberarm und seiner Brust und dem Kinn.

Natürlich war er es gewohnt, dieses Mustern anderer Leute, wenn er mal wieder etwas gesagt hatte, was aus der Norm fiel und daher für Befremden oder Empörung sorgte, oder vom Erzähler eines Witzes einen indignierten Blick zu ernten, wenn er nicht in das Lachen der anderen einfiel. Mit der Zeit war es Leander gelungen, diese Blicke zu klassifizieren und daraus abzuleiten, was die Menschen dahinter gerade dachten und – viel wichtiger – fühlten. So unterschied sich der Blick eines Menschen, über dessen Pointe man sich nicht amüsierte, nur minimal oder gar nicht von dem einer Person, die man beleidigte. Die Emotion dahinter war wohl ähnlich gelagert.

Soraias Blicke aber, die von einem tiefen Lächeln flankiert wurden, widersetzten sich allen bekannten Kategorien.

»Die Wahrscheinlichkeit, dass du dem Richtigen noch begegnest, ist gemessen an deinem Alter und deiner Lebenserwartung statistisch hoch«, sagte Lost, um sie aufzumuntern.

Jetzt lachte sie wirklich. Kurz meinte er, dass ihre Augen sogar etwas leuchteten.

»Leander«, sagte sie langsam.

Mit einem Mal klang sein Vorname wie eine kleine Melodie.

»Leander«, wiederholte Soraia, »ich habe eine Schwäche für Männer, die schon viel durchgemacht haben. Ich will keinen, den ich bemitleiden muss, das meine ich nicht, aber ich will einen, mit dem ich über *Wichtiges* reden kann und …«, sie lachte wieder, »statistisch gesehen ist ein Zwanzigjähriger eben ein Jüngling und ein Vierzigjähriger ein Mann. Aber letztlich kommt es immer darauf an, wer welche Geschichte mit sich herumträgt. Und was sie aus ihm gemacht hat. Ich suche, glaube ich, einen, der nicht über das Los jammert, das das Leben ihm zugeschanzt hat, sondern, wenn es ihm nicht passt, die Ärmel hochkrempelt und zupackt und es ändert. Das Aussehen ist mir fast egal. Aber eine große Liebe muss er in sich tragen. Die Liebe zur Wahrheit. Ich will einen aufrichtigen Mann.«

Die Serviette segelte ihr herunter. Sie beugten sich beide hinab, aber Leander war schneller. Er hatte die Finger auf die Serviette am Steinfußboden gelegt. Und Soraia, die schluckte, legte ihre Finger auf seine. Leander hob unter dem Tisch den Blick und sah Soraia in die Augen. Kurz zitterte ihre Unterlippe, dann beugte sie sich zu ihm vor und schloss die Augen und ... dann hupte es.

Beide rissen die Köpfe hoch.

Carlos blieb sitzen, aber Graciana stieg aus dem Volvo aus, den sie im Hof der Villa Elias abgestellt hatte.

Soraia und Leander kamen ihr entgegen. Beide rieben sich die Hinterköpfe.

Einerseits war Graciana überrascht, ihre Schwester hier anzutreffen, andererseits war es nur allzu verständlich.

»Es gibt Neuigkeiten«, sagte sie an Leander gewandt.

22.

Pechão lag nördlich von Olhão, die Fahrt von Fuseta aus kostete sie keine halbe Stunde an der Lagune entlang. Die Mittagssonne versetzte Mensch und Tier in Trägheit. Wer klug war, verzog sich in den Schatten und döste oder sah dem Sekundenzeiger bei der Arbeit zu.

Leander hatte die Scrambler gewählt und folgte ihnen mit seinem schwarzen Anzug.

»Das sieht schon flott aus«, sagte Graciana mit einem Blick in den Innenspiegel. Carlos verleibte sich gerade einen Hähnchenschenkel ein.

»Findest du?«

Sie nickte: »Es hat an ihm so eine lässige Seriosität.«

Sie passierten links einen Komplex aus Baumschule und Gewächshäusern, in denen ganzjährig Gemüse angebaut wurde. Zwei Kurven weiter eskortierte sie rechter Hand eine Batterie an Sonnenkollektoren, deren Reihen einen Hügel bedeckten.

Graciana bog links ab und steuerte den Volvo über einen Sandweg, der sie mit seinen vom Regen ausgewaschenen Schlaglöchern dazu zwang, das Tempo zu drosseln.

Sie sahen es schon von Weitem. Oben, wo sich der Weg verzweigte, stand nur noch eine Ruine. Zwei Außenwände waren verschwunden, begraben unter der Wucht des Daches, das gebrannt haben musste. Schwarze, halb verkohlte massive Balken ragten aus Haufen von Schutt.

Graciana stoppte direkt davor und stieg aus. An den Mauern und dem Schutt in der Ruine wucherte das Unkraut, und Insekten schwirrten herum. Ein paar Sprayer hatten der Ruine bereits ihren Stempel aufgedruckt und einen Schriftzug hinterlassen. In einer Ecke lagen ein paar Bierdosen und Weinflaschen.

Leander Lost war abgestiegen. Er hatte sich den Helm abgestreift und trat neben Graciana.

»Ist es das?«

Statt einer Antwort deutete sie auf die Tür, deren massives Holz in der Mitte fast durchgängig gespalten war. Auf einem geschmolzenen Schild war der Name noch erkennbar: *Madalena Pinto.*

Das war ungewöhnlich, wie Graciana Rosado gedanklich notierte. Jemand, der seinen Namen unter die Klingel montierte, hatte keine Angst, gefunden zu werden. Versteckte sich nicht. Suchte vielleicht sogar die Öffentlichkeit.

Hinter dem Haus registrierte Graciana die Reste eines naturbelassenen Gartens. Kleine Mäuerchen, dahinter ein Hochbeet und ein Nutzgarten. Mittlerweile durch den Brand erst versengt und dann durch Löschwasser getränkt. Nur die Petersilie hatte überlebt.

Eine Katze döste auf einem Mauersims und hatte ihren sphinxartigen Blick auf sie gerichtet – allerdings ohne echtes Interesse.

Ein Anruf auf der Dienststelle in Faro bei Marisa Veiga bestätigte ihre Ahnung: Madalena Pinto war tot.

»Ist sie bei einem Hausbrand ums Leben gekommen?«, fragte Graciana.

»Nein«, antwortete Marisa, »bei einem Autounfall.«

Graciana stutzte. Sie ließ den Blick über die Reste des Gemäuers gleiten.

»Bei einem Autounfall?«

»Ja«, bestätigte Marisa, »in diesem Frühjahr. Am 12. Mai.«

»Wo?«

Es dauerte einen Augenblick, den Graciana dazu nutzte, die Lautsprecherfunktion ihres Handys zu aktivieren, sodass Leander und Carlos, der den abgenagten Hähnchenschenkel in die Ruine warf, mithören konnten.

»Auf der M 512. In Fahrtrichtung Sentinela. Gegen 21:30 Uhr«, antwortete Marisa, und man konnte hören, wie sie in der Akte blätterte. »Ein Bauer hat sie gefunden, ein gewisser Alfredo Tropa.«

»Liegt die M 512 nicht südlich des Stausees?«, fragte Graciana.

»Ich weiß nicht, ich schau mal nach«, antwortete Marisa.

»Nicht nötig«, meldete Carlos sich zu Wort, »die M 512 liegt vier, fünf Kilometer südlich vom Stausee. Und wenn sie in Fahrtrichtung Sentinela unterwegs war ...«

»War sie auf dem Rückweg«, unterbrach Graciana. »Sie wollte wahrscheinlich auf die IC 27 und dann zur Autobahn. Der Weg, den wir auch genommen haben. Gestern.«

»Noch was?«, fragte Marisa Veiga am anderen Ende.

»Die Adresse von diesem Tropa«, sagte Carlos.

»Wird erledigt.«

»Und findest du in den Akten was zu dem Haus von Senhora Madalena?«, fragte Graciana. »Das ist nämlich fast komplett abgebrannt.«

Wieder das Blättern in der Akte. Dann ein Räuspern: »Äh, ja. Die Brandursache ist ein Herd gewesen. Kein Kurzschluss, sondern jemand hat ihn angelassen. Sagt ein Gutachten des Brandsachverständigen. Laut Spurensicherung sind zwei geschmolzene Kochtöpfe sichergestellt worden. Das Feuer ist aufs Küchenmobiliar übergesprungen. Und dann hat wohl das ganze Haus gebrannt.«

»Senhora Marisa?« Es war Leander, der sich zu Wort meldete.

»Ja?«

»Leander Lost hier, guten Tag. Wann genau ist das Haus von Madalena Pinto abgebrannt?«

»Ähm, Augenblick ... da. Am 12. Mai.«

»Am Tag ihres Unfalls?«

»Genau.«

Graciana und Carlos, deren Sinne seit der Mitteilung über den Autounfall ohnehin schon geschärft waren, spürten, wie sie hellwach wurden.

»Sagen Sie uns was über die Uhrzeiten«, bat Leander Lost.

Wieder hörten die drei das Rascheln, das beim Blättern entstand. Leanders Miene war unbewegt, der Blick ging durch Carlos und Graciana hindurch, auch er befand sich in einem Stadium gespannter Konzentration.

»Senhor Tropa hat um 21:17 Uhr die 112 gewählt. Die Leitstelle in Faro hat die Polizei aus Vila Real de San António alarmiert. Von da ging auch der Rettungsdienst raus. Und jetzt wollen Sie das auch für den Brand haben?«

»Ja.«

»Gut ... Moment ... So: Das Haus bei Areia. Das war eine Gruppe von Radfahrern, Niederländer. Die haben den Brand um 22:23 Uhr gemeldet. Auch über die 112. An die identische Leitstelle. Polizei und Feuerwehr sind beide aus Olhão ausgerückt. Die Radfahrer haben wohl noch selbst zu löschen versucht, aber da war der Brand schon zu weit fortgeschritten. Jedenfalls ist in dem Haus niemand zu Schaden gekommen.«

»Danke, Senhora Marisa.«

»Gerne.«

Lost trat zur Seite und ging ein paar Meter. Sein Blick ging dabei nicht zur Ruine, sondern zum Boden, offensichtlich machte er sich seine Gedanken.

»Gib die Akte bitte dem Kurier nach Moncarapacho mit, ich hol sie mir dann bei Dias und Gomes ab.« Damit wollte Graciana das Telefonat beenden.

Etwas zu früh, wie sich herausstellte, denn plötzlich war Leander Lost wieder bei ihnen.

»Ein Foto«, sagte er. »Kann sie ein Foto der Toten mailen?«

»Hast du gehört, Marisa?«

»Dauert eine Minute. Adeus.«

»Adeus.«

Sie sahen alle drei zur Ruine. Ohne ein Wort oder einen Blick zu tauschen, spürten sie, dass etwas ins Rollen gekommen war.

»Vielleicht ist er ein Angehöriger von Madalena Pinto«, sagte Carlos schließlich.

»Wer?«

»Der Mann, der dich im Tédia angerufen hat«, antwortete Carlos. »Wir waren da, um den Fall an den Pfau zu übergeben. Und dann ruft er dich an, gibt sich nicht zu erkennen und setzt dich auf Madalena Pinto an. Wohl kaum, weil er glaubt, dass bei dem Unfall und dem Brand alles mit rechten Dingen zugegangen ist.«

»Wohl kaum«, gab Graciana ihm recht. »Ich frage mich bloß, warum er anonym bleiben wollte. Was er zu befürchten hat.«

»Das weiß er vielleicht selbst nicht genau«, schaltete Leander sich ein. »Kann die Bedrohung selbst nicht rausfinden, nimmt aber an, dass Sie dazu in der Lage sind. Als Kriminalkommissarin.«

Gracianas Handy klingelte. Es war Marisa Veiga. Es gab kein Foto von Madalena Pinto in der Akte.

Bevor Graciana oder Leander darauf reagieren konnten, hatte Carlos schon eine Nummer getippt.

»Carlos hier, eine Frage: Madalena Pinto, sagt dir das was?«

Er hörte zu, seine Augen weiteten sich.

»Du ... warst da? ... Ja? ... Bist du in der Redaktion oder zu Hause? ... Gut ... Wir kommen.«

Er unterbrach die Verbindung. »João war am Unfallort«, sagte er dann, »er hat Fotos von der Toten.«

Graciana stutzte. Es passte nicht zu ihrem Freund, sich mit der Meute der Reporter gemeinzumachen, die keine Ahnung von der vierten Gewalt im Staat hatten, geschweige denn die Pietät besaßen, auch Unfallopfern ihre Menschenwürde zuzugestehen.

João Pereira lebte in einer Wohnung in einer Seitenstraße neben dem Friedhof von Moncarapacho. Von seinem Arbeitsplatz aus, einem sehr klein dimensionierten Schreibtisch, der sich äußerst knapp zwischen Balkontür und Küchenanrichte einpasste, hatte er einen Blick auf die Toten. *Seitdem brauche ich keine Uhr mehr*, antwortete er gerne, wenn man ihn darauf ansprach.

Obwohl der Besuch ihn unvorbereitet erwischte, sah es in seiner Wohnung aus wie in einem Museum, nachdem die

Putzkolonne abgerückt war, wie Carlos feststellte. Früher war das anders gewesen. Da hatte es ausgesehen, wie es in einer Junggesellenbude eben aussieht. Gemütlicher, fand Carlos.

Graciana gab ihrem Freund einen kurzen, aber liebevollen Kuss auf die Wange. Während Leander Lost sein Bücherregal in Augenschein nahm, entdeckte Carlos an der magnetischen Tür des Kühlschranks einige Fotos von Graciana und João von einem Urlaub in Florenz. Und dahinter neben allerlei kühlen Obstsäften ein Sagres.

»Darf ich?«

João Pereira nickte. Er durchsuchte bereits seinen Laptop – natürlich ein MacBook, wie Carlos feststellte – nach den Fotos jener Nacht im Mai.

»*Nicht geboren zu werden ist unbestreitbar die beste Lage*«, sagte Leander, »*leider steht sie nicht jedem zu Gebot.*«

João blickte kurz über die Schulter – Leander stand vor dem Bücherregal und blätterte in den gesammelten Werken von Emile Cioran.

»Halten Sie ihn für zu düster?«, fragte João.

»Ich halte ihn für einen Realisten«, erwiderte Leander, klappte das Buch zu und stellte es zurück an seinen Platz, »aber wer ihn zu lange liest, schneidet sich irgendwann die Pulsadern auf.«

João musste lächeln. »Mit welchem Autor halten Sie es?«, fragte er.

»Mit Albert Camus.«

Pereira nickte.

»Ihr Lieblingszitat?«

»*Ein Mensch ist immer das Opfer seiner Wahrheiten*«, erwiderte der Alemão, ohne zu zögern.

»Und Ihres von Cioran?«

Auch João zögerte nicht: »*Leben heißt Boden verlieren.*«

Dann hatte er den entsprechenden Ordner auf dem Laptop gefunden.

»Das ist sie«, sagte er, »Madalena Pinto.«

Carlos und Lost stellten sich hinter ihn und nahmen Graciana so in ihre Mitte. Sie sahen ein Autowrack in der Dämmerung, das auf dem Dach lag. Es war in zwei Teile gerissen worden. Feuerwehr- und Polizeiwagen standen mit Blaulicht auf der Landstraße.

João klickte einige Fotos weiter.

Eine reglose Frau wurde von zwei Sanitätern auf einer Trage in einen Notarztwagen verbracht. Der Notarzt lief nebenher.

»Davon hast du mir gar nichts erzählt«, sagte Graciana. In ihren Worten schwang Irritation mit.

»Jamiro hat mich angerufen«, antwortete João. »Und ihr seid auf Weiterbildung in Lissabon gewesen, Carlos und du.«

Jamiro arbeitete als Fotograf für *Correiro da Manhã*. Wie jener Tobias Faria, der Conrads Leiche am Strand abgelichtet hatte und die Aufnahmen an die Internetplattformen der Zeitungen verkaufte. Wenn er nicht an zwei Orten gleichzeitig sein konnte, bat er manchmal schreibende Kollegen, die Fotos für ihn zu machen. Und João und Jamiro kannten sich schon ewig, die Eltern waren miteinander befreundet. João hatte seine Bitte nicht ausschlagen können, auch wenn sie ihm widerstrebte.

Diese Erklärung ließ Graciana die Hände auf seine Schultern legen und ihn kaum merklich massieren. Sie konnte spüren, wie er sich dabei langsam entspannte.

»Madalena Pinto war eine Umweltaktivistin«, fuhr er fort, »früher Biochemikerin, dann bei Greenpeace, irgendwann ist sie da wieder ausgestiegen. Hat zurückgezogen gelebt. Hier ist ein Foto zu ihren Lebzeiten.«

Es waren zwei.

Eines zeigte sie mit einer Zigarette in der Hand auf einer Holzbank. vor ihrem Haus. Im Hintergrund Berge. Vor sich einen Bica. Sie wirkte entspannt und freundlich, ein Lächeln spielte um ihren Mund. Das andere war ein Porträt, auf dem sie zur Seite schaute. Ernst, entschlossen. Graciana assoziierte auf dieser Aufnahme eher die Aktivistin in ihr als auf der zuvor. Aber sie stutzte auch.

»Ich hab sie schon mal gesehen, auf dem gleichen Foto.«

Hilfesuchend sah sie zu Lost, der nickte.

»Das mit der Zigarette hing an der Pinnwand im Ciclopes, richtig?«, fragte sie.

Carlos und João sahen sie gespannt an und folgten dann ihrem Blick zu dem Alemão.

Der nickte: »Ja. Das Foto ist identisch.«

Er deutete auf das Foto, das Madalena Pinto auf der Bank zeigte.

Graciana schluckte leer.

»So viel Zufall gibt es nicht«, sagte Carlos und kam ihr damit zuvor. »O Olho hatte mit ihr zu tun. Er ist tot, sein Büro ist abgebrannt. Pinto ist auch tot, und ihr Haus ist auch abgebrannt. Etwas viel Brände für meinen Geschmack.«

»Das war im Mai«, nahm Lost den Faden auf. »Hatte Ousman Jobe da schon Duldung beantragt?«

»Nein, er ist erst im Juli hier angekommen«, sagte Graciana, die die Aufregung gepackt hatte, weil sie spürte, dass sie im Begriff waren, den entscheidenden Schritt zu unternehmen. »Sie meinen, dass nicht das Essen auf Pintos Herd den Brand ausgelöst hat?«

»Ja. Wie lange benötigt man von der Unfallstelle zu dem Haus von Senhora Madalena?«

»Etwa eine halbe Stunde«, schaltete João sich wieder ein. Carlos und Graciana stimmten mit einem Nicken zu.

»Innerhalb von nicht viel mehr als dreißig Minuten verunglückt eine Frau bei einem Verkehrsunfall und ihr Haus brennt nieder«, sagte Leander. »Das wirft auch die Frage auf, ob der Unfall einer war.«

Die eben noch vage Vorstellung, der Unfall von Madalena Pinto könnte keiner gewesen sein, verdichtete sich bei Graciana und Carlos im Licht des zeitlichen Kontexts zum Hausbrand zu einem konkreten Verdacht.

Gegen Mittag zog ein leichter Nieselregen wie ein tänzelnder Schleier über die Algarve und verwehrte ihnen die Sicht auf die Berge im Alentejo.

Alfredo Tropa, der sein Feld mit einem Oldtimer von Traktor bestellte, war ein betagter Mann mit grauen Haaren und einer knollenförmigen Nase. Er trug eine Latzhose und schwere Schuhe, an deren Unterseite sich der lehmige, feuchte Boden anheftete.

An der hüfthohen Begrenzungsmauer angekommen, deutete er in eine Kurve hinunter.

»Da ist es passiert. Und ich hab es von da gesehen.«

Mit seinem kräftigen Zeigefinger wies er in die andere Richtung – dort stand ein Bauernhof samt Scheune und Anhängern für die Ernte. Man konnte eine überdachte Terrasse erkennen.

»Ich war draußen und habe eine Zigarette geraucht, da kam der Wagen hier längs, der Wagen von der Frau, meine ich. Dann hat sie einer überholt. Ich weiß nicht genau, ob er sie abgedrängt hat oder nicht, es gab jedenfalls so ein kratzendes Geräusch von Metall auf Metall. Und dann ist ihr Auto von der Straße abgekommen und gegen den Baum da gekracht.«

»Und das andere Auto?«, fragte Graciana.

»Ist weitergefahren«, antwortete Tropa. »Das war merkwürdig, der hatte nämlich kein Licht an, obwohl es schon dunkel war. Fahrerflucht, nicht? Es kann nicht sein, dass der das nicht mitbekommen hat. Und die Frau ...«

»Madalena Pinto«, half Carlos aus.

»Ja, Pinto. Die hatte ihr Licht eingeschaltet. Das brannte auch noch nach dem Unfall, also eines, deswegen konnte ich sie auch gut sehen. Aber ... als es passiert ist, da bin ich von da losgelaufen«, er zeigte zu seinem Haus, »ganz automatisch.

Aber nach ein paar Metern bin ich umgekehrt und hab die Polizei gerufen. Da hab ich alles durchgegeben. Und dann bin ich wieder los, und ... das seh ich noch vor mir, als wär's gestern passiert. Da war der Wagen zurück, der andere. Ohne Licht. Und da war ein Mann am Wrack, der hat versucht, was rauszuziehen, glaube ich. Ich dachte erst, da hilft jemand. Aber als er mich gesehen hat, ist er schnell in seinen Wagen gestiegen und wieder weggefahren.«

»Können Sie ihn beschreiben?«, fragte Graciana.

»Es war ein Pick-up. Die Farbe kann ich Ihnen nicht sagen, und für das Kennzeichen war ich zu weit weg.«

»Ich meinte den Mann.«

»Nein, der stand so gegen das Licht ... ich hab nur die Umrisse gesehen. Und selbst wenn ... ich war ungefähr hier, wo wir jetzt stehen, als er da unten in der Kurve weggefahren ist.«

Sie schauten hinab zur Kurve. Auch bei Tageslicht wäre es schwierig, jemanden eindeutig zu identifizieren.

»Schlimm, das mit dem Kind.«

»Mit dem Kind?«, fragte Graciana.

23.

Das »Kind« zeigte ihnen den Mittelfinger. Zara Pinto, die Tochter der Toten, war sechzehn Jahre alt, dunkelhaarig, und in ihrem Blick lag ein so intensiver Zorn, dass er die Welt zweimal in Schutt und Asche hätte legen können. Sie trug ein Lederhalsband, das sehr eng anlag und mit spitzen Nieten besetzt war. Die Haare standen in alle Himmelsrichtungen eine Handbreit ab. Sie sahen aus, als hätte sie sie selbst geschnitten – oder eine Freundin im Waisenhaus.

Leander, Carlos und Graciana saßen der Heimleiterin, Senhora Carlotta Aguilar, in deren Dienstzimmer gegenüber, das spartanisch eingerichtet war. Drei zusammengewürfelte Stühle, ein Tisch aus hellem Furnier, das an den Kanten abblätterte, und ein wackliges Regal aus weißem Kunststoff, in dem Aktenordner mit bunten Rücken ihr stummes Dasein fristeten und das das Interesse eines jeden Statikers hervorgerufen hätte. Das einzige Fenster war mit Metallstreben gesichert.

Carlotta Aguilar war vielleicht um die fünfzig, etwas aus dem Leim gegangen und für portugiesische Verhältnisse von auffallender Blässe. Wie es aussah, hatte sich der Fado höchstpersönlich in ihrem Gesicht eingenistet.

Sie seufzte.

»Wir bekommen Zara nicht vermittelt. Sie war schon in zwei Gastfamilien ...«

»Das waren keine Familien. Das eine war eine Bande von notgeilen Brüdern«, unterbrach Zara schroff, »und die anderen haben mich als Putzfrau missbraucht!«

»Jedenfalls behält sie keiner.«

Graciana nickte und richtete ihren Blick auf Zara, die verletzt und kalt auf einer Holzbank saß, die jemand orange angestrichen hatte.

»Ich bin Graciana Rosado. Ich arbeite für die Polícia Judiciária.«

Das Mädchen wurde wachsam, instinktiv wanderte ihr Blick zur Tür. Leander Lost prägte sich ihre Piercings ein. Samt deren Ecken.

»Wir untersuchen den Fall ... deiner Mutter.«

»Sie ist gegen einen Baum gefahren. Da gibt's nicht viel zu untersuchen.«

»Vielleicht weißt du was, was interessant für uns sein könnte«, schaltete Carlos sich ein.

»Ich sag nur was, wenn ich eine eigene Wohnung krieg.«

Senhora Carlotta seufzte, als wollte sie sagen: So geht das in einem fort.

»Warum hast du Blech in deinem Gesicht?«, fragte Leander.

Für den Bruchteil einer Sekunde brachte diese Frage Zaras Fassade ins Wanken. Dann nahm sie ihn ins Visier.

»Sie sind kein portugiesischer Polizist. Was sind Sie? Bestatter?«

»Alemão«, erklärte Graciana. »Du willst raus hier?«

»Ich bin erst sechzehn, ich muss noch zwei Jahre hier abhängen.«

»Sie könnte im Besucherhaus schlafen«, schlug Leander Lost vor.

»Sie braucht einen gesetzlichen Vormund«, erklärte die Heimleiterin Carlotta Aguilar.

»Wir können es über das Wochenende versuchen«, sagte Graciana, die begann, eine Schwäche für die Tochter von Madalena Pinto zu entwickeln. Die aggressive Abwehr des Mädchens, die Art und Weise, wie sie alles attackierte, was sich rührte, rief Mitleid in ihr hervor. Zara reagierte wie ein Hund, den alle getreten hatten. Sie brauchte dringend Geborgenheit und ein paar Streicheleinheiten.

»Vergesst es!«, sagte sie jetzt. »Ich komm da nicht mit. Das ist doch eine ganz schräge Sache, die ihr da durchzieht ... der Bestatter ... warum interessiert es den als Erstes, wo ich *schlafen* soll? Hm? Klingelt's?«

»Warum kürzen wir das nicht ab?«, schlug Carlos vor. »Du zeigst uns einen beliebigen Text. Wenn einer von uns den in einer Minute auswendig lernen kann, kommst du mit. Wenn nicht, bleibst du hier.«

Das erste Mal, seit sie da waren, zog ein Grinsen über das Gesicht des Teenagers, kalt wie eine eisige Bö, aber immerhin. Zara Pinto stand auf. Sie schnappte sich das Telefonbuch aus dem wackligen Regal und schlug es auf.

»Beide Seiten«, verlangte sie.

»Was ist das für ein Scheißtrick?«

Zara Pinto saß im Fond des Volvos, die gepackte Sporttasche

neben sich. Graciana steuerte den Volvo über die N 125 nach Westen. Carlos saß neben ihr und verdrückte ein Eis.

»Mein Kollege hat ein fotografisches Gedächtnis«, sagte er mit einer Spur Stolz.

Woraufhin das Mädchen einen Blick nach hinten warf, durch die Heckscheibe: ein schwarzer Cangalheiro auf einer gelben Maschine. Ein Motorrad fahrender Bestatter.

»Ist er irgendwie pervers?«

»Außer, dass er ein gutes Gedächtnis hat? Nein.«

Die Villa Elias präsentierte sich an diesem Nachmittag von ihrer besten Seite. Der Pool glitzerte. Leander Lost hatte es sich zur Angewohnheit gemacht, ihn mit dem Casher abzuschreiten und Insekten zu retten, die sich beim Versuch der Wasseraufnahme übernommen hatten, ins Schwimmbecken gefallen waren und nun mit ihren bescheidenen Mitteln gegen ihr Ertrinken ankämpften.

»Die sterben sowieso«, ließ Carlos sich vernehmen, der im Schatten des Sonnenschirms bei einem Glas Vinho Verde seinen Verband wechselte.

»Das macht sie ja so menschlich«, antwortete Leander und schüttelte eine Fliege und zwei Bienen aus, die über die trockene Erde krabbelten und sich zu putzen begannen.

Soraia, die Graciana noch aus Lagos angerufen hatte, saß zusammen mit ihrer älteren Schwester und Zara auf der Dachterrasse des Besucherhauses, das Madalena Pintos Tochter bereits bezogen hatte.

Wenn es um den Umgang mit Kindern und Jugendlichen ging oder sie eine zweite psychologische Einschätzung hören wollte (manchmal auch eine erste), wandte Graciana sich gerne an ihre jüngere Schwester. So hatte ähnlich wie sie selbst eine fabelhafte Intuition und ein feines Gespür.

»Bleiben die beide hier, auch das Hinkebein?«

»Nein, nur Senhor Lost«, erwiderte Graciana. »Und der Name des Hinkebeins ist Senhor Esteves. Ich wär dir dankbar, wenn du das berücksichtigen könntest.«

»Mal sehen.«

»Soraia bleibt über das Wochenende auch hier. Falls es ein Problem gibt, kannst du dich an sie wenden. Soraia ruft mich im Zweifelsfall an, und ich bin in zehn Minuten hier. Alles klar?«

Aber Zara Pinto schien schon gar nicht mehr genau zuzuhören, sie verdrehte sich den Kopf nach Leander Lost.

»Warum trägt er einen Anzug bei der Hitze?«

Die Schwestern tauschten ein von Madalena Pintos Tochter unbemerktes Lächeln.

»Und dazu die Espadrilles – hat er keinen Stil?«

»Er hat seinen eigenen«, antwortete Soraia.

Zara schenkte ihr ein spöttisches Lächeln: »Ich glaube, er hat nicht für fünf Cent Ahnung davon, wie er sich kleidet.«

»Wo warst du, als deine Mutter verunglückt ist, Zara?«, fragte Graciana.

»Da ... ich glaub, ich war schwimmen ... weiß nicht genau.«

»Ich glaub, du weißt sehr genau, wo du gewesen bist.«

»Da wissen Sie mehr als ich.«

»Und wann ...«

»Ich hab keinen Bock mehr auf Ihre Fragen«, unterbrach sie Graciana und federte hoch.

Bevor die Schwestern etwas sagen konnten, lief Zara Pinto schon die Treppe herunter. Zwei Minuten später löste sie Leander Lost beim Retten von Insekten ab.

Graciana traf der Blick ihrer Schwester.

»Besser, ihr geht jetzt«, sagte Soraia.

Graciana musterte ihre Schwester so kurz, dass es der nicht unangenehm aufstieß.

»Besser für wen?«

»Für alle.«

Kurz verspürte sie den Impuls, ihr zu widersprechen.

»Sie war beim Brand im Haus«, sagte sie stattdessen, »ich bin mir sicher.«

»Das Mädchen ist völlig verstört«, erwiderte Soraia, »für sie ist es schon eine Riesennummer, mit euch hierherzukommen.«

»Sie sagt, sie ist ein ehrlicher Verlierer und löst ihre Wetten ein.«

»Dadurch kann Zara ihr Gesicht wahren. Sie wollte unter allen Umständen raus aus dem Heim. Ich wette, sie ist schon ein paarmal abgehauen.«

Graciana sah ihre Schwester überrascht an, dann nickte sie: »Ja, Senhora Carlotta hat das erzählt. Einmal hat sie es bis nach Coimbra geschafft, vor sechs Wochen hat man sie in Sevilla aufgegabelt.«

Sie betrachtete ihre kleine Schwester mit den großen Augen und dem nicht minder großen Herzen. Sie konnte nicht anders, als aufzustehen und sie in die Arme zu nehmen. Soraia fragte nicht nach dem Warum, sie erwiderte nur intuitiv die Umarmung.

»Wir gehen«, sagte Graciana, um Soraia und Leander das Feld zu überlassen. Sie blickte hinab, weil Zara Pinto gerade vom Pool schnurstracks in ihr Besucherhaus marschierte und selbstverständlich nicht vergaß, die Tür zu knallen.

Carlos zuckte schuldbewusst mit den Achseln.

»Ich hab gefragt, wo sie am Abend des Unfalls gewesen ist«, erklärte er auf dem Weg zum Volvo.

Am frühen Nachmittag hatte Soraia ihre Einkaufsliste fertiggestellt. Sie klopfte leise an der Tür des Besucherhauses, aber Zara antwortete nicht.

Soraia wusste, dass es fatal wäre, die Klinke nach unten zu drücken und unaufgefordert einzutreten. Deshalb wandte sie sich durch die geschlossene Tür an den Teenager, sagte, sie würde einkaufen, sei in einer Stunde zurück und könne ihr etwas mitbringen.

Keine Antwort.

Zur gleichen Zeit unterbrachen Carlos und Graciana die Kollegen Gomes und Dias von der GNR in ihrem pinken Revier in Moncarapacho bei ihrer Arbeit.

Die Dienststelle der GNR war überall gefliest, aber die Büros waren offener als die des Kommissariats in Faro. Dafür verwohnter. Die Technik veralteter.

Ana Gomes fiel angesichts der Hektik, die sie beim Verstecken der Nagelfeile an den Tag legte, selbige zu Boden. Und Luís Dias war nicht geistesgegenwärtig genug, um sein Solitaire-Spiel auf dem Computer wegzuklicken.

Prompt fiel ihnen ein, dass es mal wieder an der Zeit war, eine Routinekontrolle auf der M516-2 zwischen Fuseta und Moncarapacho durchzuführen.

»Wenn man nicht ständig kontrolliert, fangen sie das Rasen an«, erklärte Luís mit gewichtiger und leidgeprüfter Miene, während er eilig in seine Uniformjacke schlüpfte.

Ana Gomes ließ sich zu einem Seufzer hinreißen: »Selbst vor der Grundschule nehmen sie kaum den Fuß vom Gas, meu Deus.« Sie schüttelte den Kopf und ihr Unverständnis war so groß, dass ihre Haare durch die Luft wirbelten.

»Ähm, Marisa hat eine Akte vorbeibringen lassen«, wandte Graciana sich an die beiden, bevor die das Gebäude verließen.

»Liegt neben dem Kühlschrank«, rief Ana ihr noch zu, dann fiel die Tür ins Schloss.

»Ich hol sie«, sagte Carlos und schwang sich auf seinen Krücken über den Flur.

»Bleib doch, mit deinem Bein.«

»Es wird schon besser«, antwortete er. Wenn er sich nicht irrte, lagerten noch Sahnepasteten im Kühlschrank.

Die Akte über den Unfall von Madalena Pinto, die Carlos samt dreier Sahnepasteten aus der Küche zum Tisch im kleinen und mit Unkraut überwucherten Innenhof der Dienststelle balancierte, war dünn. Graciana blätterte sie zusammen mit ihrem Kollegen durch. Unfallhergang, Aussage von Alfredo Tropa, Aussage des Notarztes, dann ein Bericht aus der Autopsie. Großes Blutbild.

Anschließend Hintergründe zur Person.

Geboren in Loulé. Mutter von Zara Pinto. Vater: Thierry Besson.

»Wenigstens kein Spanier«, wie Carlos kauend anmerkte.

Graciana warf ihm einen langen Blick zu.

»Ist ja schon gut«, beschwichtigte er. »Und weiter?«

»Eltern ja, verheiratet nein. Thierry Besson ist vor drei Jahren bei Dijon verstorben. Sie war in Coimbra und hat da studiert. Biochemie und Agrarwissenschaften.«

»Ich finde solche Frauen unheimlich«, bekannte Carlos Esteves.

»2006 ist sie zurück an die Algarve gezogen.«

»Da war Zara sechs.«

Graciana Rosado nickte.

»Sie hat hier für das Gesundheitsministerium gearbeitet.«

»Wasser?«

Graciana schüttelte den Kopf: »Auch, aber nicht speziell. 2012 hat sie laut Aktenlage gekündigt und dann an einigen Aktionen von Greenpeace teilgenommen. Zuletzt 2015 bei der Besetzung der Ölplattform *Polar Pioneer* von Shell.«

»Sind die nicht mit Schlauchbooten da raus?«, fragte Carlos.

Graciana nickte und schluckte sogleich. Ihr waren die Bilder der Schlauchboote, die sich winzig klein durch den Wellengang des Pazifiks auf die überlebensgroße Ölplattform in der Arktis zubewegten, noch sehr präsent. Im Fernsehen hatte es wie ein Himmelfahrtsunternehmen ausgesehen.

»Ja«, sagte sie und bekräftigte damit ihr Nicken, »jedenfalls war sie immer wieder an Aktionen gegen Umweltsünden lokaler und globaler Konzerne beteiligt.«

»Eltsen«, stellte Carlos Esteves fest.

»Ja, gut möglich.«

Nach Aktenlage war Madalena Pinto jedenfalls nüchtern gewesen, als sie an massiven inneren Blutungen starb, die mutmaßlich durch die Wucht der Kollision und durch die Quetschungen im Inneren des Wracks verursacht worden waren. Mangels stichhaltiger Hinweise konnten weder der fragliche Pick-up (trotz sichergestellter Lackspuren am Auto von Pinto) noch sein Halter in der Folge ermittelt werden.

»Davon hat er damals gar nichts erzählt«, sagte Carlos mit halb vollem Mund und tippte mit seinem kleinen Finger auf einen Namen unten auf der Seite: Sub-Inspektor Miguel Duarte. Dort wurde für gewöhnlich festgehalten, wer die Ermittlungen leitete.

»Und Ersthelfer war er auch«, fügte Graciana hinzu und deutete auf eine Stelle im Bericht weiter oben.

Leander Lost hatte den Grillrost erst mit einem Messer bearbeitet, nun entfernte er mit der rauen Seite eines Putzschwamms akribisch die verbrannten Reste von Fisch, Fleisch und Gemüse.

Soraia Rosado hatte von ihrem Einkauf frische Riesengarnelen mitgebracht. Routiniert öffnete sie mit einem Küchenmesser die Rückenpanzer und entfernte den Darm, bevor Leander sie mit Olivenöl bestrich und auf den Grill legte. Sie schnitt ein paar frische Scheiben vom Baguette ab, röstete sie und rieb sie mit frisch geteilten Knoblauchzehen ein. Dazu machte sie einen grünen Salat mit Tomaten und Schalotten an, den sie mit einer Zitrone abschmeckte.

Der sanfte Abendwind trug den Geruch hinüber zum Gästehaus – aber die Besucherin lockte er nicht heraus. Soraia war sich sicher, dass Zara ihnen hin und wieder einen heimlichen Blick aus einem der Fenster zuwarf, während Leander und sie aßen. Das weiße Fleisch der fangfrischen Garnelen zerging ihnen fast im Mund.

Während des Essens schauten sie die Nachrichten in einem kleinen Röhrenfernseher, den sie auf dem Wohnzimmertisch zur Terrasse hin herumgedreht hatten.

Bevor ein Spielfilm begann, lief ein Werbespot, der Leanders ungeteilte Aufmerksamkeit in Anspruch nahm. Er stammte von Adles. Der neue Wasserversorger vor Ort warnte die Bevölkerung darin, das Wasser aus der Leitung zu trinken. Untersuchungen, die sie bei der Übernahme des Wassernetzes veranlasst hätten, würden deutliche Verunreinigungen zeigen, also Belastungen durch Schwermetalle und durch eine Unzahl an Keimen und Bakterien. Schädliche Wirkungen für Kinder, Schwangere und Kranke könnten nicht ausgeschlossen werden. Die Erneuerung der Wassernetze würde mindestens drei Jahre in Anspruch nehmen.

Dies alles wurde durch eine kurze Stellungnahme eines Sachverständigen, Jorge Gonçalves, untermauert. Er riet dazu, auf die Alternativen im Einzelhandel, also auf Wasser im Supermarkt, zurückzugreifen, bis neue Untersuchungen bessere Werte zutage fördern würden.

Als es zu dämmern begann und Leander inzwischen frisches Rinderhack für Hamburger anbriet, rührte sich immer noch nichts im Besucherhaus.

Soraia, die es vermied, auf den Mars oder die Besiedlung des Weltalls zu sprechen zu kommen, erzählte von ihrer Arbeit als Pädagogin. Leander hatte den Grill so in den Wind gestellt, dass der Geruch des Fleisches zuverlässig zum Gästehaus hinübergeweht wurde.

Nach rund zwanzig Minuten streckte Zara Pinto die Waffen, kam herüber und sagte: »Ich hab Hunger.«

»Dann setz dich«, sagte Soraia.

Zara zögerte für einen Augenblick, nahm dann aber am äußersten Ende des Tisches Platz. Leander ging zum Grill und legte das für sie vorbereitete Fleisch auf den Rost. Zischend verdampfte das Fett.

Zara beobachtete ihn in seinen Espadrilles.

»Ist das sein Haus?«, fragte sie Soraia.

»Nein, aber Senhor Lost wohnt hier.«

Sie überlegte. »Und Sie? Leben Sie auch hier?«

»Nein, ich halte das Haus in Schuss.«

Schweigen.

Dann kam Leander mit den Brötchenhälften und dem Fleisch und stellte ihr beides auf einem Teller hin. Während Zara jede Menge Gurken und Zwiebeln und Käse drauflegte und den Burger so zu einer Höhe anwachsen ließ, von der Soraia im Stillen wettete, dass ein menschlicher Kiefer damit überfordert war, sprach sie mit Leander über sein Team in Hamburg. Aus den Augenwinkeln beobachtete sie zum einen, wie sie ihre Wette verlor, und zum anderen, dass das Mädchen immer wieder zu Leander schielte, wenn sie glaubte, sie beide bemerkten es nicht.

Kaum hatte sie einen zweiten, nicht minder hoch gestapelten Burger gegessen, verschwand Zara Pinto wieder im Besucherhaus und ließ sich nicht mehr blicken.

Die Terrasse des Tédia in Faro war gut besucht.

Die Eile, die die Portugiesen beim Frühstück in der Pastelaria an den Tag legten, verkehrte sich am Abend beim *jantar* ins Gegenteil. Das Essen wurde in Portugal ausgiebig zelebriert, es war ein zentraler Lebensbestandteil, und das Abendessen war die Krönung, nahezu eine lustvolle Sinngebung.

Xana stand mit einem Tablett an Miguel Duartes Tisch, der der Kellnerin begeistert etwas erzählte, wobei er mehrmals haarscharf an seinem Wein vorbei gestikulierte. Xanas Körperhaltung und ihre unruhigen Blicke, mit der sie Ausschau nach Gästen hielt, die etwas bestellen oder zahlen wollten, signalisierten, dass sie ihm nicht aus freien Stücken zuhörte.

»Also, das waren zwei solche Schränke, so um die zwei Meter groß, richtig durchtrainiert. Und die kamen auf mich zu, und die wussten natürlich nicht, dass ich früher Karate trainiert habe. Also sag ich zu denen: Jungs, holt euch besser Verstärkung.«

Xana lächelte angestrengt, während Miguel Duarte sie Beifall heischend ansah.

»Das war ja sehr kaltblütig von dir«, sagte Carlos Esteves, der sich mit Graciana Rosado von hinten genähert hatte, auf einem der Stühle Platz nahm und sich an Xana wandte: »Ein Glas *Ercavio*, por favor.«

Die beiden Kollegen Duartes hatten sich von Moncarapacho zurück auf den Weg nach Faro gemacht. Der Ausdruck, den die Überraschung ihm aufs Gesicht zauberte, war wenig vorteilhaft.

Auch Graciana setzte sich und schloss sich der Wahl des Weines an. Xana nickte und machte sich auf den Weg. Graciana meinte, ein erleichtertes Seufzen von ihr aufzuschnappen.

Der Spanier bedachte den Kollegen, der ihn um seine sicher erschienene Liebesnacht brachte, mit einem vorwurfsvollen Blick.

»Was soll das?«

»Wir stören dich nur ungerne«, sagte Graciana ruhig, »aber wir haben ein, zwei Fragen.«

»Ich habe schon eine Antwort. Sie heißt Dienstschluss.«

»Es könnte mit deinen Ermittlungen im Fall Conrad zu tun haben«, erklärte sie unbeirrt. »Wir sind heute zufällig auf den Unfall von Senhora Pinto im Frühjahr gestoßen, erinnerst du dich?«

Duarte legte die Stirn in Falten und sah zwischen den beiden hin und her.

»Die Frau ist tot – leider. Was soll das mit meinen Ermittlungen zu tun haben?«

Graciana musterte ihn genau, während er redete.

»Ich habe meine Frage zuerst gestellt.«

Kurz hob Duarte den Blick und sah ihr in die Augen. Gracianas Entschlossenheit gab den Ausschlag, seinen Widerstand aufzugeben.

»Ihr Wagen war von der Straße abgekommen, ich war zufällig in der Nähe und habe Erste Hilfe geleistet. Aber sie war schon tot.«

»Der Augenzeuge hat gesagt, sie wurde vielleicht abgedrängt.«

Duarte stutzte.

»Ihr habt mit dem alten Bauern gesprochen?«

Graciana und Carlos nickten.

»Hast du den Wagen untersuchen lassen?«

»Untersuchen? Das Auto war ein Wrack.«

»Aber die fremden Lackspuren hätte man doch in einer Werkstatt genauer analysieren lassen können«, setzte Carlos nach. »Der Wagen ist schließlich nicht verbrannt, oder?«

Die Irritation des Pfaus steigerte sich.

»Wieso interessiert euch das?«

Carlos und Graciana waren sich stumm einig, diese Frage zu übergehen.

»Das Haus von Madalena Pinto ist kurz nach dem Unfall in Flammen aufgegangen«, fuhr Graciana daher fort, während Xana wieder auftauchte und ihnen den Ercavio servierte, um dann schnell am Nebentisch die Bestellungen aufzunehmen. Duarte starrte ihr einen Augenblick lang versonnen auf den Hintern, bis Graciana sich hörbar räusperte: »Ist das nicht merkwürdig?«

»Sie hatte Töpfe auf dem Herd«, erwiderte er ungehalten, »sie war tot. Ich weiß nicht, ob es sich bis zu euch rumgesprochen hat, aber Tote nehmen keine Töpfe vom Herd.«

»Von ihrem Haus in Areia bis zur Unfallstelle in Sentinela sind es in etwa dreißig Minuten«, entgegnete Carlos. »Und dreißig Minuten zurück. Selbst wenn sie in Sentinela nur kurz hätte etwas erledigen und sofort wieder zurückfahren wollen, hätte sie das Essen mindestens eine Stunde lang ohne Aufsicht auf dem Herd gelassen.«

»Ja«, stimmte Duarte schmallippig zu.

»Bisschen riskant«, warf Carlos ein.

Der Spanier schüttelte vehement den Kopf: »Eine *salsa de tomate muss* stundenlang kochen.«

»Hat sie das gekocht?«, fragte Graciana.

»Weiß ich nicht«, entgegnete Miguel Duarte verärgert, »es war ein Beispiel. Es gibt eine Reihe von Gerichten, die erst richtig gut schmecken, wenn sie lange vor sich hin köcheln. Vielleicht hat Senhora Pinto eine salsa de tomate aufgesetzt und wollte sie nach ihrer Rückkehr zu Nudeln essen. Daran ist doch nichts Merkwürdiges.«

Duarte war, ohne es zu bemerken, ins Spanische verfallen, da er von einer *salsa de tomato* statt einer *molho de tomate* sprach.

»Kommt in eine spanische salsa de tomate neben Salz, Pfeffer, Zwiebeln und Knoblauch noch was?«, erkundigte Carlos sich mit aufrichtigem Interesse.

»Ja, Tomatenmark. Ist das hier eine Kochsendung?«

»Wirklich? Tomatenmark?«

»Ja«, knurrte Duarte.

»Das gibt ja einen säuerlichen Beigeschmack. In eine *molho de tomate* gehört noch Petersilie.«

»Kräuter haben in einer Tomatensoße nichts verloren«, belehrte der Spanier ihn, »die verfälschen den Geschmack der Tomaten. Es soll schließlich keine Kräutersoße werden.«

»Also, ein halber Bund Petersilie nimmt den Tomaten ja nicht ihren Geschmack«, ereiferte sich Carlos, »meine Großmutter hat schon immer …«

»Carlos!«, ermahnte Graciana ihn. »Das tut hier nichts zur Sache.«

Der Zurechtgewiesene atmete tief durch und blickte trotzig über den Platz.

»Aber es stimmt nicht.«

»Oh doch.«

»Wie auch immer«, sagte Graciana ebenso ruhig wie bestimmt: »Wieso sollte ein Topf auf einem Herd ein Feuer verursachen?«

Miguel Duarte seufzte: »Woher soll ich das wissen? Ich bin kein Brandexperte. Die Information des Brandsachverständigen lautete: Das Feuer ging vom Herd aus. Was auch immer Madalena Pinto da gebrutzelt hat, es fing an zu brennen, weil niemand da war, um es von der Kochplatte zu nehmen. Was ist daran so schwer zu verstehen? Was habt ihr überhaupt mit diesem Fall zu schaffen?«

Er zog den Kamm aus seiner Brusttasche und zog sich energisch den Scheitel nach.

»Ich hab noch eine Frage ...«, setzte Graciana an.

»Nein«, unterbrach Duarte scharf und unterstrich das, indem er die flache Hand auf den Tisch klatschte. »Das waren genug Fragen. Jetzt will ich wissen, warum ihr euch für diesen Unfall interessiert.«

Wieder sah er zwischen den beiden hin und her. Graciana und Carlos warfen sich einen verstohlenen Blick zu, mit dem sie sich wortlos dessen vergewisserten, was sie auf dem Weg hierher abgestimmt hatten.

»Es gab eine Verbindung zwischen Madalena Pinto und Markus Conrad«, beantwortete Graciana Rosado seine Frage schließlich. »Als wir im Ciclopes waren, haben wir ein Foto von ihr an seiner Pinnwand gesehen.«

Ihre Worte waren wie Steine, die in einen Teich fielen und konzentrische Kreise erzeugten, die schließlich das Ufer erreichten.

»Verstehe ich das richtig?«, fragte Duarte dann mit einer Schärfe in der Stimme, die er nicht zu verbergen versuchte. »Dass ihr an einem Fall arbeitet, den Raul da Silva mir übertragen hat?«

»Nein, gar nicht«, log Carlos und blickte ihm treuherzig in die Augen, »wir wollten dich bloß unterstützen und dir dieses Detail nicht vorenthalten.«

Der spanische Kollege erwiderte den Blick, um herauszufinden, ob das eine Lüge war oder nicht. Graciana hielt instinktiv die Luft an.

»Es ist nicht mehr euer Fall. Haltet euch da raus, im Ernst. Das ist meine letzte Warnung – haltet euch da raus!«

»Warum regst du dich so auf?«, fragte Carlos. Er und Graciana kannten Duartes cholerische Art, mit der er sich schnell in seinen Ärger hineinsteigerte.

»Weil ihr hinter meinem Rücken weiter ermittelt! In *meinem* Fall!«

Kurz senkte sich eine unangenehme Stille über den Tisch.

»Kennst du denn den Zusammenhang zwischen Conrad und Pinto?«, fragte Graciana direkt.

Duarte sah ihr in die Augen, sein Blick war kalt.

»Hier hockt nicht hinter jedem Busch eine Verschwörung. Ich habe den Pinto-Unfall bearbeitet, und es gibt keinen Zusammenhang zwischen diesem Unfall und dem Mord an O Olho, und der Brand war ein Brand. Nicht mehr und nicht weniger.«

»Offensichtlich doch«, beharrte Graciana und bemerkte, wie ihre Gesichtszüge starr wurden. »Wie gesagt: In Conrads Büro hing ein Foto von Madalena Pinto. Das *ist* ein Zusammenhang.«

Die beiden starrten einander unnachgiebig an, wie zwei Hunde, die in jene Erstarrung verfielen, die einem unmittelbaren Angriff vorausging.

»Ich werde das da Silva melden«, ließ Duarte sie wissen. Seine Stimme klang rau vor Wut.

Graciana nickte: »Tu das.«

Der Zorn hatte ihr die Farbe aus dem Gesicht getrieben. Sie stand auf, legte zwei Geldscheine neben die halb vollen Weingläser und wartete, bis Carlos sich seine Krücken geschnappt und erhoben hatte. Dann marschierte sie los.

»Man macht sie ohne Tomatenmark«, ließ Carlos den Spanier noch wissen und folgte ihr.

Im Besucherhaus der Villa Elias erlosch das Licht.

Leander und Soraia, die noch auf der Terrasse saßen, entging das nicht. Sie trank einen Vinho Verde und hatte drei Kerzen auf einem Unterteller platziert und angezündet, sodass der warme Schein ihre Gesichter bestrich. Leander hatte in der Hausbar einen zwölf Jahre alten Tullamore Dew entdeckt, an dem er nippte.

Er registrierte, dass sie relativ nahe beieinandersaßen. Ein Umstand, der sich vermutlich durch die Ausmaße des Tisches und die in der Wand eingelassenen Sitzbänke aus Stein ergab, auf denen sie saßen.

Er bemerkte auch, dass Soraia entgegen ihrer Gewohnheit schwieg. Und das war angenehm, weil er die ziellose Kommunikation der Menschen als Lärm empfand. Nicht als vordergründigen Lärm, sondern eher wie einen Presslufthammer, mit dem jemand in einiger Entfernung die Straße aufriss.

Ein fünfminütiger Monolog des Arbeitskollegen oder Bekannten über das Wetter, den letzten Urlaub, den lieben Herrgott oder ein Problem minderer Güte – den Wechsel eines platten Autoreifens etwa – hakte für Leander schon an mehreren Stellen. *Wir hatten gestern erst großartiges Wetter und wollten grillen, aber dann hat es zwei Stunden wie aus Eimern geschüttet*, hatte ihm sein Vorgesetzter, der kleine Herr Lehmann aus Hamburg, mal berichtet. Leander hatte höflich genickt –

der gute Ton – und Lehmann geraten, das nächste Mal das Fleisch drinnen in der Pfanne anzubraten.

Das ist aber nicht Grillen, hatte Lehmann eingewandt.

Nein, aber man kann das Fleisch auch bei Regen anbraten, hatte Lost erwidert. Und damit jenen leeren Gesichtsausdruck des anderen geerntet, den er häufig hervorrief, wenn er mit schlüssigen und logischen Ratschlägen aushalf.

Was die anderen Beispiele betraf – den Urlaub, Gott und den platten Reifen –, so war in allen drei Fällen das Kind ja sowieso schon in den Brunnen gefallen: Der Urlaub war nämlich vorbei, die naturwissenschaftlichen Hinweise auf Gott waren ebenso wahrscheinlich wie die Kenntnis der Primzahlen durch Sardinen, und auch beim Autoreifen war die Sache nicht mehr änderbar. All das lag entweder unwiderruflich in der Vergangenheit und konnte dort durch ein Eingreifen in der Gegenwart nicht mehr verhindert werden, der platte Reifen etwa. Oder es entzog sich jeder rationalen Betrachtung, weil es sich außerhalb einer für alle einwandfrei nachprüfbaren Wahrheit bewegte, der Glaube an irgendein Überwesen etwa, das je nach Geburtsland den Namen und ein paar Eigenschaften wechselte.

Und trotzdem: Die Menschen sprachen über solcherlei Dinge. Für Leander war dies mal langweilig, weil Sinnlosigkeiten oder Lügen ausgetaucht wurden, mal anstrengend, weil er die ganze Zeit über die Mimik der anderen entschlüsseln musste, um etwa einen Scherz oder einen jener Gefühlszustände zu erkennen, die den Worten im Einzelfall eine völlig andere Bedeutung verleihen konnten.

Frau Bickel etwa, die Sekretärin in der Polizeizentrale in Hamburg, war eines Tages mit ein paar farbigen Strähnen aus der Mittagspause zurückgekehrt. Sie erinnerte Leander an ein fehlgeschlagenes Genexperiment mit Hamstern, bei dem der arme kleine Proband farbliche Fellmutationen hervorgebracht hatte.

»Ich hab den neuen Friseurladen schräg gegenüber ausprobiert.«

Trotz dieses offenkundigen Missgeschicks, das andere Menschen tunlichst vor anderen zu verbergen versucht hätten, sprach Frau Bickel es also offensiv an. Dafür konnte es nur einen Grund geben und den würdigte Leander Lost: »Danke für die Warnung.«

Es hatte vier Wochen gedauert, bis sie ihn wieder gegrüßt hatte.

Mit Soraia, die hin und wieder auch Selbstverständlichkeiten oder Unsinniges von sich gab, unterhielt er sich dagegen gerne, sie war anders als die anderen Menschen. Überwiegend beschränkte sie sich auf das, was er auch tat, nämlich auf knappe Informationsvermittlung. Bei ihr hatte er das erste Mal den Verdacht, jemand gehe auf ihn zu. Denn normalerweise lief das andersherum – er musste sich mühen, um das viele Ungesagte zwischen den Sätzen herauszufiltern (und zwar *während* sein Gegenüber ihn mit weiteren Sätzen überschüttete). Der Wolf, der zum Rudel gehören wollte, wie Britta gesagt hatte.

Nun ging mit Soraia die Hündin auf den Wolf zu, so hatte es den Anschein. Sie bemühte sich, mit ihm auf seine Art zu kommunizieren. Deshalb war es mit Soraia herrlich unanstrengend.

Oder sie schwieg. Das war auch schön. So wie jetzt.

Sie schauten einträchtig auf einen gelblichen Vollmond, der am Horizont über dem Meer erschienen war und sich auf den Weg über das Firmament gemacht hatte.

Soraia betrachtete in Wirklichkeit aber Leanders Profil. Den Verlauf des Halses, den Kehlkopf, die Lippen, die ihr sinnlich erschienen mit diesem leichten, kecken Schwung.

Und während sie in seinen Anblick vertieft war, schwirrten ihr ein paar Bilder durch den Kopf: von Leander und ihr selbst, nur ein Zimmer entfernt, dort, wo die Wächter waren und seine Träume hüteten. Was wäre, wenn sie heute Nacht auch ihre bewachten?

»Ich könnte ja auch bis morgen bleiben«, sagte sie und spürte, wie feurige Wellen über ihre Wangen zogen.

Daraufhin senkte sich sein Blick in ihren. Mit seinen langen Wimpern. Soraia schluckte.

»Ich meine wegen Zara – falls du Hilfe brauchst.«

»Das wäre wunderbar«, sagte Leander Lost.

So fühlt sich ein Herzstillstand an, dachte Soraia.

»Aber das Besucherhaus ist ja schon belegt. Trotzdem danke für das Angebot.«

TAG FÜNF

24.

»Ich will hierbleiben.«

»Das geht nicht.«

Graciana Rosado stand Madalena Pintos Tochter an der Tür zum Besucherhaus gegenüber. Es war elf Uhr vormittags.

»Wieso nicht?«, fragte das Mädchen abweisend.

»Weil du nicht volljährig bist. Ich trage die Verantwortung für dich, Zara, solange du bei uns bist.«

Noch während sie es aussprach, wusste sie, dass es ein Fehler gewesen war. Denn diese Feststellung beherbergte unausgesprochen die Information, dass für Zara früher oder später die Rückkehr ins Waisenheim anstand.

»Ich würde dich hier ja in Ruhe lassen«, fügte sie schnell hinzu, »aber da Soraia und Senhor Lost mich begleiten, musst du leider auch mit.«

Zara gab ein ausgedehntes Seufzen von sich.

»Ich kann doch einfach hierbleiben und nichts machen. Wirklich, ich lauf nicht weg, ich lass niemanden rein. Ich ... weiß nicht ... ich kann auch putzen oder Wäsche waschen.« Sie sah Graciana vorwurfsvoll in die Augen: »Ich kann arbeiten, ich bin mir zu nichts zu schade. Lassen Sie mich nur einfach in Ruhe.«

»Zara«, antwortete Graciana geduldig, »du musst dich nicht rechtfertigen. Niemand bezweifelt, dass du arbeiten kannst. Alles gut. Wir gehen jetzt nur gemeinsam was essen, und zwar bei meinen Eltern. Das machen wir jeden Sonntagmittag so.

Das ist alles. Danach setze ich dich hier wieder ab, und du kannst alleine sein, solange und sooft du willst.«

Während sie das sagte, wich sie dem Blickkontakt nicht aus. Schließlich – mit einem noch viel längeren Seufzen – schnappte Zara sich ihre Lederjacke, die eher ein Zeichen des jugendlichen Protests (gegen was auch immer, vermutlich gegen alles) darstellte, als eine sinnvolle Kleiderwahl für einen warmen Spätsommertag.

Aber die Jacke brachte Graciana auf eine Idee.

»Bist du schon mal Sozia auf einem Motorrad gewesen?«

»Nein.«

»Wenn du willst, kannst du das jetzt ändern. Senhor Lost fährt mit seinem Motorrad nach Fuseta. Er kann dich mitnehmen. Oder du fährst mit mir im Volvo mit.«

Zara Pinto schien tatsächlich kurz hin und her gerissen zu sein. Sie entdeckte den Deutschen, der sie so sehr an einen Bestatter erinnerte, auf der Terrasse. Soeben knöpfte er das weiße Hemd über der blassen Brust zu.

»Dann muss ich mich bei ihm festhalten und so?«

»Nur festhalten. ›Und so‹ musst du nicht.«

Zara schaute wieder hinüber zu Leander Lost. Und von ihm zu der gelben Ducati, die ein paar Meter neben Gracianas Wagen stand.

»Ist dir mal ein Mann zu nahe gekommen?«

Zaras Kopf ruckte herum wie der eines Raubvogels, sie hatte einen Gesichtsausdruck wie aus Stein.

»Und wenn: Mein Leben geht Sie nichts an. Es geht niemanden was an, ist das klar?«

Am liebsten hätte Graciana das kleine, verletzte Mädchen in die Arme geschlossen. Aber das große, wachsame Mädchen hatte beschlossen, sein Heil im Einigeln zu suchen. Und es würde auf niemanden hören, wusste Graciana, die ihr sagte, dass dieses Einigeln auf Dauer nicht funktionieren würde. Das musste sie selbst herausfinden.

Einen Husten kann man weitergeben, hatte João gesagt, *Erfahrung nicht. Leider.*

Graciana erinnerte sich an diesen Moment auf der Dachterrasse in der Virgílio Inglês No. 5.

Aber Glück kann man weitergeben, hatte Antonio Rosado hinzugefügt, *tatsächlich ist es die einzige Möglichkeit, es zu behalten.*

»Das Motorrad«, entschied sich Zara.

Damit hatte Graciana Schritt eins ihres Plans erfolgreich umgesetzt.

Wie besprochen fuhr Graciana mit ihrer Schwester, die sie zur Sicherheit mit zur Villa Elias genommen hatte, voran. Der Alemão folgte auf der Scrambler, nun aber ergänzt um Zara Pinto, die sich mit ihm in die Kurven legte, wie Lost es ihr vor Fahrtantritt erklärt hatte. Der hatte die Akte über Madalena Pinto noch in der Nacht durchgearbeitet und war damit auf demselben Ermittlungsstand wie Graciana und Carlos.

»Das hast du gut gemacht«, lobte Soraia, deren Augen auf das Motorrad geheftet waren.

Sie hatte all dies initiiert und hoffte, dass die Mosaikstücke sich im Laufe der Zeit zueinanderfügen und mit ihrer Hilfe zu einem konsistenten Werk werden würden.

Zara Pinto war die Berührung mit Lost zunächst unangenehm– sie hatte die Arme um seine Taille gelegt und ihre Hände fanden in Höhe seines Bauches zueinander, sodass sie sich in Kurven und bei starker Beschleunigung an ihm festhalten konnte.

Doch die Unmittelbarkeit und Leichtigkeit des Motorradfahrens zauberte ihr ein Lächeln aufs Gesicht. Sie fühlte sich frei und schnell und eins mit dem Wind, der an ihrer Lederjacke zerrte. Sie war Teil der Maschine, die unter ihr röhrte und ihr Vibrieren auf sie übertrug. Sie roch die Landschaft. Und ihre Knie schwebten in Kurven manchmal nur dreißig Zentimeter über dem Asphalt, von bloßer Geschwindigkeit in der Schwebe gehalten.

Und dann kam der Moment, in dem sie beschloss, den Führerschein für Leichtmotorräder zu machen. Der Alemão hatte ihr mit der linken Hand gegen den Unterarm geklopft. Das war das Signal für sie gewesen, sich ganz stark festzuhalten, und nun machte ihr die Nähe schon nichts mehr, denn weil sie wie Lost Teil der Maschine war, empfand sie ihn und sich indirekt vereint. Sie presste sich jetzt ohne Scheu an ihn. Dann schwenkte Leander Lost nach links und zog mit der rechten Hand gleichzeitig das Gas bis zum Anschlag durch.

Ein gewaltiger Schub erfasste die Ducati. Zara erlebte das Gefühl ungezügelter Beschleunigung das erste Mal. Die Scrambler schien zu versuchen, unter ihnen davonzupreschen, der Zug nach vorne war so stark, dass Zara ein aufregendes Kribbeln im Bauch spürte, der gleichzeitig hinter ihr zurückzubleiben schien, als könne er der Vorwärtsbewegung nicht so schnell folgen.

Wie ein Blitz und geschmeidig wie ein Fisch im Wasser überholten sie eine Kolonne von fünf Autos, bevor Leander die Maschine wieder auf die rechte Spur lenkte und die Beschleunigung endete.

Hinter sich hörte er gedämpftes Lachen.

Graciana und ihre kleine Schwester sahen es schon an Zaras Gang, an der Art, wie ihre Arme, die vorher immer wie die einer steifen Puppe gewirkt hatten, jetzt plötzlich entspannt und lässig baumelten. Der Schritt war federnd und kein trotziges Stapfen mehr, und auch wenn sie sich ein Lächeln untersagte, konnte man es doch in ihren Augen sehen.

Leander tat instinktiv genau das, was Soraia ihm geraten

hatte und was ihm nicht weiter schwerfiel: Er beachtete das Mädchen kaum. Es war kein Ignorieren, er hielt sich nur daran, sie nicht von sich aus anzusprechen.

Außerdem war er an den *Calçada Portuguesa* interessiert, der portugiesischen Pflastersteinkunst unter seinen Schuhsohlen. Die maritimen Motive, die von Steinsetzern Stück für Stück mit langem Atem und handwerklichem Geschick umgesetzt worden waren, schmückten das Straßenbild in der Altstadt von Fuseta und werteten die engen Gassen auf – anders als in Deutschland, wo die Leute über graue Platten liefen.

Weiter vorne entdeckte Graciana ihren Kollegen Carlos an der Häuserecke Rua Capitão Henrique Galvão und Rua Dr. Virgílio Inglês am Tisch eines Hütchenspielers. Was sie sah, war erstaunlich. Mit einem Seitenblick stellte sie fest, dass es auch Soraia ins Auge sprang. Nicht, dass Carlos mal wieder viel Geld bei einem Hütchenspieler verlor, war erstaunlich, sondern was er dabei trug: neben einer ausgeblichenen, hellblauen Jeans ein graues Leinenjackett. Dazu ein weißes Hemd und blaue Lederslipper.

Soraia sah zu ihrer älteren Schwester, die schmunzelte.

»Hast du was gesagt wegen Leanders Anzug?«

Graciana nickte: »Ja, dass er darin flott aussieht.«

»Keine Shorts und Espadrilles mehr?«

»Sieht so aus. Rasiert hat er sich auch.«

Soraia war nur aufgefallen, dass etwas in Carlos' Gesicht anders war als sonst. Um was genau es sich handelte, hätte sie nicht benennen können. Aber Graciana hatte recht: Der Bartschatten, der stets Wangen, Hals und Kinn verdunkelte, war weg.

»Que foda!«, stieß Carlos verärgert aus, nachdem er auf das falsche Hütchen gedeutet hatte und der Mann, der sich Horatio Feira nannte, mit einem kaum merklichen Lächeln das gewünschte Hütchen angehoben und die kleine Kugel unter dem rechten Hütchen offenbart hatte.

Carlos, der sah, dass die anderen die Fußgängerzone herunterkamen, wandte sich von dem Mann ab. Der steckte den 20-Euro-Schein ein. Das heißt: fast. Kurz, bevor der Schein in der Brusttasche seines Hemds verschwand, spielte er ein Zögern vor, eine Nachdenklichkeit, ganz so, als ereilte ihn genau hier und genau jetzt eine Idee.

Statt die Banknote einzustecken, zog er die drei 20-Euro-Scheine hervor, die Carlos binnen der letzten Minuten an ihn abgetreten hatte, und legte sie als Wetteinsatz neben die Hütchen.

Carlos entging das stumme Angebot nicht.

Und wie von Horatio Feira beabsichtigt und vermutlich schon Dutzende Male an anderen Interessierten erprobt, kehrte Carlos zu ihm zurück.

»Ein Spiel, und du bekommst deinen Einsatz zurück, wenn du gewinnst«, sagte Feira.

»So sicher bist du dir?«

»Ich glaub, ich kann es schaffen.«

Carlos starrte auf die Hütchen. Auf die Kugel daneben. Dann holte er erstens tief Luft und zweitens einen 20-Euro-Schein aus seiner Jeans und legte ihn zu den vier anderen.

Als Graciana, Zara, Soraia und Leander ihn erreichten, hatte er erneut verloren.

»Hübsches Jackett«, begrüßte Graciana ihn, während sie Kurs auf die No. 5 nahmen, die schon von Weitem daran zu erkennen war, dass Antonio Rosado mit fünf Nachbarn vor der Tür saß und sich mit ihnen unterhielt.

»Hui, ein Jackett.«

»Ich hab es beim Aufräumen gefunden.«

»Sieht gut aus«, fand Soraia.

»Ja?«

Sie nickte.

Carlos wirkte zufrieden.

Die Dachterrasse der Virgílio Inglês No. 5 unterschied sich wesentlich von der von Carlos Esteves.

Sie war frei von Wäscheleinen und mithilfe von gezielt platzierten Topf- und Hängepflanzen (Raquel Rosados Werk) zu einem Dachgarten umgestaltet worden. Neben einem ausgedehnten Grillrost über einer Feuerstelle befand sich ein schwerer Steintisch. Der Schatten eines beigen Sonnensegels, das schon einige Sommer auf dem Buckel hatte, lag zur Hälfte darüber. Direkt neben der gefliesten Treppe, die hierherführte – samt Treppenlift für den Herrn des Hauses –, stand eine beeindruckend große Agave in einem roten Topf aus Ton. Und weiter hinten, wo die Terrasse endete, reckte sich ein zweieinhalb Meter großer Orangenbaum dem Himmel entgegen. Seine Früchte waren schon zu sehen, wenn man unten vor dem Haus stand.

Portugiesischer Kirschlorbeer, um dessen kleine weiße Blüten im Frühsommer Schmetterlinge und Bienen herumschwirrten, verwehrte den Besuchern den Blick auf die halbhohe Betonwand, die den Abschluss der Terrasse bildete. Antonio Rosado hatte sie vor dem Unglück vor sieben Jahren mit einer Holzkonstruktion aus sibirischer Lärche versehen. Gewiss unüblich für Portugiesen, aber dank seines Status verlor hier niemand ein kritisches Wort darüber, und wenn, hätte Antonio Rosado das ohnehin kaltgelassen.

Niemand beachtete groß, dass Leander Lost und Zara Pinto das erste Mal hier waren. Natürlich begrüßte man sie, bezog die beiden aber sofort mit ein, indem Raquel Rosado ihnen wie den anderen auch Geschirr, Besteck und Schälchen mit Petiscos mitgab.

Sie drückte zunächst Leander – Schön, Sie zu treffen, ist Ihnen nicht zu warm? – Stockfisch mit Kichererbsen und

Oliven mit Anchovis in die Hand, um dann einen Blick mit Zara zu tauschen. Graciana kannte diesen Blick ihrer Mutter, der üblicherweise abgemagerten Hunden oder Katzen galt, die durch die Gegend streunten.

»Hübsches Halsband. Mit etwas mehr Mut hätte ich so was früher auch getragen«, sagte sie zu Zara und hielt ihr eine handgroße tönerne Schale mit Fleischbällchen in Tomatensoße sowie zwei Baguettes hin. »Kannst du das mit hochnehmen, geht das? Ich weiß, ich hätte es früher vorbereiten müssen, ich mache immer alles zu spät.«

»Ja, klar«, sagte Zara. Ihr blieb durch Raquels pragmatische, direkte Art gar keine Zeit, ihre distanzierte Haltung vor allem Fremden und Neuem aufrechtzuerhalten. Sie nahm Schälchen und Brot entgegen und folgte dem Mann in Schwarz.

Kaum war sie aus dem Sichtfeld der Frauen verschwunden, nahm Raquel ihre Töchter in die Arme: »Alles gut?«

Dabei sah sie Soraia an, die nickte.

»Ja. Es läuft klassisch. Wie nach Lehrbuch. Es darf jetzt bloß nicht abreißen.«

Graciana drückte die Mutter noch eine Spur fester an sich und hielt sie auch einen Augenblick länger. Auf der Schürze ihrer Mutter hatten sich alle Gerüche ihrer Kindheit eingefunden, um auf sie einzustürmen.

»Danke, dass ihr mitmacht, Mãe.«

Raquel Rosado trat einen Schritt zurück. Doch die Düfte von früher blieben Graciana in der Nase hängen und lösten frühkindliche Erinnerungen bei ihr aus: von Pflastern auf Schrammen, von leckeren Eiskugeln in Waffeln, von einer Wärmflasche bei Bauchschmerzen. Vom Wiegen in den Schlaf. Von Geborgenheit.

Dies war Gracianas Zuhause. Würde es immer sein, hatte sie ab ihrem zehnten Lebensjahr gewusst und wurde dessen nun wieder versichert. Wann immer sie einen Fuß in dieses Haus setzte, war es der Schlüssel zu ihren Erinnerungen. Die prägenden, wichtigen hatte sie sowieso stets dabei, sie waren untrennbarer Teil ihres Charakters geworden. Aber die anderen, die in tieferen Schichten lagerten und manchmal verstaubten, die beiläufigen, kleinen – die konnte sie hier frisch abholen. Mit dem ersten Einatmen innerhalb dieser Wände war alles auf einen Schlag zurück.

Während sich Leander Lost und Antonio Rosado im Beisein von Carlos Esteves begrüßten, der sich sofort über die Oliven mit Anchovis hermachte, stromerte Zara Pinto über die Dachterrasse, die ihr zu gefallen schien. Die Pflanzen, die Aussicht auf die Dächer Fusetas, die Salinen und die Lagune – und der Mann im Rollstuhl stimmte sie ohnehin milde. Der grillte gerade Sardinen, die er immer mal wieder mit Zitronensaft beträufelte. Das hier oben erschien Zara Pinto wie eine Insel, ein Versteck, ein Nest. Ein Refugium wie die Villa Elias, in dem sie sicher war.

Sicher und geborgen fühlten sich auch die Rosado-Schwestern, die gerade ihre Schälchen mit diversen Dips absetzten. Eine davon nannte Raquel *cruelmente*, sie trieb einem die Tränen in die Augen und hinterließ in der Speiseröhre eine Brandspur, aber Antonio liebte sie.

Graciana und Soraia fingen die ersten Worte auf, die Leander Lost und Antonio Rosado nach ihrer Begrüßung tauschten.

»Ihr Portugiesisch ist gut.«

»Ihres auch.«

Antonio schmunzelte, während er mit der Grillzange die Sardinen wendete.

»Sie sind nicht auf den Kopf gefallen.«

»Nur einmal als Dreijähriger. Seitdem nicht mehr.«

In der halben Stunde, in der sie bei den Vorspeisen waren und beim Kennenlernen, jene dreißig Minuten, in der alle Zara Pinto konsequent in Ruhe ließen und sich zugewandt und aufmerksam miteinander unterhielten, wurde sie immer wankelmütiger. Selbst, wenn sie ihnen hätte vorwerfen wollen, wie beschissen altmodisch und geistig erstarrt sie waren, musste sie ihnen zugutehalten, dass sie sich (mit Ausnahme der Villa Elias) nirgends in den letzten Monaten so wohlgefühlt hatte wie hier. Das Dumme war, dass ihr Kopf nicht wollte, was ihr Bauch empfand.

Dann erschien Raquel Rosado, der eine kräftige Strähne in die Stirn gefallen war, mit einem dampfenden Kochtopf und einem Teller mit jeder Menge Zitronenscheiben, die sie beide auf den Tisch wuchtete. Als sie den Topfdeckel anhob, stieg heller Dampf auf. Es roch nach Knoblauch, Weißwein, Koriander und ... Meer.

»Das sind Conquilhas«, erklärte Raquel.

Um ein Haar hätte Zara den Topf entführt. Conquilhas waren Muscheln von der Größe eines anderthalbfachen oder doppelten Fingernagels. Ihr Leibgericht.

Raquel hatte sie erst vor zwei Stunden einem Jungen abgekauft, der sie draußen in der Lagune mit den Händen vom Meeresgrund aufgelesen und in mit Meerwasser gefüllten Plastikflaschen gesammelt hatte.

Für Zara Pinto machte genau das den Besuch bei den Rosados rund. Ganz so, als sei alles vorherbestimmt. Und in die ergab sie sich nun und fügte sich ein. Kein Trotz, kein Widerwort. Die Muscheln waren wie ein Zeichen, so, als würden sie ihr signalisieren, dass sie hier nichts zu befürchten hatte, dass sie umgeben war von guten Geistern.

Tatsächlich aber hatte Soraia in Lagos bei Senhora Carlotta im Waisenheim angerufen und sich nach der Lieblingsspeise des Mädchens erkundigt. In diesen Teil des Plans hatten sie den Alemão nicht eingeweiht, damit er ihn nicht versehentlich verriet.

Der Plan bestand darin, Zara Pintos Vertrauen in sie zu stärken. Denn Gracianas Instinkt sagte ihr, dass das Mädchen, das fast schon eine junge Frau war, den Schlüssel zu der

Verbindung zwischen Madalena Pinto und O Olho darstellte. Sie wusste etwas, was sie bis jetzt nicht mit ihnen teilte.

Soraia hatte Graciana davon abgehalten, weiter auf Zara einzureden, und sie davon überzeugt, dass sie das Mädchen an jenen Punkt führen mussten, an dem es von sich aus auf sie zuging.

Daraufhin hatte Graciana beschlossen, mithilfe von Carlos und ihrer Schwester eine Pflegefamilie für Zara Pinto zu finden, sodass sie nicht ins Waisenheim zurückmusste. Davon erzählte sie dem Mädchen aber nichts, weil sie ihr nicht Hoffnung auf etwas machen wollten, was sie später möglicherweise nicht würde einlösen können. Und sie hatten das Ritual des gemeinsamen Familienessens am Sonntagmittag erfunden und Raquel und Antonio Rosado hatten sofort eingewilligt, dieses kleine Theaterstück mitzuspielen.

Wobei der Begriff Theaterstück Graciana zunächst aufgestoßen war. Denn der brachte ihr Vorgehen auf den Punkt: Sie würden dem Mädchen etwas vorspielen, um es zu manipulieren. *Theaterstück* war ein schönes Wort für eine gemeinschaftliche Lüge.

Doch jetzt, während sie den Blick zu den anderen schweifen ließ, die in Gespräche versunken waren, spürte sie, dass keiner log und keiner spielte. Jeder war nur er selbst. Wie Soraia sich erkundigte, ob die Mutter immer noch gut alleine mit der Behinderung des Vaters klarkam, und Raquel sie lächelnd beruhigte und sagte: »In der No. 5 ist man nie alleine, So, das weißt du doch. Mach dir nicht solche Gedanken.«

Und wie ihr Vater sich bei Leander Lost über dieses und jenes erkundigte: »Wie gefällt es Ihnen hier?«

»Ich mag, wie die Menschen mit dieser verblassten Pracht umgehen. Diese Schwermut.«

»Verblasste Pracht?«

»Nun, ich finde, das Land ist wie die Patina an den Häusern. Portugals große Zeit hat den Zenit ja lange überschritten. Früher war es ein Kolonialreich, eine Seemacht. Heute ist davon nicht mehr viel übrig. Bei Licht betrachtet gar nichts.«

Antonio Rosado schluckte schwer. Zara hatte mit offenem Mund zugehört.

»Um momento«, mischte Carlos sich ein, der auf solche Einlassungen schon wesentlich gelassener reagierte als noch vor Tagen. »Wir haben zweifellos die schönsten Frauen in Europa, wir haben eine lange Küstenlinie, wir sind gastfreundlich, haben über 300 Rezepte für Stockfisch und haben den Tee nach Europa gebracht. Das waren nicht die blassen Briten. Aus unserem Land kommen der Portwein und der Kork. In Coimbra steht eine der ersten europäischen Universitäten. Und wenn Ronaldo wieder danebenschießt, sind wir vereinigt im Pech. Pech haben wir immer. Und traurig sind wir auch. Das aber hat den großartigen Fado hervorgebracht.

Ach ja, und nirgends ist das Azur am Abend so wie in Portugal, aber das ist zugegeben natürlich nicht unser Verdienst.«

Er grinste breit und nahm dann drei Schlucke aus einem eiskalten Sagres.

»Genau das meine ich«, sagte Lost, »dieses *Trotzdem*. Das zeichnet die Menschen hier aus, finde ich. Sie sind traurig, ja, aber sie verlieren nie den Mut. Sie sind melancholisch und machen daraus eine eigene Musikrichtung.

Wenn Ronaldo beim EM-Finale gegen Frankreich nach einem wirklich harten Foul ausfällt und alles verloren scheint, weil das ganze Spiel der Portugiesen auf diesen Mann ausgerichtet ist und er auf dem Rasen sitzt und weint, nehmen die Fans an seinem Leid teil, indem sie sich etwas davon selbst aufbürden. Und es ist doch sehr bezeichnend, wie Menschen mit Leid umgehen und mit Schicksalsschlägen. Die Portugiesen schweißt beides zusammen, und sie begegnen diesen Dingen aufrecht. Sie weichen nicht.

So wie Senhor Esteves das eben gemacht hat. Er weiß, dass

die Situation so ist, wie sie ist, aber er macht das Beste daraus. Und das mit Würde.

Genau wie die portugiesische Nationalmannschaft – allen war klar, dass sie nur verlieren konnten. Auch den Fans. Und was haben sie aus diesem Nichts gemacht? Genau: Sie haben Frankreich geschlagen. Sie haben sich aufgebäumt und nicht gehadert, sie haben das Unmögliche erreicht. Und selbst wenn nicht – sie hätten ihre Würde bewahrt.«

Am Tisch war es mucksmäuschenstill.

Carlos und Antonio mussten ihre Rührung wegschlucken, und Raquel wischte sich unauffällig über die Augen.

Dann legte Carlos dem Deutschen kurz die Hand auf die Schulter.

»Ich heiße Carlos, Colega.«

Er bot ihm die Hand an, die Lost schüttelte.

»Ich weiß, Senhor Esteves«, sagte er.

Er dechiffrierte aus dem Winkel von Augenöffnung, der Frequenz des Lidschlags, der Faltenbildung an Nasenwurzel und Stirn sowie dem Zusammenziehen der Augenbrauen Irritation bei seinem Sitznachbarn, was wiederum Leander verwirrte.

Aber bevor er sich näher damit beschäftigen konnte, ergriff der Hausherr das Wort.

»Das haben Sie sehr schön gesagt, Senhor Lost«, stellte Antonio fest, der den blassen, schmalen Kerl musterte. Mit jenem zugewandten, herzlichen Blick, der sonst alleine für Carlos reserviert war.

»Danke«, antwortete Leander, »ich finde, Fernando Pessoa hat es viel präziser auf den Punkt gebracht: *Da wir dem Leben keine Schönheit abzuringen vermögen, sollten wir zumindest versuchen, unserem Unvermögen Schönheit abzuringen.*«

Dass er als autistischer Alemão den portugiesischen Dichter und Nationalheiligen Pessoa aus der Hüfte zitieren konnte, hinterließ eine noch intensivere Stille als zuvor.

Soraia platzte fast vor Stolz. Graciana verspürte ein angenehmes warmes Gefühl im Bauch, das sich von dort ausbreitete. Der Alemão hatte etwas tief in ihrem Inneren berührt. Und ein Seitenblick auf Zara verriet ihr, dass das Mädchen eine Menge von ihrer Abschätzigkeit dem Cangalheiro gegenüber abgelegt hatte. Mehr noch, auch in ihrem Gesichtsausdruck war Irritation zu lesen. Und Graciana ahnte, was Zara so verunsicherte: Sie realisierte, dass sie ihn mochte.

Was auch passieren würde, wohin die Wege des Lebens sie führen sollten, dieser Moment würde durch alle Tage hindurchscheinen.

Weißt du noch, wie Senhor Lost Pessoa zitiert hat, oben auf der Dachterrasse?

Ja, jeder von ihnen würde sich daran erinnern. Und wenn das Leben so lief wie das Leben laufen sollte, würde Zara Pinto die Erinnerung daran am längsten von ihnen mit sich tragen.

25.

Als sie zweieinhalb Stunden später die Virgílio Inglês No. 5 verließen, verabschiedete Graciana sich als Letzte von ihren Eltern. Ihr Vater hielt sie einige Sekunden in den Armen fest, sodass die anderen schon draußen auf der Gasse und sie hier drinnen alleine waren. Dann entließ er sie aus der Umarmung.

Als sie über die Schulter sah, entdeckte sie ihre Mutter, die an der Tür stand, als würde sie diese bewachen. Graciana wandte sich wieder ihrem Vater zu. Offensichtlich wollten ihre Eltern ihr etwas mitteilen.

»Du musst keine Familie für die Kleine suchen«, eröffnete ihr Vater ihr, »die ganze Virgílio Inglês gehört zur Familie, da steht ein Mädchen mehr oder weniger nicht infrage.«

»Nein, nein, nein«, wiegelte Graciana ab und unterstrich das mit einer klaren, eindeutigen Geste, die einen Schlussstrich durch die Luft zog, »das war nicht die Absicht. Ich hätte es nicht erzählen dürfen. Ihr habt genug um die Ohren, ich …«

Da legte ihre Mutter ihr von hinten die Hände auf die Oberarme.

»Grace«, sagte sie leise und sanft, als wolle sie sie trösten, »alles ist gut, wirklich. Vertrau uns, hm? Wir haben aus zwei Wirbelwinden kluge Töchter hinbekommen. Wir haben schon etwas mehr Leben hinter uns. Wir schaffen das.«

In dem strahlenden Blick ihres Vaters lag Abenteuerlust.

»Etwas Leben im Haus tut uns gut. Es ist nicht so, dass ihr uns fehlen würdet, So und du, wir sind heilfroh, dass ihr weg seid.«

Es war eine Lüge. Aber er legte ein tapferes Lächeln darüber.

»Sie kann Soraias Zimmer haben. Wir haben schließlich sowieso nicht viel verändert.«

Graciana sah ihre Mutter überrascht an. In deren Blick lag eine tiefe Zärtlichkeit.

»Eltern sein bedeutet, mit allen Eventualitäten zu rechnen und gelassen zu bleiben, wenn die kommen, mit denen man nicht gerechnet hat. Also, wenn Zara will, kann sie hierbleiben.«

»Ich weiß nicht, was ich sagen soll.«

»Obrigada oder so was.«

Als Horatio Feira aufblickte, stand Carlos Esteves vor ihm. Nicht aber als das Häufchen Elend, das vorhin mürrisch einen imaginären Stein weggekickt und mit geballten Fäusten in den Hosentaschen weggeschritten war, sondern als ein auffällig gut gelaunter Mann. In Begleitung einer kleinen hübschen Portugiesin, einem Idioten im schwarzen Anzug und einer Göre mit Halsband und Lederjacke. Die und die hübsche Frau mit den großen Augen hatten mehr Blicke für den bleichen Hageren übrig als für das Spiel.

Carlos legte zwanzig Euro hin.

»Ich habe Sie gewarnt, Senhor«, sagte Feira. »Vielleicht sollten Sie das Unglück nicht zu sehr herausfordern, heute. Ich meine es gut mit Ihnen.«

»Nein, nein, nur zu. Machen Sie.«

Horatio Feira hatte mit keiner anderen Antwort gerechnet. Routiniert ließ er die Kugel unter dem mittleren Hütchen verschwinden und verschob die Hütchen mit schnellen, zackigen Bewegungen, um in einem geeigneten Sekundenbruchteil das fragliche Hütchen ganz leicht anzuheben, die Kugel zwischen Mittel- und Zeigefinger einzuklemmen und sie unter ein anderes Hütchen zu platzieren. Dann reihte er sie nebeneinander auf.

Carlos' Blick war auf das Hütchen gerichtet, unter dem die Kugel sich hätte befinden müssen. Dann sah er zu Leander Lost.

Der deutete auf das Hütchen ganz links.

Mit einem Schlag war Feira hellwach.

»Das da«, sagte Carlos.

»Oh, wirklich?«

Feira griff danach.

Da schoss die offene Hand des Blassen hervor: »*Parar*!«

Wie erwünscht stoppte das Kommando den Hütchenspieler.

»Heben Sie es selbst an, Carlos«, sagte Leander.

Carlos hob das Hütchen an – und dort lag die Kugel. Er konnte sein Glück kaum fassen und strahlte Leander an. Zara staunte, Soraia musste lachen.

»Mein neuer Kollege«, erklärte Carlos dem Hütchenspieler stolz.

Horatio Feira nickte, holte zwei Scheine aus seiner Brusttasche und legte sie auf den von Carlos: »War ein langer Tag heute, ich freue mich für Sie. Schönen Abend noch.«

Er griff nach den Hütchen, aber dann legte Carlos ihm große und kleine Scheine in einem Gesamtwert von 300 Euro auf den Tisch. Feira hatte heute das Doppelte eingenommen, auch dank dieses Kunden. Kurz zögerte er, aber dann nickte er. Er würde auf Nummer sicher gehen.

»Aber das ist dann wirklich das letzte Spiel.«

»Ja.«

Wieder setzte er die Kugel unter das Hütchen in der Mitte und begann seine Züge. Links, rechts, quer, nach vorne, schräg hinüber. In Windeseile wechselten die Hände und die Hütchen, und dann, kurz bevor Horatio sie zum Stillstand kommen ließ, entnahm er die Kugel mitten in der Bewegung wieder mithilfe von Zeige- und Mittelfinger.

Jetzt standen drei leere Hütchen vor Carlos, und sobald er auf eines von ihnen gedeutet hätte, würde Feira sie mit einer geübten Bewegung, die sein Vater ihm beigebracht hatte, unter jenem platzieren, das er im gleichen Augenblick anheben würde.

»Ich tippe auf das Hütchen rechts«, wandte sich Carlos an Leander. Der kam nun näher, beäugte die drei Hütchen erst von vorne, dann von der Seite.

Zu spät erfasste Feira, dass das unentschiedene Betrachten der Hütchen nur als Vorwand diente, um unverdächtig näher zu kommen. Blitzschnell hatte Leander Lost das Handgelenk des Mannes gepackt und herumgedreht, sodass Feira kurz aufschrie, mehr aus Überraschung denn aus Schmerz. Dann stand er mit dem Gesicht zur Wand, den gestreckten Arm nach hinten gerichtet.

»Was machen Sie?«, herrschte Carlos Leander an. Graciana, die jetzt erst das Elternhaus verlassen hatte, lief auf sie zu.

»Er ist ein Trickbetrüger«, stellte Lost ungerührt fest, »er hat die Kugel hier in dieser Hand. Sie finden sie unter keinem der Hütchen.«

Carlos zögerte kurz. Der Vorwurf, den der Alemão erhob,

erschien ihm keineswegs abwegig, aber wenn er zutraf, hatte er sich mehrfach von dem Mann leimen lassen, ohne je die Aussicht auf einen Gewinn gehabt zu haben.

Zaras Neugierde war einfach zu groß. Sie trat an den Tisch und drehte die Hütchen um – unter keinem fand sich die Kugel.

Carlos kam nun ebenfalls näher. Er sah dem Mann wütend in die Augen.

»Lass sie los.«

Feira schluckte, dann spreizte er die Finger, und die Kugel fiel hinab auf den Tisch. Direkt danach ließ Leander Lost das Handgelenk des Mannes los, das dieser sich in einer Mischung aus Respekt, Verärgerung und Furcht rieb.

»Ich würde ihn festnehmen«, sagte Leander.

Alle Augen richteten sich auf Carlos. Und der richtete seine auf den Einsatz, den er auf den Tisch gelegt hatte. Dann verzog er etwas das Gesicht und deutete ein Kopfschütteln an: »Ich glaube, die Begleichung des Wetteinsatzes ist die schmerzhaftere Bestrafung.« Dabei pochte er mit den Fingerspitzen der rechten Hand auf seine Geldscheine.

Horatio Feira erfasste, dass er es bei dem Mann im Leinenjackett mit einem Polizisten zu tun hatte. Der ihm gerade die einzige Möglichkeit wies, um einer Verhaftung zu entgehen. Also legte er zügig die 600 Euro auf den Einsatz, nahm die Hütchen, klappte den Tisch zusammen und machte sich aus dem Staub, bevor es sich jemand anders überlegte.

»Das nächste Mal, wenn ich dich in Fuseta sehe, nehme ich dich fest«, rief Carlos ihm noch hinterher, was Horatio Feira in einen leichten Trab verfallen ließ.

Carlos stopfte die vielen Banknoten in seine Brieftasche, die dadurch stark anschwoll und sich gut sichtbar in der Innentasche seines Jacketts abzeichnete.

Graciana wandte sich an Zara: »Wir wollten noch einen kleinen Abstecher nach Sagres machen, vielleicht etwas baden,

Eis essen, in der Sonne dösen. Aber da musst du nicht mit, dann komme ich mit dir in die Villa Elias. Da kannst du für dich sein, wenn du willst, ich bin dann nur in der Nähe.«

Für einen ganz kurzen Moment flogen die Pupillen von Zara einmal zu Leander Lost und dann wieder zurück.

»Ich komm mit«, sagte sie.

»Gut. Auto oder Motorrad?«

Zara hatte es bis jetzt geschafft, wieder gleichgültig zu wirken. Jetzt allerdings brach sich ein Lächeln die Bahn: »Motorrad.«

»Ich geb einen aus«, sagte Carlos.

Da meldete sich Gracianas Handy. Auf dem Display sah sie das Konterfei ihres Chefs. Sie wusste intuitiv, dass es dienstlich war. Und wenn es dienstlich war und sie hatten Sonntagnachmittag – dann war etwas passiert.

»Geht schon mal voraus«, sagte sie zu den anderen, nur Carlos winkte sie zu sich. Dann nahm sie den Anruf entgegen, schaltete auf die Lautsprecherfunktion, damit ihr Kollege mithören konnte, und trat in einen Schatten spendenden Hauseingang.

»Ja?«

»Da Silva«, meldete ihr Vorgesetzter sich, »ich weiß, es ist nicht mehr euer Fall. Aber ... sie haben gerade Jobe gefunden. Er ist tot.«

Carlos und sie waren zu verblüfft, um sofort zu reagieren.

»Hörst du mich?«

«Ja, ich ... Carlos hört mit.«

»Gut.«

»Wo? Ich meine: Wo ist er gefunden worden?«

»Irgendwo oben in Pero de Amigos. Ich war noch nicht da.«

Carlos griff mit einer Hand in den Nacken und kratzte sich dort in einer Übersprunghandlung. »Pero de Amigos? Sicher?«

»Das ist das, was mir die GNR-Frau vor Ort gerade am Telefon gesagt hat. Ihr Name ist Rebeca Veloso. Sie sagt, alle Fahndungsdaten stimmen mit dem Leichenfund überein. Ich geh also davon aus, dass es Jobe ist.«

Carlos beugte sich vor zum Handy: »Pero de Amigos ist doch eine Geisterstadt.«

»Ja«, gab Raul da Silva matt zurück.

Graciana konnte seine Müdigkeit hören, sie verlieh dem Fluss seiner Worte etwas Schleppendes.

Auch sie kannte Pero de Amigos. Fabio, ihre erste große Liebe, hatte dort mit seinen Eltern wild gecampt. In einem deutschen Wohnmobil, einem Hymer. Carlos hatte ihr damals sein knatterndes Moped geliehen, und sie war ohne Führerschein von Fuseta aus dorthin gefahren. Eine Stunde lang, während ihr Herz schmerzhaft schnell klopfte.

Fabio war drei Jahre älter als sie gewesen, und unglaublich schön. Er machte später eine Karriere als Model für eine führende Modemarke. Graciana hatte seinen Weg heimlich über Jahre verfolgt. 2003 war er bei einem Verkehrsunfall, der in einem See endete, ertrunken.

Damals in Pero de Amigos waren seine Eltern stundenlang unterwegs zum Wandern gewesen, und sie hatten sich den ganzen Nachmittag geküsst. Fabio war der erste Junge, dessen Griff nach ihren Brüsten sie nicht unterbunden hatte. Dafür aber alles Weitere.

All das im Angesicht jener Ruinen dort oben in den Bergen, die stumme Zeugen geworden waren.

»Duarte hat doch den Fall«, brachte sie schließlich hervor.

Ihr Chef antwortete mit einem deutlich hörbaren Seufzen: »Ja. Aber er hat keinen Dienst und er geht nicht ans Handy. Seine letzte Ortung ist bei São Brás de Alportel.«

»Das ist doch genau die Ecke«, wandte Carlos ein.

»Ja, ich weiß. Aber er geht nicht ran. Also: Ich brauche jemanden, der Ousman Jobe eindeutig als Ousman Jobe identifiziert. Ich weiß, es ist Wochenende. Und ich weiß, Esteves, ich könnte auch selbst fahren, aber ich habe ihn nie gesehen und bin gerade bei einem möglichen Suizid in Tavira. Also: Hättet ihr wohl die Güte, da rauszufahren? Doutora Oliveira ist schon auf dem Weg.«

»Wir sind unterwegs«, ließ Graciana ihn wissen.

»Obrigado, Piaf.«

Während Graciana und Carlos sich mit dem Volvo in Richtung São Brás de Alportel aufmachten, was etwa eine halbe Stunde nordwestlich von Fuseta lag, noch vor den hügeligen Ausläufern des Alentejo, gingen Soraia, Leander und Zara anders als ursprünglich geplant zu Fuß hinunter zum Hafen von Fuseta und nahmen die Fähre, die sie und eine Handvoll Touristen unter dem Geschrei der Möwen und einem kräftigen Schwall Dieselgeruch über die Lagune zu der vorgelagerten Ilha da Armona trug, die entweder ein Eigenname war (Insel Armona) oder eine Vergrößerungsform von arma (Insel der Waffen) oder schlicht aus dem Keltischen stammte. Was genau davon zutraf, wusste hier niemand so genau.

In den Prielen der Lagune, die die Ebbe freilegte, standen Dutzende von Männern und Frauen, die in der einen Hand einen Plastikeimer hielten und weiter vornübergebeugt in dem Schlick nach Krebsen suchten oder nach Muscheln. Sie hatten ihre Köpfe mit Baseballkappen, Hüten und Tüchern vor einem Sonnenstich geschützt.

Als Leander Lost seinen Platz verließ, um vorne vom Bug aus einen besseren Ausblick auf die Ria Formosa zu haben, ergriff Zara Pinto die Gelegenheit, Soraia unter vier Augen anzusprechen.

»Da war er ja ganz schön direkt, vorhin zu Ihrem Vater.«

Soraia Rosado lächelte. Dass Zara sie von sich aus ansprach, war ein kleiner Erfolg. Das hieß, sie hatte Zutrauen. Und ihr Interesse betraf – welch Wunder – den scheinbaren Außenseiter der Gruppe.

»Ich verrate dir was über Senhor Lost«, Soraia beugte sich konspirativ vor: »Er kann nicht lügen.«

Zara sah sie an, als wolle Soraia sie auf den Arm nehmen, aber anstatt loszulachen, nickte sie nur.

»Er ist eine Art Autist«, fuhr Soraia fort, »er sagt immer die Wahrheit.«

Zara klappte die Kinnlade ein wenig nach unten, während sie unwillkürlich zu dem Estrangeiro schauen musste, der da vorne mit seinem schwarzen Anzug zwischen all den Kindern mit Plastikbällen und Schwimmflügeln und Touristen mit bunten T-Shirts und Shorts so wenig auffiel wie eine Oase in der Wüste.

26.

Mit São Brás de Alportel, einem kleinen Ort, den sie auf ihrem Weg zur Leiche von Ousman Jobe durchquerten und hinter dem die sanften, flach bewachsenen Hügel des Alentejo begannen, verband Graciana Rosado ein besonderes Getränk: Champagner. Überall breiteten sich die Felder mit den breiten Korkeichen aus, deren Rinden zu einem Drittel oder zur Hälfte geerntet worden waren, sodass die Stämme vom Boden bis dicht unter die Krone schutzlos waren und nackt wirkten. Darüber verzweigten sich die Äste, deren Rinde noch nicht dick genug war.

Graciana wusste, dass in den nächsten Jahren viele der Korkbauern erst mehr und mehr auf ihren Beständen sitzen bleiben und schließlich nicht mehr genug damit verdienen würden. Denn der weltweite Trend zum Verschließen von Wein- und Sektflaschen ging in Richtung Kunststoff. Aber zumindest die Käufer von Champagner, so zeigten Umfragen, hielten dem Kork noch die Treue.

Die Sub-Inspektorin fuhr die schmale Straße, die sich mal im Tal zwischen zwei Hügeln wand, mal auf dem Grat eines Hügelrückens balancierte, zügig hinauf. Nachdem sie hier und da noch ein Haus passiert hatten, kam kilometerlang nichts. Keine Parkbucht, kein Hinweisschild, nichts.

Dann schließlich gabelte sich der Weg. Rechts führte er hinab zu einer Siedlung aus ein paar abgelegenen Häusern, um dort zu enden: Arimbo. Linker Hand wies ein Straßenschild nach Pero de Amigos und auf einen sandigen Feldweg. Dem folgten sie für holprige, gewundene zwei Kilometer und erzeugten dabei eine Staubfahne, die jedem in Pero de Amigos ihre Ankunft ankündigte.

In diesem Fall handelte es sich um Gerichtsmedizinerin Doutora Oliveira, die tatsächlich vor ihnen hierhergefunden hatte. Um sie herum standen drei GNR-Polizisten, zwei Männer und eine Frau, die zwar einen Mindestabstand von zwei Metern zu ihr hielten, ihr aber sehr interessiert bei der Arbeit zuschauten und miteinander tuschelten.

Einer der Männer sprach in ein Funkgerät, als Graciana und Carlos ausstiegen. An dem Blaulicht auf dem Zivilwagen hatten sie begriffen, dass es sich um Kollegen der Polícia Judiciária handelte. Unwillkürlich strafften sie sich etwas.

Der enge Feldweg, der sie hierhergeführt hatte, beschrieb eine weite Schleife, um dann – als kapitulierte er vor den Bergen oder der Einöde oder beidem – den Rückzug anzutreten. Eine Sackgasse also aus einem Dutzend Gebäuden, allesamt um ihre Dächer erleichtert, allesamt verfallen und überwuchert. Eine kleine Gemeinschaft aus Ruinen, deren Erbauer verstorben oder geflohen waren. Und auf merkwürdige Art vermittelten sie Graciana den Eindruck, als würden sie ihnen nicht eine Träne nachweinen.

Zwei junge Frauen mit riesigen Rucksäcken saßen etwas abseits auf der halbhohen Mauer einer der Ruinen und sprachen mit einem GNR-Mann, der älter als die anderen war und ihre Aussage notierte. Im Gegensatz zu den Mitgliedern der GNR vermieden die Frauen es, zum Fundort des Toten zu schauen.

Graciana und Carlos wussten mit einem Blick, dass sie es waren, die offenbar bei einer Wanderung auf die Leiche gestoßen waren. Sie sahen nordisch aus, blond und rothaarig. Iren oder Skandinavier, Graciana tippte stumm auf Skandinavien.

Sie wies sich der Form halber bei den drei Kollegen der GNR mit ihrem Dienstausweis aus, während Carlos wegen der Krücken noch im Hintertreffen lag.

»Rosado, Polícia Judiciária.«

Die drei nannten ihre Namen. Sie stammten von der Dienststelle aus São Brás, eines der Gesichter kam Graciana bekannt vor. Aber sie hielt sich nicht länger bei ihnen auf, sondern trat direkt neben die Rechtsmedizinerin, die aufschaute, ihr zunickte und dann mit ihrer Arbeit fortfuhr. Die Doutora machte nie viele Worte.

Keine Frage, der Mann, der dort lag, war Ousman Jobe. Er hatte eine grässliche Schnittwunde am Hals, es sah aus, als hätte ihm jemand den Kehlkopf durchtrennt. In den weit aufgerissenen Augen schien immer noch Entsetzen zu liegen, aber Graciana wusste, dass sie sich das einbildete. Es lag gar nichts mehr in diesen Augen.

»Haben Sie sich das Bein verletzt?«, hörte sie die GNR-Frau hinter sich fragen.

»Bin in eine Schießerei geraten«, brummte Carlos und stellte sich neben Graciana, wohl wissend, dass jetzt drei bewundernde Blicke auf seinen Rücken gerichtet waren.

Auch er erkannte den Toten sofort, und auch er konnte die Todesursache, die da Silva ihnen bereits am Telefon genannt hatte, deutlich sehen.

Das Blut war im Sand unter ihm versickert und hatte sein Hemd bis ziemlich exakt zum Bauchnabel rot gefärbt. An der Schnittstelle selbst war es dunkel geronnen, und mit der freien Hand hinderte Doutora Oliveira einen surrenden Schwarm von Schmeißfliegen, darauf zu landen.

»Es war ein scharfer Gegenstand, höchstwahrscheinlich ein Messer«, ließ Oliveira sie wissen, während sie erst die Unterarme und dann einen Fuß des Toten abtastete und leicht beugte. »Die Totenstarre ist noch nicht voll ausgebildet.« Die Ärztin sah zu den GNR-Beamten: »War es bewölkt?«

»Ja.«

Sie nickte, als hätte sie das auch vermutet, und erhob sich, um Graciana und Carlos nun direkt anzusprechen: »Die Totenstarre würde bei voller Sonneneinstrahlung schneller den ganzen Körper erfassen. Ich denke, er liegt hier seit etwa anderthalb Stunden. Aber er ist nicht hier getötet worden.«

»Ich sehe schon«, meinte Graciana, die eine Schleifspur entdeckt hatte, die von den Füßen Ousman Jobes zu einer der Ruinen führte, die noch zu einem Viertel über eine Art Dach verfügte und aus der meterhohes Unkraut in Form von Gräsern und Efeu rankte.

Ohne sie zu berühren, verfolgte Graciana die Spur zurück und hörte hinter sich den abwechselnden Rhythmus zweier Krücken und eines Fußes im Gras.

Im geschützten Teil der Ruine entdeckte sie alle Zeichen eines Menschen, der hier wild gecampt hatte. Ein wasserdichter Schlafsack, darunter eine Isomatte und unter dieser wiederum eine Schicht aus Grasbüscheln.

Und jede Menge Blut an den Mauern und auf dem Boden.

Graciana umrundete die Grundmauern und stieg von der anderen Seite in das bescheidene Refugium ein, wo sie in die Hocke ging und nichts berührte, um der Spurensicherung, die Carlos informiert hatte, nicht in die Quere zu kommen.

Carlos hatte erst die Krücken und nun sich selbst gegen die Mauerreste angelehnt. Dabei war er bemüht, sein Leinenjackett nicht zu beschmutzen. Davon abgesehen suchte er ebenfalls mit Argusaugen die Details des Lagerplatzes ab.

Ein Gaskocher samt Ersatzflasche, sogar eine Wäscheleine hatte Jobe gespannt. Ein paar Kleidungsstücke fanden sich dort noch und waren getrocknet.

»Er hat sie so tief gespannt, dass man sie von Weitem nicht sehen konnte«, stellte Carlos fest. »Und er hat den Gaskocher benutzt, aber kein Lagerfeuer gemacht.«

»Es war sein Versteck«, brachte Graciana den Gedanken zu Ende.

Carlos nickte: »Nach seiner Flucht ist er hier abgetaucht.«

»Und dann hat er gewartet.«

»Auf jemanden, der ihn abholt und irgendwo hinbringt. Weiter in den Norden vielleicht. Oder nach Spanien. Jemandem, dem er vertraut hat. Jemand, von dem Jobe wusste, dass er ihn nicht verraten wird.«

»Sein Auftraggeber«, folgerte Graciana. »Oder ein Freund des Auftraggebers. Aber ich tippe auf den Auftraggeber.«

»Dem wird die Nummer zu heiß. Und er kommt her und tötet ihn, bevor Jobe die Nerven verliert und ihn ans Messer liefert.«

Graciana nickte. Sie stand auf, ging wieder Richtung Leiche zurück und sah, wie Doutora Oliveira ihre Untersuchungen abschloss.

»Hat er sich gewehrt?«

Die Gerichtsmedizinerin schüttelte den Kopf, fügte dann aber einschränkend hinzu: »Das aber nur unter Vorbehalt, Definitives wie immer nach der Obduktion. Er hat Schmutz unter den Fingernägeln, aber soweit ich das mit der Lupe sehen konnte, keine Blutspuren. Die hat er vor allem auf dem Hinterkopf und da auch jede Menge ausgerissene Haare. Sein Mörder hat vermutlich die Haare gepackt und den Kopf nach hinten gerissen. Damit lag der Hals offen und gespannt vor. Ideal für einen Kehlenschnitt.«

»Wie war die Schnittrichtung?«, wollte Carlos wissen.

Oliveira deckte den Leichnam mit einer Plane ab.

»Ansatz links, Schnittbewegung nach rechts. Allerdings flacher werdend. Aber ausreichend. Also aller Voraussicht nach ein Rechtshänder. Ich lasse Ihnen einen Bericht zukommen.«

Graciana und Carlos tauschten einen Blick, dann nickten sie unisono, ohne Doutora Oliveira darauf aufmerksam zu machen, dass Sub-Inspektor Miguel Duarte den Fall betreute.

Oliveira machte sich auf den Weg zu ihrem Wagen. Ein Rettungswagen fuhr vor, der Jobes Leiche nach Faro ins rechtsmedizinische Institut überführen würde, sobald Oliveira und Sub-Inspektor Rosado den Toten dafür freigegeben hatten.

Graciana hatte ein paar Einweghandschuhe gezückt und sie routiniert übergestreift. Damit durchsuchte sie nun noch vor der Ankunft der Spurensicherung Jobes Lager nach einem Hinweis auf seinen Mörder.

»Warum hat er ihn nicht gleich über die Grenze gebracht?«, fragte sich Carlos laut. Er zog eine Tüte mit Mandeln aus der Jackentasche und naschte ein paar.

Graciana, die gerade einen kleinen Rucksack durchsuchte, sah bei ihrer Antwort nicht auf: »Der Auftraggeber musste wahrscheinlich erst noch ein paar Dinge erledigen. Eine Bleibe finden für Jobe. Papiere fälschen lassen. Ich frage mich eher, wieso die Leiche da draußen liegt.«

»Verstehe ich auch nicht«, bekannte Carlos.

»Sei so nett und geh rüber zu den beiden aus Irland oder Skandinavien und frag, ob sie den Täter überrascht haben.«

Carlos nickte und humpelte mit seinen Krücken zu den beiden Frauen und dem Kollegen von der GNR, der ihnen immer noch nicht von der Seite gewichen war.

Als Graciana nach dem nächsten Gegenstand aus dem Rucksack griff – einem Päckchen Tabak –, hielt sie inne, weil ihr ein Geruch in die Nase gestiegen war. Sie hob den kleinen Rucksack vor ihre Nase und schnupperte daran. Der leicht verwehte Duft hatte eine kräftige, stechende Note. Es handelte sich zweifellos um Benzin.

Kurz überlegte sie, dann beugte sie sich vor und zog einen Zipfel des Schlafsacks zu sich heran – mit demselben Ergebnis. Der Lagerplatz war benzingetränkt.

Du magst Feuer, dachte sie. Feuer ist dein Element. Komplette Auslöschung. Keine halben Sachen. Feuer im Ciclopes, Feuer im Haus von Madalena Pinto. Und keine Beweise mehr. Feuer, überlegte sie, ist ein verlässlicher Partner. Und an Gründlichkeit kaum zu überbieten.

Sie federte aus der Hocke hoch. Carlos sprach gerade mit den beiden jungen Frauen, aber Graciana war sich bereits sicher – egal, ob sie ihn gesehen hatten oder nicht, die beiden hatten Jobes Mörder gestört, denn der hatte zwei Dinge nicht vollendet: Er hatte den Lagerplatz nicht in Brand gesetzt und Jobes Leiche nicht verschwinden lassen. Und genau das hatte er vorgehabt. Es gab keinen anderen Grund, einen Toten vom Tatort bei der Nachmittagshitze durchs Gras und über die Hügellandschaft zu schleifen.

Warum hatte er die Leiche nicht verbrennen wollen? Weil er überrascht worden war?

Nein – Graciana ertappte sich dabei, wie sie nur für sich den Kopf schüttelte: Nein, hätte er ihn verbrennen wollen, wäre es nicht nötig gewesen, Jobe aus dem Lager zu schleifen, das der Täter abfackeln wollte. Er hätte sich der Spuren und des Opfers gleichzeitig und zusammen entledigen können.

Aber warum hatte er das unterlassen?

Graciana wusste, dass mit der Antwort auf diese Frage ein wichtiges Puzzleteil verkettet war – bloß welches?

Warum hat er den Toten nicht dem Feuer überlassen wollen?

Graciana streifte sich die Handschuhe ab und steckte sie ein, bevor sie die Ruine verließ. Hinten am Feldweg erreichte soeben der Wagen der Spurensicherung das Gelände. Es war ein VW-Transporter mit mobilem Labor an Bord. Fünf Kollegen stiegen aus und zogen sich um.

Weiße Überschuhe, weiße Anzüge, weiße Hauben.

Jedes Mal erinnerte sie das an Astronauten.

Auf der Rückfahrt bestätigte Carlos ihren Verdacht, nachdem sie am Straßenrand eine viertel Wassermelone gekauft hatten – die beiden jungen Frauen stammten aus Ystad in Südschweden, sie waren Schwestern.

Carlos hatte ihnen seine Karte dagelassen, falls ihnen noch etwas Wichtiges einfiel. Eigentlich tat er das nur, weil er es in diversen Krimis gesehen hatte. In Wirklichkeit rief nie jemand an, dem noch etwas Wichtiges eingefallen war.

Aber man konnte ja nie wissen. Und möglicherweise wollten die Zeuginnen, wie Graciana angemerkt hatte, später noch mit jemandem über das reden, was sie gesehen hatten. Immerhin hatten sie eine Leiche mit aufgeschlitzter Kehle gefunden.

Als die beiden Wanderinnen bei den Ruinen von Pero de Amigos angekommen waren, hatten sie vor allem die Staubfahne gesehen, die hinter einem dunklen Fahrzeug noch weit sichtbar aufstieg. Aber nähere Angaben zum Auto konnten sie wegen der zu großen Entfernung und – das war wirklich ein häufiger Nachteil bei Aussagen von weiblichen Zeugen – aus Unkenntnis über das Aussehen bestimmter Automarken nicht machen.

Aber selbst wenn. Solange der Fahrer keinen extravaganten Wagen fuhr, kämen sie mit einer Suche nach einem dunklen Auto einer bestimmen Marke auch nicht viel weiter.

»Immerhin lagen wir nicht falsch«, stellte Graciana fest. Den Zufall, dass ein anderer als der Mörder mit dem Auto davongefahren war, schlossen sie aus.

Auch über die Chronologie der Ereignisse bestand Einigkeit.

»Er hat ihn getötet. Danach ist er zum Auto gegangen und

hat seinen Benzinkanister geholt und ihn über dem Lagerplatz ausgeschüttet«, sagte Carlos.

»Und bevor er das alles in Brand setzen würde, wollte er Jobes Leiche entfernen. Er hat sie aus der Ruine geschleift.«

»Zu seinem Auto.«

»Genau: zum Auto. Er wollte die Leiche woanders loswerden.«

»So ist es«, bestätigte Carlos. »Wenn er seine Leiche hier verbrannt hätte, wäre Jobe möglicherweise noch identifizierbar gewesen. Ousman Jobe sollte aber vom Erdboden verschwinden. Für immer.«

»Dafür bestanden auch gute Chancen«, spielte Graciana den Ball zurück. »Er hat keine Verwandten hier, vielleicht ein paar Freunde unter anderen Flüchtlingen. Aber ganz konkret niemand, der ihn vermissen würde. Gäbe es den, hätte der sich bei Duarte oder uns schon gemeldet.«

Für ein paar Hundert Meter schwiegen sie.

»Mir will trotzdem nicht ganz in den Kopf, wieso er Jobe nicht einfach verbrennen wollte«, bekannte Carlos.

Graciana musste lächeln, weil sie sich selbst in ihren Fragen in Übereinstimmung miteinander befanden.

Sie hatten São Brás schon hinter sich gelassen, als Carlos an einer Kreuzung die Schale der Wassermelone auf einen Acker warf und sie Ameisen und anderen Insekten überließ.

»Wir stecken in einer Sackgasse«, stellte Graciana fest.

Carlos nickte. Er fingerte eine Zigarette aus einer halb zerdrückten Schachtel in seinem Jackett und ließ die Seitenscheibe herunterfahren, bevor er sie sich anzündete und tief inhalierte. Graciana erschienen die Kleider des Kollegen manchmal voller magischer Taschen, in denen er alles Mögliche transportieren konnte, ohne dass die auftrugen: Notizblöcke, Zigaretten, Bonbons, Nüsse, Kaugummis, Äpfel, Stifte, Sonnenbrillen, Handys, Zippos, Taschentücher und vielerlei mehr. Als sie einmal versehentlich in seine Jacke gegriffen hatte, war sie auf ein eingepacktes Thunfischsandwich gestoßen.

»Es gab nur einen Kontakt zu Jobes Auftraggeber – ihn selbst«, sinnierte Carlos in der Spur weiter, die seine Kollegin mit der Feststellung der Sackgasse eröffnet hatte. »Ohne ihn werden wir O Olhos Mörder kaum finden. Außer, die Spurensicherung entdeckt noch was.«

»Nicht ganz«, wandte Graciana ein, während sie Olhão passierten und sich dem Kreisverkehr näherten, der sie zurück nach Fuseta führen würde. »Es gibt noch Zara. Ich weiß, dass sie was weiß. Irgendwas. Eine Kleinigkeit. Über ihre Mutter. Den Brand.«

»Woher weißt du das?«, fragte Carlos Esteves und atmete den Rauch nach draußen aus.

»Weil sie so verstört ist. Soraia sagt es auch.«

»Na, immerhin ist ihre Mutter tot. Einen Vater gibt es nicht mehr. Sie ist Vollwaise. Muss in einem Heim leben. Ich meine: Es wäre ziemlich verhaltensauffällig, wenn sie nicht verstört wäre, oder?«

Graciana nickte und sah kurz zu ihrem Kollegen herüber, während sie aus dem Kreisverkehr hinaus beschleunigte, den Volvo im dritten Gang bis über die 130er-Marke zwang und seelenruhig zwischen zwei Lastern hindurch überholte. Auf diese spezielle Art, die stets daraus resultierte, dass sie sich sicher war. Da bekam ihr Blick was Transzendentes, sie schien durch einen hindurchzuschauen.

»Aber die Kleine hat Angst.«

Carlos unterdrückte den Impuls, ihr zu sagen, dass die Kleine fast so groß war wie sie selbst.

»Und noch etwas«, fügte Graciana hinzu und richtete die Augen zum Glück wieder auf die Fahrbahn. »Jobe kannte seinen Mörder, weshalb es für mich keinen Zweifel gibt, dass der Auftraggeber und der Mörder identisch sind. Ousman Jobe ist vor seinem Besucher nicht geflohen, er hat sich nicht versteckt, obwohl der mit dem Auto vorgefahren ist. Er kannte ihn gut genug, um ihm mit gutem Gefühl den Rücken zuzuwenden.«

27.

Leander Lost hatte Schuhe und Socken ausgezogen und war barfuß im Anzug von der Anlegestelle auf der Westinsel, der Ilha de Armona, bis zum Atlantik gegangen. Die Schuhe in der einen Hand, mit der anderen das schwarze Jackett geschultert. Die Krawatte wehte in jenem Wind, der auch zwei Meter hohe Wellen an den Strand trieb, wo sie sich donnernd brachen und in weißen Ausläufern nach dem Sand streckten, den sie noch nicht erreicht hatten.

Kilometerlang breitete sich der weiße Strand aus, der sich lediglich in der Mitte der nur zweihundert Meter breiten Insel zu einem kleinen Hügel mit Plateau auftürmte, auf dem Dünengras wuchs. Draußen kreuzten Jachten, zwei Kite-Surfer in ihren Neoprenanzügen donnerten über die Wasseroberfläche, und eine Surflehrerin paddelte mit ihrer Gruppe bäuchlings den Wellen entgegen.

Nur alle zwanzig oder dreißig Meter passierten Soraia, Zara und Leander Touristen oder Einheimische unter einem Sonnenschirm oder auf ihrem Badelaken, die die Sonne genossen und dösten oder lasen oder sich unterhielten. Das Meer war unruhig, aber nicht stürmisch. Am Ufer türkis, dann aquamarin und schließlich, zum Horizont hin, tiefblau. Es war ein Blick ähnlich wie in den Nachthimmel. Die Augen verloren sich in der Ferne, und man fühlte sich klein.

»Wenn ich übers Meer schaue, fühl ich mich klein und unbedeutend«, sagte Zara deshalb auch. Sie saß zwischen Leander und Soraia, die sie mit Wasser und ein paar Keksen aus ihrem Rucksack versorgte und außerdem Schuhe, Hose und Bluse auszog. Darunter trug sie einen schneeweißen Bikini, der ihren Teint zur Geltung brachte.

Leander schaute geschlagene zehn Sekunden hin wie auf ein neues Gebiet, das es zu kartieren und sich einzuprägen galt. Er schätzte ihren THV-Quotienten auf unter 0,7. Außerdem war sie nett, klug und zuvorkommend, und wann immer es ihm gelang, die Einzelteile ihres Gesichts zu einem Ganzen zusammenzusetzen, empfand er es aufgrund der Symmetrien und der Grübchen als anziehend. Er fragte sich ernsthaft, warum sie keinen Freund hatte. Möglicherweise war sie ja lesbisch.

Erst Zaras Bemerkung riss Lost aus seiner Betrachtung und seinen Überlegungen.

»Wie bitte?«

»Ich hab gesagt, wenn ich so auf das Meer schau, dann fühl ich mich immer klein und unbedeutend.«

Kurz war Zara nackt. Leander sah es. Der verunsicherte Blick, dieses Auf-der-Kippe-Stehen, der Moment, in dem sie sekündlich umschlagen konnte – ihre Bereitschaft, etwas über sich zu erzählen. Da war sie ganz Zara, bis hinab zum Grund. Kein Verstellen, kein vorgeschobener Trotz, kein schlecht gespieltes Desinteresse. Und deshalb war sie in Leanders Augen nackt.

»Das liegt wohl daran, dass du das bist: klein und unbedeutend.«

Das Mädchen sah ihn erstaunt an. »Na, vielen Dank auch.«

»Gerne.«

Es konnte Leander Lost zwar egal sein, aber er freute sich, wenn er einem Menschen mit einem Rat bei einer Problemlösung dienlich sein konnte.

Zara legte ihre junge Stirn in Falten und umklammerte ihre angezogenen Beine mit den Armen. Soraia überlegte, ob sie einschreiten sollte, setzte aber ganz auf das Verhältnis der beiden zueinander. Oder vielmehr auf das, was unweigerlich entstehen würde.

»Wollen Sie mich verarschen?«

Leander lächelte, die Frage freute ihn wirklich.

»Also, ich muss zugeben, dass ich das nicht so gut kann, aber ... ich würde das gerne lernen. Dieses So-tun-als-ob, dieses ... Verarschen. Oder wie sagt man auch? ... Jemanden hereinlegen.«

Er schenkte ihr noch ein bekräftigendes Nicken, denn er wusste, dass Menschen die Körpersprache intuitiv registrierten und einordneten – im Gegensatz zu ihm. Allerdings irritierte ihn, dass sich auf Zaras Gesicht mimische Signale echten Zorns breitmachten.

Sie sah zu Soraia.

»Das macht der mit Absicht, oder?«

»Nein, er kann nicht anders. Er versteht keine Ironie«, wisperte sie, damit Leander es nicht hörte. »Senhor Lost meint das, was er sagt.«

Eine Aussage, die Zara Pinto nicht etwa wie vorgesehen erleichterte, sondern nur noch weiter aufbrachte – prompt wandte sie sich wieder an Lost: »Jetzt hätte ich nur gerne gewusst, warum ich klein und unbedeutend bin.«

»Das ist nichts Persönliches«, antwortete Leander ruhig und schaute mal Zara an, dann wieder in die Brandung. »Das alles ist ein Kreislauf. Siehst du die Wellen?«

»Ich bin ja nicht blind.«

»Gut. Du siehst sie. Wenn da ganz hinten am Horizont die Geburt dieser Welle ist – eine bestimmte Strömung, ein Wind, was auch immer dazu geführt hat – und wir hier die Grenze markieren zum Tod, dann ist jede Welle ein Mensch. Die Welle durchläuft den Ozean, bäumt sich auf, bricht, greift nach uns und kann uns doch nie erreichen und läuft zerbrochen zurück und wird wieder Teil des Ganzen.«

»Ich glaube nicht an ein Leben nach dem Tod. Ich bin Atheistin.«

»Das hat damit nichts zu tun«, erwiderte Leander, und sowohl Zara als auch Soraia nahmen zwischen den Worten eine gewisse Schroffheit wahr, die in seiner Einlassung mitschwang. »Ich bin selbst Atheist. Es geht um den Kreislauf. Geburt, Jugend, Alter, Tod. Frühling, Sommer, Herbst und Winter.

Vor uns waren Abermillionen Leben und nach uns wird es auch Abermillionen Menschen geben. Und wir, die wir jetzt leben, sind nur das schmale Scharnier zwischen den Toten und den Ungeborenen. Wir kommen zur Welt, geben Leben weiter und verlassen diese Welt wieder. Es ist ein Kreislauf. Und in dem Zusammenhang klein und unbedeutend.«

Kurz herrschte Stille. Zara Pinto blickte hinaus aufs Meer und ließ seine Worte in ihrem Kopf nachhallen. Dann legte sie ihn schief und musste etwas gegen die Sonne blinzeln, als sie Leander von der Seite ansah.

»Sagen Sie mal: Auf dem Meer ist ein Auto.«

Er warf ihr einen fragenden Blick zu.

»Aber da ist kein Auto auf dem Meer.«

»Sagen Sie es bitte trotzdem.«

Er sah hinaus auf die Meeresoberfläche, die je nach Winkel zum Himmel in der Sonne glitzerte.

»Der Satz macht keinen Sinn. Ein Auto kann nicht auf Wasser fahren.«

»Das ist ja der Witz. Sie sollen etwas sagen, was nicht stimmt.«

»Warum?«

»Weil ich wissen will, ob Sie das sagen können. Dann sagen Sie doch ... dahinten im Wasser ist ein Delfin.«

»Da ist aber keiner.«

»Sie wollten das doch eben lernen, dieses So-tun-als-ob. Dazu muss man zum Beispiel was behaupten, was nicht stimmt.«

»Ich verstehe die Systematik«, stellte Leander Lost sachlich fest.

»Gut. Dann müssen Sie jetzt nur sagen: Guck mal, dahinten ist ein Delfin.«

Lost nickte und sah hinaus, aufmerksam von Zara und Soraia beobachtet.

»Guck mal, dahinten ... da ist kein Delfin.«

Zara warf Soraia einen fragenden Blick zu, und die zog eine Grimasse, als wolle sie stumm sagen: Siehst du, er kann es einfach nicht, es geht nicht.

»Ich kann es nicht«, bekannte er, als könne er Gedanken lesen, und sein Bedauern über diesen Umstand schwang in den Worten mit.

Ein paar Minuten sahen sie alle einem Kite-Surfer zu, den sein prall gefüllter Drachen über die Wasseroberfläche schießen ließ, so schnell, dass er einmal in die Luft abhob.

»Wie finden Sie, sehe ich aus?«, unterbrach Zara unvermittelt das Schweigen.

Soraia musste schmunzeln. Leander sah Madalena Pintos Tochter an, als wolle er sich ein aktuelles Bild von ihr machen. Tatsächlich schaute er zum ersten Mal genau hin.

»Du hast alles, was du brauchst. Augen, Mund, Ohren, dir fehlt nichts. Du siehst normal aus.«

»Das ist echt super. Aber ich meine ... finden Sie mich hübsch?«

»Ich weiß nicht.«

»Na toll.«

Zara seufzte und bohrte ihre Füße in den Sand.

»Und Soraia?«

»Ja.«

Zaras Kopf ruckte förmlich herum.

»Sie finden sie hübsch?«

»Ja.«

Soraia lief knallrot an. Sie stand kommentarlos auf und ging hinunter zum Wasser. Zara lachte.

»Was ist so komisch?«

»Nichts«, log Zara. »Und warum finden Sie sie hübsch?«

»Sie hat einen THV-Quotienten von unter 0,7.«

»Was ist das denn?«

»Das Taille-Hüfte-Verhältnis.«

»Deswegen finden Sie sie hübsch?«

»Und wegen der Grübchen.«

Zara fiel keine Erwiderung mehr ein, kein trockener Kommentar. Ihr war, als würde sich die milde Abendsonne auf ihr Gesicht legen.

In diesem Augenblick warf Soraia Rosado sich in die Atlantikwellen, die ihre brennenden Wangen löschten.

Soraia begleitete die beiden vom Hafen zurück zur Ducati, die Lost an der Fußgängerzone auf dem Weg zur Virgílio Inglês No. 5 abgestellt hatte. Sie spürte, dass sie in dieser Annäherung das dritte Rad am Wagen war und dass sie die beiden sich selbst überlassen sollte.

Als Soraia sich von Zara und Leander verabschiedete, gab es ihr einen kleinen Stich. Natürlich war Zara Pinto mit ihren 16 Jahren keine ernsthafte Konkurrenz. Aber nun ja, sie war süße sechzehn, zwei Außenseiter, ein einsames Haus, eine Sommernacht, und Zara hatte unübersehbar Interesse für Leander Lost zu entwickeln begonnen.

Nachdem Leander in der Küche Mozzarella samt Tomaten und Basilikum mit Olivenöl und Balsamicoessig im Verhältnis zwei zu eins – er maß das exakt ab – zubereitet hatte, ging er ins Schlafzimmer, um seine schwarzen, schmalen Halbschuhe gegen Espadrilles zu tauschen. Er machte zwei Schritte in den Raum, und dann ereignete sich die Katastrophe.

Das Zimmer kam von allen Seiten auf ihn zu, als er es

bemerkte. Es vibrierte in schnellem Rhythmus, und er ging vornüber zu Boden, die Stirn an die kühlen Fliesen gepresst, die Beine angezogen, die Finger krampften sich zu Fäusten. Der Schweißausbruch kam sofort und aus allen Poren. Von einer Sekunde auf die nächste war er klatschnass.

Leander versuchte, die Ecken zu zählen, aber sie blieben nicht an einer Stelle. Er schloss die Augen und begann zu wimmern.

Wie viel Zeit vergangen war, bis er Schritte hinter sich hörte, konnte er später nicht sagen. Zwei Minuten? Eine halbe Stunde?

Jedenfalls fand Zara ihn so am Boden und erstarrte zunächst in der Tür, bevor sie ihn vorsichtig ansprach.

»Die Wächter«, flüsterte Leander unter Tränen, »hol die Wächter zurück.«

Zara wusste nicht, was er meinte. Wer die Wächter waren.

»Soll ich den Notarzt rufen?«

»Nein. Nur die Wächter zurückbringen. *Põe os guardas de volta.*«

De volta – also war etwas da gewesen.

Plötzlich war es ihr klar. Die Tür zu seinem Schlafzimmer war offen gewesen, bei einem Blick hinein hatte sie die beiden Specksteine entdeckt – das Auge auf der Fensterbank und den Blitz auf dem Nachttisch.

Die Steine hatten sich geschmeidig angefühlt, es war schön gewesen, mit der Haut über ihre Oberfläche zu fahren, und da sie draußen den Tisch gedeckt hatte, hatte sie etwas gesucht, das sich eignete, um damit die Papierservietten zu beschweren.

Zara rannte zurück, durch die Küche, das Wohnzimmer, hinaus auf die Terrasse, und ergriff die Steine mit zitternder Hand. Leander Lost zusammengekrümmt und weinend am Boden zu sehen, hatte ihr einen kleinen Schock versetzt.

Schnell lief sie wieder ins Haus und ins Schlafzimmer, wo sie neben dem Alemão auf die Knie ging.

»Ist es das? Meinen Sie das?«

Lost legte den Kopf zur Seite und öffnete die Augen. Vor ihm standen die Wächter: Auge und Blitz.

»Ja«, sagte er so erschöpft wie nach einem Marathon.

Schon ließ der Druck nach, der ihn auf diese Stelle hier genagelt hatte. Die Vibrationen, die auch durch das Mobiliar und Zara hindurchdrangen, minderten sich. Die Ecken widersetzten sich nicht mehr der Zählbarkeit, und der Raum, der ihn wie ein Tier von allen Seiten und Winkeln angesprungen hatte, fand zurück in seine Gestalt.

Leander spürte eine Hand auf seinem Rücken, die beruhigend darüberstrich. Zögerlich, aber spürbar.

»Es tut mir leid. Es ... tut mir wirklich so leid.«

»Gut«, antwortete er leise, »lass mich jetzt. Geh.«

Er musste ihr keinen Vorwurf machen. Den machte sie sich selbst. Es war nicht ihre Art, in fremder Leute Schlafzimmer zu spazieren und deren Privatsachen woanders hinzustellen. Sie wusste überhaupt nicht mehr, wieso sie auf diese Idee gekommen war. Was hatte sie sich bloß dabei gedacht?

Zara stand auf und ging hinaus. Sie konnte sich gut vorstellen, dass er – wieder zu Kräften – unglaublich wütend auf sie sein würde. Und auf merkwürdige Art fürchtete sie seinen Zorn mehr als den irgendeines anderen Menschen. Sie hatte ihn in einer Situation gesehen, deren Anblick nicht für Dritte bestimmt war.

Es ging um Würde. Und deren Verlust. Um Schwäche. Um Achillesfersen und Geheimnisse. Um Intimität.

Sie wusste, was nun zu tun war. Während Zara zügig zum Besucherhaus ging, setzte ebenso unvermittelt wie heftig ein Ziehen in ihrer Brust ein.

Nach fünf Minuten richtete Leander den Oberkörper auf und drehte vorsichtig den Kopf, um das Schlafzimmer in seiner Gesamtheit wahrzunehmen. Alles blieb stabil, nichts bewegte sich.

Er ergriff die beiden Wächter und stand auf, bereit für eine weitere Welle.

Aber die blieb aus und das Schlafzimmer beruhigend starr. Wie einzementiert in die Zeit.

Mit einer Hand legte er das Auge auf dem Fensterbrett ab und trat schnell an den Nachttisch heran, den er mit der Skulptur des Blitzes versorgte. Abermals drehte er sich um, die Unterarme etwas abgespreizt in Erwartung einer erneuten Implosion des Schlafzimmers.

Die nicht kam. Die Wächter hatten die Sache offenbar wieder im Griff, sodass Leanders Anspannung sich nun abbaute wie ein Wasserpegel, der sich absenkte. Als er die ersten Male im Kindesalter von dem Einstürzen von Sinneseindrücken erzählt und als Erstickungsversuch des Raumes bezeichnet hatte, hatten ihn alle für verrückt gehalten.

»Der Leander hat 'n Schuss«, hatten sie geflüstert, oder sie hatten sich was von lockeren Schrauben erzählt und all das, was an Kommunikation innerhalb einer Gruppe läuft, die jemanden zum Außenseiter erkoren hatte, der sich nicht immer innerhalb der Konventionen bewegte.

Er ging hinüber in die Küche – Zara hatte die Vorspeise nicht angerührt. Auch im Wohnzimmer fand er sie nicht, ebenso wenig auf der Terrasse wie am Pool.

Aber die Tür zum Besucherhaus stand halb offen. Als Lost eintrat, erstarrte sie.

Zara hatte ihren kleinen Koffer aufs Bett gelegt und soeben die letzten Sachen aus dem Kleiderschrank hineingepackt.

»Was machst du?«

»Ich gehe zurück. Nach ... Lagos. Ich wusste das nicht, was passiert, wenn ich ...«

»Du konntest es nicht wissen. Warum hast du die Steine weggenommen?«

»Weil ... ich brauchte was für die Servietten.«

»Für die Servietten?«

»Dass sie nicht vom Tisch geweht werden. Aber ... ich hätte die Figuren nicht nehmen dürfen.«

Lost nickte: »Du hättest fragen sollen.«

»Ich weiß«, stimmte sie kleinlaut ein und schloss den Koffer.

Leander war irritiert: »Warum willst du zurück nach Lagos? Gefällt es dir hier nicht?«

»Ich dachte, Sie sind wahrscheinlich sehr wütend auf mich.«

»Ich bin nicht wütend.«

»Ich dachte, Sie mögen mich vielleicht nicht mehr sehen.«

»Ich mag dich sehen.«

Zara schluckte. Sie musterten einander.

»Ich muss am Montag sowieso zurück.«

»Warum?«

»Weil das die Vereinbarung ist mit Senhora Carlotta.«

Leander nickte.

»Gut. Ich fahr dich. Wollen wir vorher noch essen?«

Zara war enttäuscht, aber das entging Leander. Und natürlich entging ihm auch ihre Erkenntnis, dass sie von ihm nicht erwarten durfte, etwas anderes zu verstehen als das, was sie aussprach.

Natürlich wollte sie hundertmal lieber hierbleiben als zurück in dieses Heim. Hier noch mit dem Alemão zu essen, machte die Sache noch schlimmer. Dieses hier war ein großartiger Ort. Abgeschiedenheit, mit einem eigenen Häuschen und Leuten, die sie großenteils in Ruhe ließen. Nein, Zara fürchtete, sie könnte beim Essen mit ihm zu weinen beginnen, und schüttelte daher den Kopf.

»Gehen wir gleich. Wie Sie gesagt haben.«

»Aber hast du keinen Hunger?«, fragte Leander.

Sie winkte mit einer altklugen Geste ab: »Hunger macht mir nichts. Meine Mutter hat nie gekocht – sie konnte es nicht. Deswegen hab ich mittags in der Schule gegessen. Und abends ... je nachdem.«

»Aber sie hatte doch einen Kleingarten mit Kräutern.«

»Meine Mutter hat den Dingen beim Wachsen gerne zugesehen. Sie hat ihr Gemüse immer so gegessen oder verschenkt.«

Leander Lost wurde reglos und fixierte sie.

Zara deutete ein Achselzucken an: »Was gucken Sie so? Frauen müssen nicht kochen können.«

Er löste sich nicht aus seiner Erstarrung, als er nachhakte: »Und du? Kannst du eigentlich schon kochen?«

Sie schüttelte den Kopf und hatte dabei ein Lächeln aufgesetzt, das sich nicht recht entscheiden konnte, ob es trotzig oder verschämt sein sollte.

»Wer weiß das noch?«

»Was?«

»Dass du nicht kochen kannst?«

»Wieso?«

»Wer?«, beharrte er.

»Ich verstehe nicht ...«

»Ist doch ganz einfach – wer weiß noch, dass du nicht kochen kannst?«

»So ziemlich alle, die mich kennen. Ich mach da kein Geheimnis draus. Ich hab schon ...«

»Und deine Mutter, dass die nicht kochen konnte? Wer weiß das?«

Zara empfand zusehends mehr Nervosität wegen des Eindrucks, Leander Lost steuere zielstrebig auf etwas zu, von dem sie nicht wusste, was es war – nur, dass es irgendwie mit ihr zu tun hatte.

»Ich ... ein paar Leute«, druckste sie. »Wieso? Ist das wichtig?«

Leander Lost überlegte kurz und schüttelte dann seinerseits den Kopf: »Nein. Aber du bleibst hier.«

Der offene Mund, die weit aufgerissenen Augen, die hochgezogenen Augenbrauen – Leander konnte glasklar die Überraschung des Mädchens entschlüsseln.

»Wie soll das gehen?«

»Senhora Graciana oder ich beantragen die Vormundschaft für dich. Es wird einen Weg geben, ganz bestimmt.«

»Äh, weil?«

»Zu deiner Sicherheit.«

»Wieso? Bin ich in Gefahr?«

»Nicht akut und nicht konkret. Aber möglicherweise schon, ja.«

Zara sackte etwas in sich zusammen, so als endete eine lange Anstrengung, nach der sie ihren Muskeln erlaubte, endlich zu entspannen.

»Aber warum sollte mir jemand was tun wollen?«

»Weil du wahrscheinlich der Schlüssel für den Mord an einem Mann in Luz de Tavira bist – und möglicherweise an dem Mord an deiner Mutter.«

»Und Sie meinen, Sie können mich hier besser schützen?«

Leander nickte.

Zara seufzte – und stellte den Koffer ab.

»Wie kommen Sie darauf, dass ... Sie wissen schon.«

»Die Brandursache deines Elternhauses war angeblich Essen, das jemand auf dem Herd vergessen hatte. Aber weder du noch deine Mutter haben gekocht. Also hat sich der Brandsachverständige geirrt und einfach nur geschmolzene Töpfe gefunden – und jemand hat den Brand gelegt und dafür gesorgt, dass der vom Herd ausgeht, damit es wie ein Unglück aussieht. Aber derjenige wusste nicht, dass weder deine Mutter noch du kochen können. Deshalb hab ich gefragt. Denn wenn er inzwischen irgendwie davon gehört haben sollte, könnte er auf Nummer sicher gehen wollen. Könnte verhindern wollen, dass du das der Polizei erzählst. Deshalb bleibst du besser hier.«

Seine Worte riefen bei Zara gleichermaßen Sorge wie Erleichterung hervor. Dann sah sie Leander in die Augen: »Warum tun Sie das für mich?«

»Weil du niemanden mehr hast. Und weil es niemanden geben sollte, der nicht jemanden hat. Ich seh dich am Pool.«

Er wartete die Antwort nicht ab, sondern machte einfach kehrt und ging.

Die hellroten Tonfliesen waren warm vom Tag, obwohl die Sonne inzwischen einen Stand angenommen hatte, der ihrem Licht die Schärfe nahm.

Lost saß neben dem Sonnenschirm auf einem Liegestuhl und sah den Schwalben zu, die im Tiefflug über den Pool schwebten und ihre Schnäbel benetzten. Ein falsches Manöver, ein Überschlag, und sie würden jämmerlich ertrinken. Aber bis jetzt hatte er ausschließlich Insekten aus dem Wasser fischen müssen und sie über den Sträuchern und Bodendeckern ihrer zweiten Chance überlassen.

Zara musste schmunzeln. Er saß in seiner Anzughose dort, aber barfuß und das weiße Hemd weit geöffnet, neben sich ein Glas *Casal Garcia*, einen jungen Weißwein, der sanft auf der Zunge abperlte.

Der Tisch am Pool war kreisrund, durchmaß nur einen halben Meter und war von bunten Mosaiksteinen übersät, die für immer in ihrem Bestreben einzementiert waren, ein sinnvolles Ganzes zu ergeben.

Zara machte etwas, was sie seit vielen Jahren abgelegt hatte – sie wartete neben dem Stuhl ab, bis Leander Lost sie bemerkte.

»Setz dich doch, Zara.« Er hatte ihr einen Tomatensaft gemixt. »Salz, Pfeffer, Tabasco«, konstatierte er.

Zara sog an dem Strohhalm. Es schmeckte kalt und pikant.

»Obrigada.«

Sie saßen ein paar Momente einträchtig nebeneinander. Still. Nur das Geräusch der Grillen, die ihre Flügel aneinanderrieben. Erst drei oder vier, dann erwiderte ein Grüppchen von der anderen Seite des Pools, wenig später um ein gutes Dutzend angewachsen, und binnen fünf Minuten schallte ein Grillenkonzert über das Wasser.

»Kennst du Albert Camus?«, fragte Leander, mit dem Blick auf einen fernen Punkt gerichtet, eher beiläufig.

»Nein.«

»Ein französischer Schriftseller, ein Humanist. Ein großer Menschenfreund und unbestechlicher Beobachter von Moral. Du hättest ihn gemocht.«

»Er ist tot?«

Leander nickte: »Er starb bei einem Verkehrsunfall. Das Auto wurde in zwei Stücke gerissen. Als man ihn fand, saß er äußerlich unverletzt auf dem Beifahrersitz und hat gelächelt.«

»Das klingt absurd.«

»Oh, das hätte ihm gefallen«, meinte Leander und sah sie hier am Pool das erste Mal direkt an. »Er hat Folgendes gesagt: *Ein Mensch ist immer das Opfer seiner Wahrheiten. Hat er sie einmal erkannt, kann er sich nicht mehr davon frei machen.*«

Er ließ die Worte nachwirken.

»Okay, ich bin eine Portugiesin. Das ist wahr. Und ich kann mich davon nicht frei machen.«

»Ja.«

Zara nickte: »Aber ich hab damit kein Problem.«

»Natürlich. Aber oft hat man ja die Wahl. Wer einmal verstanden hat, dass für das Steak oder den Hamburger auf dem Tisch ein Tier sterben musste, der hat die Wahl, ob er trotzdem weiter Fleisch isst oder zum Vegetarier wird. Aber ganz gleich, wofür er sich entscheidet – er wird diese Wahrheit immer mit sich tragen.«

»Aha.« Zara nippte an dem Tomatensaft und überlegte einige Augenblicke. »Sehr tiefsinnig ist das aber nicht. Das Leben ist doch voll von Wahrheiten«, stellte sie dann fest.

»Aber aus jeder Erkenntnis leitet sich neues Verhalten ab. Und das eine kann manchmal das andere nach sich ziehen. Zum Beispiel die Erkenntnis, dass jemand absichtlich den Brand bei dir zu Hause gelegt hat. Die hat zur Folge, dass du eventuell in Gefahr bist. Davon können wir uns nicht mehr frei machen, richtig?«

Zara nickte und hatte das Gefühl, mitten in eine Falle zu laufen.

»Was mich wundert, ist der Umstand, dass du nicht nachgefragt hast, als ich vorhin in Bezug auf den Tod deiner Mutter von Mord gesprochen hab.«

Zara fühlte sich ertappt.

»Du warst nicht überrascht.«

»Nein.«

»Warum nicht?«

»Weil ... es ja irgendwie ... möglich wäre.«

Leander wartete ab, bis eine junge Schwalbe so tief über den Pool glitt, dass sie etwas von dem Wasser aufschnappen konnte, bevor er sich wieder bewegte.

»Also«, fuhr er fort, »wenn ich dich schützen soll und immer in deiner Nähe bin, muss ich mich ebenfalls schützen. Denn wer auch immer zu *dir* will, muss dann an *mir* vorbei. Das Optimum an Schutz ist aber immer nur mit einem Optimum an Information zu haben. Du legst dein Leben in meine Hand, aber ich meines auch in deine.«

Zara Pinto dachte über seine Worte nach, dann verfinsterte sich ihre Miene.

»Das ist gemein«, warf sie ihm vor.

»Nein, es ist nur logisch, Zara. Wo warst du, als der Täter euer Haus angezündet hat?«

Er konnte sehen, wie sie sich mit der Zunge kurz über die

Lippen fuhr und mit einer Hand an ihrer Nase herumnestelte.

»Ich war oben.«

»Wo oben?«

»Im ersten Stock, da war mein Zimmer. Und ... als es gebrannt hat, bin ich rausgelaufen. Und dann kam auch schon die Feuerwehr, und ein Polizist hat mich befragt und dann ... ins Heim gefahren.«

»Wer war der Polizist?«

»Er hieß ... ich weiß nicht.«

»Aber ein Mann.«

Sie nickte.

»Carlos Esteves?«

»Nein.«

»Hatte er Locken? So ein Mann Mitte vierzig?«

»Ich weiß nicht. Alles über dreißig ist ... für mich mehr oder minder tot. Nicht persönlich gemeint. Er hatte ... einen spanischen Akzent.«

»Miguel Duarte?«

»Ich glaube – ja. Kennen Sie ihn?«

Lost nickte.

»Und die Feuerwehr, die kam, als du aus dem brennenden Haus gelaufen bist?«

Zara nickte.

»Und was hat drinnen gebrannt?«

»Die Küche und der Flur und die Vorhänge ... ich dachte, ich muss sterben.«

Tränen kullerten über ihre Wangen.

Leander sah keinen vernünftigen Grund, wieso sie weinte. Schließlich lebte sie und war den Flammen entkommen. Trotzdem wusste er, wie man damit unter Menschen umging, und legte ihr seine Hand auf den Unterarm. Zara wischte sich die Tränen weg. Er reichte ihr sein Taschentuch, in das sie schnäuzte.

»Vielleicht ist es einfacher, wenn ich erzähle, wie ich mir vorstelle, dass es gewesen sein könnte. Wenn bereits eine ganze Küche brennt und die Feuerwehr auch schon da ist, dann hat sich das Feuer schon ausgebreitet. Die Frage ist, wieso eigentlich nicht du die Feuerwehr informiert hast. Und die Frage ist auch, wieso du so lange im Haus geblieben bist, statt ins Freie zu laufen.

Ich glaube, ich weiß die Antwort auf beide Fragen. Du konntest das Haus nicht verlassen, weil da unten jemand war, der dir den Weg versperrt hat. Der Brandstifter. Du musstest warten, bis er ganz sicher weg war. Und erst dann hast du dich aus dem Haus getraut.«

Zara sah ihn erschöpft an, aber ihre Pupillen wanderten hin und her, als suchten sie instinktiv nach einem Fluchtweg aus diesem Gespräch mit dem Alemão.

»Und du hast Sub-Inspektor Duarte auch nicht von dem Mann erzählt. Du hast ihm gesagt, dass du nach Hause gekommen bist und es schon gebrannt hat.«

»Ja.«

Leander quittierte das mit einem kurzen Nicken. Er griff nach dem Vinho verde, nahm einen Schluck und genoss das sanfte Prickeln der Kohlensäure auf der Zunge und im Rachen. Die gesamte Chronologie des Brandes und des Verhaltens des Mädchens lag vor ihm wie ein Ablaufdiagramm. Wie eine Kausalkette mit allerlei Nebensträngen und Verästelungen, die andere Abläufe oder andere Motive beinhalteten.

Er fragte sich, wieso sich Zara Pintos Aussage nicht in den Akten befunden hatte. War Duarte der Meinung gewesen, die sei für die Brandursache unerheblich, da das Mädchen das Gelände vermeintlich erst erreicht hatte, als die Feuerwehr anrückte?

»Wenn der Mann dir den Fluchtweg versperrt hat«, steuerte er auf seinem Diagramm den nächsten Punkt an, »dann heißt das, du warst im Haus, als er reinkam. Du warst in deinem Zimmer. Und für das, was er vorhatte, musste er sichergehen, dass niemand da ist. Also hat er das Haus durchsucht. Und du musstest dich verstecken. Unterm Bett?«

Zara musste kurz lächeln, weil das tatsächlich ihr erster Impuls gewesen war. Aber dann deutete sie ein Kopfschütteln an: »Es gibt einen Hohlraum gegenüber von meinem Zimmer. Meine Mutter hat ihn für Koffer genutzt und alten Krempel. Da hab ich mich reingequetscht. Und er kam und hat sich umgesehen. Er stand da und hat gelauscht, glaube ich. Und ich hab die Luft angehalten. Er ist dann ins Arbeitszimmer von meiner Mutter gegangen, das lag neben meinem. Da war er eine Weile drin. Bestimmt ... ich weiß nicht. Es war ewig lange oder ... zumindest kam's mir so vor. Wahrscheinlich waren es nur zehn Minuten.«

»Und was hat er gemacht, im Arbeitszimmer?«

»Schubladen auf und zu – er hat was gesucht, glaube ich.«

»Ja. Zara, kennst du den Mann?«

»Nein. Ich hab ihn nicht mal ganz gesehen. Nur als er die Treppe runtergegangen ist, von schräg hinten und auch nur durch einen ganz kleinen Spalt zwischen den Schranktüren. Er hatte einen Anzug an – wie Sie. Nur heller. Und er hatte schon leicht graue Haare. Ich weiß es noch, weil ich es so absurd fand, dass mir das in der Situation aufgefallen ist. Er hat irgendwie einen eleganten Eindruck gemacht. Und er hatte ein Tattoo – da.« Sie tippte sich dabei mit dem Zeigefinger auf eine Stelle unterhalb ihres rechten Ohrs. »Es war wie ein Teil einer Tätowierung, die über den Hemdkragen rausgeschaut hat. So eine leichte Kurve.«

Leander kam sofort der Mann auf dem Gelände von Eltsen in den Sinn – Abel Peres, der Sicherheitschef. Der, der ihn von der Verfolgung von Ousman Jobe abgehalten hatte. Bei ihm hatte er das gesehen, was Zara Pinto beschrieb.

Die sah an Losts gesteigerter Aufmerksamkeit, dass er möglicherweise jemanden im Sinn hatte.

»Haben Sie das Tattoo schon mal gesehen?«

»Vielleicht.«

»Wer ist es?«

»Der Sicherheitsmann einer Firma. Ich bin mir noch nicht sicher, aber ich lasse es gleich überprüfen.«

Zara sah ihn eine lange Anzahl von Augenblicken an, bis sie sprach: »Er hatte keine große Eile, es war ... alles so überlegt.«

»Du denkst, er hatte Routine in so was.«

»Ja. Denken Sie, er hat meine Mutter getötet?«

»Es gibt die These, dass deine Mutter von jemandem von der Straße abgedrängt worden ist. Der Brand, der gelegt wurde, spricht dafür. Vielleicht hat beides derselbe Mann getan. Vielleicht waren sie auch zu zweit.«

Zara wandte ihre Augen ab und schaute auf ein paar Wolken, deren Unterseiten von der Sonne rot und orange entflammt worden waren.

»Was ist, wenn der Mann durch Ihre Untersuchungen jetzt erst auf mich aufmerksam wird?«

»Deswegen brauchst du jetzt Schutz – oder willst du immer in Angst vor ihm leben?«

Zara wog die Sache still ab.

»Was ist, wenn das ... jemand ist, vor dem Sie mich nicht schützen können?«

»Dann wirst du sehr wahrscheinlich ums Leben kommen.«

»Das ist ja tröstlich.«

Mit einem Mal wurde Losts Gesicht von einem Lächeln dominiert, er beugte sich neugierig zu ihr vor.

»War das Ironie?«

»Natürlich. Ich finde es nicht sehr tröstlich, wenn ich sterben muss.«

Er strahlte.

»Das war wirklich Ironie?«

»Ja-ha.«

Leander empfand tiefe Befriedigung. *Endlich*. Die Mechanik der Ironie. Und auch noch korrekt angewandt. Kurz war ihm, als habe er den Schlüssel zum Menschsein entdeckt, aber natürlich war Ironie nur eine von vielen Facetten. Es gab noch sehr viel mehr zu entdecken. Aber immerhin.

Der Blick von Zara war immer noch ernst.

Aber Leander ließ das kalt.

»Was hat der Mann im Arbeitszimmer deiner Mutter gesucht?«

TAG SECHS

28.

Abel Peres verließ gegen 10 Uhr am Montagmorgen seine Wohnung in der Rua Comandante Francisco Manuel in Faro. Von der Marina mit all ihren kleinen und großen Jachten, Motor- und Segelbooten trennte ihn dabei nur eine Straßenbreite. Sanft wiegten sich die Boote in der vom Meer geschützten Lagune. Zwei, drei stachen in See, und auch an den Decks der anderen war Bewegung zu sehen. Die Fischer hatten noch vor Sonnenaufgang abgelegt. Sie waren schon längst weit draußen hinter dem Horizont und zogen ihre Netze hinter sich her.

Eine frische Brise trug etwas Salzgeruch in die Hauptstadt der Algarve.

Peres entnahm einem silbernen Etui eine filterlose Zigarette und zündete sie sich mit einem Zippo an. Dazu schützte er die Zigarette mit der freien Hand vor dem Wind und beugte sich etwas vor. Aus dem Zippo schoss die Flamme, mit der er die Zigarettenspitze entzündete.

In diesem Augenblick betätigte Sub-Inspektor Carlos Esteves den Auslöser der Kamera, die daraufhin mit einem Stakkato an Verschlussgeräuschen sechs Bilder pro Sekunde einfing: den Mann, den Kopf, die Tätowierung, die über den Hemdkragen hinausreichte.

Carlos saß neben Graciana Rosado in deren Volvo, den sie in fünfzig Metern Entfernung von Peres' Wohnung geparkt hatte.

Das Haus von Madalena Pinto wurde in Brand gesetzt, das Mädchen ist Zeugin. Der Täter ist vermutlich Senhor Abel Peres. Zara könnte ihn identifizieren. Das war es, was Leander Lost Graciana noch gestern Abend am Telefon gesagt hatte.

Soraia hatte also recht gehabt, dachte Graciana, die verängstigte Waise mit dem autistischen Kommissar zusammenzustecken. Tatsächlich hatten sich zwei Außenseiter offenbar die Hände gereicht.

Carlos Esteves hatte am Sonntagabend im Farol gerade ein zweites Hähnchen Piri-Pri bestellt, als sie am Hafen von Fuseta eingetroffen war, um ihm mitzuteilen, dass er es nicht würde aufessen können.

Während er es sich hatte einpacken lassen, hatte Graciana zwei Törtchen *Pudim Caseiro* geordert, bei denen der Pudding mit einer dicken Lage Karamellsoße überzogen war. Damit ausgestattet waren sie nach Moncarapacho zu Benedita Guedes gefahren, die mit Mann und zwei Kindern immer noch bei ihren Eltern wohnte und als Sachbearbeiterin im Einwohnermeldeamt in Faro arbeitete.

Das Einwohnermeldeamt hatte natürlich am Wochenende geschlossen. Insbesondere am Sonntagabend war es *extrem geschlossen* und öffnete seine Pforten nur im Notfall. Und Graciana Rosado wusste, dass man dazu am besten Pudim Caseiro mitbrachte.

Benedita nahm sie daraufhin mit ins Einwohnermeldeamt.

»Das ist Bestechung, Graciana«, brachte sie kauend hervor.

»Wir schützen das Leben eines Kindes«, erwiderte Graciana, die wusste, welche Knöpfe sie drücken musste.

»Kinder sind was Heiliges«, hatte Benedita prompt geantwortet und das zweite Pudim Caseiro ausgepackt.

Im Rechner des Einwohnermeldeamtes war Abel Peres zwar in der Datenbank der benachbarten Gemeinde gemeldet, aber das hinterlegte Bild war ein Passfoto, das ihn nur von vorne zeigte. Zwangsläufig ohne Tätowierung, die sich hinterm Ohr auf dem Übergang in den Nacken befand.

»Das ist ’n hübscher Kerl, den ihr da sucht«, stellte Benedita fest.

»Hat er Vorstrafen?«, erkundigte sich Carlos Esteves.

»Nein.«

Graciana Rosado legte daraufhin einen notariell nicht beglaubigten Rekord an Verkehrsverstößen zum Kommissariat in Faro hin, gekrönt von einem Sprint im zweiten Gang durch die Fußgängerzone.

Von ihrem Arbeitsplatz nahmen sie eine Fotokamera mit einem lichtstarken 400er Teleobjektiv mit und brausten hinunter zum Hafen, wo sich laut Einwohnermeldeamt Peres’ Wohnsitz befand.

Graciana präsentierte zwei, drei neue Überholmanöver auf ihrem Weg durch die Stadt, und Carlos Esteves knabberte an dem Hühnchen mit der scharfen Haut.

»Wenn es Peres war, dann hängt Eltsen vielleicht doch mit drin«, mutmaßte Graciana.

»Erst drängt er Madalena Pinto von der Straße, dann fährt er nach Areia und durchsucht das Arbeitszimmer. Es ist glasklar, dass sie was gegen ihn oder Eltsen in der Hand hatte.«

Graciana nickte und überholte zwei Autos vor ihr, indem sie in einem freien und übersichtlichen Kreisel einfach die linke Spur nahm und so knapp vor den anderen beiden die Ausfahrt erreichte.

»Bloß können es drei Dinge nicht sein: die Verbindung von Adles zu Eltsen, Benedikts doppelte Geschäftsführertätigkeit und das Abfüllen der Flaschen aus dem Trinkwasserreservoir in Odeleite. Alles rechtmäßig. Und sie spielen es auch offen.«

Ihr Kollege nickte in einer Art, die sagte: Ich kann mir auch keinen Reim darauf machen.

»Und Conrad ...«, spann sie den Faden weiter, »... Conrad wusste vielleicht, was Madalena Pinto gegen Peres oder Eltsen in der Hand gehabt hat.«

»Du glaubst, Peres hat ihn ermordet?«

»Wenn er den Unfall von Madalena Pinto provoziert und ihr Haus in Brand gesetzt hat, ist das die wahrscheinlichste Möglichkeit, ja.«

Vor Gracianas innerem Auge war das schon keine bloße Möglichkeit mehr gewesen, sondern längst eine These – sie hatte regelrecht gesehen, wie Peres den demolierten Unfallwagen von Senhora Madalena durchsuchte, um im Anschluss das Haus der Frau anzuzünden.

Als sie die Rua Comandante Francisco Manuel erreicht hatten, wurden sie nur noch Zeuge davon, dass Abel Peres bereits zu Hause war. Sie hatten noch eine Dreiviertelstunde gewartet, dann war das Licht erloschen und Peres hatte sich nicht mehr blicken lassen.

Nachdem sie sicherheitshalber weitere dreißig Minuten aus dem Volvo zu Peres' Apartment gestarrt hatten, dessen Fenster wie zum Trotz dunkel blieben, waren sie übereingekommen, ihr Glück am nächsten Tag zu versuchen.

Und jetzt hatten sie ihn erwischt.

Graciana Rosado stieg aus dem Volvo am Hafen von Faro und folgte Peres, der rauchend die Straßenseite wechselte und ein paar Meter schlenderte, bis er ein Taxi entdeckte und die Hand hob. Carlos Esteves schoss dazu weitere Bilder aus dem Volvo.

Das Taxi fuhr rechts ran. Peres warf seine Zigarette auf den Fußweg und stieg in den Wagen, der davonbrauste.

Graciana wartete, bis das Taxi hinter der nächsten Kurve verschwunden war. Dann trat sie die glühende Zigarette vorsichtig aus und sammelte sie mit einem Taschentuch auf, in das sie sie wickelte.

Sie kehrte zurück zum Volvo und rief Doutora Oliveira an, während Carlos auf dem Display auf der Rückseite der Kamera die Verwendbarkeit seiner Aufnahmen überprüfte. Abel Peres war zweifelsfrei zu erkennen.

Währenddessen waren Zara und Lost auf der gelben Ducati nach Olhão gefahren, zum Praça Restauração No. 2, einem dunkelgelben rechteckigen Gebäude, umgeben von grauen Pflastersteinen, über deren bodentiefen Fenstern sich ein rotes Kunststoffband wand: die *Banco Popular.*

Hier unterhielt Madalena Pinto ein kleines Schließfach, das im klimatisierten Inneren der Bank in einem separaten Raum mit etlichen anderen in der Wand untergebracht war. Testamentarisch hatte sie verfügt, dass das Schließfach mit ihrem Tod auf ihre Tochter übergehen und diese den entsprechenden Schlüssel erhalten sollte.

Tatsächlich hatte eine Mitarbeiterin der Bank Zara den Schlüssel persönlich im Büro von Senhora Carlotta im Jugendheim von Lagos übergeben. Sie hatte ein Formular ausfüllen und unterschreiben müssen, wie sie Leander Lost noch am Pool berichtet hatte.

Natürlich war sie neugierig gewesen.

Aber sie hatte nicht viel in dem Fach gefunden. Ein paar wissenschaftliche Analysen von Wasserproben, sofern sie sich einen Reim darauf machen konnte. Und eine Nachricht an sie, Zara.

Darin hatte ihre tote Mutter sie aufgefordert, Senhor Conrad in seinem Büro in Luz de Tavira aufzusuchen und sich alles erklären zu lassen.

Das hatte sie getan.

Aber Senhor Conrad hatte nichts erklären können oder wollen. Ja, ihre Mutter sei da gewesen, irgendeine Männergeschichte. Sie seien sich nicht einig geworden, sie sei wieder gegangen, Ende der Geschichte.

Zara Pinto hatte dem Mann kein Wort geglaubt, aber was hätte sie tun sollen?

Also hatte sie beschlossen abzuwarten, um sich mit den Dingen im Schließfach auseinanderzusetzen, sobald sie in der Lage sein würde, die zu verstehen.

Jetzt stand sie in dem kleinen Besucherraum und schaute mit Lost durch die Dokumente, die dort hinterlegt waren. Die kurze handschriftliche Nachricht ihrer Mutter machte Zara traurig.

Leander sah sich die anderen Papiere an.

»Das ist eine Trinkwasseranalyse«, sagte er.

»So viel wusste ich auch schon«, erwiderte sie und schob sich das Piercing in ihrer Nase zurecht.

»Ist das magnetisch?«, fragte Leander interessiert.

»Ich weiß nicht.«

Er nickte und wandte sich wieder den Unterlagen zu.

»Hm. Wir brauchen jemanden, der uns das erklärt«, sagte Leander und griff zum nächsten Blatt.

Auch das war eine Analyse. Er legte sie neben die erste. Sie war tabellarisch ähnlich aufgebaut, aber nicht identisch. Und er erfasste auch umgehend, wieso: Die erste Analyse stammte von Madalena Pinto, sie hatte sie auch unterzeichnet.

Die andere von einer gewissen Luiza Marques, die in Quadrim do Norte wohnte, einem kleinen Ort zwischen Fuseta und Olhão, wie Zara wusste.

Als sie das Gebäude der Banco Popular verließen, stiegen Graciana Rosado und Carlos Esteves gerade aus dem Volvo und kamen auf sie zu. Zara, die die beiden Analysen aus dem Schließfach mitgenommen hatte, reichte sie an Graciana weiter, die mit ihrem Kollegen einen Blick darauf warf.

»Trinkwasseranalysen«, sagte Carlos halblaut. Er nahm die Kamera von der Schulter, schaltete sie ein und klickte auf dem kleinen Display die geschossenen Bilder von Abel Peres durch, bis er eines erwischte, das den Mann von schräg rechts hinten zeigte – oder vielmehr: seinen Kopf, Hals und Schulteransatz.

Dann hielt er Zara Pinto die Kamera hin, die sie in die Hände nahm und nur einen kurzen Blick auf das Foto werfen musste. Sie schluckte.

»Ist das die Tätowierung?«

Zara gab Carlos die Kamera zurück, straffte sich dann und nickte: »Ja. Verhaften Sie ihn jetzt?«

Graciana hatte sich für den Fall, dass Zara die Tätowierung wiedererkennen würde, einen Plan zurechtgelegt.

»Nein«, sagte sie, und das Mädchen warf Leander Lost einen enttäuschten Bick zu. »Wir wissen dank deiner Hilfe und deines Muts, dich Senhor Lost anzuvertrauen, mit wem wir es zu tun haben. Aber du hast ihn nicht von vorne gesehen. Ein gerissener Anwalt könnte argumentieren, dass es vielleicht nicht allzu viele Männer in Portugal zwischen vierzig und fünfzig gibt, deren Tattoo über den Hemdkragen reicht. Aber wiederum auch nicht so wenige, dass zweifelsfrei Senhor Peres der Brandstifter gewesen ist.«

»Wir können überprüfen, ob er ein Alibi hat«, wandte Carlos ein. »Wenn er eines vorlegt, dann wissen wir, dass es falsch ist, und können das nachweisen.«

»Ja«, bestätigte Graciana, die diese Option bereits durchgespielt hatte, »aber dann ist er gewarnt. Wir haben nur eine Chance: Er hat im Arbeitszimmer deiner Mutter etwas gesucht. Vermutlich hat er es nicht gefunden und deswegen euer Haus in Brand gesteckt, um es wenigstens zu vernichten. Wir müssen ihm eine Falle stellen, hiermit«, sie wedelte mit den beiden Papieren, »ich bin mir sicher, dass das die Papiere sind, die er gesucht hat. Deine Mutter war glücklicherweise so klug, sie lieber in der Bank aufzubewahren.«

Das Lob, das Graciana an ihre tote Mutter richtete, verschaffte Zara einen Kloß im Hals.

»Diese Frau, Senhora Luiza Marques, kennst du sie vielleicht?«

»Nein.«

»Egal«, sagte Graciana, die sich davon sichtlich nicht ihre Zuversicht rauben lassen wollte, »dann fahren wir jetzt zu ihr. Besser als sie selbst wird uns kaum jemand sagen können, was diese Analysen zu bedeuten haben. Es sind Vergleichsanalysen, so viel ist klar – zwischen zwei Wassersorten.«

Als sie mit dem Volvo und der Scrambler die Adresse von Luiza Marques und ihrem Mann erreichten, war es Nachmittag geworden.

Luiza Marques und Madalena Pento waren Kolleginnen gewesen. Beide zu ähnlichen Zeiten beim Gesundheitsministerium angestellt. Und beide seit Jahren nur noch freiberuflich als Gutachterinnen tätig, wie die gute Seele im Kommissariat in Faro, Marisa Veiga, für sie herausgefunden hatte

Das Haus war klein, weiß, und auf dem Dach lagen die obligatorischen roten, tönernen Dachziegel. Tür wie Fensterläden waren in einem satten Blau gehalten. Luiza Marques goss gerade aus einer Gießkanne aus Blech ein paar Topfpflanzen vor der Tür.

Die Frau machte einen stämmigen, robusten Eindruck auf Graciana, die an der Gartenpforte stoppte.

»Senhora Luiza Marques?«

»Ja«, sagte die Frau. Als sie Zara Pinto sah und fast im gleichen Augenblick erkannte, ließ sie kraftlos die Arme hängen und bat die vier herein.

Im kleinen Wohnzimmer lief stumm der Fernseher und zeigte auf RTP 1 einen Spielfilm. Die Terrassentür war durch ein Moskitonetz geschützt, das Luiza Marques öffnete und ihre ungebetenen Gäste nach draußen führte.

Dort schloss sich dem übersichtlichen Haus ein überproportional riesiger Garten an, auf dem weit hinten ein dürrer älterer Herr mit nacktem Oberkörper an den Olivenbäumen arbeitete.

»Nehmen Sie doch Platz.«

Senhora Marques stellte eine Karaffe mit Wasser und fünf Gläser auf den Tisch, in die sie eingoss, während die Besucher ihrer Einladung folgten. Zara rutschte umgehend auf die Holzbank, nachdem Lost sich dort hingesetzt hatte. Carlos wählte einen Schemel, damit er sein Bein ausstrecken konnte, und Graciana und die Senhora setzten sich in zwei Korbstühle.

»Schön haben Sie es hier«, eröffnete ihr Graciana, die sich noch draußen an der Pforte als Sub-Inspektor der Polícia Judiciária aus Faro zu erkennen gegeben hatte. »Wir sind bei Ermittlungen in einem Mordfall auf zwei Gutachten gestoßen. Eines stammt von Ihnen, das hier.«

Sie schob es ihr auf dem Tisch zu. Die Frau schien nicht überrascht, aber wirkte doch verschlossen. Die Art und Weise, wie sie das Papier in Augenschein nahm. Wie sie dann den Blick auf Zara Pinto richtete und die Augen schnell wieder niederschlug. Graciana Rosado spürte, dass diese Frau etwas mit sich herumtrug.

»Und das hier ist von Senhora Madalena Pinto. Wir wissen, dass das Ergebnisse von Wasseranalysen sind. Sie kommen zu demselben Ergebnis: Die Probe A ist weniger belastet als die Probe B. Haben Sie bei der Analyse mit Senhora Pinto zusammengearbeitet?«

»Nein, aber ich kannte sie«, antwortete die Frau und wandte sich an Zara: »Bist du ihre Tochter?«

»Ja.«

Luiza Marques nickte und es lag Mitleid in ihrer Stimme: »Du bist ihr wie aus dem Gesicht geschnitten.«

Graciana sah, wie Zara die Tränen in die Augen schossen, sie sich aber beherrschte und sie zurückhielt.

»Wer hat die Analyse in Auftrag gegeben?«, fragte Carlos.

»Das Gesundheitsamt. Es beauftragt immer wieder unabhängige Gutachter, um die Wasserqualität zu überprüfen.«

»Und Sie sind unabhängig voneinander zum gleichen Resultat gekommen.«

Luiza Marques nickte. Sie antwortete, sie gab Auskunft, aber da war etwas – Graciana spürte es –, was sie nicht sagte.

»A und B«, nahm sie daher den Faden wieder auf, »stehen für welche Wasserproben?«

»Ich ... ähm ...weiß nicht, ob ich Ihnen diesbezüglich Auskunft erteilen darf.«

»Dürfen Sie«, versicherte Graciana und blickte ihr erst in die Augen und wandte sich dann, da die Frau nichts erwiderte, an Leander: »Senhor Lost, könnten Sie mit Zara eine Runde um den Block gehen?«

»Jetzt? Mitten in der Befragung?«

»Ja.«

Er hörte diese Bestimmtheit in Gracianas Stimme, die Vertrauen in ihm auslöste – sie wusste, was sie tat. Das war wichtig.

»Gut«, antwortete er und stand auf. Er ging zurück durch das Haus und Zara folgte ihm ohne ein Widerwort.

Graciana sah den beiden hinterher. Das Angebot ihrer Eltern, Zara aufzunehmen, rührte sie immer noch zutiefst, aber sie begriff in diesem Augenblick, in diesem Bild des voranschreitenden Leander Losts und des ihm folgenden Mädchens, wo ihr Platz war. Bei ihm. Im Besucherhaus. In ihrer eigenen Zuflucht auf dem Gelände.

Graciana atmete tief durch und nahm Luiza Marques erneut ins Visier.

»Ich sag Ihnen was, eigentlich wollte ich Sie belügen. Ich wollte Sie belügen, aber ich habe vor Kurzem die Erfahrung gemacht, dass das viel weniger notwendig ist, als man es gemeinhin annimmt.

Ich wollte Ihnen sagen, dass ich mit diesem Fall betraut bin, nämlich den Mord an einem Privatdetektiv aufzuklären. Tatsache ist aber, dass mein Vorgesetzter mich von dem Fall abgezogen hat. Und meinen Kollegen da, Senhor Esteves, ebenfalls. Wir dürfen gar nicht weiterermitteln.

Aber jetzt geht es nicht mehr nur um diesen ermordeten Mann, sondern um Madalena Pinto, die sehr wahrscheinlich deswegen hier«, sie klopfte mit den Fingerspitzen auf die Analysen, »umgebracht worden ist. Und was mich dabei besonders antreibt, ist die Tatsache, dass Senhora Pintos Tochter dadurch zur Waise gemacht worden ist. Die jetzt vermutlich ebenfalls in Lebensgefahr schwebt.

Ich werde den Mann, der Zaras Mutter ermordet hat, jagen. Mit allen rechtlichen Mitteln, und danach mit den anderen. Ich werde ihn finden und ins Gefängnis bringen, damit dieses Kind ohne Bedrohung aufwachsen kann. Und wenn es mich das Leben kostet, haben Sie verstanden? Und mein Kollege da drüben, der sagt das nie, aber der wird mir bis zum Schluss den Rücken decken. Und jetzt, Senhora Marques, gebe ich Ihnen die einmalige Chance, sich auf eine der beiden Seiten zu schlagen.«

Um ein Haar hätte Carlos ihr einen Heiratsantrag gemacht. Graciana Rosados heiliger Ernst verschaffte ihm bei lauen 25 Grad eine Gänsehaut. Das lag daran, dass er sie lange genug kannte, um die Sache einzuschätzen: Jedes einzelne Wort war wahr.

Die Piaf würde sich in einen Terrier verwandeln und vor nichts und niemandem haltmachen. Er würde ihr das nie sagen, niemals, keinesfalls. Aber dafür liebte er sie. Diese konsequente Gradlinigkeit war groß im Haus Rosado. Antonio hatte sie und Soraia hatte sie auch. Man konnte damit scheitern, natürlich. *Aber man tat es aufrecht.* Und das war, alles zusammengenommen, am Ende sowieso das Einzige, was zählte.

»Es stimmt«, sagte er daher, »es stimmt jedes Wort.«

Luiza Marques sah von ihr zu ihm und wieder zu der kleinen, energischen Kommissarin zurück.

»Sie müssen uns schützen, meine Familie und mich«, sagte sie schließlich. »Können Sie das?«

Graciana nickte.

»A und B, wofür stehen die Buchstaben, Senhora Marques?«

»A ist unser Leitungswasser aus dem Stausee bei Odeleite. Und B … ist Puro Água.«

Sie stieß den Rest der Luft in ihrer Lunge heraus, gleichermaßen erleichtert und verängstigt über das, was sie getan hatte.

Graciana und Carlos wechselten einen Blick.

»Versteh ich das richtig?«, fragte Carlos. »Dass das Leitungswasser besser ist als das, was Eltsen in Flaschen abfüllt?«

»Oder zumindest ebenso gut. Das ist korrekt«, sagte Luiza Marques.

»In der Werbung wird was anderes erzählt«, erwiderte Graciana. »Und das Gesundheitsamt warnt davor, Wasser aus der Leitung zu trinken. Ist diese Warnung falsch?«

»Die Warnung beruht auf einer Täuschung«, sagte die Gutachterin, die jetzt jede Zurückhaltung aufgab. »Eltsen füllt Leitungswasser in Plastikflaschen und verkauft das Wasser, das bei uns allen aus dem Wasserhahn kommt, für 2 Euro den Liter. Es werden noch ein paar Mineralstoffe zugefügt, das ist alles. Statt anderthalb Cent pro Liter zu bezahlen – das ist der Wasserpreis bei 15 Euro pro Kubikmeter –, geben wir 2 Euro aus. Also 2.000 Euro pro Kubikmeter.«

»Und damit wir das tun«, sagte Graciana, die blass vor Wut geworden war, »erzählt man uns, dass das Wasser aus der Leitung ungesund ist und – besonders perfide – gerade für unsere Kinder.«

Luiza Marques nickte, während Carlos die Sache im Kopf grob überschlug.

»Und weil sie so viel abpumpen«, fuhr Graciana fort, »schaffen sie außerdem noch künstliche Engpässe in der Wasserversorgung.«

»Pro Liter«, schaltete Carlos sich wieder ein, »macht Eltsen einen Umsatz von 2 Euro. Da sie mit den Behörden vertraglich einen Einkaufspreis fixiert haben müssen, der unter dem Preis liegt, den die Endverbraucher zahlen, wird der vielleicht bei einem Cent liegen. Die Gewinnspanne beträgt also 1,99 Euro pro Liter. Das sind – ich war immer schlecht in Mathe – aber das sind gut 19.000 Prozent Gewinn pro Liter.«

Graciana nickte düster: »Eltsen hat hier eine Gelddruckmaschine erworben, indem sie via Adles Lta. die Wasserressourcen im Stausee von Odeleite gekauft haben. Und damit die gut funktioniert und sie mit ihrer Kernaussage des nicht trinkbaren Wassers aus der Leitung nicht angreifbar sind, haben sie sich dann die Gutachten gekauft. War das so, Senhora Marques?«

Luiza Marques wich ihrem Blick aus, allerdings nur kurz.

»Ja«, sagte sie dann knapp. »Ein Mann war hier und hat gesagt, man wolle mich sprechen wegen des Gutachtens. Und dann ...«

Carlos hielt ihr die Rückseite der Kamera mit dem Display hin, das ein Foto aus der Serie von Abel Peres zeigte.

»War das der Mann?«

Senhora Marques fror beim Anblick des Fotos für einige Momente ein.

»Ja«, bestätigte sie dann kraftlos, »er hat mich runter zur Küste gefahren. Da hat ein anderer auf mich gewartet, nicht von hier. Er hatte so einen harten Akzent und hat ... etwas langsam gesprochen. So ein dicklicher.«

»Der hier?«

Dieses Mal hielt Graciana ihr ein offizielles Foto aus dem Netz von Philipp Benedikt unter die Nase. Die Frau war überrascht, weil die Polizisten offensichtlich bereits an beiden Männern dran waren.

»Das ist er«, bekräftigte sie. »Er hatte herausgefunden, dass es drei Gutachter gab, die das Gesundheitsamt auf Adles angesetzt hatte. Madalena Pinto, Jorge Gonçalves und mich.«

»Gonçalves ist der Mann, den man in den Werbespots sieht?«, hakte Graciana nach.

»Ja. Dem Mann, dem dicklichen, dem war klar, dass wir in unserer Analyse zu dem Ergebnis kommen mussten, das Sie hier auf dem Gutachten sehen. Aber er sagte, wir könnten niemals garantieren, dass sich nicht irgendwo Kolibakterien einschleichen würden oder Ablagerungen aus alten Leitungen, Blei und andere Schwermetalle. Und falls das so komme oder vielleicht irgendwo ein Kind, das dummerweise aus einem öffentlichen Brunnen was trinkt, sehr ernst erkrankt, dass wir dann im Zentrum der Kritik stehen würden. Mit sehr wenig Geld und einer dann auf Lebenszeit beendeten Karriere. Und er hat ins Feld geführt, dass man dringend Trink- und Brauchwasser unterscheiden müsse. Und da hatte er recht.«

»Er hatte recht?«, fragte Carlos verblüfft.

Marques nickte nachdrücklich: »Warum benötigt man Trinkwasser für die Toilettenspülung? Wofür in der Waschmaschine? Warum brauchen die Golfplätze der Briten, Spanier und Deutschen Trinkwasser? Es ist Verschwendung.«

Carlos fiel keine sinnvolle Erwiderung ein. Luiza Marques' Blick wanderte zu Graciana.

»Und weswegen wollte er nun mit Ihnen reden?«, fragte die kühl.

»Er hat mir hunderttausend Euro geboten, damit ich mein Gutachten ändere. So wie Senhor Gonçalves. Zwei Gutachten von insgesamt drei würden ihm genügen. Ich hab ihm gesagt, dass ich nicht käuflich bin. Zwei Wochen später ist Senhora Pinto verunglückt. Erst hab ich noch gehofft, dass es ein Unfall war. Ich stand da«, sie deutete in die Küche, »da, an der Spüle. Es kam im Radio.

Ein paar Tage später hab ich von dem Brand erfahren. Da wusste ich, dass es kein Zufall ist. Nach zwei Tagen kam ich aus dem Supermercado unten an der N 125. Da stand plötzlich der andere Mann vor mir, der im Anzug, der Erste, den Sie gezeigt haben.«

»Abel Peres«, sagte Carlos, der das Display der Kamera wieder aktiviert hatte und es ihr hinhielt.

Luiza Marques nickte eifrig: »Ja, der. Er hat gesagt, dass die hunderttausend Euro nicht mehr aktuell sind. Stattdessen hat er mir Fotos gezeigt. Von meinem Mann und mir. Und unseren Kindern und Enkeln. Schulwege, hat er gesagt, seien manchmal viel zu gefährlich für die Kleinen. Und dass es viele Fälle gebe, wo die einfach verschwinden. Spurlos. Da könnten manchmal später selbst Hundertschaften und Experten aus anderen Ländern nichts mehr daran ändern, aber ich, Luiza Marques, könnte meine Familie vor so was schützen – wenn ich das Gutachten ändere.«

»Und das hier ist das richtige Gutachten?«, fragte Carlos und deutete auf die Wasseranalysen auf dem Tisch.

»Ja«, sagte die Frau mit einem Seufzen, »aber das ist nicht das, was ich dem Komitee übermittelt habe. Ich habe meines an das von Senhor Gonçalves angepasst. Und seitdem hab ich in Frieden gelebt. Bis jetzt. Bis Sie aufgetaucht sind.«

»Was für ein Komitee?«, wollte Graciana Rosado wissen.

Nun war es Luiza Marques, die die Sub-Inspektorin überrascht ansah.

»Sie wissen gar nichts von dem Komitee?«

»Nein. Was ist das? Was macht es?«

»Es ist ein Komitee, das sich aus den Gemeindevertretern der betroffenen Bezirke zusammensetzt. Die haben vor einem Jahr Adles und Eltsen den Zuschlag gegeben. Mit einem Jahr Probezeit, nach der das Komitee erneut zustimmen muss.«

»Ich habe noch nie von diesem Komitee gehört«, bekannte Carlos.

»Nun, das findet hinter geschlossenen Türen statt. Nur Mitglieder von Eltsen oder Adles sind da – und die Bezirksvertreter. Ich dachte, weil Sie für die Polícia Judiciária arbeiten, ist das da bekannt. Nein?«

»Nein«, antwortete Graciana. »Und wann endet diese Probezeit?«

»Morgen.«

»Und wenn die Bezirksvertreter dann gegen Eltsen ...«

Luiza Marques unterbrach Graciana: »Dazu haben sie keinen Grund. Adles hat schließlich die Wasserpreise gesenkt. Und wahrscheinlich sind auch einige der Bezirksvertreter geschmiert. Jedenfalls ... dem Komitee liegen die geschönten Gutachten von Senhor Gonçalves und mir vor. Das von Senhora Pinto, nimmt man an, ist bei dem Hausbrand vernichtet worden.«

Wieder verständigten Graciana und Carlos sich über Blicke.

»Die beiden Gutachten hier«, sagte Carlos und tippte mit dem Ende seiner rechten Krücke auf eines der beiden Papiere, »würden doch dem Kenntnisstand des Komitees komplett widersprechen, korrekt? Ist das korrekt, Senhora Marques?«

Über der Stille lag nur das Zirpen der Grillen. Und weiter hinten näherte sich der ältere Herr, augenscheinlich der Ehemann, der seinen entblößten Oberkörper nun mit einem hellblauen Hemd bedeckt hatte.

»Wo findet die Sitzung statt?«, fragte Graciana.

»Im Rathaus von Faro«, antwortete die Frau, die jetzt ein klein wenig lächelte, weil ihr endlich jemand die Last von den Schultern genommen hatte. »Wie werden Sie uns schützen, meine Familie und mich?«

»Ich habe eine alte Schulfreundin in Porto«, antwortete Carlos. »Am besten Sie packen gleich. Sie brauchen nur Gepäck für ein paar Tage.«

Die Frau nickte, und in dem Augenblick erreichte der Mann die Terrasse.

»Das ist mein Mann, Mercurio Marques«, stellte sie sie einander vor, »Senhora Graciana und Senhor Esteves von der Polícia Judiciária. Sie sind wegen des Gutachtens hier.«

»Boa noite«, sagte Senhor Marques.

Jetzt wusste Graciana, woher sie ihn zu kennen geglaubt hatte. Er sah aus wie der Mann, den sie sich zu der Stimme des anonymen Anrufers vorgestellt hatte.

Und jetzt war er es tatsächlich.

29.

Das neue Haus lag direkt unten an einer Sackgasse am Ufer der Ria Formosa. Von hier aus blickte man über das Naturschutzgebiet und die Lagune auf die Ilha de Armona und den Atlantik. Eine traumhafte Sicht.

Der Bau war nahezu komplett fertiggestellt. Ein Architekturbüro aus Faro hatte es geplant, und nun stand es vor ihnen: in einem sanften Braunton mit modernen, silbergrauen Jalousien, mit dezenten Wandleuchten und großen, offenen Räumen mit bodentiefen und entsprechend großzügigen Schiebefenstern.

Der Garten war noch ein grober Entwurf. Statt des geplanten Rasens Sand, und dort, wo vermutlich einmal ein kleiner Teich entstehen sollte, befand sich eine Baugrube. Trotzdem waren da Silva und seine Frau Catarina am Sonntag frisch hier eingezogen.

Wegen der Baufahrzeuge hatte Graciana Rosado weiter vorne geparkt, und Carlos Esteves und sie legten den Weg zu Fuß zurück.

Mittlerweile war es dunkel geworden. Der Mond war aufgegangen und schwebte gelblich-weiß über dem Meer. Die Sackgasse wurde lediglich von Laternen erhellt, deren diffuse Lichtkegel kleine, an den Rändern unscharfe Inseln auf den Boden warfen.

»Wie sieht das aus?«

Es war die schneidende Stimme einer Frau, die zu ihnen drang, und je mehr sie sich dem Haus näherten, desto deutlicher hörten sie sie.

»Du hast versprochen, dass es zu meinem Geburtstag fertig ist, ich habe es meiner Mutter erzählt, und wie sieht das jetzt aus?«

Es war die Stimme von Catarina da Silva.

»Ich glaube, du überschätzt etwas unsere finanziellen Mittel«, entgegnete eine Stimme wesentlich gedämpfter. »Hast du ansatzweise eine Ahnung, was das alles hier wert ist?«

»Du hast es versprochen. Darum geht es, Raul.«

Graciana und Carlos vollführten beide eine Kehrtwende. Sie wollten keine Ohrenzeugen dieser Auseinandersetzung werden.

»Der arme Kerl«, sagte Carlos leise.

Graciana nickte.

Das war es, was alle immer befürchtet hatten für Raul da Silva, dass sein Ausflug in die gehobene Schicht ihm seinen Preis abverlangte. Die beiden liebten sich, keine Frage. Sie umkreisten einander wie zwei Gestirne, die ohne den anderen nicht sein konnten.

Und doch: Wären sie nicht glücklicher gewesen, wenn Catarina standesgemäß einen Arzt geheiratet hätte oder wenigstens einen Piloten? Und da Silva einer von »ihnen« geblieben wäre und eine Ehe mit einer Frau aus einem ganz normalen Elternhaus führen würde, mit einer Polizistin vielleicht?

Carlos bog an der Einmündung der Straße nach rechts ab. Graciana folgte ihm, bis sie ein paar Meter weiter die Ausläufer der Ria Formosa erreicht hatten – und eine Bank, die die örtliche Sparkasse gespendet hatte.

Sie setzten sich hin und waren sich wortlos einig, den Besuch bei Raul da Silva zu verschieben. Auf später. Oder auf morgen.

Carlos zündete sich eine Zigarette an, und dann blickten sie stumm hinaus in den Abendhimmel und auf das Meer. Dort, wo es in den Himmel überging, war die Sonne vor einer Viertelstunde verschwunden.

Gracianas Handy klingelte. Eigentlich wollte sie nicht abnehmen, aber dann sah sie, dass es der Alemão war, der zusammen mit Zara in die Villa Elias zurückgekehrt war.

»Olá, Senhor Lost.«

Leander Lost saß am Pool. Er hatte sein Hemd bis zum Bauchnabel geöffnet und die Ärmel hochgekrempelt. Vor sich auf dem Holztisch lag ein Block Papier, daneben ein Stift. Er hatte einige Zahlen notiert und Querverbindungen zwischen ihnen gezogen. Sie waren im Schein des Windlichts deutlich zu sehen.

»Ich habe über Uhrzeiten nachgedacht«, sagte er.

Graciana aktivierte die Lautsprecherfunktion und legte das Smartphone auf einem Felsblock ab.

»Senhor Esteves hört mit.«

»Gut. Also: Ich habe über Uhrzeiten nachgedacht.«

»Sie meinen, warum jemand, der den Unfall von Madalena Pinto verursacht hat und nur eine halbe Stunde zu deren Haus benötigt, dieses Haus erst ungefähr eine Stunde später anzündet?«

»Nein«, erwiderte Leander, »dafür gibt es viele Erklärungen. Eine könnte sein, dass er als Helfer vor Ort aufgetaucht ist, um heimlich das zu Ende zu bringen, wobei ihn Senhor Tropa vorher gestört hat. Daher konnte er nicht einfach schnell wieder den Unfallort verlassen, sondern musste zumindest warten, bis man Senhora Pinto abtransportiert hat. Oder es gab vor dem Haus von Madalena Pinto Zeugen, und er musste warten, bis er den Brand legen konnte. Mit Sicherheit gibt es noch weitere Alternativen, die diese Zeitlücke im Tatablauf erklären können. Sicher dürfte nur sein, dass er aus demselben Motiv gehandelt hat wie Ousman Jobe – er wusste nicht, wo genau er das suchen sollte, was er vernichten wollte. In Senhora Pintos Kopf hatte er es schon zerstört. Also hat er das komplette Haus in Brand gesetzt.

Aber darüber habe ich eigentlich nicht nachgedacht. Ich habe mich mit den Uhrzeiten auseinandergesetzt, die Ousman Jobe betreffen. Genauer gesagt mit dem Zeitraum zwischen der Veröffentlichung des Leichenfundes und dem Einbruch bei O Olho.«

»Und ist Ihnen dabei etwas aufgefallen?«, fragte Graciana.

»In der Tat. Die Meldungen sind morgens etwa gegen 11:00 Uhr im Radio gelaufen und online erschienen«, sagte Leander.

»Das ist korrekt«, bestätigte Graciana.

»Ab da lief die Zeit für Jobe. Erinnern wir uns, was dann passiert ist. Wir sind ins Ilhote nach Arroteia gefahren und haben einen Verdächtigen verhört. Anschließend haben Sie mich zur Villa Elias gebracht, und wir haben uns für zwei Uhr nachmittags verabredet – nach der Mittagspause.«

»In der du uns bei Duarte denunziert hast«, murmelte Carlos.

»Wie bitte?«

»Nichts, Senhor Esteves hat sich verschluckt.«

»Zu diesem Zeitpunkt«, fuhr Leander Lost, den konzentrierten Blick unverwandt auf seine Notizen gerichtet, fort, »hatten Luís Dias oder Ana Gomes den Tatort gemäß Ihrer Weisung versiegelt.«

»Ja.«

»Gerechnet ab 11:00 Uhr vormittags hatte Jobe also seit exakt drei Stunden Gelegenheit dazu, das zu tun, was er später getan hat – das Büro von Conrad durch einen Brand zu zerstören. Ich habe mich gefragt, warum er so lange gewartet hat.«

Diese zeitliche Lücke war weder Carlos noch ihr so groß vorgekommen, wie Graciana sich mit einem Blickwechsel versicherte. Aber Lost hatte recht.

»Drei Stunden«, wiederholte sie leise.

Auch Carlos war aufmerksam geworden und beugte sich zu dem Handy auf dem Felsblock: »Vielleicht hat er abgewartet, bis das Büro unbeobachtet ist. Es gibt da einige Alternativen, aber ... drei Stunden sind viel Zeit. Sehr viel Zeit. Haben Sie eine bessere Erklärung?«

»Nein, ich glaube nicht. Aber eine beunruhigendere: Es könnte einen anderen Auslöser für Jobe gegeben haben. Und der erfolgte erst um 14 Uhr. Es war die Nachricht von Doutora Oliveira, dass Markus Conrad nicht durch einen Unfall ums Leben gekommen ist, sondern dass ihn jemand erschlagen hat. Und das bedeutet ...«

»Es ist einer von uns«, sagte Graciana leise.

»Ja, der Auftraggeber muss ein Polizist sein.«

Sie musste schlucken, weil es plötzlich alles einen Sinn ergab. Der zeitliche Ablauf war auf einen Schlag nicht mehr beliebig, sondern zwingend. Jemand hatte Ousman Jobe in Bewegung gesetzt, während sie auf dem Weg nach Luz de Tavira gewesen waren – und im Büro des Toten auf ihn trafen.

»Haben Sie einen Verdacht?«, fragte Leander Lost.

Graciana hatte einen, der Name sprang sie geradezu an. Aber der Verdacht wog so schwer, dass sie ihn nicht aussprechen wollte. Dann aber erinnerte sie sich an das Versprechen, das sie dem Alemão vor nicht mal 72 Stunden gegeben hatte.

»Ja«, sagte sie deshalb. »Senhor Duarte ist laut Einsatzbericht als Ersthelfer bei dem Unfall von Madalena Pinto vor Ort gewesen. Er hat die Ermittlungen geleitet und den Fall schon zwei Wochen danach als Unfall zu den Akten gelegt.«

Carlos hielt es nicht mehr auf seinem Platz. Er schnappte sich die Krücken und stand auf, um sich zu bewegen und mit der einen Krücke ein paar Kieselsteine zu kicken.

»Und wem ist Ousman Jobe noch dazu entkommen?«, warf er ein.

»Guter Punkt«, sagte Leander Lost, »das hatte ich noch gar nicht berücksichtigt.«

»Aber langsam«, ermahnte Graciana äußerlich die beiden und innerlich vor allem sich selbst. »Ergibt das Sinn? Duarte und Conrad? Wenn Conrad etwas über Eltsen herausgefunden hat, von dem er dachte, er macht es über eine Erpressung zu Geld, was soll dann Duarte damit zu tun haben?«

»Das kann ich Ihnen nicht sagen«, antwortete Leander, »Miguel Duarte war Ihr Verdacht, nicht meiner.

Überlegen wir mal: Sofern der Tod von Senhor Conrad von behördlicher Seite als Unfall bewertet wird, gibt es keine Mordermittlungen. Damit auch keine Hausdurchsuchungen. Der Mörder müsste das Büro nicht in Brand setzen. Er könnte in aller Ruhe und unauffällig später am Tag oder in der Nacht oder der darauffolgenden Nacht oder wann auch immer im Ciclopes beseitigen, was er zu beseitigen hat.

Erst das Obduktionsergebnis von Doutora Oliveira setzt ihn unter unmittelbaren zeitlichen Zugzwang. Will er den Hinweis auf sich oder seinen Auftraggeber vernichten, kann er nur genau jetzt handeln. Und das ist der Grund, weswegen wir auf Ousman Jobe gestoßen sind.«

Graciana atmete einmal tief aus. Carlos hörte auf, mit den Kieseln Golf zu spielen, stattdessen sah er sie an.

»Ergibt alles Sinn, hm?«

»Ergibt alles Sinn«, bestätigte Carlos.

Während sie zur Villa Elias fuhren, hob eine Linienmaschine der Ryanair von Faro mit Flugziel Porto ab – und mit dem Ehepaar Marques an Bord. Soraia hatte die zwei zum Flughafen gebracht und war bis jetzt im Flughafengebäude geblieben. Nach und nach waren die Kinder und Enkelkinder eingetrudelt, um nun zusammen einen kleinen Kurzurlaub miteinander zu verbringen, wie Graciana es genannt hatte.

Im Volvo nach Alfandanga war es sehr viel stiller als sonst. Sie wechselten kaum ein Wort, sie mussten es erst mit Leander Lost besprechen.

»Hübscher Anzug«, sagte Graciana stattdessen.

»Ich trag ihn nur etwas auf.«

»Natürlich.«

»Wollte wissen, ob ich noch reinpasse.«

»Das verstehe ich.«

Wieder senkte sich das Schweigen zwischen sie.

»Hast du in der Akte Pinto eigentlich was über die Befragung von Zara Pinto durch Duarte gelesen?«, fragte Graciana.

Carlos sah sie sehr aufmerksam an. Er legte die Stirn in Falten und dachte nach, um dann schließlich den Kopf zu schütteln.

Graciana nickte, als habe sie damit gerechnet. Sie wendete den Wagen abrupt bei der nächsten Gelegenheit und fuhr an der Kreuzung in Richtung Moncarapacho.

Das Revier der GNR war im Erdgeschoss beleuchtet. Der silberne Polizeiwagen mit den zwei grünen Streifen stand auf dem Parkplatz im Hof.

Luís Dias fiel vor Schreck die Fernbedienung aus der Hand, die unter den Tisch polterte. Die Zeit, die er benötigte, um die Bedienung aufzusammeln und damit auf einen Sportkanal umzuschalten, gewährte Carlos den Blick auf eine Folge von *Chiquititas*, einer Telenovela über Kinder und Jugendliche.

»Oh, mit euch hab ich nicht gerechnet«, bekannte er und lächelte, »ich war gerade am Funk.«

Graciana nickte. Der Funk war tot.

Sie ging rüber zu dem Schrank, in dem sich die Akten befanden. Carlos blieb bei dem GNR-Polizisten stehen, auf dessen Schreibtisch Dampf von einer Pizza aufstieg, die noch in der Schachtel des Pizzadienstes lag. Carlos beugte sich interessiert darüber.

»*Atum?*«

»Ja. Mit Peperoni und Paprika.«

»Darf ich ’ne Ecke?«

»Ja, klar.«

Carlos hob ein Achtel der Pizza aus dem Karton und benutzte ein Papiertaschentuch als Serviette und Ablagemöglichkeit in einem. Nach einem Bissen nickte er anerkennend.

»Nicht schlecht. Etwas viel Öl.«

»Ja«, bestätigte Luís, »aber sie machen den Pizzaboden so schön dünn. Ohne dass er zu kross wird. Oder verbrannt.«

»Das stimmt. Das ist eine Sache von ein paar Sekunden, sag ich dir. Passiert ja ganz schnell, dass so ein dünnes Teil im Ofen verbrennt.«

»Ja. Und Ruß ist krebserregend.«

Carlos wusste, dass Luís Dias sich nicht mal einen Scheitel ziehen oder aus dem Fenster schauen würde, wenn es im Verdacht stünde, ganz eventuell eine Krankheit auszulösen – aber da er gerade an dessen Abendessen partizipierte, brachte er das nicht zur Sprache.

Dias nahm sich nun auch ein Stück und biss ab.

Da kehrte Graciana aus dem Nebenraum zurück.

»Wo ist die Akte?«

»Die Akte?«, fragte Dias mit vollem Mund.

»Die Pinto-Akte.«

»Ach die ... die hat der Espanhol heute wieder abgeholt.«

30.

Zara Pinto und Leander saßen am Pool und warteten. Er genoss die Nacht, die sich wie eine schützende Decke über sie gelegt hatte.

»Und wie lange kann ich hierbleiben?«

»Auf jeden Fall, bis du volljährig bist. Das ist mit Sub-Inspektor Rosado so besprochen.«

Das Mädchen sah ihn überrascht an: »Wie soll das so schnell gehen?«

»Senhora Graciana hat über einen befreundeten Richter wegen der Gefährdungslage eine Ausnahmegenehmigung erwirkt. Das heißt, sie ist jetzt vorübergehend dein gesetzlicher Vormund.«

»Und danach?«

»Ihre Eltern, die Rosados, haben einen Adoptionsantrag gestellt. Es ist, sagt Senhor Esteves, eine reine Formalie, dass der bewilligt wird. Du bekommst bei den Rosados das Zimmer, in dem Soraia früher gewohnt hat. Und hier das Besucherhaus. Die Villa Elias gehört ihnen ja auch.«

Zara Pinto krampfte sich vor so viel unvermuteter, stiller Zuneigung und Fürsorge der Magen zusammen. Sie musste kräftig schlucken.

»Ich weiß gar nicht«, bekannte sie unsicher, »was ich dazu sagen soll.«

»Ich auch nicht«, stimmte Leander Lost ihr zu, »es ist ja auch alles gesagt.«

Zara musste lächeln. Sie blickte auf den geöffneten Wein auf dem Tisch.

»Ich glaube ich brauch jetzt was zu trinken. Kann ich mal probieren?«

Sie schüttete das Wasser aus ihrem Glas auf eine Agave.

Lost hatte schon die Hand zur Flasche ausgestreckt, als er zögerte. Und sie ansah.

»Bei meiner Mutter durfte ich immer ein Glas trinken.«

»Wirklich?«

»Großes Ehrenwort.«

Lost schenkte ihr ein Viertel ein, an dem sie schnupperte, dann nippte und das Gesicht verzog.

»Was ist?«

»Meine Zunge rollt sich zusammen.«

»Ja, der ist trocken.«

»Aha.«

Zara, die im Begriff war, das Glas zurück auf den Tisch zu stellen, nahm doch noch einen kleinen Schluck, der ihrem Gesicht nach zu urteilen nun nicht mehr ganz so widerwärtig zu schmecken schien wie der erste.

Der Volvo fuhr vor und Carlos Esteves und Graciana Rosado kamen zu ihnen an den Pool.

»Geht es dir gut?«, erkundigte Graciana sich bei Zara, die nickte – wie jemand nickt, der eigentlich etwas erwidern würde, es aber nicht tut. Das Mädchen forschte in Gracianas Gesicht nach einer Antwort.

»Sie tun das für mich, weil Sie vor Gericht eine Zeugin brauchen, richtig?«

Ihr Misstrauen war fast greifbar.

»Ich tue das für dich, weil du eine Familie brauchst.«

Graciana hätte ausholen können: sagen, dass sie niemals die Tochter von Raquel und Antonio Rosado sein würde – sondern immer die von Madalena Pinto bliebe –, sie dort aber nichtsdestotrotz gleichermaßen behütet wie frei aufwachsen könnte.

Aber all das lag in dem einen Satz, den sie an Zara gerichtet hatte.

»Ich kann also hierbleiben, bis ich 18 bin?«

»Bis du 18 bist, ja«, bestätigte Graciana, »und danach sehen wir weiter.«

Zara strahlte.

Graciana warf einen unauffälligen Blick zur Seite. Auch Carlos musste lächeln, weil er die Freude des Mädchens teilte.

»Wir müssen dir Senhor Lost für ein paar Minuten entführen«, erklärte er Zara.

Das Mädchen nickte: »Ich bleib hier und pass auf den Wein auf.«

Sie zogen sich mit einem Windlicht auf die Dachterrasse über dem Haupthaus der Villa Elias zurück, deren nähere Umgebung von der Dunkelheit verschluckt wurde und erst weiter hinten zur Straße hin an Kontur gewann, die sich in Form von grauen Flächen und Kanten aus dem Dunkel erhob. Dann kam weiter im Südosten ein großer, warmer Fleck: Fuseta. Hunderte Lichter von Laternen und aus Häusern tauchten die Silhouette der Stadt in ein warmes, beinahe goldenes Licht.

Trotzdem war die Stimmung bei den portugiesischen Ermittlern gedrückt, Carlos wirkte mürrisch.

»Ich trau dem Espanhol ja viel zu«, sagte er, »aber ist er intelligent genug, um ein falsches Spiel zu treiben?«

»Du weißt, dass Duarte nach jedem Vorteil greift, der sich ihm bietet. Sammeln wir mal, was wir haben: Philipp Benedikt will das Leitungswasser, für das die Bevölkerung bei Adles 0,015 Euro pro Liter zahlt, denselben Menschen für mehr als das Zweihundertfache andrehen. Indem er ihnen glaubhaft versichert, dass das Wasser aus der Leitung gesundheitlich bedenklich ist. In Wahrheit stimmt das nicht. Das Wasser kann direkt aus der Leitung getrunken werden. Also besticht er die drei Gutachter.«

»Mit Summen aus der Portokasse«, ergänzte Carlos. »Ich fasse immer noch nicht, dass jemand wie Eva auf so einen reinfällt.«

»Ich wusste ihren Namen gar nicht mehr«, merkte Graciana an und fand trotz der nachdenklichen Stimmung kurz Anlass für ein Lächeln.

»Das kommt, weil du nicht so bestürzt bist wie ich«, log Carlos und nahm schnell den eigentlichen Faden wieder auf, um Graciana von einer Vertiefung dieses Themas abzuhalten. »Benedikt besticht die drei Gutachter. Zumindest hat er das vor. Aber nur Gonçalves lässt sich darauf ein. Pinto und Marques bleiben bei ihren Gutachten. Daraufhin beauftragt Senhor Benedikt offenbar Abel Peres, dieses Problem auf die harte Tour zu lösen – und Peres tut das. Er drängt Madalena Pinto ab und durchsucht das Fahrzeug nach dem Gutachten.«

»Zufällig ist Miguel Duarte in der Nähe und agiert als Ersthelfer«, fügte Graciana hinzu.

»Anschließend fährt Peres nach Areia«, sagte Leander, »durchsucht da das Arbeitszimmer von Senhora Pinto und brennt danach das ganze Haus nieder.«

»Und auch hier ist Miguel Duarte als erster Mann unserer Abteilung vor Ort, damit liegt der Fall auf ganz natürliche Weise bei ihm. Er war Ersthelfer in Odeleite, er untersucht den Brand in Areia. Und wir«, sagte sie und meinte Carlos und sich, »waren auf Fortbildung. Also hat da Silva ihm den Fall übertragen. Der befragt Zara Pinto. Er kauft ihre Lüge, nicht im Haus gewesen zu sein, und muss sie deshalb gar nicht als Zeugin fragen. Und dann«, sie pochte sanft mit den Fingerknöcheln auf die Balustrade, sodass sich eine Eidechse vorsichtshalber in Sicherheit brachte, »wartet er nur noch das Untersuchungsergebnis der Brandexperten ab und gibt den Fall zu den Akten.«

Graciana nahm einen so tiefen Schluck Weißwein, dass Carlos ihr nachgoss und die Chronologie der Ereignisse weiterführte.

»Nach dem Brand ist das Gutachten von Madalena Pinto vernichtet. Ihre Tochter kommt ins Waisenheim, und nun gibt es nur noch zwei Gutachten. Peres passt Luiza Marques auf dem Parkplatz des Supermercados ab und droht ihr mit Übergriffen auf ihre Kinder und Enkel.«

Den Rest musste er nicht aussprechen. Senhora Marques hatte den Unfalltod von Madalena Pinto ab diesem Zeitpunkt nicht mehr als tragischen Zug des Schicksals eingestuft, sondern ihn als Folge der Weigerung gesehen, die auch sie gegenüber Philipp Benedikt ausgesprochen hatte.

An diesem Punkt hatte Luiza Marques nachgegeben. Musste sie. Selbst wenn sie den Mut gehabt hätte, ihr eigenes Leben in die Waagschale zu werfen (was nicht der Fall war), hätte sie mit der Beibehaltung ihrer Haltung Leib und Leben ihrer Angehörigen aufs Spiel gesetzt. Was sich verbot.

Marques hatte ihnen auseinandergelegt, weshalb sie sich nicht der Polizei anvertraut hatte – sie hatte rein gar nichts in der Hand. Für die Gespräche mit Benedikt und Peres gab es keine Beweise. Weder für deren Existenz, geschweige denn für deren Inhalte. Beide Männer hätten behaupten können, sie nicht einmal zu kennen, ohne dass man ihnen das Gegenteil hätte nachweisen können.

Den Bezirksvertretern hatte sie sich ebenso wenig anvertrauen wollen wie den Behörden – denn abgesehen von den mangelnden Beweisen: Wer garantierte ihr denn, dass sich dort nicht auch ein Zuträger befand, der Benedikt unverzüglich über ihre Anzeige in Kenntnis setzte?

Um diesem Klammergriff zu entgehen (Madalena Pinto würde weder das eine noch das andere retten), hatte sie ihr eigenes Gutachten frisiert. Und Philipp Benedikt hatte, was er wollte – der Stausee in Odeleite druckte quasi Geld.

Über Adles sicherte Eltsen sich den Zugang zu jenem Wasser, das sich in Plastikflaschen abgefüllt als Puro Água verkaufen würde. Und nicht nur in Portugal – sondern in ganz Europa und auch darüber hinaus. Die Rendite ging durch die Decke, sie schlug alles, was im Investmentbanking gehandelt wurde. Sie schlug Dollar, Euro und Yen, sie schlug Terminwarengeschäfte und Währungswetten und Edelmetalle: Platin, Gold, Silber. Auch Kupfer. Benedikt hatte für den Mutterkonzern einen Deal eingefädelt, der Eltsen in den kommenden Jahren mit frischen Millionen versorgen würde – und zwar auf Kosten und auf dem Rücken der portugiesischen Bevölkerung.

Wer auch immer bei Eltsen so eine hochrangige Personalie wie Philipp Benedikt im Blick hatte, würde ihn angesichts der überbordenden Profite aus Portugal für eine Position weit oben empfehlen. Alleine schon, um dem Mann kein Motiv zu liefern, zur Konkurrenz abzuwandern, sondern ihn im Dienste des Mutterkonzerns weltweit Wasserrechte an sich reißen zu lassen.

Falls jemals beweisbar sein sollte, wie Benedikt die Einwohner der Algarve aufs Übelste hinterging, belog und ausquetschte, wäre er schon längst wieder zurück in der Schweiz. Oder vielleicht in Zentralafrika, um eine weitere Trinkwasserquelle zu privatisieren. Einer Auslieferung nach Portugal für einen möglichen Prozess würde die Schweiz kaum nachkommen – Benedikt war schließlich gerissen genug, um sich nicht selbst die Hände schmutzig zu machen.

»Aber einen Aspekt hatte er nicht auf dem Schirm: Senhor Conrad. Der wusste über Madalena Pinto von der Sache. Und hat mit seinem Wissen Benedikt erpresst«, führte Carlos aus. »Wir wissen, dass der Mann praktisch pleite war und von der Hand in den Mund gelebt hat. Bei einer Anzeige hätte er nicht einen Cent gesehen. Aber das hier war eine ganz andere Hausnummer. Bei Eltsen konnte er sich sein Schweigen vergolden lassen.«

Graciana nickte: »Genau. Er hat hoch gepokert. Benedikt hat sich mit ihm draußen auf dem Wasser verabredet und ihm statt der geforderten Summe seinen Mörder geschickt.«

»Weil er sich nicht erpressbar machen wollte«, fügte Leander hinzu.

»Ja. Jemand wie Conrad war ein zu unsicherer Mitwisser. Und Benedikt wollte sich dem nicht ausliefern.«

Kurz tranken sie, und Carlos drückte seine Zigarette aus, um sich gleich darauf die nächste anzuzünden.

Dann stellte Graciana eine Frage, auf die sie seit der Beschäftigung mit dem Tod von Senhora Pinto keine befriedigende Antwort gefunden hatte: »Welchen Auftrag kann sie O Olho erteilt haben?«

Leander Lost deutete ein Achselzucken an – weil es das menschliche Zeichen für Ratlosigkeit war.

»Na, wozu heuert man denn üblicherweise einen Privatdetektiv an?«, fragte Carlos, ohne tatsächlich auf eine Antwort zu warten, »meist doch wegen irgendwelcher Beziehungsgeschichten, für die man uns nicht einspannen kann, weil es die Polizei nichts angeht. Oder kein hinreichender Anfangsverdacht vorliegt. Vielleicht sollten wir uns überlegen, *auf wen* sie ihn angesetzt hat.«

»Auf Senhor Benedikt«, sagten Leander und Graciana gleichzeitig.

»Das glaub ich auch«, bestätigte Carlos und blies den Zigarettenrauch in die Sommernacht. »Sie wollte sich schlaumachen über den Mann, der versucht hatte, sie zu bestechen. Diesen Bestechungsversuch konnte sie ebenso wenig beweisen wie Senhora Marques. Also hat Madalena Pinto einen anderen Hebel gesucht, um Benedikt das Handwerk zu legen. Ich kann mir vorstellen, dass sie Conrad beauftragt hat, Benedikt zu observieren.«

»Es muss jemanden in den eigenen Reihen geben«, schaltete Leander Lost sich wieder ein, »der dachte, er kann das Büro von Conrad in aller Ruhe durchsuchen, da die Behörden von einem Unfalltod ausgehen würden. Und den das eindeutige Obduktionsergebnis von Doutora Oliveira zum Handeln gezwungen hat.«

Carlos nickte – dieser Logik konnte man sich zwar entgegenstemmen, aber letztlich war sie eben zwingend und man musste ihr in die unbarmherzigen Augen blicken.

»Okay, da kommen nicht allzu viele infrage«, antwortete er.

»Es muss jemand sein«, sagte Leander, »der Ousman Jobe etwas zu bieten hatte. Es muss Jobe so wichtig gewesen sein, dass er am helllichten Tag und unter Zeitdruck in das Büro einbricht und dort einen Brand legt.«

»Geld«, sagte Carlos.

Graciana schüttelte den Kopf.

»Eine Aufenthaltsgenehmigung.«

»Ja«, bestätigte Leander, »an so was habe ich gedacht. Wären Ana Gomes oder Luís Dias in der Lage, eine solche Genehmigung auszustellen?«

»Nein.«

»Wer dann?«

»Duarte. Und wir beide«, sagte Carlos.

»Ich habe mir das auch schon überlegt.«

»Sie haben sich das überlegt?«

Carlos bemühte sich gar nicht erst, seine Empörung darüber zu verbergen.

»Ja«, bestätigte Leander, »und Sie hatten beide gute Alibis. Jobe hat Sie niedergeschlagen, Sub-Inspektor Rosado. Das könnte abgesprochen gewesen sein.«

»Passen Sie auf, was Sie sagen, Lost«, warnte Carlos ihn.

»Lass ihn!«, fuhr Graciana dazwischen und schenkte dem Alemão ein aufmunterndes Nicken: »Sie haben recht.«

»Aber das glaube ich nicht«, fuhr Leander fort, »der Schlag war nicht berechenbar, ebenso wenig das Feuer. Nein, es wäre ein schlechter Plan gewesen. Sie hätten tödlich verletzt werden können. Kommen wir zu Ihnen, Sub-Inspektor Esteves.«

Carlos zog den Kopf ein wenig ein, er spannte sich, als wartete er auf den richtigen Moment, um Leander Lost anzuspringen.

»Sie scheiden aus, denn der Auftraggeber von Ousman Jobe ist auch sein Mörder. Er hat Jobe mit der rechten Hand die Kehle durchgeschnitten – Sie aber sind Linkshänder. Außerdem traue ich Ihnen so ein kriminelles Doppelleben nicht zu«, sagte Leander Lost.

»Menschlich, meinen Sie?«, hakte Carlos nach.

»Nein, logistisch. Ist Senhor da Silva Rechtshänder?«

»Auch links«, antwortete Graciana, die insgeheim die Kombinationsgabe des Deutschen bewunderte, die im Wesentlichen darauf fußte, jederzeit gedanklichen Zugang zu allen Ermittlungsdetails zu haben, was ein tadelloses Erinnerungsvermögen voraussetzte. Natürlich – er verfügte über ein fotografisches Gedächtnis. Aber auch damit war das noch lange keine Selbstverständlichkeit. Man musste die Details auch im richtigen Verhältnis zueinander zusammensetzen.

»Und Duarte?«

»Rechtshänder«, antwortete Carlos, der die indirekte Kränkung seiner Intelligenz noch nicht komplett verdaut hatte.

Die Blicke, die Graciana und Carlos sich daraufhin einander zuwarfen, waren an Eindeutigkeit schwer zu überbieten – ja, Duarte. *Der Pavão.*

»Unfassbar«, konstatierte Carlos und öffnete ein Sagres mithilfe seines Feuerzeugs.

Es musste noch eine zweite Ebene geben, dachte Graciana. Miguel Duarte war ihr gegenüber nicht durch besondere Intelligenz aufgefallen. Im Gegenteil, er war so berechenbar in allem, was er tat, wie ... nun ja, ein Espanhol eben. Duarte war vor allem ein Karrierist, der ohne zu zögern die Laufbahn von Kollegen opfern würde, um seinen eigenen beruflichen Aufstieg zu beschleunigen.

»Aber es passt alles«, sagte sie schließlich, »er war Ersthelfer bei Madalena Pinto. Er hat den Fall vom Brandanschlag bearbeitet, Zara Pinto angehört und ihre Aussage nicht zu den Akten gelegt. Er hat Ousman Jobe zur Staatsanwaltschaft überführt, und Jobe ist ihm entkommen. Nach unserem Fauxpas in Odeleite hat Duarte sich in den Fall gedrängt, und da Silva hat ihn ihm gegeben, um uns aus der Schusslinie zu nehmen.

Was ist seitdem passiert? Nichts. Schwer zu glauben, dass Duarte überhaupt ermittelt hat.

Dann seine Reaktion im Lokal. Er wollte unbedingt verhindern, dass wir weiter ermitteln. Und zum Schluss noch das: Wo war er, als da Silva ihn wegen Jobe erreichen wollte? Genau: Die letzte Handyortung war bei São Brás de Alportel. Keine vier Kilometer vom Fundort der Leiche entfernt.«

Carlos seufzte. Die Einzelheiten waren für sich genommen bestimmt allesamt erklärbar. In der Anhäufung, in der Graciana sie aufzählte, wuchsen sie sich zu einem erdrückenden Verdacht aus.

»Und was wollen Sie jetzt tun?«, fragte Leander Lost.

»Ich werde sehr wahrscheinlich morgen früh zu Senhor da Silva gehen und ihn von unserem Verdacht in Kenntnis setzen. Und auch davon, dass in Faro morgen eine interne Abstimmung darüber stattfinden wird, ob Adles und Eltsen weiter über unser Wasser verfügen sollen.«

Ein kurzes, dezentes Läuten ertönte. Carlos sah auf sein Smartphone, nickte und steckte es wieder ein. »Familie Marques ist in Sicherheit. Mit drei Kindern und fünf Enkeln.«

Zara Pinto lag totenbleich im Liegestuhl am Pool, als sie sich für den Rest der Nacht verabschieden wollten.

»Ist dir nicht gut?«, fragte Graciana und beugte sich hinab.

»Ich will sterben«, flüsterte das Mädchen.

»Was ist los?«, fragte nun auch Carlos.

»Der ... Wein ist schlecht«, sagte sie und deutete auf die Flasche auf dem Tisch, die leer war.

Leander nahm sie in die Hand.

»Das war fast ein Liter. In etwa 35 Minuten.«

Zara rollte sich von der Liege und schlich zwischen die Büsche. Dort erbrach sie sich.

»Wussten Sie das?«

»Ja«, gab Lost zu.

»Sie können Sie nicht so viel trinken lassen«, belehrte Graciana ihn.

»Sie hat gesagt, ihre Mutter hat ihr das erlaubt. Also habe ich es ihr nicht verboten.«

»Meu Deus, sie hat gelogen«, brach es aus Carlos heraus. »Die Kleine hat Sie um den Finger gewickelt.«

Erst jetzt holte diese Erkenntnis Leander Lost ein. Natürlich – er war drauf reingefallen und empfand nun Ärger darüber. Nie! Nie, nie, nie würde er es durchschauen.

»Nie, nie, nie. Nie, nie!«, stieß er deshalb plötzlich und mit einer Spur Verzweiflung hervor.

Er erntete überraschte Blicke.

»Nie und was?«, fragte Carlos.

»Nie. Ich werde das nie durchschauen, wenn mich jemand belügt.«

Die Erschütterung darüber, Entsetzen, Verzweiflung, Ratlosigkeit und Resignation: Alles zusammen und jedes für sich suchte ihn heim und war ihm auch anzusehen.

»Ich werde nie so sein wie Sie. Sie werden Sie sein und ich werde ich sein.«

Die Traurigkeit hinter den Worten ließen Graciana und Carlos frösteln. Sie standen wie unwirkliche Figuren festgenagelt um den nächtlichen Pool, während sich das Mädchen ein paar Meter weiter erneut übergab. Aber sie mochten nicht gehen. Sie hatten nie einen einsameren Menschen gesehen.

»Es sind kleine Schritte«, sagte Graciana aufmunternd und lächelte ihn ganz offen an. »Ich glaube, Sie sind für uns ein echter Gewinn, Senhor Lost. Wenn Sie jetzt lernen, dass Sie vielleicht nicht mehr auf Senhor Esteves feuern, dann ... werden Sie nicht mehr nur Sie sein, sondern einer von uns.«

»Ja«, fügte Esteves hinzu, »als die Leute noch nicht aufeinander geschossen haben, standen sie sich näher.«

Lost hob den Blick und sah ihm in die Augen.

»Sie haben recht.«

»Das war ... ein Scherz.«

»Ein Scherz?«

»Ein Wortspiel«, rettete Carlos sich und registrierte, dass er die Verwirrung des Alemão damit nur noch steigerte. »Wissen Sie was, vergessen Sie es bis morgen. Morgen ist ein großer Tag. Lassen Sie uns danach was trinken gehen.«

Carlos und Graciana stützten das betrunkene Mädchen bis ins Besucherhaus. Danach informierte Graciana per Handy ihre Schwester.

»Tut mir leid, vielleicht hast du ja was Besseres vor?«

»Nein, ich komme gerne, Grace.«

»Was? Du willst ein Konzert sausen lassen?«

»Ich hab gesagt, ich komme. Was erzählst du da?

»Bruce Springsteen?«

»Was erzählst du da, Grace?«

»Sie lässt ein Bruce-Springsteen-Konzert ausfallen«, wandte sie sich während des Telefonats an Leander Lost.

»Das muss sie nicht«, versicherte Leander, »wir kommen hier klar.«

»Senhor Lost sagt, er kommt klar, aber überzeugend klang das nicht. Vielleicht kommst du trotzdem? Trotz Konzert?«

»Bruce Springsteen gibt keine Konzerte mehr, Grace. Hör auf oder ich muss dich umbringen.«

»Sie besteht aber darauf«, sagte Graciana zu Leander.

»Du bist tot, Grace!«

»Ich dich auch, bis später.«

Damit beendete Graciana die Verbindung.

Sie und Carlos standen mit Lost vor dem Besucherhaus. Der Alemão schaute hinein. Zara Pinto lag rücklings und gut zugedeckt auf dem Bett und schnarchte. Neben dem Nachttisch stand ein roter Plastikeimer, über dessen Rand sie ein Handtuch gelegt hatten.

Eine Stunde nachdem Graciana und Carlos gegangen waren – morgen ist ein großer Tag –, erschien Soraia und setzte sich zu Leander Lost an den Pool. Obwohl es relativ dunkel war, fiel ihm wieder ihre gute Durchblutung auf.

»Ich würde gerne lügen lernen«, sagte er unvermittelt.

»Wozu?«

»Weil ... ich es auch gerne können würde.«

»Aber wozu?«

»Weil ein Mensch es können muss, um Teil einer Gruppe zu sein.«

»Nein«, Soraia schüttelte leicht den Kopf, »nein, nein – darum geht es doch nicht wirklich. Klar, es gibt Kommunikationswege und -arten, von denen du ausgeschlossen bist. Körpersprache, die Mimik. Ironie, Lüge.«

»Ja«, bekannte er.

»Aber das macht doch nicht aus, ob jemand Teil der Gruppe ist, Leander.«

Le-an-der, sie sprach es aus, als wolle sie das Gleiten einer Feder im Wind beschreiben.

»Es geht doch letztlich darum, dass man das Herz am rechten Fleck hat. Und damit die Herzen der anderen ...« Sie brach von selbst ab.

»Ich bin müde«, bekannte Lost. »Das Besucherhaus ist ja belegt. Aber wir könnten uns das Bett teilen.«

Ein Airbus hätte sich an Soraias rotem Kopf orientieren können.

Deshalb stand sie schnell auf. So schnell, dass ihr Handy aus ihrer Tasche katapultiert wurde und in den Pool fiel.

Der deutsche Ritter sprang in seinem Anzug direkt hinterher, tauchte danach und durchbrach wieder die Oberfläche, um es ihr zu reichen.

»Obrigada«, sagte sie und ging in die Hocke, um es ihm abzunehmen. »Ich habe glücklicherweise alles in der Cloud gespeichert.«

Leander erstarrte mitten im Pool, und es war ein denkwürdiges Bild, das er da drin mit durchnässtem Anzug und weißem Hemd abgab.

Als Leander Lost mit einem weißen Bademantel bekleidet aus dem Badezimmer kam, wartete Soraia auf der Terrasse auf ihn.

Sie tauschten ein Lächeln, als er Platz nahm und sich ein Wasser einschenkte.

»Danke, dass du mein Handy gerettet hast.«

Leander nickte: »Gerne. War ja nicht schwierig.«

Er legte den Kopf auf die Seite und sah ihr in die Augen. Völlig unvermittelt traf sie sein Blick. Mit diesen langen Wimpern.

»Hast du dich mal in jemanden verliebt?«

»Ja«, brachte Soraia mit einer Stimme hervor, in die sich eine kleine Heiserkeit geschlichen hatte.

»Und hast du auch jemanden geliebt?«

Diese Frage erwischte sie auf dem linken Fuß und stellte die Beziehungen, die sie gehabt hatte, auf den Prüfstein.

»Ich dachte ... ja. Aber ich weiß nicht.«

»Was heißt es denn, jemanden zu lieben?«

Fast hätte sie ihn in die Arme genommen und sanft gewiegt, in so einem kindlichen Ernst hatte Leander die Frage an sie gerichtet.

Soraia erinnerte sich an die Worte des französischen Romanciers François Mauriac, die ihr passend erschienen: »Jemanden lieben heißt, als Einziger ein für die anderen unsichtbares Wunder zu sehen.«

Leander Lost merkte sichtlich auf.

»Das kann ich verstehen«, sagte er überrascht.

Für einige Augenblicke umfing sie ihr Schweigen. Eines von der Sorte, das einen nicht zum Sprechen nötigte, sondern sich wie ein Freund dazugesellte.

»*Sonhos cor-de-rosa, Leander.*«

Mit ihrem Wunsch, er möge was Schönes träumen, stand sie auf, schnappte sich ihre Jacke, lächelte ihm noch einmal zu und ging zu ihrem Peugeot und drehte sich auch nicht mehr nach ihm um.

TAG SIEBEN

31.

Graciana Rosado war froh, dass sich bei den da Silvas seit gestern Abend die Wogen geglättet hatten, als sie an deren Haustür erschien. Catarina da Silva hatte frische Brötchen von der Pastelaria an der Rua da Liberdade geholt und traf zeitgleich mit ihr ein.

»Olá, Graciana, lange nicht gesehen«, sagte sie fröhlich.

»Olá, Catarina.«

Sie tauschten zwei gehauchte Küsschen auf die beiden Wangen.

Catarina war bildhübsch mit großen, auseinander liegenden Augen, einer geraden, dünnen Nase und vollen Lippen, die sich sehr oft zu einem Lachen formten. Sie hatte die Haare zu einem Pferdeschwanz zurückgebunden und trug eine knallenge weiße Hose, dazu eine weiße Bluse, die ihren Teint zur Geltung brachte.

»Ich muss noch rüber nach Olhão, mein Bruder feiert heute seinen Vierzigsten. Aber Raul freut sich bestimmt über Gesellschaft beim Frühstück. Komm doch rein.«

Sie hatte aufgeschlossen, wartete eine Reaktion gar nicht erst ab, sondern betrat das Haus. Graciana folgte ihr.

Helle Fliesen, große Räume, weiße Wände. Der Flur ging direkt über in einen Wohn-Essbereich. Die Küche war ebenfalls glänzend weiß, die Anrichte bestand aus einer anthrazitfarbenen Steinplatte. Im Wohnbereich hatten die da Silvas sich für Holzdielen entschieden, was in Portugal eher ungewöhnlich war. Das verlieh dem Raum aber einen warmen Ton. Und hinter zwei riesigen Glasschiebetüren der unbezahlbare Ausblick auf die Ria Formosa und das Meer. Auf der Terrasse saß Raul da Silva und blätterte in einer Zeitung.

»Schau mal, wen ich mitgebracht habe.«

Da Silva blickte auf und warf Graciana ein Lächeln zu.

»Bom dia, Piaf.«

»Olá.«

»Setz dich doch, Graciana«, forderte Catarina sie auf.

Die Sub-Inspektorin nahm Platz. Der Tisch mit einer Platte aus Marmor war bereits gedeckt, und während da Silva die Zeitung beiseitelegte und an seinem Bica nippte, brachte Catarina schnell einen zweiten Teller samt Besteck und Papierserviette heraus und stellte es vor Graciana ab.

»Obrigada, Catarina.«

Die nickte ihr zu, umrundete den Tisch und küsste ihren Mann auf den Mund: »Bis nachher. Ich hol dich um fünf ab.«

Dann verabschiedete sie sich noch von Graciana und ging.

»Greif zu.«

»Ich hab schon gefrühstückt.«

Raul deutete ein Achselzucken an, griff sich eines der Brötchen und beschmierte es mit Fruchtgelee.

»Es ist wunderschön geworden«, sagte Graciana und meinte das auch so.

Raul da Silva lächelte und sah sich um, als wolle er sich vergewissern, dass er das Haus nicht nur träumte. Dann fand sein Blick zurück zu ihr.

»Was treibt dich her?«

»Dass ich mich in jemandem geirrt habe«, sagte Graciana.

Da Silva horchte auf.

»Carlos?«

Sie schüttelte den Kopf. Und dann erzählte sie ihm alles. Von Anfang an. Die zeitliche Diskrepanz zwischen dem Fund von Conrad und dem Brand, die Fotos im Ciclopes, Benedikt und Adles und Eltsen, Madalena und Zara Pinto, Luiza Marques und nun das Komitee.

»Was sollen wir tun? Ich bin der Meinung, das Komitee muss unbedingt von den echten Gutachten erfahren«, schloss Graciana.

Ihr Chef nickte und schüttelte dann ungläubig den Kopf.

»Was für eine Riesensauerei.«

»Was ist mit Duarte? Wie willst du vorgehen?«

»Tja, schwierig. Lädt man ihn vor, ist er gewarnt, knickt beim Verhör aber vielleicht ein. Ich meine, es sind eine ganze Menge Indizien, ich würde fast sagen: *erdrückend viele*. Aber wer weiß – wenn Miguel Duarte es wirklich so faustdick hinter den Ohren hat, dann sitzt der so was möglicherweise einfach aus?«

Graciana wiegte den Kopf hin und her: »Vielleicht ist es ja sinnvoll, ihn mit etwas zu ködern.«

»Damit wir ihn quasi auf frischer Tat ertappen?«

Sie nickte.

Raul da Silva stand auf, stützte sich mit den Händen auf das Geländer und blickte über die Lagune bis zur Ilha de Armona und darüber hinaus. Er seufzte.

»Ich muss drüber nachdenken, Graciana.«

»Natürlich«, sagte sie und stand auf.

»Wo sind die Gutachten jetzt?«, fragte ihr Chef.

»Wir haben sie jetzt sicherheitshalber in der Villa Elias liegen. Bei Senhor Lost. Duarte hat keinen Grund, den Alemão aufzusuchen.«

»Verstehe. Gut.«

Leander Lost saß auf der überdachten Terrasse der Villa Elias und las Tolkiens »Herr der Ringe«. Dabei blätterte er alle paar Sekunden um, weil er die Seiten als Ganzes erfasste. Ohnehin hatte der Autor nicht an umfassenden Landschaftsbeschreibungen gespart. An diesen seitenlangen Ausführungen blätterte Lost noch schneller.

Da schob sich wie aus dem Nichts ein Schatten über die Seite – er sah auf und entdeckte Raul da Silva, der fast lautlos die Terrasse betreten hatte.

»Bom dia, Senhor Lost, wie geht es Ihnen?«

Aha: *Small Talk*. Hier war man immer gut beraten, sich kurz wegen der höflichen Frage zu bedanken, sich über den Gesundheitszustand positiv zu äußern und die Frage wie einen Tennisball zurückzuspielen.

»Danke, gut. Und Ihnen?«

»Ausgezeichnet«, antwortete da Silva, »Senhora Graciana war vorhin bei mir zu Hause und hat mir alles erzählt. Ehrlich gesagt bin ich noch unentschlossen, welchen konkreten Schritt ich als nächsten unternehmen soll. Und ... ich dachte, es kann nicht schaden, wenn ich mich noch mal mit Ihnen darüber unterhalte. Sie haben ja praktisch als Außenstehender noch mal eine andere Wahrnehmung der Dinge.«

»Gut«, willigte Leander ein.

»Wollen wir uns nicht etwas in die Sonne setzen? Auf die Dachterrasse?«

»Wenn Sie mögen.«

»Ja.«

Leander Lost stand auf, ließ Hobbits, Zwerge, Elfen und Ringgeister hinter sich und folgte dem Inspektor hinaus aufs Dach, auf dem vier Stühle und ein Tisch standen. Von hier aus hatte man einen guten Blick auf das Besucherhaus mit seiner separaten Dachterrasse. Es war ziemlich warm, die Sonne stand schon fast im Zenit.

Abel Peres war mit einem alten Auto den Feldweg von der anderen Seite her – von Moncarapacho kommend – entlanggefahren. Die letzten vierhundert Meter legte er zu Fuß zurück. Er trug heute keinen Anzug, sondern Jeans und Turnschuhe, dazu ein Hemd und eine Umhängetasche mit einer Fotokamera über der Schulter. Hier und da machte er ein Foto und schob dafür die große Sonnenbrille hoch ins Haar.

Er beobachtete die Villa Elias eine Weile, während er im Schatten eines Eukalyptusbaums abwartete und eine Zigarette rauchte. Jetzt, als zwei Gestalten von der Terrasse kamen, trat er zwei Schritte zurück und hinter den Baumstamm. Sie gingen hoch auf die Dachterrasse.

Peres näherte sich zügig der Begrenzungsmauer des Hauses und schwang sich sportlich darüber hinweg. Dort verharrte er für einige Augenblicke und lauschte. Er hörte nur die beiden auf dem Dach reden.

Daraufhin ging er weiter. Ganz so wie ein Fremder, der nach dem Weg fragen oder um ein Glas Wasser bitten wollte. Es war nicht auszuschließen, dass ein einsamer Wanderer oder einer der weiter entfernten Nachbarn ihn sah. Und selbstverständlich wäre es dann auffällig gewesen, wenn er sich geduckt durch den Garten bewegt hätte.

Die Hintertür, die zu einem Flur zwischen Küche und Badezimmer führte, war offen. Abel Peres trat ins Haus und blieb wieder stehen. Er brauchte einige Sekunden, um das Geräusch des Hauses, wie er es nannte, zu erfassen.

Jeder Raum machte seine eigenen Geräusche. Zusammen ergaben sie den charakteristischen Grundton des Hauses. Das Ticken einer Uhr, das Knacken einer Holztreppe, ein Ventilator, der Luftstrom und vieles mehr vereinigten sich zu einem Ganzen. Und in diesem Ganzen filterte Peres nichts Menschliches heraus: keinen Fußtritt, kein Atmen, nicht mal einen Geruch.

Er öffnete die Umhängetasche und tauschte die Kamera gegen eine Walther PPQ mit montiertem Schalldämpfer. Die Pistole des deutschen Herstellers war für Spezialeinheiten entwickelt worden. Sie lag gut in Peres' Hand. Er wechselte jetzt zügig von seinem Standort in der Küche, in der nach seiner

Erfahrung kein normaler Mensch wichtige Gutachten aufbewahrte. Abel Peres suchte nach einer Kommode, einem Schreibtisch, nach Schubladen. Möglicherweise nach einem Kuvert.

Da flog die Tür der kleinen Vorratskammer auf, und ein Mann, den er noch nie gesehen hatte – mit einem perfekt gezogenen Seitenscheitel –, hielt eine Waffe auf ihn gerichtet und öffnete den Mund, um etwas zu sagen.

Abels Fußspitze traf den Mann schmerzhaft hart am Handgelenk. Und während dessen Waffe zu Boden polterte, ließ Peres den Knauf seiner Pistole auf das Nasenbein des Angreifers krachen, was zu einem dumpfen Knacken führte.

Miguel Duarte – wer sonst – stolperte mit einem Aufstöhnen zurück in die Vorratskammer. Peres knallte die Tür zu und drehte den Schlüssel zweimal um.

Es war eine Falle!

Er wirbelte herum und lief zurück. Aber vor der Tür, über die er das Haus betreten hatte, stand Graciana Rosado. Sie hatte ihre Dienstwaffe auf ihn gerichtet und blickte ihm in die Augen. Peres beging nicht den Fehler, an ihrer Entschlossenheit zu zweifeln.

»Waffe runter!«

Er riss die Walther PPQ hoch und tauchte gleichzeitig nach links weg. Graciana drückte ab. Das Projektil riss dem Mann das linke Ohrläppchen weg.

Der Knall des Schusses im Haus ließ Leander Lost und Raul da Silva auf dem Dach darüber zusammenzucken. Nach einem kurzen Schreckmoment sprangen sie gleichzeitig auf.

Peres stand nun so günstig neben dem Durchgang zum Flur, dass er Schutz hinter der Wand suchen und mit geringem Risiko seinerseits auf Graciana schießen konnte, was er umgehend tat. Er deckte sie mit vier, fünf, sechs Schüssen ein.

Putz jagte aus den Wänden, Holz und Glas splitterten, und Graciana schob sich hinter die schützende Hausmauer. Abel Peres wusste, dass dieser Weg so oder so versperrt war. Sicherheitshalber schloss er die Tür dorthin und drehte auch hier den Schlüssel um.

Da traf ihn ein enormer Schlag gegen den Schussarm, ganz so, als hätte ihn ein austretendes Pferd dort getroffen. Gleichzeitig ertönte der trockene Knall.

Es war Carlos Esteves, der im Eingang zur Küche stand und von dort auf ihn geschossen hatte. Peres wollte seine Waffe zwar festhalten, aber die Finger gehorchten ihm nicht. Die PPQ fiel auf die Fliesen.

In dem Augenblick klopfte es wie wild von innen an der Tür der Vorratskammer. »Meine Nase!«

Carlos schaute hinüber.

Das reichte Peres. Er sprang vor und warf sich gegen den Arm des Mannes, mit dem jener seine Dienstwaffe erneut auf ihn richten wollte. Mit dem Ellbogen verpasste er Carlos Esteves einen Schlag gegen das Ohr. Carlos taumelte zurück. Peres ergriff ein Messer aus dem Holzblock und stürzte vor.

Den ersten Hieb konnte Carlos noch verhindern, indem er die Klinge umfasste. Aber Abel Peres zog sie mühelos zwischen seinen Fingern heraus, was einen tiefen, ziehenden Schmerz verursachte.

»Messer fallen lassen!«

Abel Peres hatte inzwischen begriffen, dass man ihm diese Falle gestellt und hier auf ihn gewartet hatte. Portugal konnte er für immer abhaken. Er musste so schnell wie möglich außer Landes, über die grüne Grenze weiter im Norden ins spanische Hinterland oder mit dem Schnellboot rüber an die nordafrikanische Küste. Deshalb sah er gar nicht erst über die Schulter, von wem er angerufen wurde, sondern packte Carlos Esteves und zwang ihn mit einem Handgelenkhebel vor sich. Nun hielt er ihm das blutige Messer an die Kehle. Leander

Lost stand nur drei Meter entfernt und hatte auf ihn angelegt.

»Pistole auf den Boden und herschieben«, befahl Peres.

Graciana Rosado hastete ums Haus und traf auf da Silva, der sich ebenfalls geduckt einem Fenster näherte. Sie lief weiter.

Carlos Esteves wie Leander Lost kam die Situation ziemlich bekannt vor.

Leander suchte den Blickkontakt mit dem portugiesischen Kollegen, der Abel Peres in doppelter Funktion diente: als Geisel und als Kugelfang. Er senkte den Lauf ganz leicht – in Richtung von Carlos' Bein. Der schluckte, wie Leander am Kehlkopf sah, der sich einmal hob und senkte.

»Sofort!«, rief Peres ihm zu.

Aber davon ließ sich Leander nicht aus der Ruhe bringen. Er zielte auf Carlos' Oberschenkel. Er hatte ihn genau im Visier. Dann sah er hoch. Und Carlos an. Der wusste, was jetzt gleich kommen würde, schluckte erneut, nahm seinen Mut zusammen und deutete ein Nicken an: Tun Sie es, Lost.

Aber Leander blieb reglos.

»Bei drei ist der Mann tot«, sagte Peres, »eins, zwei ...«

Lost visierte das Bein erneut an. Aber dann schob er den Hahn zurück und legte die Waffe seitlich auf den Boden. Mit dem Fuß gab er ihr einen Schubs, sodass sie über die Fliesen zu Peres schlitterte.

Abel Peres bückte sich und zwang Carlos dabei, diese Bewegung mitzumachen. Er hob die Waffe auf, stieß Carlos zur Seite, legte auf Leander Lost an und drückte sofort ab.

Die Kugel durchschlug Leander Losts Brust und das Fenster hinter ihm, das klirrend splitterte.

Leander war überrascht, dass der Aufprall der Kugel nicht genug Kilojoule mitbrachte, um ihn zu Boden zu reißen. Dafür gaben aber prompt seine Beine nach und er krachte auf die Knie. Peres folgte mit der Mündung der Pistole dieser Bewegung, um ihm in den Kopf zu schießen. Leander irritierte, dass der Knall des Schusses nicht von vorne kam, sondern von schräg rechts hinten.

Es war Raul da Silva, der in Nothilfe durch das zersplitterte Fenster gefeuert hatte. Das Projektil schlug direkt über dem linken Auge von Peres ein, verschwand hinter der Stirn und tötete ihn auf der Stelle. Der Mann sackte in sich zusammen und schlug tot auf dem Boden auf, auf den Lost jetzt ebenfalls fiel.

»Looooost!«

Es war kaum mehr sein Name, den er da hörte, es war mehr der Schrei eines verletzten Tieres, hoch und laut. Dann musste er das erste Mal husten, und der Husten war nicht trocken, sondern er regnete in kleinen, feinen Blutpartikeln auf die Bodenfliesen nieder.

In seinem Gesichtsfeld tauchten die Mienen von Graciana und Carlos auf. Sie waren sehr ernst. Das sah er an dem Abstand der Augenbrauen und dem Grad der Schmalheit der Lippen.

Carlos hatte sein Handy am Ohr: »Doutora, schnell – Senhor Lost ist verletzt, ich ... weiß nicht, ob ... beeilen Sie sich, bitte.« Er beendete das Gespräch, sah zu Lost und sagte: »Merda!«

»Kissen!«, rief Graciana, die ihm das Hemd aufknöpfte und einen Blick auf seine Wunde warf: »Meu Deus.«

Sie öffnete ihre Gürtelschnalle und zog sich den Gürtel aus, während da Silva mit einem Kissen angelaufen kam, das er neben Leander Lost ablegte.

»Haben Sie Schmerzen?«, fragte Carlos, der sich gegenüber von Graciana neben ihn kniete.

Leander schüttelte leicht den Kopf: »Ich hab nur so ... einen Druck im Brustkorb und ... mein Rücken ist nass.«

»Ich muss Sie anheben, wir müssen einen Druckverband

improvisieren, bis Doutora Oliveira da ist. Kann sich nur um ein paar Minuten handeln.«

»Ja«, sagte Leander.

Carlos hob ihn vorsichtig an den Schultern an. Ein Seufzer glitt Leander über die Lippen wegen des Schmerzes, der ihn wie ein Stromstoß durchjagte. Als würde jemand eine dünne Röhre aus Metall durch seinen Brustkorb drücken.

Carlos und Graciana legten ihm das Kissen auf die Austrittswunde am Rücken und fixierten es mit Gracianas Gürtel, den sie extrem festzogen, um die Blutung zu stillen. Was nicht ganz gelang, denn das Kissen färbte sich schnell rot.

Wieder gab es ein Klopfen aus der Vorratskammer.

Leander hörte, wie ein Schlüssel im Schloss gedreht wurde. Und die Tür sich unter dem Quietschen eines Scharniers öffnete.

Graciana legte ihm zwei Finger an die Halsschlagader: »Ist Ihnen schwindlig? Oder schlecht?«

Leander deutete ein Kopfschütteln an.

»Sind meine Füße da?«, fragte er.

»Ja, natürlich«, antwortete Graciana. »Warum?«

»Ich spür sie nicht.«

Sie und Carlos tauschten einen Blick, den er nicht decodieren konnte. Auf jeden Fall blieben ihre Lippen schmal.

»Meine Nase, ich glaub sie ist ge…«, hörte er von dort, wo sich die Rumpelkammer befand.

»Halt die Klappe«, fauchte Carlos.

Leander hustete. Über ihm bildete sich eine hellrote Wolke, die auf ihn hinabschwebte. Graciana Rosado legte ihm erneut die Finger auf die Halsschlagader. Dann atmete sie einmal tief durch. Und Leander Lost auch. Die Augenlider wurden ihm schwer, sie senkten sich.

»Senhor Lost, wach bleiben, jetzt.«

»Ich mach nur kurz die Augen zu.«

»Nein. Ich bin Ihre Vorgesetzte, richtig?«

»Ja«, sagt er schwach.

»Und ich *befehle* Ihnen: Schließen Sie jetzt nicht die Augen.«

Da drang das Echo einer Sirene zu ihnen. Gleichzeitig durchlief ihn ein Stottern in der linken Brustgegend. Sein Herzschlag geriet etwas aus dem Takt. Dann wurde ihm schwindlig, und Leander konnte nicht anders, er stemmte sich mit aller Kraft dagegen, aber die Lider fuhren nach unten, und nun nahm er nur noch über die Ohren und über die Berührungen der anderen an der Situation teil.

»Puls flattert ... wird unregelmäßig«, hörte er die Stimme von Senhora Graciana, die exakt beschrieb, was er empfand.

Eine zweite Berührung kam an seinem Handgelenk dazu. Größere Finger. Welche mit Haaren. Aber sanfter.

»Er schwirrt uns ab. Er ... schwirrt ... uns ... ab.«

Das war Carlos Esteves gewesen. Mit seiner Tendenz zur Redundanz.

»Puls ist weg.«

Graciana.

Und ihre Stimme war das Letzte, was er hörte.

32.

Graciana Rosado konnte nicht aufhören zu weinen. Niemals hätte sie damit gerechnet, dass es ihr so zu schaffen machen würde.

Sie stand mit Raul da Silva und Carlos Esteves auf dem Flur der Klinik. Carlos hatte immer noch das Küchentuch aus der Villa Elias um seine zerschnittene Hand gewickelt, und etwas von seinem eigenen Blut klebte ihm am Hals.

Unentwegt wischte Graciana sich mit dem Handrücken über die geröteten Augen.

»Ich fasse es nicht«, brachte sie hervor.

»Ich auch nicht«, schloss Carlos sich an und stand auf, um sich die Beine zu vertreten und näher bei der Tür des OPs zu stehen.

»Er wird es schaffen«, sagte da Silva, »er ist da drinnen, ihr habt ihn reanimiert. Alles wird gut.«

»Das ist traurig genug«, antwortete Graciana. »Aber es geht nicht um Senhor Lost – es geht um dich.«

Statt das näher auszuführen, zog sie ein Kuvert aus ihrer Handtasche, in dem sich Fotoabzüge befanden. Die reichte sie an ihren Chef.

»Gestern Nacht«, sagte sie, »waren wir davon überzeugt, dass Miguel Duarte ein falsches Spiel treibt. Dass er Senhor Conrad im Auftrag von Philipp Benedikt ermordet hat. Dass er Ousman Jobe beauftragt hat, das Büro in Luz de Tavira abzubrennen. Und dass er anschließend Ousman Jobe ermordet hat. Aber ... all das hat er nicht getan. Sondern du.«

Da Silva schluckte. Er nahm die Fotos aus dem Kuvert, während Carlos Esteves näher trat und die Dienstwaffe in die Hand nahm.

Auf den Fotos waren Benedikt und da Silva zu sehen. Bei zwei Treffen, bei denen jedes Mal ein Briefumschlag den Besitzer wechselte. Einmal in einem Lokal, einmal an einem abgelegenen Küstenabschnitt.

Und dann eine Serie, die Raul da Silva verblüffte: O Olho hatte sie von der Flor aus geschossen. Sie zeigten da Silva, der sich mit einem Schlauchboot samt Außenbordmotor näherte.

»Du weißt«, sagte Graciana mit einer Spur Müdigkeit in der Stimme, »wie du dir eine günstige Ausgangssituation für den Prozess verschaffst.«

Ihr Vorgesetzter nickte und starrte eine geschlagene Minute auf die Fotos, bevor er den Blick wieder hob. In seinem Blick lag grenzenloses Bedauern. Jenes Bedauern, dem das Wissen innewohnt, zu spät zu kommen.

»Und bei Jobe hast du vorgegeben, Rechtshänder zu sein. Aber der Schnitt hätte durchgehend tief sein müssen«, konstatierte Graciana, »ich hab später noch drüber nachgedacht und es Duarte angerechnet. Es war jemand, der so tun wollte, als sei er ein Rechtshänder, aber der Verlauf des Kehlenschnitts hat es verraten.«

Sie sah ihn von der Seite an, Raul da Silva saß direkt neben ihr. Seit sie ihm als Kind den Schneidezahn rausgehauen hatte wegen seiner Hänselei, schienen Ewigkeiten vergangen zu sein.

»Wie konntest du das tun – jemanden ermorden?«

Die Fassungslosigkeit, die in ihrer Frage unüberhörbar mitschwang, löste tiefe Scham bei Raul da Silva aus.

»Es kam einfach eins zum anderen«, sagte er leise, »und am Ende ... es war nicht mehr unter meiner Kontrolle.«

Es hatte mit einer Unterschlagung angefangen, einer Kleinigkeit, dem Auslösen von Zara Pintos Aussage aus der Akte. Einer Gefälligkeit vonseiten Benedikts. Die Aussicht auf viel Geld. Geld, das er dringend für das Haus benötigte. Für Catarinas Wünsche und auch für seine Schwiegereltern, denen er beweisen wollte, dass ihre Tochter mit ihm nicht die falsche Wahl getroffen hatte.

Und dann, als er das erste Geld genommen hatte, hing er mit drin. War er Benedikt ausgeliefert. Und hatte sich um Markus Conrad zu kümmern, der Eltsen mit jenem Wissen erpresste, das er von Madalena Pinto hatte.

Er, da Silva, hatte mit Engelszungen auf ihn eingeredet da draußen in der Bucht. Hatte ihn aufgefordert, mit der Erpressung aufzuhören und aus Portugal zu verschwinden. Und dann war ein Streit entbrannt, und an dessen Ende hatte er sich den Bootshaken gegriffen und mit aller Wucht zugeschlagen. Conrad war auf der Stelle tot.

Er hatte das nicht gewollt, wie da Silva gegenüber Graciana versicherte, aber er war auch nicht traurig, als es geschehen war.

»Raul ... es war ein Mensch«, hielt Graciana ihm entgegen.

»Er war eine Ratte«, erwiderte da Silva.

Graciana erwiderte nichts. Sie wusste, dass ihr Chef sich das so zurechtlegen musste, um mit sich selbst eine Zelle teilen zu können.

»Hast du Jobe oben in Amigos versteckt?«

Raul da Silva starrte auf den PVC-Boden des Flurs und nickte.

»Wirst du gegen Philipp Benedikt aussagen?«

»Ja, aber ihr werdet ihn nicht kriegen.«

»Du hast ihn angerufen, nachdem ich dich heute Morgen besucht habe?«

»Ja. Abel Peres sollte die Gutachten besorgen. Aber ... das hast du klug eingefädelt, Piaf.«

Er gab das von sich ohne Bitterkeit. Ganz so, als stünde er außen vor und würde den Schachzug seiner Sub-Inspektorin ganz neutral bewerten.

»Ihr habt die Fotos gefunden«, fuhr da Silva fort, »und da wusstet ihr, dass euer Verdacht gegen Duarte nicht richtig war.«

»Das stimmt«, schaltete Carlos sich ein, der immer noch neben der Bank stand. »Alles, was Duarte mit dem Fall verbunden hat, waren Zufälle. *Viele* Zufälle, ja. Aber Zufälle.«

Der Gong des Fahrstuhls ertönte. Luís Dias und Ana Gomes stiegen aus der Kabine und kamen zu ihnen.

»Senhor Benedikt ist vor 45 Minuten abgereist«, berichtete Ana Gomes.

»Ortet sein Handy«, wies Graciana sie an.

»Das haben wir natürlich auch schon in die Wege geleitet«, gab Dias zurück und konnte den Stolz über die Idee zu dieser außergewöhnlichen Maßnahme nicht ganz verbergen, »es liegt seit anderthalb Stunden vor Quinta da Lobo im Meer.«

Hinter ihnen räusperte sich jemand – alle Blicke richteten sich auf Carlos, der etwas unsicher lächelte.

»Ich habe im Zuge der Zeugenbefragung sicherheitshalber die Telefonnummer von Eva notiert«, erklärte er, ohne rot zu werden, »*Eva Figo*.«

Die beiden nickten und sahen sich um. Luís ging zum Wasserspender.

»Was wird das?«, fragte Carlos unversöhnlich.

»Ich hab Durst.«

»Eva Figo«, entgegnete Carlos, »los, Abmarsch. Findet die Frau, setzt alle fest, die bei ihr sind. Und dann meldet ihr euch.«

Die beiden GNR-Polizisten gingen daraufhin zurück zum Fahrstuhl, stiegen in die Kabine und fuhren wieder hinab.

Eine Stille entstand zwischen ihnen, von der sie wussten, dass sie ab jetzt und in Zukunft ihr Verhältnis zueinander bestimmen würde.

»Woher kommen die Fotos, obwohl das Ciclopes abgebrannt ist?«, wollte da Silva wissen.

Graciana Rosado lächelte ein wenig.

»Die Idee kam Senhor Lost gestern Nacht. Da ist Soraia das Handy in den Pool gefallen, aber sie hatte keine Angst um ihre Daten – wegen der Cloud.«

Sie führte es nicht weiter aus, weil sie an Rauls Gesicht ablesen konnte, dass er verstanden hatte.

»Also habt ihr euch den Zugang zu dem Cloudspeicher von Conrad verschafft.«

»Ja. Seine Kamera gleicht sich bei WLAN-Verbindung sofort ab. Deswegen hat es nichts genützt, dass du sie mitgenommen hast von der Flor. Da waren die Fotos schon in der Cloud.«

Da Silva hatte die Hände zwischen den Knien ineinander verschränkt und schüttelte erneut leicht den Kopf.

»Unfassbar«, sagte er dann leise, hob den Kopf und sah Graciana an: »Wo waren die Gutachten?«

»Ich habe sie João gegeben. Er hat sie mit Soraia, meinem Vater und Zara Pinto nach Faro gebracht. Zum Komitee. Eltsen und Adles haben die Wasserrechte vor einer halben Stunde verloren. Wir haben ... unser Wasser zurück.«

Die Tür eines Behandlungszimmers öffnete sich und Miguel Duarte kam heraus und auf sie zu. Von Nasenwurzel zu Nasenspitze zog sich eine beidseitige metallisch glänzende Schiene senkrecht durch sein Gesicht, um das Nasengewebe zu stabilisieren.

»Ich habe Monsterschmerzen erlitten.«

»Niemand hat Geringeres erwartet«, sagte Graciana.

»Wie sieht die Schiene aus?«, wollte Miguel Duarte wissen, der sein Spiegelbild in der verglasten Tür zum Treppenhaus zu erhaschen versuchte.

»Passt zum Scheitel«, antwortete Carlos.

»Nicht irgendwie nachteilig?«

»Keineswegs«, ließ Graciana ihn wissen. Dass er aussah wie ein Zombie, sagte sie ihm selbstverständlich nicht.

Carlos' Handy meldete sich. Als er aufs Display schaute, konnte er die Nummer keiner Person zuordnen – aber einem Ort.

»Anruf aus Hamburg«, sagte er überrascht. Graciana deutete ein Achselzucken an.

»Olá?«

»Ich bin's, Carlos. Rui. Rui Aviola.«

»Ach, das ist ja ein Ding. Wie geht es dir?«

»Na, es ist ... etwas merkwürdig. Sie leben hier sehr nach der Uhr und alles muss immer ganz genau sein und ... sie machen wirklich nur in der Pause eine Pause. Außerdem ist es kalt. Im September!«

»Das hört sich nicht gut an, Rui.«

»Ja. Und ... da wollte ich fragen, ob ich vielleicht zurückkommen kann, und der Kollege aus Hamburg, der könnte dann ja auch zurück. Hab gehört, der hat dir ins Bein geschossen.«

Carlos zögerte nur ganz kurz.

»Rui?«

»Ja?«

»Sei ein Mann und reiß dich zusammen. Du bleibst jetzt dieses Jahr in Hamburg.«

Damit beendete Carlos die Verbindung.

33.

Als Leander Lost, den sie im Rettungswagen und in der Klinik noch einmal ins Leben zurückgeholt hatten, die Lider öffnete, sah er direkt vor sich das Auge und den Blitz. Die zwei wichtigsten Wächter.

Leander ließ den Blick schweifen.

Zara und Soraia saßen an seinem Bett im Klinikum, bei ihm. Beruhigung durchströmte ihn.

»Sie haben Philipp Benedikt über die Handyortung von Eva Figo festgenommen. Auf hoher See. An Bord einer Privatjacht mit Kurs auf Nordafrika. Sub-Inspektor Esteves hat Senhora Eva auch gleich nach Hause gefahren. Persönlich.«

Die Tür öffnete sich und Graciana und Carlos kamen herein.

»Wie fühlen Sie sich?«

»Als hätte mir jemand durch die Brust geschossen.«

Peinliche Stille walzte durch den Raum.

»Das war ein Scherz«, sagte Leander aufgeregt. »Hat er funktioniert?«

»Ziemlich gut«, gab Carlos zu.

Dann trat Graciana an sein Bett, er konnte sehen, dass sie lächelte.

»Im Ernst: Wie fühlen Sie sich, Senhor Lost?«

»Ich hab das Gefühl, ich bin jetzt angekommen«, antwortete Leander Lost.

Dank an

… *Su Herczog*, die schon lange an der Algarve lebt, für ihre Beratung in Sachen Sprache, Gepflogenheiten und die portugiesische Lebensart.

… *Martina von Schaewen* für ihre Auskünfte über Menschen mit dem Asperger-Syndrom.

… *Heidi und Jens Röver* für die Hebel, die sie in Bewegung gesetzt haben, um die »Ilha de Armona« zu entschlüsseln.

… *Barbara-Marie Mundt* für die Übersetzungshilfe in letzter Sekunde.

… *Christoph Höver*, der kurz vor Fertigstellung keine Mühe gescheut hat, wichtige Details herauszufinden.

… *Denise Linke* für ihr Beispiel einer Sonne mit Gesicht.

… *Joachim Jessen*, meinen Literaturagenten, dass er mich unter seine Fittiche genommen hat.

… *Ulla Brümmer* für die wunderschöne Umschlaggestaltung.

Lutz Dursthoff für sein Engagement, Leander Lost bei KiWi eine Heimat zu geben.

… *Dr. Stephanie Kratz* für ihr feines Lektorat und ihr großes, sehr, sehr großes Herz, insbesondere wenn es um Deadlines geht.

… *Ira* für ihren inhaltlichen Rat und ihre untrüglichen Antennen für meine Romanfiguren. Vor allem aber für die Selbstverständlichkeit und Bedingungslosigkeit, mit der sie seit über 20 Jahren an meiner Seite steht.

Über diesen Roman

Wie entsteht ein Kriminalroman mit einem autistischen Kommissar in Fuseta, Portugal?

Es begann 1988.

Damals reiste ich mit zwei Freunden und einem Interrailticket quer durch Europa bis nach Rabat in Marokko, wo sich einer von uns eine Infektion einfing und wir auf seinen Wunsch über die Straße von Gibraltar zurückfuhren. Und als sein Zustand sich verschlechterte, nahmen wir am Bahnhof den nächsten Zug und landeten ... in Tavira.

Portugal hatten wir eigentlich gar nicht als Reiseziel auf dem Schirm. Aber nach den Erfahrungen mit den spanischen Schaffnern (ich bin sicher, sie haben mittlerweile eine innige Liebe zu Backpackern entwickelt) war die Herzlichkeit und Gastfreundschaft der Portugiesen eine Wohltat. Und weckte natürlich unsere Neugier auf dieses Land und seine Bewohner.

Die Linha do Algarve trug uns nach der Genesung unseres Freundes gemächlich die Küste entlang, bis sie in Lagos endete und uns jemand sagte, das Ende der Welt läge nur ein wenig weiter. So kamen wir mit dem Bus nach Sagres. Und im Jahr darauf kehrte ich mit einem anderen Freund wieder per Interrail dorthin zurück.

Von dort zog es uns nach Lissabon und Porto.

Mit meiner Frau Ira besuchte ich später wieder Sagres, das Alentejo, Moncarapacho, und dann entdeckten wir die Villa Elias für uns, die in Wirklichkeit natürlich anders heißt und östlich von Fuseta liegt.

Und so machten wir zwangsläufig Bekanntschaft mit Fuseta. Obwohl sich auch dorthin mittlerweile Touristen verirren (wie wir), hat es sich eine Ursprünglichkeit und ungeschminkte Echtheit bewahrt, die mich berührt.

So kam es dazu, dass dieser Roman hauptsächlich in Fuseta und Umgebung angesiedelt ist.

Durch »Rain Man« mit dem großartigen Dustin Hoffman ist 1989 mein Interesse für Autisten geweckt worden. Für Savants und Asperger, für Inselbegabungen und vieles mehr.

Dieses Interesse, das im Laufe der Jahre etwas versiegt war, ist durch die Miniserie »Die Brücke – Transit in den Tod« wieder entfacht worden. Darin verkörpert die schwedische Schauspielerin Sofia Helin auf eine Weise eine Autistin, die zum Niederknien ist.

Ich fragte mich, was wohl passiert, wenn ich einen deutschen Kommissar mit Asperger-Syndrom nach Fuseta verpflanze.

So entstand Schicht um Schicht Leander Lost in meinem Kopf. Ein Mann, der mit der Unschuld eines Kindes Fragen stellt. Lustige, merkwürdige, schmerzliche und manchmal auch philosophische. Der mit der Logik eines Mr Spock die Dinge analysiert, aber vermutlich nicht bemerkt, wenn ihm die Frau seines Lebens gegenübersitzt; dessen kühle Betrachtung auf der einen Seite die Verletzung eines Kollegen notwendig macht, dessen gegebenes Wort auf der anderen Seite bis in den Tod gilt.

Und neben ihm entstanden Graciana und Carlos, dann Soraia und Zara und natürlich Duarte.

Als Autor entwickelt man ein Gespür dafür, ob man über Figuren schreibt, die einem immer etwas fremd bleiben, oder ob man bei ihnen »zu Hause« ist.

Als ich diesen Roman erst entwarf und dann schrieb, waren Leander, Graciana und Carlos die ganze Zeit bei mir, um mich herum, sie bewachten meinen Schlaf (wie die »Wächter«) und sorgten dafür, dass ich in diesen Tagen immer froh war, sobald Gäste (ich freue mich über Besuch) wieder verschwanden – damit ich *endlich* zu ihnen zurückdurfte.

Fuseta, 19. August 2016
Gil Ribeiro
alias Holger Karsten Schmidt